中国新诗史略

谢冕 著　刘福春 插图

北京大学出版社
PEKING UNIVERSITY PRESS

图书在版编目（CIP）数据

中国新诗史略 / 谢冕著；刘福春插图 . — 北京：北京大学出版社，2018.9

ISBN 978-7-301-28405-6

Ⅰ.①中⋯ Ⅱ.①谢⋯ ②刘⋯ Ⅲ.①新诗 – 诗歌史 – 诗歌研究 – 中国 Ⅳ.① I207.209

中国版本图书馆 CIP 数据核字 (2017) 第 132163 号

书　　　名	中国新诗史略 ZHONGGUO XINSHI SHILUE
著作责任者	谢冕 著　刘福春 插图
责 任 编 辑	于海冰
标 准 书 号	ISBN 978-7-301-28405-6
出 版 发 行	北京大学出版社
地　　　址	北京市海淀区成府路 205 号　100871
网　　　址	http://www.pup.cn　新浪微博：@北京大学出版社 @培文图书
电 子 邮 箱	编辑部 pkupw@pup.cn　总编室 zpup@pup.cn
电　　　话	邮购部 62752015　发行部 62750672　编辑部 62750883
印 刷 者	天津光之彩印刷有限公司
经 销 者	新华书店
	880 毫米 ×1230 毫米　16 开本　30 印张　410 千字 2018 年 9 月第 1 版　2023 年 11 月第 3 次印刷
定　　　价	79.00 元

未经许可，不得以任何方式复制或抄袭本书之部分或全部内容。
版权所有，侵权必究
举报电话：010-62752024　电子邮箱：fd@pup.cn
图书如有印装质量问题，请与出版部联系，电话：010-62756370

目 录

绪　论　前进的和建设的——中国新诗一百年（1916—2016）　　I

百年来一件大事——变革源于忧患——诗体大解放——嬗变从未止步——血脉依然贯通——自由是生命线——音乐的文学——推进一体化——破冰之旅

第一章　昨夜星辰——中国新诗（1891—1915）　　31

被遮蔽的风景——形式束缚了内容——末世的辉煌——"诗界革命"之蓝图——勇敢的实践——一抹绚烂的晚霞——新诗纪事

第二章　凤凰涅槃——中国新诗（1916—1926）　　61

中国的青春——微光透过云层——诗体大解放——新诗的发表——向着社会人生——个性大解放——女神之再生——创造的时代——天边一弯新月——他们为新诗"创格"——新诗纪事

第三章　风从远方来——中国新诗（1927—1936）　　125

　　风是在哪个方向吹——红色年代——中国的新梦——初潮之展开——
暴风雨中的海燕——瓶花与前茅——西风东渐——雨巷华丽转身——
新诗纪事

第四章　我爱这土地——中国新诗（1937—1948）　　161

　　灾难降临的时刻——中国怒吼了——抒情的放逐——战斗的鼓点——
从芦笛到号角——延安的想象——民族的和民间的——抉择与坚
持——一个民族已经起来——新诗纪事

第五章　为了一个梦想——中国新诗（1949—1959）　　239

　　放声歌唱的年代——"一体化"的宏图——第一关键词是颂歌——抒
情主体的移位——"百花时代"——"新民歌"与"开一代诗风"——
自由与格律再思考——现代主义幽灵——彼岸悲情——新诗纪事

第六章　动乱年代——中国新诗（1960—1975）　　299

　　颂歌仍在继续——阶级斗争主潮——"文革"诗歌模式——红卫兵

战歌——无声的厮杀——定格于四点零八分——持灯的使者——
新诗纪事

第七章　一个世纪的背影——中国新诗（1976—2000）　　343

　　重新开始的时间——悲喜交集的归来——在新的崛起面前——后新诗潮的挑战——心不会被隔绝——世纪绝唱——新诗纪事

第八章　生活永远始于今天——中国新诗（2001—2010）　　399

　　不是开始的开始——遭遇并陷入世俗——平民意识与口语化——欲望表达及"下半身"——另一种乡愁——大地曾经摇撼——诗歌没有陷落——新诗纪事

结语　回望百年——论中国新诗的历史经验　　443

　　后记（一）　　谢冕　　470
　　后记（二）　　刘福春　　472

中国新诗史略

绪论

前进的和建设的
——中国新诗一百年

(1916—2016)[1]

---

1 中国新诗的纪元从何年算起,迄无确论,这里的 1916 只是个约数。朱自清在《中国新文学大系·诗集》导言中说:"胡适之氏是第一个'尝试'新诗的人,起手是民国五年七月。新诗第一次出现在《新青年》第 4 卷第 1 号上,作者三人,胡氏之外,有沈尹默、刘半农二氏;诗九首,胡氏作四首,第一首便是'鸽子'。这时是七年正月,他的《尝试集》,我们第一部新诗集,出版是在九年三月。"朱自清未提及的另一个年份是 1917 年 2 月即《新青年》第 2 卷第 6 号,这一期刊物发表了胡适的八首白话诗。这样一排列,试验新诗的年份分别为,胡适起手试验新诗的民国五年,是 1916 年;《新青年》第 2 卷第 6 号发表胡适诗八首,是 1917 年;《新青年》第 4 卷第 1 号正式发表三人诗作的年份民国七年,是 1918 年。这些年份,都可视为百年新诗的发端之年。胡适在《尝试集》自序中介绍说,他在美国留学期间,民国四年(即 1915 年)开始,就与友人梅光迪等讨论新诗革命的问题:"百年未有健者起,新潮之来不可止。文学革命其时矣!吾辈势不容坐视。"胡适著名的诗学主张"诗国革命何自始? 要使作诗如作文",也是这一年写给友人任叔永的。

百年来一件大事

这一个小标题是仿胡适的。1919年胡适应《星期评论》"双十节纪念号"的约稿作长文《谈新诗》，在此文正题的后面加"八年来一件大事"为副标题。文章的开头，胡适列举辛亥革命以来的种种预期均告失望，层出不穷的是"一种更坏更腐败更黑暗"的政治丑行。胡适说，"与其枉费笔墨去谈这八年来无谓的政治，倒不如让我来谈谈这些比较有趣的新诗"[1]。胡适这些话讲于百年前，回望这20世纪的百年，中国和世界发生过很多事，两次毁灭性的世界大战，从热战到冷战，留下的是伤残的肢体、妻子和婴儿的哭泣、废墟、集中营，还有墓场。诗人罗门写了其中的一座墓场：菲律宾，马尼拉，郊外，一个叫麦坚利堡的地方。那里埋葬了"二战"中死亡的七万名美国士兵——

死神将圣品挤满在嘶喊的大理石上
给升满的星条旗看　给不朽看　给云看
麦坚利堡是浪花已塑成碑林的陆上太平洋
一幅悲天泣地的大浮雕　挂入死亡最黑的背景
七万个故事焚毁于白色不安的颤栗
史密斯　威廉斯　当落日烧红满野芒果林于昏暮
神都将急急离去　星也落尽
你们是哪里也不去了
太平洋阴森的海底是没有门的[2]

诗人艾青同样用诗句表达过他对和平的期待——他写当时尚未拆除、又高又厚的柏林墙挡不住花香，也挡不住蝴蝶的翅膀。在中国大地，一百

1　胡适：《谈新诗——八年来一件大事》，《星期评论》"双十节纪念号"，1919年。
2　罗门：《麦坚利堡》，《罗门精品》，人民文学出版社，2001年，第4页。

年的时间和空间都被泪水和血痕充填。一场战争接连另一场战争,一场动乱接连另一场动乱。也是一百多年前,清末一场维新运动中,几位先驱者血洒北京菜市口。其中的谭嗣同有诗句留世,那诗句表达了方生未死之间中国人的悲怆:

> 世间无物抵春愁,合向苍冥一哭休。
> 四万万人齐下泪,天涯何处是神州![3]

这神州大地,不间断的征战和动乱,曾经硝烟,曾经饿殍,曾经山崩地裂,曾经血泪成河。巍峨的宫殿,雄伟的城墙,智慧的典章,可以在任何堂皇的名义下轰毁而无所存留。而得以与日月共辉煌的唯有诗歌。这正是:"屈平词赋悬日月,楚王台榭空山丘。"曾记得安徽有个六尺巷的故事,"万里长城今犹在,谁见当年秦始皇?"秦始皇没有千秋万世,其实,长城也在不断坍塌之中。永生的却是这首小小的诗歌。这就是胡适当年视为较之世上万事万物"比较有趣"的、亦可说是永恒的话题:诗的产生与建设。一百年过去了,战乱留下的是痛苦和哀伤,而诗歌却始终勃发着生机,不断给予人们以美和喜悦,是人类心灵的安慰。

中国新诗的一百年,是始于"破坏"而指归于建设的一百年,是看似"后退"而立志于前进的一百年。表面上看,古典的诗意和韵律受到了有意的"轻慢",而建立中国诗歌的新天地却是一项革故图新的诗学创举,是在古典辉煌的基础上另谋新路从而使传统诗意获得现代更新的头等大事——它不仅成就了千年诗歌史的大变革,而且开启和促进了中国新文学乃至新文化的历史新篇章。

---

[3] 谭嗣同:《有感一章》,《谭嗣同全集》,中华书局,1981年,第540页。

变革源于忧患

这一次空前的诗学嬗变，表面看来很像是一场纯粹的西化运动，因为倡导者并不讳言他们理想的诗歌模式取法于西方。中国新诗的草创期，它的模板便是西方诗歌，其基本理论资源也来自西方。胡适甚至把译诗《关不住了》称为"我的'新诗'成立的纪元"[4]。当然，最著名的断言来自当年新月派的理论台柱梁实秋："我一向以为新文学运动的最大的成因，便是外国文学的影响；新诗，实际就是中文写的外国诗。""外国文学的影响，是好的，我们应该充分地欢迎它侵略到中国的诗坛。"[5]这些斩钉截铁的断言，印证了中国新诗与西方诗歌的非同一般的渊源。

中国新诗迈出的第一步就是废弃旧的诗歌模式，建立新的诗歌模式，其主要标志是：以白话代替文言，以自由代替格律。这是新诗创造者改造旧诗的大手笔，也体现他们坚定的意志和宏远的眼光。举凡熟知中国文化的人都承认，历时数千年的中国古典诗歌业已创造了不可企及的辉煌，它成为中华文明的瑰宝，也是中华民族面对世界的骄傲。但一场诗歌革新的举动，竟然以"毁坏"几千年古典诗歌造就的旷世之美为代价，人们不免要问，到底出于何种考虑？那些急于革故图新的人们，为何不惜以新生的、同时也是粗粝的白话诗取代成熟的、同时又是精美绝伦的古典诗？到底为了何因，那时的先行者竟然下了这般破釜沉舟的决心，必欲以与中国古典诗歌彻底决裂的姿态而为中国诗歌另造新天？

这是一个相当复杂的问题。要解答这一问题，需要从中国近代史的背景去找原因。大约以第一次鸦片战争为起点，清道光、咸丰（1821—1861）年间，特别是公元19、20世纪之交，正是中国社会空前危难的时刻。接踵而至的内忧外患使中国社会陷入生死存亡的挣扎之中。1840、1860年间发生的两次鸦片战争，国门破敝，外国军队如入无人之境，终

---

4 胡适：《尝试集·再版自序》，亚东图书馆，1920年9月。
5 梁实秋：《新诗的格调及其他》，《诗刊》创刊号，1931年1月20日。

于导致京城沦陷，帝后出逃，圆明园沦为废墟。历经道、咸、同、光数代，割地赔款如同家常便饭，国人哀忍于心。19世纪末，危机愈演愈烈，1892年，沙俄出兵帕米尔，掠我二万多平方公里领土；隔二年，1894年，日海军击沉我援朝之高升号兵船；是年，北洋海军提督丁汝昌率舰队迎战日军于大东沟，管带邓世昌战死。再一年，1895年，日军袭击我经营多年的北洋舰队，定远、来远、威远、靖远先后被击沉，北洋海军全军覆没，提督丁汝昌拒降，服毒自尽。

正是在这个背景上，也是国耻之年的1895年，康梁始议变法图强，乃有"公车上书"之举。1898年6月11日光绪皇帝下"明定国是"诏，宣布维新变法。是年9月21日六君子惨烈弃市，变法告终，世称"百日维新"，中国近代第一场革新之梦破灭。中国面临的危机，引发中国有识之士不竭余力地寻求救亡图存的道路。那时的人们对世界缺少了解，对世界贸易和经济规律也缺乏了解，他们理所当然地把导致中国贫穷落后的原因归诸中国传统的文明。外国历史学家敏感地看到了这一点：

> 只是在经过许多灾祸之后的19世纪90年代，进化论和社会达尔文主义思想才被夹带而纳入儒家的意识，当作维新运动的必要纲领。最后，改革家的斗争主要不是直接反对帝国主义，而是反对那些使帝国主义得以实现其野心的中国的传统。清末的改良派和革命派都同意一句古老的儒家格言："苟齐其家，其谁敢侮之？"中国的力量必定来自内部。对于以古代经典培养出来的学者来说，鼓舞他们寄希望于中国的未来的主要力量仍然来自它的过去。[6]

中国把挽救危亡的全部注意力，锁定了中国自身。知识界把中国危机的根源指向中国的传统文化和旧文学。"一战"结束，中国是战胜国，却

---

6 [美]费正清、刘广京编：《剑桥中国晚清史》下卷，中国社会科学出版社，1993年，第6—7页。

遭到不公的待遇。"五四"运动是一场挽救民族尊严而爆发的抗议浪潮，本是一个政治行动，很快就转换为对旧文化——其实即儒家文化的批判运动。中国新文学的开山之作，鲁迅的《狂人日记》明确地把批判的矛头对准了中国的历史："我翻开历史一查，这历史没有年代，歪歪斜斜的每页上都写着'仁义道德'几个字。我横竖睡不着，仔细看了半夜，才从字缝里看出字来，满本都写着两个字'吃人'！"[7]

他们理所当然地把中国的积弱的原因归结于中国的传统文化。这种批判是有力的，也无过错。但事实是，中国的传统文化中既有让国人为之自豪的精华，也存在影响中国前进的消极成分。问题在于，把中国的积弱完全归咎于传统，认为这是中国的"病根"，并对之施以讨伐和全面否定，此举难免失之鲁莽和轻率。那时的人们面对无边的暗夜，救国无门，急切中找到了中国文化的痼疾，从而把文化的批判和革新视为救亡图新、重铸民魂的唯一出路。我们从"五四"的先驱者身上看到了这种愤懑和激情。鲁迅从事文学的经历便是如此，他由寻找医治身体的"药"转而寻找疗救民族精神的"药"。鲁迅自述，这种转变起因于一次围观示众的、令他震惊的画面：

> 从那一回以后，我便觉得医学并非一件紧要事，凡是愚弱的国民，即使体格如何健全，如何茁壮，也只能做毫无意义的示众的材料和看客，病死多少是不必以为不幸的。所以我们的第一要著，是在改变他们的精神，而善于改变精神的是，我那时以为当然要推文艺，于是想提倡文艺运动了。[8]

这就是"五四"那一代作家的心路历程。中国新诗的革命运动走在了"五四"新文化运动的前列，早在《清议报》于横滨出版之初，编者

7　鲁迅：《狂人日记》，《鲁迅全集》第一卷，人民文学出版社，1959年，第12页。
8　鲁迅：《呐喊·自序》，《鲁迅全集》第一卷，人民文学出版社，1959年，第5页。

即在该报设"诗界潮音集"发表诗歌,这种在新型的传播媒介发表诗歌的举措,传递了立志诗歌变革的意愿,实为正在酝酿中的诗界革命之先声。在正式提出新诗革命之前,业界沿用的"诗歌改良"的实践始于黄遵宪。1891年,黄遵宪在《人境庐诗草》自序中说:"仆尝以为诗之外有事,诗之中有人;今之世异于古,今之人亦何必与古人同?尝于胸中设一诗境:一曰复古人比兴之体;一曰以单行之神,运排偶之体;一曰取《离骚》乐府之神理而不袭其貌;一曰用古文家伸缩离合之法以入诗。"[9]他在思考,想在古典规范中"突围",改良旧诗的意愿是坚定的,但毕竟障碍重重,他无法超越。诗歌改良的步伐于是就停止在他这里,他到底只是一位最初的勇敢探索者。

查文献,使"诗界革命"一词首先见诸笔端的是梁启超。1899年,他游历夏威夷并写作《夏威夷游记》,正是戊戌政变流亡去国的一次远游。即使在这样万事萦心的背景和心境下,梁启超依然没有中断他的诗歌变革的思考——因为他说过"欲新一国之民,不可不先新一国之小说"[10],这当然涵盖了"必新诗歌"的理念。他殷切地呼唤发现诗歌新大陆的诗歌界的哥伦布和麦哲伦:"要之,支那非有诗界革命,则诗运殆将绝。虽然,诗运无绝之时也。今日者革命之机渐熟,而哥仑布、玛赛郎之出世,必不远矣。"[11]随后,他亲自编选《晚清两大家诗钞》以倡导诗歌的解放。在此书题词中,他再一次深情预言:"中国诗界大革命,时候是快到了。"[12]

在这些先行者的心目中,文学和诗的变革将导致人心的变革,最后达于实现"群治"的大目标。诗歌的变革是与国运的兴衰联系在一起的。国难深重,人们想到的是通过改变诗歌(当然还有小说和文艺)以改变人心,这就是此刻我们要予以强调的新诗革命的理想诞生于忧患的事实。

---

9 黄遵宪:《自序》,《人境庐诗草》,古典文学出版社,1957年,第1页。
10 梁启超在《论小说与群治之关系》中写道:"欲新一国之民,不可不先新一国之小说。故欲新道德,必新小说;欲新宗教,必新小说;欲新政治,必新小说;欲新风俗,必新小说;欲新学艺,必新小说;乃至欲新人心,欲新人格,必新小说。何以故?小说有不可思议之力支配人道故。"此文原刊1902年11月14日《新小说》第1号。
11 梁启超:《夏威夷游记》,《饮冰室合集·文集之二十二》,中华书局,1936年。
12 梁启超:《晚清两大家诗钞》题词,作于1920年10月,《饮冰室合集·文集之十五》,中华书局,1936年。

诗体大解放

在"五四"新文学革命的总体追求中，创造新文学，首先就是创造新诗歌，改变中国传统诗歌囿于狭小的文人圈子而严重与民众疾苦、社会兴衰隔绝的状态。"五四"新文学革命两篇宣言式的文字，胡适的《文学改良刍议》和陈独秀的《文学革命论》中对于旧文学的揭露和批判，其核心部分是针对诗歌而言的。胡适文中提及的"八事"，举凡"不用典""不用陈套语""不讲对仗""不避俗字俗话"等都是针对古典诗词的弊端而发的。在陈独秀的文章中，这种批判的锋芒更是直接指向了诗歌的"积弊"："东晋而后，即细事陈启，亦尚骈丽。演至有唐，遂成骈体。诗之有律，文之有骈，皆发源于南北朝，大成于唐代。更进而为排律，为四六。此等雕琢的、阿谀的、铺张的、空泛的贵族古典文学，极其长技，不过如涂脂抹粉之泥塑美人……"[13]

革新者认为，造成这种诗与人、诗与世隔绝的病根一是文言，二是格律。而在诗界革命的倡导者那里，这二者却是无法逾越的"天堑"——文言和格律令他们的革新难以举步。我们从前引黄遵宪诗歌改革的主张中发现，他为未来诗歌寻求的出路，他的设计蓝图，都被不由自主地限定在原有的古典框架内，冲破文言造成的障碍已非易事，其他如"复古人比兴之体""用古文家伸缩离合之理以入诗"，无处不有"旧面孔"的阴影在。首先是言、文脱节，再就是五、七言体的拘束，他即使想立"新"，而脚跟却站在"旧"地，这"新"无论如何是立不起来的。这就是他们的"改良"终致失败的原由。

新诗实践者的以白话取代文言，以自由体取代格律体的决心就是据此而下的。晚清以来，对于诗歌与万众忧乐的脱节的不满已多有表达，改变诗歌现状，使之能够与现代社会的风云际会相谐，从而能应和日益精进的

---

13 陈独秀：《文学革命论》，此文作于1917年2月1日，原载《新青年》第2卷第6号。

世界潮流，其目标是明确的。白话写诗可使言、文一致，口上怎么说，笔下就怎么写，再加上格律的打破，思想情感一如冲破闸门的水，可以无拘束地流淌。胡适清晰地表达了他关于创立新诗的理想，如下一段论述可以说是提纲挈领的：

> 这一次中国文学的革命运动，也是先要求语言文字和文体的解放。新文学的语言是白话的，新文学的文体是自由的，是不拘格律的。初看起来，这都是"文的形式"一方面的问题，算不得重要。却不知道形式和内容有密切的关系。形式上的束缚，使精神不能自由发展，使良好的内容不能充分表现。若想有一种新内容和新精神，不能不先打破那些束缚精神的枷锁镣铐。因此，中国近年的新诗运动可算得是一种"诗体的大解放"。因为有了这一层诗体的解放，所以丰富的材料、精密的观察、高深的理想、复杂的感情，方才能跑到诗里去。[14]

这一段文字的核心意思在于，指出通过使用白话和冲破格律的自由体以促成诗体的大解放。只有诗体获得解放，那些影响社会进步、民心改造的新知识、新思想、新精神才能得到承载和表达。也唯有如此，才最终使诗歌能够通往民心，影响并最终改善民心、启发民智。前已述及，整个的"五四"文学革命其缘起在于要以文学的革新挽救当前的危机。而他们认为，解救危机的最直接也最有效的途径，则是使诗歌和文学能够为民众所接受和亲近，从而提升全民的智慧和觉悟。

"五四"的先行者确认，他们寻找到了拯救中国衰危的"药"。为了疗救病入膏肓的社会，他们不惜以"破坏"精美绝伦的古典美的沉重代价创造新诗。看似一场大破坏的诗体大解放，其实质乃是人的思想冲破障碍的一场思想艺术的空前大建设。

---

14 胡适：《谈新诗——八年来一件大事》，《星期评论》"双十节纪念号"第五张，1919年。

嬗变从未止步

这种"以夷为师"的"破坏",终于使诗歌冲破了完美的、然而也是坚硬的格律的壁垒,以白话书写的诗歌终于获得了充分表达现代人的思想情感的自由。与这种成就取得的同时,接踵而来的则是历时久远的、对这番"大爆破"的质疑和拷问。最大的质疑是:这一新生的白话自由诗是否造成了与中国伟大诗歌传统的中断或割裂?更有则质问,既然承认这是"中文写的外国诗",那么,它是否就此与中国诗歌分道扬镳了?这里有一段文字,传达了新诗创立初时读者对此的普遍疑虑:

《新青年》提倡新文学以来,招社会非难,也不知道多少。……其中独以新体诗招人反对最力。我们对社会这种非难,亦应该分别办理。一种是一知半解的人,他们只知道古体律体五言七言,算是中国诗体正宗;斜阳芳草,春花秋月,这类陈腐的字眼,才足以装点门面;看见诗有用白话做的,登时惶恐起来,以为诗可以这般随便做去,岂不是把他们的斗方名士派辱没了吗?[15]

对这一问题,百年来一直存在争议。其实,从中国数千年诗歌历史看,诗歌的应时变革是恒常的状态,诗体的更迭一般并不意味着倒退或停滞,反而意味着诗歌应和时代的前进和发展。文随世变。社会、民情、习俗、风尚、趣味特别是语言都在悄悄地和缓慢而持续地演变。这些人们不易觉察的因素,时刻发生在我们身边,无不影响着诗歌的走向。这其中,影响最大的则是语言的变化。口语总是如不肯停步的野马,随着时间的推移而不停地改变着人们的言说。而诗人写作则须对语言持一种不离不弃的虔诚。无疑,生活复杂化了,新的词汇随之涌现,这些新词不断地膨胀

---

15 俞平伯:《白话诗的三大条件》,《新青年》第6卷第3号,1919年3月15日。

着，要冲破旧设的藩篱，于是就有了改变现状的革新表达的诉求。

　　静则思变。从漫长的诗史看，一个时代的诗歌一旦成型，必然酝酿着一场新的艺术革命。定以蓄变，新陈代谢，这是世间万物始终存在的潜隐的规律，诗歌也是如此。史书载，我国最早的"诗"，多为极短句构成，最简的是《弹歌》，见于《吴越春秋》："断竹，续竹；飞土，逐宍。"八个字，有韵，节奏感强，展现了一个飞动的画面。这是先人的智慧。早期的古典诗歌，以《诗经》为代表，基本是四字成句，四个字在我们的先人那里，已经能够非常熟练地表达复杂的情感和精致的内容。"昔我往矣，杨柳依依；今我来思，雨雪霏霏。"（《诗经·采薇》诗句）整齐的句子，鲜明的意象，深刻的情思，以及优美的音韵，戍卒怀乡，内心凄苦，时隔千载依然楚楚动人。

　　四言体因为艺术和思想的成熟，把《诗经》从"诗"神奇地转换为"经"，使诗歌完成了中华文化的经典定位。中国诗歌以此为起点，开始旷古的远征。四言诗在曹氏三父子手中做到了极致。三曹中，尤以曹操成就最大。他的《短歌行》《观沧海》《龟虽寿》均为中国古典诗的经典之作：

　　　　对酒当歌，人生几何。譬如朝露，去日苦多。
　　　　慨当以慷，忧思难忘。何以解忧？唯有杜康。
　　　　青青子衿，悠悠我心。但为君故，沉吟至今。

　　　　　　　　　　　　　　　　　　（曹操，《短歌行》）

　　这些四字组成的短句，相当饱满地展现生命的全部丰盈，时空辽阔，沉雄深厚，起伏跌宕，声韵悠远，人生功业与荣辱的彻悟融于其中，堪称千古绝唱。不难看出，从"杨柳依依"到"青青子衿"，四言诗已经创造了一个神奇而恢宏的诗歌时代。但是诗史并不就此止停，它仍在悄悄地、不停顿地积蓄力量，筹划着一场更为久远的、可以说是另一个划时代的诗学巨变。这是以五言替代四言的"一个字"的革命。《古诗十九首》就这样展现在人们的视野，它带来一阵让人错愕的惊喜。

就四言诗而言，嵇康无疑是此中强手。当他在四言的海洋抒发无尽的"忧愤"[16]之时，他的同代人阮籍已经走出了"四言"的疆域。阮籍以五言咏怀诗名世，沈德潜对阮籍的创作虽有微词，但依然肯定他延续了屈原的传统。[17]旧日评诗多以《诗经》与《离骚》为诗之两源，认定屈原的传统已是相当高的评价了。五言诗盛行于魏晋年间，当年出现了一大批杰出的诗人。"暧暧远人村，依依墟里烟，狗吠深巷中，鸡鸣桑树颠。"（陶潜，《归田园居》）陶渊明以清新生动的语言再现了乡村生活的场景，他无疑以一种崭新的方式创造了一个时代的高峰。

诗歌的"八代"或"六朝"的六百余年[18]，是五言诗的天下。但是不知不觉间一个诗歌的桃花源出现了，这里的景"芳草鲜美，落英缤纷"，这里的人"不知有汉，无论魏晋"。峰回路转之间，诗界再一次产生巨变。要是我们不介意这种不准确的概括的话，这次诗学革命则依然是增添一两个字的"革命"：从"一个字"（四言到五言）的革命发展为"两个字"（五言到七言）的革命。这种行进也是不假声色的、静悄悄的。六朝的鲍照在五言的丛林中作了"尝试"，世称："明远乐府，如五丁凿山，开人世所未有，后太白往往效之。"（沈德潜，《古诗源》）这里指的是鲍照自谓"奉诏而作"的七言体《代白纻舞歌辞四首》。他开了风气之先。

闸门一旦打开，那水就止不住。唐诗的潮流还未涌动，卢思道（隋）便等不及了，一曲《从军行》开启了七言的先河。评论曰："其诗以七言见长，风格刚劲，开初唐七言歌行的先声。"（卢思道，《从军行》）这里是

---

16 嵇康有《幽愤诗》。《古诗源》："叔夜四言，时多俊语。不摹仿三百篇，允为晋人先声。"
17 《古诗源》："阮公咏怀，反复零乱，兴寄无端，和愉哀怨，杂集于中，令读者莫求归趣，此其为阮公之诗也。必求时事以实之，则凿矣。其原自《离骚》来。"
18 尚永亮在《先秦汉魏六朝诗歌精选·前言》中写道："自东汉至隋，共经历了八个朝代，前人习惯上将之称为'八代'。又因三国之吴、东晋和此后南朝宋、齐、梁、陈均建都长江边上的建业（今南京），故简称六朝。"陕西师范大学出版社，2009年5月。

他的例句:"朔方烽火照甘泉,长安飞将出祁连。犀渠玉剑良家子,白马金羁侠少年。"由引文可以窥及并想见未来的唐家气象。这一次"两个字"的飞跃,把中国古典诗歌的成就推到了前无古人(甚至也是后无来者)的顶峰,而立大功的是如此这般新兴的七言体。七言诗,较之五言,只多两个字,却是无限地扩展了诗的表现空间。

接踵而来的是人们耳熟能详的初、盛、中、晚;是李、杜、王维、白居易;是春江花月,是枫桥夜泊,是大漠孤烟,是灞桥折柳,是说不尽的平平仄仄、仄仄平平。不妨设想,单凭那七言绝句仅仅28个字,其组成至多不过是16个词或词组(而且一般不允许一词重现),那些高歌狂饮在长安市上的诗人们为我们造出了多少惊心动魄的千古绝唱!而更为可贵的是,他们并没有因为自己的辉煌而摒弃前人的智慧。唐人是包容的,他们写七言,也写五言,写律诗,也写绝句,古体近体,乐府歌行,他们都写。这些诗歌世界的辉煌先前是不大讲的,因为太"旧"了。辛亥革命前后求新的革命党对此是排斥的。例如钱玄同就认为,这都是"独夫民贼"和"文妖"的嗜好。[19]这些来自诗人或学人的一时愤激的话语,我们当然无须认真。

辉煌伴随着非议,而诗的变革的脚步并未停止。辉煌到了绝顶,难道这路就不再走了?不对,诗体继续解放。从唐到宋,新生的变革是对已成定制的律绝的冲破。宋人可不管五、七成句的藩篱,他们主张长短句的"杂糅",追求的是自由。当然宋词仍有它的体式,有各种词牌,也是对自由的"掌控"。但人们发现,许多日常用语理直气壮地进入了当时的诗(也就是宋的词)中。事情到了元、明两朝,就更不得了了,那些小令,简直就是日常口语的大展示。现今人们认为的"白话",不仅大模大样地进入小说,而且进入像《西厢记》《牡丹亭》这样典雅的"诗剧"中。

---

19 钱玄同在《尝试集序》中说:"西汉末年,出了个杨雄,作了文妖的'原始家'。这个文妖的文章,专门摹拟古人;一部《法言》,看了真要叫人恶心;他的辞赋,又是非常雕琢。东汉一代,颇受他的影响。到了建安七子;连写封信都要装模作样,安上许多浮词。"见胡适:《尝试集》,亚东图书馆,1920年。

回过头来看，所谓的诗体解放，难道只是胡适等人的发明或"原创"？其实整部中国诗歌史就是一部不曾停止的诗体的演变史。以《诗经》《楚辞》为起源，三千年间诗歌的变革一直持续进行着，步伐有大有小，改革有强有弱，但每一次变革都在不同意义上促进了诗歌语言与日常语言的紧密联系，都在不同的程度上促进了诗歌艺术的发展和进步。反观19世纪末叶与20世纪初叶至今的中国新诗运动，其实就是整体的中国诗歌史的造山运动的组成部分。这种体认，早在新诗的草创期就有人提及了："诗由三百篇而辞赋，而乐府，而五言，而七言。而词，而曲，都是循着一定的程径，由体裁底束缚而变为自由的。"[20]

胡适所说的"诗体大解放"与以往的诗歌变革相比，差别就在于，这次解放是大幅度的和极其深刻的，是一次"伤筋动骨"的大手术。具体说，在语言层面上，是否定文言改用白话；在诗体层面上，是打破格律改行自由。前已述及，诗歌语言的日常化，它的接纳口语入诗，乃是一种持常的行止。而诗歌格律体的建立，从初步到完善，也是一个持续不断的过程。对于格律的弃取，无疑是一次石破天惊的行动。它仿佛是一场强烈的地震。

血脉依然贯通

从以上的论述我们得知，"五四"时期的诗体解放乃是数千年持续不断的诗体变革的一个延伸。这个延伸类似于历史上四言到五言、五言到七言，或者类似于从唐诗到宋词，宋词到元曲那样的平常状态，并无特别之处。但对比之下，不同之处也是有的：新诗变革的跨度有了大的扩展，是从文言写作的旧诗到用白话写作的新诗的大跨越。但冷静观察可以看到，使用汉语写作的根基没有变，传达中国情思的内涵也没有变。它充其量不

---

20 康白情：《新诗底我见》，《少年中国》第1卷第9期，1920年3月15日。

过是中国诗歌内部的一场适应时代潮流的大调整。它顺应了时变，但没有"脱轨"。这里特别要加以强调的是，要是说诗体的变革并不是中国诗歌所特有的规律，那么，在诗歌顺应时代的要求、必欲以诗歌的改变来为改变民心的动机并借以推动时代的进步来看，则完全是仅仅属于中国的一场"中国式的诗学革命"。

"诗言志"[21]是中国诗最基本的定义，亦可说是它的立命之本。由此可知中国诗学的核心是诗调和万物的实用性，即儒家所谓的诗的教化作用。教化的范围是宏阔的，涉及整个社会人心的劝谕与调适。以此为起点，诗甚至可以起到改变社会风气的政治讽劝作用，古时即有以诗为"谏书"之说。中国诗学强调诗应当在指导和匡正世道人心方面发挥它的特别功能，此即《诗大序》讲的，诗可以"经夫妇，成孝敬，厚人伦，美教化，移风俗"，所以才有"诗三百，一言以蔽之，曰：'思无邪'"（《论语·为政》）的概括。中国先人认为，一个地区诗教的展开可以改变那个地区的精神环境，所以，孔子才说："入其国，其教可知也，其为人也，温柔敦厚，诗教也。"（《礼记·经解》）这样的诗学论述，在中国传统典籍中比比皆是。

在古代，诗在人们生活中的地位极高，普通人通过诗表达情感和愿望，统治者也通过诗来考察民情和政绩。采诗和献诗乃成为一件"知得失，自考正"的重要手段。这再次证实，在中国，诗是有"实用"价值的。在古代，学诗、知礼可谓是人生之大事，所以孔子才教导他的儿子说："不学《诗》，无以言。"[22]最经典的关于诗的重要性论述则是如下一段话："小子何莫学乎诗？诗可以兴，可以观，可以群，可以怨。迩之事父，远之事君。多识于鸟兽草木之名。"（《论语·阳货》）圣人古训，诗歌本身的

---

21 《尚书·尧典》："帝曰：'夔！命汝典乐，教胄子……诗言志，歌永言，声依永，律和声。八音克谐，无相夺伦；神人以和。'"由此可知，此说大抵始于周代，后屡见于《庄子》《荀子》诸典籍。朱自清认为是中国诗学的"开山纲领"。

22 《论语·季氏》："子尝独立，鲤趋而过庭。曰：'学《诗》乎？'对曰：'未也。''不学《诗》，无以言。'鲤退而学《诗》。"

"兴、观、群、怨"的功能，最终是用以"事父"（齐家）和"事君"（治国）的。说到底，诗非凡物，诗乃齐家治国之物也。

儒家学说主张以礼治天下，而让人知礼，莫过于学诗。这就是中国的诗学传统。要是我们认同了这一点，则谈论中国新诗与中国传统诗歌的关系就顺畅了。一百年前，我们的前辈有感于国难深重，一时救国无门，思及重铸民魂在于"诗教"，于是急切之中将一把手术刀递给了未来诗歌的改造——百年来充满争议的新诗就是这样应运而生的。由此观之，即使极端地说，新诗破坏了古典诗的"一切"（包括意境、韵味和声律），但是新诗却是非常完整地继承和维护了中国诗学的正统，这就是"诗言志"延伸过来的教化民众的传统。也许由于手术刀的操作出现了"割痕"，但是中国诗的血脉没有被割断。

中国诗学的血脉依然贯通今古，中国诗学传统并没有因白话新诗的出现而中断，而是得到了英气勃发的现代更新。这是一次传统诗学向着现代的延展。它的伟大成功在于，既使诗歌有效地渗入民众，基本做到言文相谐，同时令代表现代潮流的新思想、新观念顺利地进入诗中，又相当完整地保全了中国诗歌被朱自清所称道的"开山纲领"。[23]

一百年前胡适诸人发起的这场诗学巨变，乃是一场目光远大的旷世之举。其初衷是以诗救国、以诗新民，是以非凡的毅力和胆识，搬来西方的经验以为"样本"另铸新辞，而其源头则可远远地追溯到中国诗学的"诗言志"根本。这是一场史无前例的源于高远而归于宏大的诗学长征。

自由是生命线

新诗究竟为我们带来了什么？答案是，它为我们带来了千年诗坛的新气象，首先是它的自由精神。挣脱了语言上文言的枷锁，挣脱了形式上格

---

[23] 康白情：《新诗底我见》，《少年中国》第1卷第9期，1920年3月15日。

律的镣铐,新生的诗歌好比是千回万转的一道激流,终于冲破夹岸的重峦叠嶂,来到一马平川的广阔原野。获得大解放的诗歌开始用稚嫩的嗓音,用没有任何束缚的方式传出它最初的声音。胡适在综述新诗最初的成果时认为,不仅是抒情,即使是写景的诗,"也须有解放了的诗体,方才可以写实的描画";新诗的优长之处在于它的词汇量大,而"稍微细密一点,旧诗就不够用了"。[24]胡适特别看重新诗获得的新鲜而独立的声音,并使之与"旧词调"[25]基本"切割"——他重视新诗有别于旧诗的自由独立的独特表达方式。"这时期的诗最重自由。"(朱自清,《中国新文学大系·诗集》导言)

但自由不仅意味着诗歌形体的解放,而且意味着诗人人格的健全与独立,意味着觉醒的现代中国人表达新意识和新情感时有别于古代的新精神。但看此时的新诗,无疑是幼稚的、简单的,甚至是粗粝的,但它却是生机勃发的。这时的诗里出现了一个独立的新人:"我和一棵顶高的树并排立着,却没有靠着。"[26]这样简单的描写是全新的。这里还有一道《小河》,胡适称"这首诗是新诗中第一首杰作",朱自清誉之为"融景入情,融情入理"之作。这首诗写的是农夫在小河中间筑堰,上流的水下不得——

　　一条小河,稳稳的向前流动。
　　经过的地方,两面全是乌黑的土,
　　生满了红的花,碧的叶,黄的果实。

---

24 陈独秀:《文学革命论》,此文作于1917年2月1日,原载《新青年》第2卷第6号。
25 胡适说:"我所知道的'新诗人'、除了会稽周氏兄弟之外、大都是从旧式的诗、词、曲里脱胎出来的。沈尹默君初作的新诗是从古乐府化出来的。……此外新潮社的几个新诗人,……傅斯年、俞平伯、康白情、……也都是从词曲里变化出来的,故他们初做的新诗都带着词或曲的意味音节。此外各报所载的新诗、也有很多带着词调的。"(《谈新诗》)胡适认为这些带着"词调"的是"一半词一半曲的过渡时代"。
26 沈尹默:《月夜》,《新青年》第4卷第1号,1918年1月15日。

一个农夫背了锄来，在小河中间筑起一道堰。
　　下流干了，上流的水，被堰拦着，下来不得，不得前进，
　　又不能退回，水只在堰前乱转。
　　水要保她的生命，总须流动，便只在堰前乱转。
　　堰下的土，逐渐淘水，成了深潭。
　　水也不怨这堰，——便只是想流动，
　　想同从前一般，稳稳的向前流动。

　　一日农夫又来，土堰外筑起一道石堰，
　　土堰坍了，水冲着坚固的石堰，还只是乱转。[27]

　　"乱转"一词甚有意思，它活现了那种急切中奋勇冲决、寻求出路的情态。诗歌的生态就是如此，不断设限，不断冲破，不论是土堰，还是石堰，总要冲破。为了自由，一往无前，因为别无所求，"只想流动"，在流动中获得自由。周作人这首诗，即使不看它的内在精神，但看它的文体，也具有创新启示。作者诗前小序云："有人问，我这诗是什么体，连自己也回答不出。法国的波特莱尔提倡起来的散文诗，略略相像，不过他是用散文格式，现在却一行一行地分写了。内容大致仿那欧洲的俗歌；俗歌本来是要叶韵，现在却无韵。或者算不得诗，也未可知；但这是没有什么关系。"由此可以看出当日的先驱者那种不拘一格的自由精神。

　　在最初从事新诗写作的人们那里，追求自由地表达乃是共同的愿望。俞平伯说："我怀抱着两个作诗的信念：一个是自由，一个是真实。……真实和自由这两个信念，是连带而生的。因为真实便不能不自由了，惟其自由才能够有真正的真实。我宁说些老实话，不论是诗与否，而不愿作虚伪的诗：一个只占有诗底形貌，一个却占有了内心啊。"[28] 与其相似的是横

27　周作人：《小河》，《新青年》第6卷第2号，1919年2月15日。
28　俞平伯：《冬夜·自序》，亚东图书馆，1922年3月。

空出世的郭沫若，他这样形容当年写作的激情：

> 当我接近惠特曼的《草叶集》的时候，正是五四运动发动的那一年，个人的郁积，民族的郁积，在这时找出了喷火口，也找出了喷火的方法。我在那时候差不多是狂了。民七民八之交，将近三四个月的期间，差不多每天都有诗兴来袭我。我抓着也就把它们写在纸上。当时宗白华在主编上海时事新报的"学灯"，他每篇都替我发表，给予了我以很大的鼓励，因而有我最初的一本诗集《女神》的集成。
>
> 但我要坦白地说一句话，自从《女神》以后，我已经不再是"诗人"了。自然，其后我也还出过好几个诗集，有《星空》，有《瓶》，有《前茅》，有《恢复》，特别像《瓶》，似乎也陶醉过好些人，但在我自己是不够味的。要从技巧的立场来说吧，或许《女神》以后的东西要高明一些，但像产生《女神》时代的那种火山爆发式的内发情感是没有了。潮退后的一些微波，或甚至是死寂，有些人是特别的喜欢，但我始终是感觉着只有在最高潮时候的生命感是最够味的。[29]

郭沫若的《女神》最能代表"五四"时代的自由精神：自我解放、个性独立、狂飙突进、奔放激荡。他的诗歌意象是在传统中充盈着当代精神，凤凰也好，天狗也好，女神也好，都是来自古典，其内在精神却是古典所未见的完全的现代。郁达夫盛赞说，"完全脱离旧诗的羁绊自《女神》始"[30]。闻一多亦持此观点："若讲新诗，郭沫若君的诗才配称新呢，不独艺术上他的作品与旧诗相去最远，最要紧的是他的精神完全是时代的精神——20世纪的时代的精神。"[31] 郭沫若在胡适草创新诗之后出现在中国诗坛，仿佛是一个陌生的闯入者，但却是一个真正代表了新诗的时代精神的

---

29 郭沫若：《凤凰·序》，明天出版社，1944年6月。
30 郁达夫：《女神之生日》，《时事新报·学灯》，1922年8月2日。
31 闻一多：《"女神"之时代精神》，《创造周报》第4号，1923年6月。

无拘无束的抒情的自我形象。但看他的天狗气吞日月的狂歌，他的凤凰涅槃的向死而生的咏唱，他的女神之再生的辛苦的创造，行文是天马行空，格式是前无古人。这就是自由的、独立的新诗。

　　自由给了诗歌以新的生命。除了郭沫若，当年还有一大批热情的歌者。他们行进在抗日战场上，在延河边，在白雪皑皑的东北平原，在层峦叠嶂的太行山山高林密的腹地……那些为自由而斗争的诗人们，他们不向世界要些什么，他们只需要一支笔，天蓝的墨水，原稿纸。正如艾青说的，"而最重要的是发言的自由"，[32] 他们以自由的声音和姿态向着世界发言。太阳从人类死亡之流的那一边，向我们滚来，震惊沉睡的山脉；自由，向我们来了，从血的那边，从兄弟尸骸的那边，像暴风雨，像海燕。[33]

　　自由体诗的形式只是一个构架，它可以为诗人提供阔大的驰骋空间。而自由体诗的生命则在于诗人的自由理想的追求与表达，这正是全世界所有诗人的共同愿望。自由可以有诸多的表达方式，而新生的自由的体式无疑是其间最为顺达和亲切的方式。思想没有牢笼，自由得以飞翔。这里不妨插入一段近日发生的网络趣闻。2016年度瑞典诺贝尔文学奖公布前，网络盛传叙利亚诗人阿多尼斯将获奖（后来证实是假新闻），腾讯文化网的记者在巴黎一家咖啡店采访了阿多尼斯。以下是采访大略：

　　（问：你怎么看待诗人与政治之间的距离？）答：……至于我自己，只对与自由、人类有关的政治感兴趣。（问：你也说过诗人的国度是自由，那么，你如何理解"自由"一词？在巴黎，你有敌人吗？）答：自由就好像空气，没有它，我们就无法呼吸。诗人的语言里流露出的就是自由。自由当然是有限制的，哪怕是在巴黎，不过这里仍然是一处能让我生活得很好的地方。在这里，我没有敌人，所有

32　艾青：《诗论·诗人论》，三户图书社，1941年9月。
33　以上分别是艾青《太阳》和田间《自由，向我们来了》的诗意。

的人都是我的朋友，哪怕我的"敌人"也是我的朋友。我爱所有的人。我的敌人是"思想"，我的战争是"思想"的战争，我会反对一些观念和想法，但是我不与人作对。[34]

也巧，差不多是同时，网络上又传说，2016年真正的获奖者是美国摇滚歌手鲍勃·迪伦。随后，又传出他拒绝受奖。[35] 在未经证实的声明中，这位真正的获奖者同样谈到了"自由"："瑞典科学院在给我授奖的理由中提到'诗意表达'，我的理解是'自由'。自由，这是一个能引起众多解释的词语。在西方，人们理解的仅仅是一般的自由，而我们理解却是一种更为具体的自由，他在于有权利拥有不止一双鞋，有权利吃饱饭。"

由此可见，中国新诗革命所造就的诗歌的自由体式以及它所代表的自由精神是多么可贵。它具有普泛的意义，它是诗的生命所在。所有的诗人，只要具有诗人的良心和品质，他们终将是自由的儿子。

音乐的文学

在中国传统诗学中，诗和歌本为一体，旧时的诗（词、曲）均可吟唱，于是方有流行至今的"诗歌"一词。相关典籍这样讲到诗歌与音乐乃至与舞蹈的关系："故歌之为言也，长言之也。说之，故言之。言之不足，故长言之；长言之不足，故嗟叹之；嗟叹之不足，故不知手之舞之足之蹈之也。"（《礼记·乐记》）朱熹在这段话的注中说："今礼乐之书皆亡，学者但言其义，至于器物则不复晓，盖失其本矣。"朱熹说的"器物"，在另一处说的"名物度数"，疑指同一物事，应当是指除了作为内容的"义"之外的那些诗的因素，我理解是指与诗歌表达丰沛情感

---

34 2016年10月20日，腾讯文化王晟发自巴黎。http://cul.qq.com/a/20161019/035897.htm
35 新华社随后证实，此消息不确。鲍勃·迪伦于诺贝尔文学奖公布后确曾长达十多日未公开表态，被视为"无礼和自大"。2016年10月28日，他电话回应说："太棒了，难以置信。"

有关的那些方式。

上面的引述证实，诗歌的力量在于始发乎情，又以抒情的方式出之。长言也好，嗟叹也好，舞蹈也好，这些表现，一言以蔽之，关涉到诗的音乐性。中国古诗词是讲究声律的，这是先人有感于诗与歌密不可分的特性，倾数代之功的追求。齐永明年间是中古诗歌的转型期，沈约、谢朓等人将汉语"平上去入"四声的原理运用到诗歌创作中，为此制定了若干规约，造出了"一简之内，音韵尽殊，两句之中，轻重悉异"的声韵效果，[36]终于完善了诗的音乐性的建构。前辈诗人、理论家经营了千余年，方才建立了中古以还近体诗的完整的声律体系。因为有了这一套严格规约，终于把中国古典诗歌送上了无可企及的巅峰。有道是，唐人"既闲新声，复晓古体，文质半收，风骚两挟，言气骨则建安为传，论宫商则太康不逮"，[37]这就造就了诗的盛唐。

诗的盛唐的诞生，当然有很多历史的、社会的、经济的、文化的，乃至国际交流的因素，但是诗体的完备，经验的积累，尤其是诗歌律则的建立，对于诗学的完成是绝对不可忽视的原因。中国古典辉煌的出现，近体诗五、七言律绝各体的完美而缜密的建树（当然也还有仍具生命力的古风、乐府和新生的词）功不可没。但无论如何，毕竟"生不逢时"，曾经的辉煌遭遇了近代以来前所未有的生存危机的威胁。正如本文最初所描述的，为了挽救内外交困的衰微的国运，革命者寻找民族病根的结果，理所当然地要以"摧枯拉朽"的猛烈向着这个精神的和审美的"极美王国"挑战。

当日的人们普遍认为，是那些严格的格律影响了新思想的载入与传播，因此革命的第一步便是拆除格律造成的藩篱。一旦决心下了，行动最是神速，数年之间，不由得那些亲历者惊叹："那已是三代以上的事了，

---

[36] 这里的叙述参看了尚永亮为《诗韵华魂——先秦汉魏六朝诗歌精选》所作前言。引号内引文见《宋书·谢灵运传论》。
[37] 唐人殷璠有关《河岳英灵集》的评论。

我们都是三代以上的人了。"³⁸ 笔者曾形容过当年的新诗革命者，仿佛是猴子进了古玩店，把那些精美绝伦的器皿不分青红皂白一律打翻在地，以为那些都是无价值的物件。这种扫荡性的"破坏"当然造成了伤害，也引起一阵叹息。但冷静省思并权衡利弊，这种翻天覆地的变革毕竟产生了崭新的诗歌形态，使得新诞生的诗歌和中国的社会现实产生了血肉相连的关联：诗，不再是文人书斋里的玩物，而是经时济世、强国新民的有用之物。他们做了前无古人的贡献。

事实非常清楚，在最初的革新者那里，严格的格律是一种需要搬开的巨石——因为它阻碍了诗歌通往日常生活的途路，也阻碍新潮语汇的进入，以及社情民意顺畅而随意的表达。这种观念甚至一直延续到如今，直至20世纪50—60代："旧诗可以写一些，但是不宜在青年中提倡，因为这种体裁束缚思想，又不易学。"³⁹ 其实，不妨追问一句，那些杰出的诗人谁曾经被这种完美的体裁"束缚"了？事实是，愈是有才能的诗人，愈是能够在严格的律则面前得心应手地显示他们的才能和智慧。正如闻一多所说："越有魄力的作家，越是要戴着脚镣跳舞才跳得痛快，跳得好。只有不会跳舞的才怪脚镣碍事，只有不会作诗的才感觉得格律的束缚。对于不会作诗的，格律是表现的障碍物；对于一个作家，格律便成了表现的利器。"⁴⁰

由于诗体的大解放，新诞生的诗歌一时陶醉在无障碍也不受拘束的写作狂欢之中。他们没有发现究竟失去了什么，他们只有一种获得自由的满足。但这种舍弃毕竟造成了永远的伤痛。有些中国人引为骄傲的美丽从此消失了，而且辉煌也似乎是永远不再！其实，即使是被新诗奉为

---

38 刘半农：《初期白话诗稿》序。原话是："那一个时期中的事，在我们身当其境的人看去似乎还近在眼前，至于年纪轻一点的人，有如民国元二年出世，而现在在高中或大学初年级读书的，就不免有些渺茫。这也无怪他们，正如甲午、戊戌、庚子诸大事故，都发生于我们出世以后的几年之中，我们现在回想，也不免有些渺茫。所以有一天，我看见陈衡哲女士，向她谈起要印这一部诗稿，她说：那已是三代以上的事了，我们都是三代以上的人了。"星云堂书店，1933年。
39 毛泽东：《关于诗的一封信》，《诗刊》创刊号，1957年1月25日。
40 闻一多：《诗的格律》，《晨报副刊·诗镌》第7号，1926年5月13日。

范式的外国诗，它们在各自的语言中也是非常讲究诗的音乐美的。押韵、音步、句和节，都有极大的声音上的安排与考究。外国诗中，如马雅可夫斯基，其诗行参差错落，却也是充满音乐性。马雅可夫斯基强调押韵的必要性："没有韵脚……诗就会分散。韵脚使你回到上一行，回想起前一行，使叙述一个思想的所有诗行共同行动。"（马雅可夫斯基，《怎么写诗》）其实，胡适在试验新诗的初期并非只是一路冲杀，他对于保持诗的特质是有考虑的。例如，他说过："诗的音节全靠两个重要分子：一是语气的自然节奏，二是每句内部所用字的自然和谐。至于句末的韵脚，句中的平仄，都是不重要的事。"（胡适，《谈新诗》）但想法是一件事，而想法是否实现又是一件事。

就这样，人们用一百年的时光赞美并享用新诗革命所带来的成果，同时也用一百年的时光念想与追慕往昔的荣光。开先是创造社的成员，以郭沫若为代表，他们"创造"最力，他们为新诗贡献了"女神"式的全新的、经典性自由体诗。紧接着也是这一些人，就在这些曾经的"荒芜"上，开始思考那种被中断的永恒之美的延续。20世纪20年代，创造社的中坚成员开始认真地进入新诗艺术层面的思考。郭沫若有专文研讨诗的节奏。以此为开端，他与穆木天、王独清、冯乃超、郑伯奇等，[41]以通信的方式互通诗艺理念。他们的讨论超越了草创期的"破除"的话题，改变了当初为"新"而忘"诗"的偏向，开始认真面对诗的艺术建设的庄严题目。他们开始为维护诗的审美品质而致力。他们此时揭起的名义是"唯美主义"。

"新月"诗人目的更为明确，那就是要为失去了格律的新诗"创格"[42]，要把自由得有点散漫的新诗再度格律化。他们重新谈论因为革命而

---

41 其间，郭沫若《论节奏》发表于《创造月刊》第1卷第1期，1926年3月16日；穆木天《谭诗》、王独清《再谭诗》亦发表于同期刊物。这是一次新诗实践者密集而深入的讨论诗歌艺术的聚会。

42 朱自清语，《中国新文学大系·诗集》导言。朱自清说："十五年四月一日，北京《晨报诗镌》出世，这是闻一多、徐志摩、朱湘、饶孟侃、刘梦苇、于赓虞诸氏主办的。他们要'创格'，要发现'新格式与新音节'。"

被遗忘、被搁置的诸如韵脚、平仄、音节、节奏、格调、"调和的声音"等"陈旧"的话题。其实他们是在召唤诗的音乐之魂。新月的饶孟侃说："假如一首诗里面只有意义，没有调和的声音，无论它的意思多么委婉，多么新颖，我们只能算它是篇散文。"[43] 为此，也是新月的闻一多专文谈论诗的格律问题，指出"绝对的写实主义便是艺术的破产"，"世上只有节奏比较简单的散文，决不能没有节奏的诗"；他主张"节的匀称和句的均齐"，他明确倡导诗的"音乐的美（音节）"、"绘画的美（辞藻）"和"建筑的美（节的匀称和句的均齐）"。[44] 为了证实他的主张，闻一多推出了示范式的作品：《死水》。

从"唯白话"到"唯诗"，历史走了一百年也没有走到。为了恢复"调和的声音"在诗中应有的地位，几代人进行着艰苦卓绝的努力。其间有创造社后期的一班人，新月的同仁，后来的卞之琳、何其芳和臧克家，直至当代痛感自由诗"无边的自由"导致诗歌语言鄙俗化的人们。要是再把20世纪40年代至50年代陆续"倡导"的"民歌化"加上去，那么，这种寻求可真有点"前仆后继"的壮观。当诗歌流同于口语和散文，当诗歌失去了节律和音韵所赋予的歌唱的美感，诗歌还存在吗？一百年未曾回答，一百年仍然等待回答。

推进一体化

诗歌始终独立地生存着，一个王朝的消失并不意味着诗歌的消失。同理，一个王朝的建立也未必意味着一个诗歌时代的新生。尽管中国诗史往往会以"唐诗""宋词""元曲"等朝代予以命名，但事实是，诗歌有它自己从诞生到极盛的生长周期，并不与朝代的更迭同步。唐朝消失了而唐诗依然活着。话说回来，从中国诗歌发展的事实看，一个时代的政治、经

---

43 饶孟侃：《新诗的节奏》，《晨报副刊·诗镌》第4号，1926年4月22日。
44 闻一多：《诗的格律》，《晨报副刊·诗镌》第7号，1926年5月13日。

济、文化也无不隐潜地、同时也是间接地影响着（甚至一定程度地决定着）诗歌的生态。最明显的如唐、宋，还有晚清和近代。前者已为历史学家和文学史家所充分描述，而后者，正在受到注视。

其实所谓的"辛亥以来的大事"，正是指的中国新诗运动的产生与它所处的时代的决定性影响。近代以来的诗歌巨变，是应动乱而多变的时代呼唤而诞生的。在此时，诗歌可谓是"临危受命"，它不适当地承担了救国救民的重任。无独有偶，到了20世纪40—50年代，一个大变局又把诗歌从"边缘"推到了"中心"。也许是由于战争的需要，也许是一种植根于意识形态的对于乡村文明的迎合，决策者大力号召文人的诗通往民间的结合与改造。在"喜闻乐见"的标榜下，新诗的民歌化成为一种主流的导向。当年一场范围宏大的辩论，其论题就是"新民歌有没有局限性"。所谓的"新民歌"，指的就是当日被推为"共产主义方向"的"大跃进民歌"。这种基本属于七言四句的体式，它是否存在局限性，乃是一个陈旧的话题，已经不用"讨论"，而人们依然陷于无尽的纠缠之中。

一个新政权的确立，有强势的行政力量推进并实现文艺（包括诗歌）的大一统。它希望创立一种与意识形态相一致的文学（诗歌）形态，特定的时代致力于推进颂歌体制的建立。在逐渐完善的"设计"中，这种诗歌从方法、形式、风格乃至用语渐趋一律化。其理论资源则是如下两点：第一，这是一种革命的现实主义与革命的浪漫主义相结合的诗歌；第二，这种诗歌是建立在民歌与古典诗歌的基础上的。大一统的诗歌冷淡并排斥"五四"新诗形成的自由传统。他们确认这种诗歌应成为肯定与歌颂现行生活秩序的"唯一正确"的方式。

诸多事实都在证明，这种意愿正在逐步成为现实。此前，在中国西北出现了一首仿照民歌体的叙事长诗，一时被树为"方向"。论者称："革命的文艺如果不学会自己的民族形式，即劳动人民所喜见乐闻的形式，哪怕内容很好，也不可能在几万万人民的头脑里把旧文艺的影响打倒、肃清。"[45] 随后又兴起一种时尚叫"三面红旗"("总路线""大跃进""人民公社"),于是呼唤并制作了"大跃进民歌",据说也是新方向。论者称:"他们唾弃一切妨碍他们前进的旧传统、旧习惯。诗歌和劳动在社会主义、共产主义新思想的基础上重新结合起来,正是在这个意义上,新民歌可以说是群众共产主义文艺的萌芽。这是社会主义新时代的新国风。"[46] 这些,都是在为一种统一的诗歌作舆论准备,目标是建立和推进一种排他的大一统的单一诗歌工程。

"大跃进民歌"运动是致力于诗歌一体化的一次最集中的表现,号召举国上下"人人是诗人",其结果是人人都用同样的词汇写同样的诗。事情开了头,接着就有无尽的跟进。到了"史无前例"的年月,诗歌在完成一体化的同时也走到了它的尽头。在"史无前例"的年代,诗歌被用来反复地、不厌倦地歌颂同一件事物、同一个人,表达同一个主题,而所有的颂歌使用的也都是同一种词语、同一种比喻、同一种调门。这一切证明,诗歌已经走向"断头路"。除非另辟蹊径,前面已无路可走。

然而,就在这绝望的时刻,诗歌表现了它的忘情的生命力,诗的绿意在萌动着,在冰雪覆盖的荒原上,诗的春天在悄悄孕育。一旦环境改变,自由的空气从敞开的窗口吹进来,诗歌新生的芽孢就开始迸发。幸存者们从流放地一身褴褛、一身伤痕地归来,那些被剥夺了青春和阅读的青年带着他们在"知青点"昏黄的油灯下写在笔记本上的诗稿归来。在远离家乡的荒原边地,他们隐秘地传递着那些不被允许的阅读,抄家残存的诗集以及专供批判用的"封""资""修"书籍成为一代人极度饥饿、极度贫乏中的精神"补给"。就这样,他们在地下状态秘密地写作,终于接续了割断的文脉,接续了"五四"中断了的自由歌唱的传统。

---

45 陆定一:《王贵与李香香》序二,生活·读书·新知联合发行所,1949年8月。
46 郭沫若、周扬:《红旗歌谣》编者的话,红旗杂志社,1959年9月。

破冰之旅

时机终于来到，20世纪70年代后半叶，持续了十年之久的空前动乱终于结束。那一年，十月的阳光分外明亮，人们打开久闭的门窗，让清新的空气吹进来。如同一百年前的际遇那样，在迎接阳光的同时，迎接了百年来的另一件"大事"——这当然不是别的，仍然是诗歌。在秋阳灿烂的北京街头，具体说是在当年北京的西单民主墙，在关于民主自由的众多言说中，赫然出现的是诗歌庄严的宣告：

> 历史终于给了我们机会，使我们这代人能够把埋藏在心中十年之久的歌放声唱出来，而不致再遭到雷霆的处罚。我们不能再等待了，等待就是倒退，因为历史已经前进了。
>
> 马克思指出："你们赞美大自然悦人心目的千变万化和无穷无尽的丰富宝藏，你们并不要求玫瑰花和紫罗兰散发出同样的芬香，但你们为什么却要求世界上最丰富的东西——精神只能有一种存在形式呢？我是一个幽默家，可是法律却命令我用严肃的笔调。我是一个激情的人，可是法律却指定我用谦逊的风格。没有色彩就是这种自由唯一许可的色彩。每一滴露水在太阳的照耀下都闪耀着无穷无尽的色彩。但是精神的太阳，无论它照耀着多少个体，无论它照耀着什么事物，却只准产生一种色彩，就是官方的色彩！精神的最主要的表现形式是欢乐，光明，但你们却要使阴暗成为精神的唯一合法的表现形式；精神只许披着黑色的衣服，可是自然界却没有一枝黑色的花朵。"四人帮的文化专制主义就是只准精神具有一种存在形式，即虚伪的形式；只准文坛上开一种花朵，即黑色的花朵。而今天，在血泊中升起黎明的今天，我们需要的是五彩缤纷的花朵，需要的是真正属于大自然的花朵，需要的是开放在人们内心深处的花朵。[47]

---

[47]《今天》编辑部：《致读者》，《今天》第1期，1978年12月。

这是一纸诗歌新生的宣言书，也是一纸声讨文化专制主义的义正词严的檄文。在如上的一段话里，它引用了马克思对于当年普鲁士报刊审查制度的严词驳斥。在特殊的年代，这些引用具有鲜明的自我保护的用意，无疑也是睿智地选择了有力的批判角度。诗歌就这样与奔涌而至的思想解放的大潮紧密地联系在一起。这仿佛就是距今大约一百年前"五四"新文化启蒙运动情景的重演。历史就是如此多情，它会在行进的某一个时段以特殊的方式唤起人们的记忆，而且不失时机地重现它近似的场景。毫无疑问，《今天》为我们带来了中国诗歌复兴的新信息，也带来一场空前激烈的诗学论争。此事也是历史对人们多情的提示，它同样要我们不忘距今大约一百年前伴随着新诗诞生的那场激辩。

对于朦胧诗在20世纪70年代末的崛起，如今的中国诗歌界已经作了充分的论证，对它的价值与贡献，也作了恰如其分的评价，已经没有必要重复了。事情也许就是如此，朦胧诗的出现带来了一场巨大的诗学革新的风暴：一方面，它扫荡了把诗歌引向愚昧加偏执的时代氛围；一方面，它以自由而新鲜的写作修复了当代诗歌与"五四"传统的历史性断裂。而更重要的贡献则在于，它改变了由于特殊的战争环境以及意识形态的需要所形成的排他的一体化格局。

盗火者从奥林匹斯山上盗来了光明的火种，它点燃了中国诗歌被尘封的创造热情。它犹如一柄利斧，无畏地在坚冰之上劈开一道裂缝，让那些盈盈春水喷涌而出，不仅是现代主义或象征主义的潮流，更是思想艺术的空前大解放！它提醒我们重新认知，诗歌不仅是大众的，更是个人的，离开个人自由心灵的独特创造和独特表达，诗歌几乎就无法达到通往大众并唤起大众的目的。正如前引马克思的话所形容的，每一滴露水在太阳的照耀下都闪耀着无穷无尽的色彩，自然界不存在一种黑色的花朵，也不存在唯一的一种花朵，而是存在着千姿百态的、无穷无尽的、色彩缤纷的花朵。朦胧诗的崛起宣告了诗歌恢复它的自然生态时代的到临："从星星的弹孔里／将流出血红的黎明。"（北岛，《宣告——献给遇罗克》）

第一章

昨夜星辰

中国新诗（1891—1915）

被遮蔽的风景

在中国诗歌史中，近代诗歌是被忽略的。不因别的，只因以往的历史太辉煌了。那些往世的光芒辉耀了几千年，一上来就是《诗经》《楚辞》与汉魏唐宋。数百年明清尚可一笔带过，遑论近代！记得当年，大学的中国文学史讲到《红楼梦》，似乎就到了尽头。讲近代诗，似乎值得一提的也就是龚自珍，且说得也总是草草。就诗歌而言，中国真的是太富有了，似是钟鸣鼎食的大户人家，容易忽略散落在边边角角的那些珍宝。其实只是"无暇顾及"而已，人们也总是习以为常。

忘了是在敦煌的莫高窟，还是在山西的晋祠，我看见地质和考古工作者在那里特意展出的地下留存。不同的土层标志着它的朝代，是秦，是汉，是北魏，是唐……在一方土地上展现的是立体的历史。后来到了安阳，是殷，是周，是妇好，是姬发，是满满一个大坑的甲骨文碎片！相形之下，北宋的汴梁，南宋的临安，又算得了什么？元大都和明故宫又算得了什么？说不尽的风雅颂，说不尽的离骚九歌，说不尽的唐诗宋词，说不尽的李白杜甫，苏轼陆游……我们的目光又怎能投放到这临近20世纪的角落！

而近代诗歌这一部分，它所发出的独特的声音、所体现的特有的光芒、处于社会变革和文体变革的特显之处，却是有别于以往任何时代的诗歌现象。它的被忽略，多半是因为人们的注意力太看重那些诗歌盛世的辉煌了，人们似乎没有耐心体察眼下的这一切。打个比喻，仿佛是粗心的学生，翻书到了最后，已是睡眼迷蒙、充满倦意，殊不知它所忽略的正是别朝别代所未有的。

这是中国社会激烈转型期的诗歌。起自第一次鸦片战争，而终于戊戌维新和辛亥革命。这一时段，中国挣扎在列强虎视、国事濒危之险境中：条约订了无数，都是割地赔款的屈辱条款；战争不断进行，都是敌强我弱的战败记录。这时期接踵发生了许多刻骨铭心的大事，就其要者而言：

1894年甲午海战，邓世昌战死；1895年日本海军袭北洋舰队，丁汝昌自尽；同年订马关条约，割台湾澎湖；同年康有为率一千三百各省举人公车上书；1898年百日维新开始并夭折，六君子殉难；1900年八国联军占领北京，慈禧挟光绪出走……

诗歌表现了这一切，它以自有的方式传达了时代的叹息和悲情。翻开近代诗史，有很多的沉痛呐喊，有很多的慷慨高歌。乌云恶浪，血雨腥风，近代诗歌是充斥着、饱和着血泪的时代之哀音。"鸦片战争的风暴，使诗坛发生了强烈的震荡。不少诗人亲身经历了战争的洗礼，从风雨如磐的黑夜中惊醒，正视了国家的危机，民族的灾难。他们跳出了个人生活的狭隘天地，改变了以往吟风弄月、应对酬唱的无聊诗风，写出了深刻反映这一时期历史现实的一代史诗，从而在中国古典诗歌的发展史上揭开了新的一页。"[1]

从历史的宏观的角度看，近代不仅意味着外抗强虏、内争民权的抗争，也不仅意味着推翻帝制、确立共和的奋斗，近代还意味着中国由与世隔绝的孤立封闭状态逐步转向（尽管是被动地和被迫地）开放交流、由古典帝国逐步迈向现代文明的伟大转折——意味着封建社会的终结、现代社会的孕育和诞生。而表现这一切的，正是走在时代前面的近代诗歌。人们不忘在无边的暗夜中那一声冲破层云的叹惋：

少年击剑更吹箫，剑气箫心一例消。
谁分苍凉归棹后，万千哀乐聚今朝。

（龚自珍，《己亥杂诗》）

发出这声音的是前面提到的诗人龚自珍。他生于1792年，正赶上了乾嘉盛世的末尾，而卒于1841年，正是鸦片战争爆发的后一年。他无缘

---

[1] 钱仲联：《近代诗钞·前言》，《近代诗钞》（壹），江苏古籍出版社，1993年3月，第4页。

甲午战争,驻泊威海卫港刘公岛内碇泊场的北洋水师

八国联军进入紫禁城

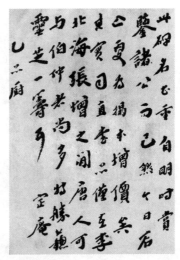

龚自珍手迹

歌唱盛世的荣光，他也不忍吟咏末世的沉沦。说他生不逢时也好，说他选择了生命的"逃遁"也好，他的诗毕竟敏感地保留了那个时代最初的一声惊叹。这首七言绝句所表达的"苍凉"的意绪，所谓的"剑气箫心一例消"，当然不止于个人心境的哀叹，而是对于一个即将开始的悲哀时代的预知。"万千哀乐集今朝"，天才诗人以一句七言概括了一个时代的诗情。

今夕何夕？龚自珍所谓的"今朝"又是何指？了解中国近代史的人们都知道，他是在以诗的方式为一个已经到来的社会危机发出警号。在他总数达135首的《己亥杂诗》中，我们随处可以感知他对于时势的这种沉思积虑：

> 浩荡离愁白日斜，吟鞭东指即天涯。
> 落红不是无情物，化作春泥更护花。

林则徐手迹

　　虽然他来不及亲自感受 1840 年以后连绵不断的丧权辱国血泪事实，也来不及感受那些为了挽救国难而前仆后继的志士仁人的慷慨悲情，但他还是用诗句表达了他的无边哀愁，以及对于血沃中华的无数"落红"的由衷礼赞。龚自珍这一代人所传达的近代诗情，造就了中国古典诗词的新境界。封建末世的社会景观，家国危亡的深情浩叹，舍身赴难的决绝，从谭嗣同到邓世昌，从秋瑾到林觉民，那些血泪凝就的诗篇，造就了中国诗歌史沉郁伤情的一页。

　　作为诗人的林则徐，也是近代诗史绕不过去的一个人物。作为为苦难时代奔突苦斗的一世英豪，伴随着他坎坷的人生际遇的，也有众口传诵的感时惊世的诗章。"我无长策靖蛮氛，愧说楼船练水军。闻道狼贪今渐戢，须防蚕食念犹纷。"（林则徐，《程玉樵方伯德润饯予于兰州藩廨之若己有园，次韵奉谢》其一）在因功受贬的戍途中，他依然羁心国事；"时事艰如此，凭谁议海防？已成头皓白，遑问口雌黄！绝塞不辞远，中原吁可伤。感君教学易，忧患固其常。"（林则徐，《次韵答姚春木》）尽管他被发

秋瑾

配绝塞,但他的心仍然牵挂着社稷的安危。最感人的是他的《赴戍登程口占示家人》:

力微任重久神疲,再竭衰庸定不支。
苟利国家生死以,岂因祸福避趋之!
谪居正是君恩厚,养拙刚于戍卒宜。
戏与山妻谈故事,试吟断送老头皮。

这首诗于亦庄亦谐之中嵌着两句惊天动地的警句,人们因这两句诗而认识了一位伟大的爱国者。他的诗句激励着奋斗在拯救国难的生死线上的中华儿女。

接下来是秋瑾(1875—1907),一位诞生在诗书之家、养在深闺的女性,她把鲜血洒在了家乡绍兴的街头。她临终写下的"秋风秋雨愁煞人"惊醒了沉睡的古国,她的鲜血唤醒了所有的中国人!这是她留给后人的伟

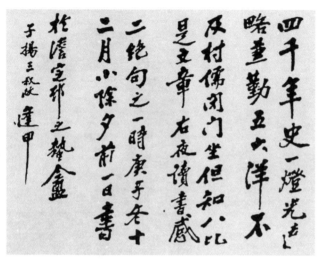

丘逢甲手迹

大的精神遗产——

> 不惜千金买宝刀,貂裘换酒也堪豪。
> 一腔热血勤珍重,洒去犹能化碧涛。
>
> (秋瑾,《对酒》)

甲午战败,丘逢甲在台湾英勇抗战,终不敌,败退内地。翌年,和泪写下《春愁》,表达了全体中国人的内心悲痛:

> 春愁难遣强看山,往事惊心泪欲潸。
> 四百万人同一哭,去年今日割台湾。

晚清至近代,诗歌有力地记载了近百年间中国遭受的列强的欺压和屈辱。历朝历代的诗歌虽有过无数关于社稷安危、民生兴衰的嗟叹,但从来也没有这一阶段诗歌这样,表达得如此深切和集中。几乎可以说,近代诗歌与风花雪月无关,与闲情逸致无关,满眼是辛酸泪,满纸是血泪痕。丘逢甲写的是割让国土的大事件,传达的是丧权辱国的大悲哀。但在普通的士人百姓那里,他们通过书写心境,也间接地表达出这样旷古的哀愁。这里引用的是一首七夕诗,把原先应有的欢乐抒情,化成了无边的沉痛:

> 苦忆秋宵旧日诗,如何怀抱异当时。
> 不殊儿女灯前语,独有悲欢老去知。
> 乍雨乍风过此夜,一年一乱似佳期。
> 人间尚作天河梦,尽向梨园曲里窥。

(黄节,《七夕》)

人间是如此的不美好,人们只能在幻想和艺术里寻找慰藉,这些诗句传达了生当乱世的悲哀。"久思词笔换兜鍪,浩荡雄姿不可收。地覆天翻文字海,可能歌哭挽神州!"(蒋智由,《久思》)"破碎河山画里看,苍凉风物入诗寒。休嫌粉本无多剩,寸土伤心下笔难。"(缪鸿若,《题担当和尚画册》)像这样的诗篇,打开近代诗史,俯拾皆是。一部近代诗歌史,竟然都是这样的血泪斑斑。

"在从鸦片战争前后到太平天国以后这一历史时期内,近代诗歌就以它鲜明的时代特色和创新精神开创了一代诗风。浓郁的爱国感情,是这一时期进步诗歌的主旋律。这种爱国主义精神,与在此以前表现国内民族矛盾和渗透着忠君报国等封建观念的诗风有着显著的不同,从而在中国诗歌史上写下了新篇章。"[2]

---

2 钱仲联编著:《近代诗钞·前言》,《近代诗钞》(壹),江苏古籍出版社,1993年3月,第7页。

形式束缚了内容

在风雨如磐的近代，诗歌仿佛是摄入了普世忧愁和苦难的容器，亟待着激情的喷发，但是，那容器却找不到适合的喷发口。简而言之即是，古旧的诗歌适应不了新鲜的时代。作为近代杰出的诗人，龚自珍的诗不仅预感了一个经历凤凰涅槃之后的新时代的诞生，而且也预感了一个艺术巨变的时代的到来。尽管他与之失之交臂，也没有可能明晰地勾画出这种新时代的思想艺术变革的轮廓，但他还是敏感地"听见"了这种从大地深处隐隐传来的岩浆与热流的奔突——风暴正在酝酿的、来自青萍之末的风声和气流。有一首诗这样写：

  戒诗昔有诗，庚辰诗语繁。第一欲言者，古来难明言。姑将谲言之，未言声又吞。不求鬼神谅，矧向生人道？东云露一鳞，西云露一爪。与其见鳞爪，何如鳞爪无？况凡所云云，又鳞爪之余。忏悔首文字，潜心战空虚。今年真戒诗，才尽何伤乎！

  （龚自珍，《自春徂秋偶有所触拉杂书之漫不诠次得十五首》之一）

他要"戒诗"，因为他感到了表达的困惑："第一欲言者，古来难明言。姑将谲言之，未言声又吞。"他当时还不能清晰地意识到是诗未能尽情表达的束缚，但毕竟朦胧地感到了这种"难言之隐"。这种关于旧形式束缚新思想的觉醒，属于龚自珍以后的一代人。

随后感到了今古不同而思变法的是黄遵宪。清同治七年，年方21岁的黄遵宪作《杂感》诗，计五篇，篇篇都是对于诗文与时代变迁的思考，质疑文变与世变的脱节。《杂感》五首中被引用得最多的是这一首：

  大块凿混沌，浑浑旋大圜。隶首不能算，知有几万年。羲轩造书契，今始岁五千。以我视后人，若居三代先。俗儒好尊古，日日故纸研。六经字所无，不敢入诗篇。古人弃糟粕，见之口流涎。沿习甘剽盗，妄造丛罪愆。黄土同抟人，今古何愚贤？即今忽已古，断自何代前？明窗敞流离，高炉爇香烟。左陈端溪砚，右列薛涛笺。我手写我口，古岂能拘牵！即今流俗语，我若登简编，五千年后人，惊为古斓斑。

（黄遵宪，《杂感》五章其一）

在这里，黄遵宪对固有的诗歌秩序发出了激烈的质疑，重点阐发了文随世变的思想：古人有古人的逻辑和语言，今人有今人的思考和实践，今人不能总是按照古人的方式说话。他嘲笑那些"好古"的"俗儒"，他们把古人视为糟粕的，也当成了稀奇的珍宝。黄遵宪认为同是人，虽分今古，却是生来不分贤愚的。今天我们看轻的"流俗语"，千年后的后人，也许也会如我们今天面对经典那样，"惊为古斓斑"。

这首诗最惊人的笔墨是"我手写我口，古岂能拘牵"这两句。"我手写我口"寥寥五个字，就把自古已然的诗歌、不可改变的诗歌秩序来了个底朝天。这对于当日的诗歌而言，不啻是一场地震——它颠覆了自古以来视为不可怀疑的诗歌律则。这五个字流露出，这位当年的年轻诗人对于诗歌语言与日常语言脱节、从而导致诗与时代脱节的状况不满。这是对中国悠久的诗歌观念的一次严重质疑。说这是一个颠覆，也许并不过分。只有身处其境的人们，才能够痛切地感受到这种急切和焦虑。

中国诗歌形式在数千年的发展中，虽然有过多次变革，但语言的传承并未产生根本的改变。文言与口语的差异愈来愈大，则是大的基本的趋势。日常说话始终保持一种"口语"状态，一到诗中，则是另一种"书面"的迥然不同的状态。它们有一致之处，但"言"与"文"的分离已经成了诗歌写作的"铁律"。从为文到为诗，所有的人一旦进入写作的"临阵状态"，马上就要换成另一副面孔，即"抛离""言"的、亦即日常语言的系统，而进入另一套系统——即"文"的、亦即"书面语言"的系统。

这是中国所有的诗人进入写作时均须遵守的"系统转换"程序。久而久之，形成了一种定式，即诗歌语言愈是与口头语言脱节，便愈是合理的。只有为数极少的诗人敢于突破陈规，在他们的作品中保留了口语的透明感、鲜活性，而呈现出一种生机勃勃的气象。对于多数诗人而言，他们只能沿着前人的脚步亦步亦趋，而不敢越雷池一步。人们就把这种陈陈相因的状态，维持到清末，即近代。诗歌的清代是整个被湮没和受忽视的一个时代。其实就诗歌艺术而言，它是一个集大成的、完全成熟的诗歌时代。说是集大成，指的就是它接受并发挥了中国古典诗歌的全部成果，它创造了中国古典的末世辉煌。

末世的辉煌

渔洋山人王士禛（1634—1711）的创作，代表了清诗所达到的时代高度和艺术高度。钱谦益评说："贻上之诗文繁理富，衍华佩实，感时之作，恻怆于杜陵；缘情之什，缠绵于义山。""别裁伪体，转益多师，草堂之金丹大药也。"（钱谦益，《渔洋山人精华录·序》）翁方纲谈到他的博大精深："有谓先生祧唐祖宋者，固非矣；其谓专祖唐音者，亦有所未尽也。谓先生师韦、柳者，似矣，顾何以选《三昧集》而不及韦、柳？又谓具体右丞，似矣，然又何以钞五言诗不及右丞？是皆未足以尽之也。"（翁方纲，《渔洋先生精华录·序》）

这种丰富博大属于一个时代。在清代，与王士禛站在同一个高度的另一位是纳兰性德（1654—1685），比王士禛晚20年诞生，又比他早十几年去世。他的彗星般的生命和写作，是一个象征。随后出现的是著名的才子袁枚（1726—1797），也是一位传奇性的大诗人。与他同时代的有黄景仁（1749—1783），即黄仲则。他比袁枚小了二十多岁，又比袁枚早去世十多年。他的创作和生命同样具有强烈的象征性。纳兰性德和黄仲则的英年早逝，对于清代的诗歌似乎是一个悲哀的暗示。

他们都是盛世造就的辉煌，诗歌艺术到了他们这里，是一种登峰造极的极致。论创造性未必比得上他们的前辈，因为毕竟不是开天辟地的年代，他们是享受成果的一代人。前面引用的钱谦益和翁方纲评价王士禛的话可以证实，他可以像谁，又像谁，但都不是，他只是承继者和集大成者。这就是清诗，熟极而萎的诗。清一代，有相当多的诗人都是如此。但毕竟帝国到了末世，诗歌帝国也到了末世。有艺术，但是无创新。就个人而言，他是天才的，但又是无力的，甚至是彗星般的，闪光、明亮、奇异、耀眼，但却转瞬即逝。

最典型的是纳兰性德和黄仲则，盛世，辉耀，短暂。纳兰性德可谓是一位纯情的诗人，但他对当日的诗歌情势，有非常冷静而精辟的见解："十年前之诗人，皆唐之诗人也，必嗤点夫宋。近年来之诗人，皆宋之诗人也，必嗤点夫唐……矮子观场，随人喜怒，而不知自有之面目，宁不悲哉！"（纳兰性德，《原诗》）不是唐，就是宋，唯独没有自己。他的声音充满了感伤的情调：

> 而今才道当时错，心绪凄迷。红泪偷垂，满眼春风百事非。
> 情知此后来无计，强说欢期。一别如斯，落尽梨花月又西。
>
> （纳兰性德，《采桑子》）

纳兰性德只活了31岁。还有黄仲则，他的天才歌唱是盛世之哀音。"全家都在风声里，九月衣裳未剪裁"，"千家笑语漏迟迟，忧患潜从物外知"，"我亦稻粱愁岁暮，年年星鬓为伊加"。[3]他表达的是由个人身世引发的一个时代的哀愁：

> 年年今夕兴飞腾，似此凄清得未曾。
> 强作欢颜亲渐觉，偏多醉语仆堪憎。

---

3 黄仲则诗句，按次序分别见《都门秋思》《癸巳除夕偶成》《空中闻雁》。

云知放夜开千叠,月为愁心晕一层。
窃笑微闻小儿女,阿爷何事不看灯?

(黄仲则,《元夜独坐偶成》)

黄仲则也只活了34岁。人的生死有天数,一般是与世无关的,但天才的不为世所容,却暗示了一个时代的悲情。在这个时代,在这最后一个王朝,诗歌是这样地为人们所喜爱,而且竟然到达这样的高度和深度。人们在悲欣交集的时刻,冥冥之中仿佛有预感——这是回光返照!古典诗歌毕竟走到了尽头。明星陨落了,留下的是人们对这种陨落的沉思。清代末世当然不是艺术创新和探索的年代,几乎所有文体的作品都在不同程度地重复着和模仿着。它们精致了,但精致不等于创造。关于这一点,刘大杰在他的《中国文学发展史》著作的相关章节中有精湛的叙述。[4]

关于清代诗歌、特别是清末诗歌,笔者先前曾有过论述:

> 清诗生不逢时,它是封建末世的艺术。……不论他们如何在艺术的泥潭中挣扎,辉煌帝国的镂金错彩的宫殿已经显示出衰颓的斑驳。再就是艺术技艺和运作的规程,已精细娴熟到同样是无以复加的程度。清代由于朴学盛行,学者大都有求实认真的学风。在诗歌等艺术创作上也如此,他们极少草率泛滥之作。艺术的圆熟以及诗艺的密集,好比江南水网地区的耕作,已到了密不透风的境地。对所有的诗人的艺术的到达几乎均可用得上珠圆玉润,剔透玲珑的评语。[5]

---

[4] 刘大杰:清代"各体作家,在一般倾向上都逃不出模拟与因袭。外表纵是华美可观,内面缺少新奇的生命与创造的精神。作文的拟韩、柳,作诗的拟李、杜、苏、黄,作词的拟姜、张,作曲的拟张、施,成绩最好的,也只不过这班人的影子。在这个地方,我们也不能归罪清代的才力,实际是清代在中国的旧文学史上,是最后的一期,各种文体,如诗、文、词、曲、杂剧、传奇种种的特色,在各个时代,都已发挥殆尽,到了清朝,全变成了旧的形式,任你是大才力的作家,既不能向新文体新形式方面得发展,想在那些旧形式中灌输新生命,恢复艺术和青春实在是很难的"。刘大杰:《中国文学发展史》下卷,人民文学出版社,1973年,第268页。

[5] 谢冕:《新世纪的太阳》,时代文艺出版社,1993年6月,第13页。

被烧毁的圆明园

其实，清代末年诗歌和文学的症结不仅在于发展的极限，而且还在于它与时代的隔膜和偏离。就诗歌而言，它已经无力表现这个血泪纵横、天塌地陷的时代。特别是晚清，多事之秋，风雨飘摇，天地变容。接连不断的国耻，无处不在的民瘼，这时代宣告了与优美、纯情、轻松抒情的格格不入。这不是一个歌唱和书写的年代，这是一个诉说与呼喊的年代。形式完美的、可以说是无懈可击的诗，与周遭的倾塌、崩裂、泪痕、血腥和零乱，构成了极大的反差。疲惫而力竭的诗歌，已经无力承担眼前的沉重。

也许更重要的，就是被强烈的内忧外患事实遮蔽了的大背景：资本工业的时代已经到来，蒸汽机、电、机械和动力，还有资本和贸易。世界在敲打着中国的国门，而我们的门依然紧紧地关闭着。中国在世界面前仿佛是一个固执的老人，拒绝接受，当然更拒绝学习。中国依然是妄自尊大、供人朝拜的中央帝国，依然做着四夷臣服、万邦来朝的梦！这种局面，冷静的旁观者看得最清楚：

> 中国在十九世纪的经历成了一出完全的悲剧，成了一次确是巨大的、史无前例的崩溃和衰落过程，这场悲剧是如此缓慢、无情而又彻底，因而它就愈加痛苦。旧秩序为自卫而战，它缓慢地退却，但始终处于劣势，灾难接踵而至，一次比一次厉害，直到中国对外国人妄自尊大、北京皇帝的中央集权、占统治地位的儒家正统观念，以及由士大夫所组成的统治上层等事物，一个接一个被破坏和被摧毁为止。[6]

"诗界革命"之蓝图

最先觉醒的中国人，他们感到了自己的保守与世界的突进不相适应，他们感到了外边世界吹来的风。他们要吸收、要表达，用文学的和诗歌的方式，但是僵硬的语言和顽固的形式限制了这种诉求。他们想反抗这种束缚，他们要革新和改良。追根溯源，这就是近代以来寻求诗歌改革的一代人的初衷。

艰危的时势，艰难的选择，近代最初觉醒的那一批文人士子中，就有同样怀有紧迫感的诗人。他们一起感到了变革文体、文学和诗歌的时机已经时不我待。从眼前看，是要借助文学和诗歌的方式唤起民众共赴国难；从长远看，则是要改变原有的形式中不与世合的部分，以适应这个大工业时代瞬息万变的国际环境。中国要在这个大转变中获得新的机遇与可能，从而更新国民的心智。

---

6 ［美］费正清、刘广京编：《剑桥中国晚清史》上卷，中国社会科学出版社，1985年2月，第4页。

具体到诗歌自身，最迫切的是要运用这种传统的形式表现这陌生的、新异的、同时又是咄咄逼人的局势。诗歌要适应这种新时代的诉求。这就是晚清文化改良主义思想兴起的根由。即就这方面而言，不外乎以下两端：其一，是通过原有的形式，表现新的时代的新精神；其二，改造旧形式，使之适应不断发展的新内容。鸦片战争以来直至辛亥革命，无数的诗人都借助旧有的形式表达了深重的苦难和绵远的忧思，但是，旧形式对于新思想的束缚是太严重了。首先是语言的障碍，脱离口语的文言文造成了言、文的脱节，这种脱节极大地妨碍了新名词的涵容和新思想的表达，最后是妨碍了我们对世界的了解与沟通。

这种旧有的诗歌形式，它的刻板的格律，它的固化的词语，它的程式化的、了无新意的抒情，对于身当此时的国人，根本无法喷发与释放他们的积郁与忧心。愤激之中的人们远没有我们如今这般的冷静与耐心，他们说不上对于旧物的迷恋，也许此时只有破坏的激情。诗歌改良已是当日相当一致的吁求。

最先对传统诗歌发出质疑的是前面提及的黄遵宪。"我手写我口"五个大字就是向传统挑战的宣言书。这一惊天动地的宣告，颠覆了中国古旧而神圣的诗歌律则。在中国传统诗学那里，诗歌语言是绝对有别于日常口语的，诗歌语言以其精致和优雅体现了它对于日常语言的超越。而"我手写我口"则着眼于磨平二者之间的区别。箭在弦上，紧迫的现实要求诗歌向着民间的语言靠拢，而不是如同以往那样地孤高和远离。

黄遵宪是龚自珍之后的诗坛重镇。他的诗歌创作集中在十一卷《人境庐诗草》中。关于这一部诗总集，当时和以后都有诸多佳评。夏曾佑说它："此诗殆以命世之资，而又适当世会之既至，天人相合，乃见此作，非偶然也。"（夏曾佑，《人境庐诗草·跋》）梁启超说它："元气淋漓，卓然为大家。"（梁启超，《清代学术概论》）康有为对黄遵宪的评价极高，说他的诗："上感国变，中伤种族，下哀生民。博以寰球之游历，

黄遵宪

浩渺肆恣,感激豪宕,情深而意远。"[7]但黄遵宪的最大功绩也许不是他的创作,而是他最先提出了改革诗歌的呼吁。他为《人境庐诗草》所写的自序,是近代诗学改革的重要文献:

> 余年十五六,即学为诗。后以奔走四方,东西南北,驰驱少暇,几几束之高阁。然以笃好深嗜之故,亦每以余事及之。虽一行作吏,未遽废也。士生古人之后,古人之诗,号专门名家者,无虑百数十家。欲弃去古人之糟粕,而不为古人所束缚,诚戛戛乎其难。虽然,仆尝以为诗之外有事,诗之中有人,今之世异于古,今之人亦何必与古人同?尝于胸中设一诗境:一曰复古人比兴之体;一曰以单行之神,运排偶之体;一曰取《离骚》、乐府之神理而不袭其貌;一曰用古文家伸缩离合之法以入诗。其取材也,自群经三史,逮于周、秦诸

---

7 康有为:《人境庐诗草·序》,《人境庐诗草笺注》,古典文学出版社,1957年。

人境庐诗草

子之书，许、郑诸家之注，凡事名物、名切于今者，皆采取而假借之。其述事也，举今日之官书会典、方言俗谚，以及古人未有之物，未辟之境，耳目所历，皆笔而书之。其炼格也：自曹、鲍、陶、谢、李、杜、韩、苏讫于晚近小家，不名一格，不专一体，要不失乎为我之诗。诚如是，未必遽跻古人，其亦足以自立矣。然余固有志焉而未能逮也。诗有之曰："虽不能至，心向往之。"聊书于此，以俟他日。[8]

黄遵宪21岁时作《杂感》诗，十年后作这篇序文时是31岁。这期间，他已经积累了相当丰富的"新派诗"的写作经验。至此，他不仅拥有了实际创作的丰富经验，而且在理论上也把当年的朦胧设想明晰而具体化了。这篇自序系统地描画了他所憧憬的诗歌的远景。这是"新派诗"的理论纲领。他的理论基点是如下这一句："今之世异于古，今之人亦何必

---

8 黄遵宪：《人境庐诗草·自序》，《人境庐诗草笺注》，古典文学出版社，1957年。这是自序的全文。文末尚有"光绪十七年，在伦敦使署，公度自序"等言。

与古人同?"此时是公元1891年,是诗界革命一个里程碑式的年份。

一个时代有一个时代的诗人,他们应当写属于自己时代的诗。这就是黄遵宪那一代人追求的理想的诗歌。黄遵宪写这篇自序的时候,他的"新派诗"的蓝图已在他的心目中出现。概括起来看,大体是:"复古人比兴之体";"以单行之神,运排偶之体";"取《离骚》、乐府之神理而不袭其貌";"用古文家伸缩离合之法以入诗"。他认为做到了这几点,那就实现了诗人的"自立"。可以看出,他所设计的理想诗歌的框架圈定在"古人之诗"的范围内。从内容到形式,他认为的"自立"的诗都没有摆脱既有的窠臼而真正自立,他没有谈到语言以及诗体的革新。他既无力突破既有的秩序,当然也不可能最后实现理想的"自立"。

黄遵宪的诗歌主张得到当日有志于改革诗歌的人们的支持。他们尊他为"诗界革命"的领军人物。丘逢甲是一个非常自负的诗人,他曾写诗自况:"迩来诗界唱革命,谁果独尊吾未逢。流尽元黄笔头血,茫茫词海战群龙。"(丘逢甲,《论诗次铁卢韵》)但他还是给予黄遵宪很高的评价:"茫茫诗海,手辟新洲,此诗界之哥伦布也……变旧诗国为新诗国,惨淡经营,不酬其志不已,是为诗人中嘉富洱。合众旧诗国为一新诗国,纵横捭阖,卒告成功,是为诗人中俾斯麦。"(丘逢甲,《人境庐诗草·跋》)

最有力的支持来自梁启超。1898年戊戌维新失败后,他开始在《清议报》设立诗歌专栏《诗界潮音集》,为"新派诗"的实践提供园地。明确提出"诗界革命"口号的也是梁启超。他最先在《夏威夷游记》中发表了他对当时诗歌变革的设想,此时是1900年:

> 余虽不能诗,然尝好论诗,以为诗之境界,被千余年来鹦鹉名士(余尝戏名词章家为鹦鹉名士,自觉过于尖刻)占尽矣。虽有佳章佳句,一读之,似在某集中曾相见者,是最可恨也。故今日不作诗则已,若作诗,必为诗界之哥伦布、玛赛郎然后可。犹欧洲之地力已尽,生产过度,不能不求新地于阿米利加及太平洋沿岸也。欲

梁启超

> 为诗界之哥伦布、玛赛郎,不可不备三长:第一要新意境;第二要新语句;又需以古人之风格入之,然后成其为诗。[9]

梁启超期待着中国诗歌变革这一重要时刻的到来。在这篇游记中不仅对诗歌变革寄予极大的热情,而且首次为新派诗变革命名:

> 即以学界论之,欧洲之真精神、真思想,尚且未输入中国,况于诗界乎?此固不足怪也。吾虽不能诗,惟将竭力输入欧洲之精神、思想以供来者之诗料可乎?要之,支那非有诗界革命,则诗运殆将绝。虽然,诗运无绝之时也。今日者,革命之机渐熟,而哥伦布、玛赛郎之出世,必不远矣!上所举者,皆其革命军月晕础润之征也,夫

---

[9] 梁启超:《夏威夷游记》,《饮冰室文集点校》第三季,云南教育出版社,2001年8月,第1826—1827页。本文分别发表于1900年2月10、20日,《清议报》第35、36册。

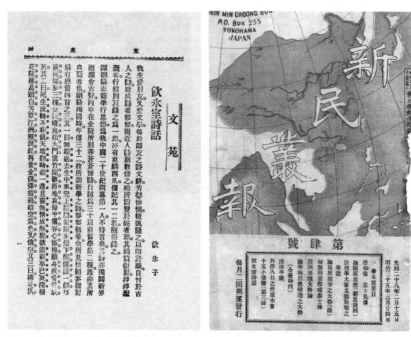

1902年3月24日《新民丛报》第4号连载梁启超的《饮冰室诗话》

诗又其小焉者也。[10]

诗界革命的先驱者亲身感受到旧形式对于新思想、新精神的拒绝，他们想通过接近日常口语的途径突破这一障碍。但在他们的理念中，依然保持了与古典诗歌的千丝万缕的记忆，他们的"革命"带有很大的依赖性。他们虽感到了老套的陈旧，但仍然只能在原有的框架中寻觅。从黄遵宪到梁启超，我们承认他们具有不凡的胆识与魄力，在同代人中他们的见解是超群的，他们除了支持诗歌对于时世的紧密联系，他们还主张在中国诗歌

10　梁启超：《夏威夷游记》，《饮冰室文集点校》第三季，云南教育出版社，2001年8月，第1826—1827页。

中输入"欧洲之真精神、真思想"。他们的诗界革命的理想，与以革命精神改造中国的理想是同步的。

在黄遵宪倡导的新派诗的具体设想中，他的基本思路虽然强烈地伸张了"今人今诗"的理念，却未曾摆脱对于古典的依赖。梁启超无疑更是前进了一步，他明确倾向于引进国外的经验以为国人的借鉴。他的主张要而言之就是："二新"——新意境、新词语；"二真"——真精神、真思想。这些了不起的理念后来成为新诗革命的起点和核心。

但不论如何，清代末年所进行的这场诗歌革命，充其量也不过是一场改良型的实践。它可以是惊世骇俗的，但依然只是一例不成功的事件。中国诗歌若不能在语言上和格律上冲破旧的藩篱，则一切的努力，均要受到制约和损害。这在诗界革命诸多实践的失败中，已得到明确的证实。

勇敢的实践

晚清诗歌改良的标志性作品、也是最成功的作品，当数黄遵宪的《今别离》四章。这是新派诗倡导以来最具说服力的一组诗作。《今别离》四章借用乐府杂曲歌辞崔国辅旧题，分别咏唱了轮船、火车、电报、照相以及地球的自转与东西两半球的昼夜划分等，是他所倡导的运用古题古法以表现新事物的一次勇敢的尝试。以下是其中一首，是写火车与轮船的——

别肠转如轮，一刻既万周。眼见双轮驰，益增中心忧。古亦有山川，古亦有车舟。车舟载离别，行止犹自由。今日舟与车，并力生离愁。明知须臾景，不许稍绸缪。钟声一及时，顷刻不少留。虽有万钧柁，动如绕指柔。岂无打头风？亦不畏石尤。送者未及返，君在天尽头。望影倏不见，烟波杳悠悠。去矣一何速，归定留滞不。所愿君归时，快乘轻气球。[11]

　　《今别离》借用乐府古题，词句也尽量保留古意，作者看重的是新事物的入诗。旧诗能写新事，这已是一个令人庆幸的成功，诗人对此感到满意。他的致力当然不仅此一端，他的题材是广泛的。他经常把新体诗送给朋友品评："废君一月官书力，读我连篇新派诗。风雅不亡由善作，光丰之后益矜奇。文章巨蟹横行日，世变群龙见首时。手撷芙蓉策蚪驷，出门惘惘更寻谁？"（黄遵宪，《酬曾重伯编修》其一）言辞之间有极大的自负。

　　梁启超对诗界革命取得的成就也十分赞赏，他始终是这一诗歌实践最热情的支持者。他写过《广诗中八贤歌》，似乎是仿杜甫《酒中八仙歌》而作，但从标题看，便可知其高度评价的初衷。诗中所咏，涉及章太炎、严复、陈三立等人，都是当日新派诗歌的积极参与者。这也是梁启超对诗界革命成果的初步总结。其中第一首写蒋智由："诗界革命谁欤豪，因明钜子天所骄。驱役教典庖丁刀，何况欧学皮与毛。"由此可知梁启超对那些徒具皮毛的新派诗的不以为然。

一抹绚烂的晚霞

　　我们从黄遵宪的"设一诗境"的主张中，看到他理想中的"新诗境"。其中从诗体、取材、述事到炼意，可以发现他对古诗的接纳和包

---

[11] 有论者将黄遵宪《今别离》此章与孟郊《车遥遥》一诗作了对比，认为此诗"用韵与句意俱自孟郊《车遥遥》诗来：'舟车载离别，行止犹自由'本孟诗'舟车两无阻，何处不得游'也；'拼力生离愁'本孟诗'无令生远愁'也；'送者未及返，君在天尽头'本孟诗'此夕梦君梦，君在百城楼'也；'望影倏不见，烟波杳悠悠'即孟诗'寄泪无因波，寄恨无因舟'意；'所愿君归时，快乘轻气球'即孟诗'歌为驭者呼，与君回马头'意也'。这种对比不管是否准确，都很有意思，说明黄诗是在有意套用前人诗情而赋以新的意趣。本书引者注，前面引文转引自谢冕著《1898：百年忧患》（山东教育出版社，2002年5月）第63页。其中引用的"论者对比"原注见《人境庐诗草笺注》（古典文学出版社，1957年）中《今别离》一诗的注者按，见该书第186页。

容几乎是全方位的。他并没有与旧传统决裂。即使是梁启超，他在关于诗界革命的陈述中，依然强调要把诗歌"新大陆"的建设置于"古人风格"的荫蔽之下。在他的主张中，体现了最高境界的，也就是"能熔铸新理想以入旧风格"[12]这一句，依然脱不了那种强大而悠久的古旧的"荫蔽"。

从1891年，即黄遵宪发出"新派诗"的主张到现在，即梁启超呼吁中国诗界的哥伦布和麦哲伦、并正式为"诗界革命"命名的1899年，中国近代诗歌用了近十年（甚至多于十年）的时间，试图通过对于原有的诗歌格局的突破以开新局，但收效甚微，甚至也没有留下重大的、有影响力的经典作品。其基本原因，还在于以下数端：一、古典诗歌强大而持久的力量；二、新派的实践的无力和不彻底性；三、改革途中遍布障碍，试图突破者并不知晓障碍何在。

很遗憾，这场诗界革命犹如晚清那一场短命的维新运动，只是古老的中华帝国天边一抹绚烂的晚霞。学界前辈钱仲联总结说：

> "诗界革命"从总体上说，终究没有能从根本上摆脱旧体诗的束缚，只能在旧体诗的规格内翻新。因此，"诗界革命"也如绚烂的晚霞，很快成为历史的陈迹。尽管如此，他们留下的诗篇和取得的成就，足以突过元明以来的诗坛，成为几千年中国古典诗歌的后劲。他们在诗歌通俗化方面所作的努力，也为"五四"运动前后掀起的白话诗运动架起了桥梁。[13]

晚清的一般人走远了，他们留下了足迹，那足迹指引着我们的前路。本篇文字多处强调，近代诗界革命的未能奏效在于，他们只想在旧形式中充填新内容，他们没有勇气、也缺乏足够的认知——他们不知道阻碍他们

---

[12] 梁启超：《饮冰室诗话》，《饮冰室文集点校》第六集，云南教育出版社，2001年1月，第3791页。
[13] 钱仲联：《近代诗钞·前言》，《近代诗钞》（壹），江苏古籍出版社，1993年3月，第11—12页。

鲁迅

前进的,正是他们一再流连的旧形式。不难设想,日益发展的新科学所带来的新概念、新词语,那些传统的格式如何能够"悉数接纳"?而削足适履的"充填"已经闹出了诸多笑话,已证明"此路不通"。

  这就是诗界革命只能这样不了了之的根本缘由。时间在等待着机会,晚霞消失之后是黎明。随后的历史告诉我们,真正的诗歌革命是由一批"胆大妄为"的前驱者呼啸着、冲撞着,同时也破坏着推进的。他们和他们的前辈不同,他们不想被沉重的传统所压迫,他们是重新创造的一群,对比而言,他们更像是开天辟地的一代人。

  当代学者孙绍振从新诗研究到了旧诗,他最终发现历史的诸多纠葛,正是出在倡导诗界革命的人们所十分不舍的"旧诗"上——归根结底是旧形式这只拦路虎!孙绍振说:

1908年2月1日《河南》第2号刊出令飞（鲁迅）的论文《摩罗诗力说》

    我国古典诗歌和民歌节奏的超稳定结构，一方面是构成节奏感的一种有利出发点，以致没有什么诗才的人只要稍加练习就能自如地掌握这种节奏结构。另一方面却是创造新节奏形式的束缚。它一方面为我们古代诗人提供了构成节奏感的方便模式，另一方面又使我国古典诗歌和民歌的形式长期徘徊不前。而到了五四运动前夕，这种有限的、超稳态的节奏结构和反映复杂社会生活的矛盾达到了这样的程度，以致新文学的运动的先驱们不惜抛弃了这个方便的结构，而另外去创造一种形式。尽管这种形式的节奏结构稳态还比较渺茫，可是却把那旧的节奏结构击败了，取得了正统的地位。

    一千多年的历史证明：在五七言诗行的双言和三言结构及其组合方式的"基础"上不断发展，只能产生词、曲、弹词、宝卷以至自度曲等等这样的形式。从元曲产生以后，在古典诗歌领域中，几百年没有什么新的形式创造，连明清民歌的形式也没有突破五七言诗行的根本局限。如果不扩大这个"基础"，不冲破这个"结构"，就不可能有新的创造。所以"五四"时期的新诗人经过一番奋斗之后终于最后丢弃了这个"基础"，在一种外来形式的启发下，创造了一种新的"基础"。这是一种历史的必然，打破形式的枷锁正是"五四"新诗的历史功绩。[14]

---

14 孙绍振：《我国古典诗歌的三言结构和双言结构》，引自《月迷津渡》，上海教育出版社，2012年3月，第389页。

新诗纪事

1840 年
1 月龚自珍写成《己亥杂诗》;
6 月"鸦片战争"爆发。

1841 年
9 月 26 日龚自珍暴卒于江苏丹阳。

1842 年
8 月 11 日林则徐自西安赴戍伊犁,登程时作诗《赴戍登程口占示家人》。

1850 年
11 月 22 日林则徐病逝于广东普宁。

1860 年
10 月 13 日英法联军侵入北京,烧毁圆明园。

1868 年
黄遵宪作《杂感》诗,提出"我手写我口"。

1872 年
4 月 30 日《申报》在上海创刊。

1894 年
9 月 17 日中日甲午战争爆发。

1896 年
谭嗣同、夏曾佑、梁启超等开始试作"新体"诗。

1902 年
3 月 24 日《新民丛报》第 4 号连载梁启超的《饮冰室诗话》,刊至第 95 号。

1905 年

3 月 28 日黄遵宪去世。

1907 年

7 月 15 日秋瑾就义于绍兴。

1908 年

2 月 1 日《河南》第 2 号刊出令飞（鲁迅）的论文《摩罗诗力说》。

1908 年

10 月《国粹学报》刊出王国维《人间词话》。

1911 年

黄遵宪《人境庐诗草》在日本刊行。

1912 年

2 月 25 日丘逢甲去世。

1915 年

9 月 15 日《青年杂志》在上海创刊，后更名为《新青年》。

第二章

凤凰涅槃

中国新诗（1916—1926）

中国的青春

1915年9月《青年杂志》在上海创刊，主事者是陈独秀。创刊号的《社告》计有五条，指出："国事陵夷，道衰学弊，后来责任，端在青年。"接着阐述青年的责任："今后时会，一举一措，皆有世界关系。我国青年，虽处蛰伏研求之时，然不可不放眼以观世界。"[1] 这一杂志立足于培养新一代中国青年的心智眼光，为振兴国运发出了鲜明的吁呼。陈独秀在专文《敬告青年》中用诗意的语言歌颂青春的生命："青年如初春，如朝日，如百卉之萌动，如利刃之新发于硎，人生最可宝贵之时期也。"[2] 文章召唤青年：

自主的而非奴隶的；
进步的而非保守的；
进取的而非退隐的；
世界的而非锁国的；
实利的而非虚文的；
科学的而非想象的。

统观陈独秀所提六义，其核心则是自主、进步、科学、开放。他特别强调个人的独立精神，反对是非荣辱听命于他人而不以自身为本位的盲从。文章叮嘱青年："排万难而前行乃人生之天职。"《青年杂志》无异乎在中国苍茫的大地竖起了一面旗帜，它给黑暗中国带来了一线曙光，特别是给迷惘的青年燃起了希望的火种。

陈独秀知道舆论的重要。他借此以唤起民众，更着重于唤起青年，他的目光是向着未来的。《青年杂志》自第二卷起正式更名为《新青年》，

---

[1]《青年杂志》第1卷第1号，1915年9月15日。
[2] 陈独秀：《敬告青年》，《青年杂志》第1卷第1号，1915年9月15日。

陈独秀

封面标明"陈独秀先生主撰"。这一期刊有他所写的类似于刊首语的《新青年》一文。他特别昭告青年:"在精神上别构真实新鲜之信仰,始得谓为新青年而非旧青年,始得谓为真青年而非伪青年。"[3] 被陈独秀引为同调并与之呼应的是李大钊。他也唱出了一曲激情洋溢的青春之歌:

> 春日载阳,东风解冻。远从瀛岛,反顾祖邦。肃杀郁塞之象,一变而为清和明媚之象矣;冰雪沍寒之天,一幻而为百卉昭苏之天矣。每更节序,辄动怀思,人事万端,那堪回首?或则幽闺善怨,或则骚客工愁,当兹春雨梨花,重门深掩,诗人憔悴,独倚栏杆之际,登楼四瞩,则见千条垂柳,未半才黄,十里铺青,遥看有色,彼幽闲贞静之青春,携来无限之希望,无限之兴趣。……

3　陈独秀:《新青年》第2卷第1号,1916年9月1日。

1915年9月15日《青年杂志》创刊

神州赤县,古称天府。胡以至今,徒有万木秋声、萧萧落叶之悲,昔时繁华之盛,荒凉废落至于此极也!毋亦无此种草木为之文柔和润之耳!青年之于社会,殆犹此种草木之于田晦也。从此广植根蒂,深固不可复拔,不数年间,将见青春中华之参天蓊郁,错节盘根,树于世界,而神舟之域,还其丰穰,复其膏腴矣! [4]

毕竟是诗人情怀,他们的眼前显现出充满生机的春天景象。无论是陈独秀还是李大钊,他们都歌颂青春,召唤青年,他们不约而同地都把强国新民的希望寄托于中国的青年一代。办报纸,出刊物,呼唤文化和文学的变革,其目标均遥遥地指向当前国衰民弱的社会现实,旨在唤起民众开创古国的新局面。正是因此,他们不约而同地把目光投向了文学

---

4 李大钊:《青春》,《新青年》第2卷第1号,1916年9月1日。

和诗歌。与此同向的是梁启超，他曾极度肯定文学改变社会人心的作用，认为："欲新一国之民，不可不新一国之小说。故欲新道德，必新小说；欲新宗教，必新小说；欲新政治，必新小说……何以故？小说有不可思议之力支配人道故。"[5]

早期的革命者秉承了这些观念。陈独秀的"新青年"、李大钊的"青春"，其深潜的意义都在于"欲新中国，必新青年；欲新青年，必新文艺"这样的逻辑上。陈独秀办《新青年》，他本身既是编者，又是作者，他还以记者的身份直接为读者释疑解惑。杂志创办之初即开辟"通信"栏，这是编者与读者直接沟通的园地。广泛的读者来信，涉及范围极广，陈独秀也都一一认真耐心作答。在20世纪初叶，国人求知若渴，自国际到国内，自哲学到文学，天文地理，生理卫生，无不饶有兴味，天真垂询，情景极为动人。这里但举一封读者来信，借以窥见当日盛况：

记者先生足下：

自贵杂志出版以来，风行全国，遗泽后进，曷胜钦佩。兹见贵刊有通询答问一栏，不竟雀跃而请教益焉。因录积疑数则，请于贵志下期内详教之。先生不以唐突见拒也，则幸甚。

一、吸灰尘有何害于卫生？

二、常见人颜色鲜艳而有血色颇为可爱，此果何法使之焉也？

三、手指足趾上之爪，因何自行脱落？

四、异族结婚，后嗣多慧健，究为何故？

五、运动后不即入浴，乃防何种危险？

六、现时各种体操繁多，究以何种于身体之康健上为最适当，可否请示其法？[6]

---

[5] 梁启超：《论小说与群治之关系》，《梁启超文选》（下集），夏晓虹编，中国广播电视出版社，1992年8月，第3页。

[6] 这封读者来信见《青年杂志》第1卷第6号，1916年2月15日。

陈独秀对这位普通读者的来信逐条详答。作为杂志的主编百事缠身，陈独秀却是不厌其烦，对来自读者的方方面面的问题，都耐心答复。此举可以看出，他是在点点滴滴地做思想的和知识的启蒙工作。[7]我们从《新青年》各期这种编者和读者互动的"琐屑"中，不难领略到20世纪初期中国社会民众最生动的生存状态——他们对世界充满好奇的不宁静的心志。这里是社会大变革前夜的天空，透过那些雾霭和云层，我们仿佛看到了中国新世纪的一线微光。我们在论述中国新诗历史的首页，就提到了当时空气里弥漫着的春天气息，就提到了那些站在时代前列的先辈的青春情怀，正是力图借此描画出新诗诞生的伟大的时代背景。

微光透过云层

上面引用的是一般的读者来信，而下面引用的这篇通信，写信人却不是一般的读者，而是后来成为新文学革命领袖人物的胡适。这是1916年陈独秀和胡适（他们也许尚来不及见面）的一次信件往来。信件是作为读者的胡适对当时的《青年杂志》主笔陈独秀所写的一篇文字所提出的质疑。胡适写道：

> 今日偶翻阅旧寄之贵报，重读足下所论文学变迁之说，颇有鄙见，欲就大雅质正之。足下之言曰："吾国文艺犹在古典主义理想主义时代，今后当趋向写实主义。"此言是也。然贵报三号登谢无量君

---

[7] 陈独秀和李大钊关于青春中国的召唤，引发了广大读者的共鸣。《新青年》第2卷第4期刊登萧山孔昭铭的来信："独秀先生足下，屡读大著，觉先生救世热心，直跃纸上。佩甚佩甚。吾国社会迄于今兹，已陷于麻木不仁之象。扩观现时人物，一派则趋于个人快乐主义。只知得过且过，纵欲为非。绝无未来思想，印其脑际。一派则抑郁悲愤，谢绝尘世，孤芳自守，日流于厌世思想。以为可以告无罪下天。夫浇化之民，未来观念，最为薄弱。饥则觅食，渴则求饮，只图目前，遑计未来。盖悠久远大之事，彼等固未尝有此脑力，可以推测及之也。而寄生于腐败政治时代。天地尽秋气。四海皆秋心。即令有志之士，苟非顺应此等醒醒现象，与之同化，必致无立足之地。"这里，抨击的是社会和民心的秋天心境，与陈、李推崇的春天景象是对立的。

胡适

长律一首,附有记者按语,推为"稀世之音"。又曰:"子云、相如而后,仅见斯篇;虽工部亦只有此工力,无此佳丽。……吾国人伟大精神,犹未丧失也欤?于此证之。"细检谢君此诗,至少凡用古典套语一百事。(中略)稍读元、白、柳、刘(禹锡)之长律者,皆将谓贵报案语之为厚诬工部而过誉谢君也。适所以不能已于言者,正以足下论文学已知古典主义之当废,而独啧啧称誉此古典主义之诗。窃谓足下难免自相矛盾之诮矣。[8]

这是一封很长的信件。胡适在这里提出了他大胆而尖锐的论点:"凡人用典或用陈套语者,大抵皆因自己无才力,不能自铸新辞,故用古典套语,转一湾子,含糊过去,其避难趋易,最可鄙薄!"他列举《长恨

---

8 《新青年》第2卷第2号,1916年10月1日。

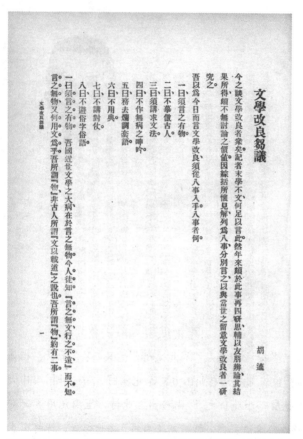

1917年1月1日《新青年》第2卷第5号刊出胡适的《文学改良刍议》

歌》《琵琶行》及杜甫名篇不用典的实例，坦然批评陈独秀对该文言过其实的赞誉。就在这封信的最后，胡适说了如下一段话："年来思虑观察所得，以为今日欲言文学革命，须从八事入手。八事者何？一曰不用典；二曰不用陈套语；三曰不讲对仗（文当废骈，诗当废律）；四曰不避俗字俗语（不嫌以白话作诗词）；五曰须讲求文法之结构。此皆形式上之革命也。六曰不作无病之呻吟；七曰不模仿古人，语语须有个我在；八曰须言之有物。此皆精神上之革命也。"[9]

胡适在这里第一次披露了他对于中国旧文学的深层思考。后来他把此信中所提的"八事"郑重地写进了《文学改良刍议》[10]这篇惊世大文之中。[11]他说，这是他"年来颇于此事再四研思，辅以友朋辩论其结果所得"。他立论于改革文学，但其核心仍然是诗。或者说，他已预见到诗歌改革乃是文学改革的重心以及变革诗歌的艰难和持久。

胡适所提的"八事"，大都与诗有关，以"不用典"为例，他当年举例而加以抨击的有王士禛的《秋柳》："娟娟凉露欲为霜，万缕千条拂玉塘。浦里清荷中妇镜，江干黄竹女儿箱。空怜板渚隋堤水，不见琅琊大道王。若过洛阳风景地，含情重问永丰坊。"胡适批判说："凡此种种，皆文人之下下工夫，一受其毒，便不可救。"至于他说的"不讲对仗""不避俗字俗语"，则是直接针对中国传统诗歌的积习而言的。

陈独秀全力支持胡适的这些主张，他的响应文章有着更为宏大而激烈的标题：《文学革命论》。[12]在这里，他易胡适的"改良"（《文学改良刍议》）而为"革命"（《文学革命论》），说明他的立论比胡适更加激进。陈独秀的文章执意于广泛意义的文学革命，但他同样地把关注的目光聚焦于中国诗歌。他所要"打倒"的"贵族文学""古典文学"和"山林文学"，其中屡加抨击的例子，都着重于中国的古典诗歌。

由此可知，在当日的前驱者的心目中，文学改良也好，文学革命也好，其首要之举，应该是在诗歌。新诗没有辜负时代的厚望，但新诗的诞生实在是一个非常漫长而艰难的历程。这是由于在中国文学中，古典诗歌的历史最悠久、体制最完备、成就最卓著、根基也最稳固。这预示着，中

---

9 《新青年》第2卷第2号，1916年10月1日。
10 胡适：《文学改良刍议》，见《新青年》第2卷第5号，1917年1月1日。
11 胡适致陈独秀信中所提的"八事"，与《文学改良刍议》中的内容大体相近，但行文次序略异。《新青年》第2卷第5号《文学改良刍议》的文字是："一曰须言之有物；二曰不摹仿古人；三曰须讲求文法；四曰不作无病之呻吟；五曰务去烂调套语；六曰不用典；七曰不讲对仗；八曰不避俗字俗语。"
12 陈独秀：《文学革命论》，《新青年》第2卷第6号，1917年2月1日。

国诗歌的变革将是一个缓慢也非常艰苦的过程。

诗体大解放

  新诗的诞生与建设经历了几代人的努力始结善果，但人们都乐于承认新诗的最初设计者是胡适，胡适堪称中国新诗之父。他除了理论的提倡，本人也是新诗积极的创作者，是"尝试"新诗的第一人。在前面的叙述中，我们注意到胡适对于旧诗的激烈批判，以及对于新诗未来的大胆设想，但那时他痛感的乃是旧诗的凝固化和程式化。在他看来，旧诗的痼疾在于因袭前人，缺乏创新、在于滥用典故，在于极端追求形式的完整而忽视生活实景的描写和表达。他最初并未把目光集中到至关重要的新诗语言这一端。

  民国四年（1915）在美国，胡适曾考虑语文改革的问题，写过《如何可使吾国文言易于教授》一文，但他的论述也未涉及以白话代替文言这样重大的问题。而那时，文学和诗歌的变革之风已起于青萍之末。这一年他曾给梅光迪作过一首长诗（当然是文言旧体的），诗中开始流露出变革文学的宏愿：

    梅君梅君毋自鄙！神州文学久枯馁，百年未有健者起，新潮之来不可止，文学革命其时矣！吾辈势不容坐视，且复号召二三子，革命军前杖马箠，鞭笞驱除一车鬼，再拜迎入新世纪！以此报国未云菲，缩地戡天差可拟。梅君梅君毋自鄙！[13]

  也是这一年，他在去纽约的火车上给友人写诗，谈到了诗歌语言的变革问题：

---

13 胡适：《尝试集·自序》，亚东图书馆，1920年3月。

诗国革命何自始？要须作诗如作文，琢镂粉饰丧元气，貌似未必诗之纯。小人行文颇大胆，诸公一一皆人英，愿共僇力莫相笑，我辈不作腐儒生。[14]

"要须作诗如作文"的提法明显地混淆了诗与文的质的差别，引发了朋友间的质疑与争论。当然，这种提法有基于功利目的的考虑，是一种不得已的选择。我们从胡适的"要须作诗如作文"与黄遵宪的"我手写我口"主张之间，不难看出这位文学革命者与这位文学改良者他们之间在精神上的共通之处——从文学改良到文学革命，他们要改变的是传统的言、文分离状态，他们的思路原是一脉相承的。

质疑促使胡适更深地探讨与思考。与此同时，他开始了白话写诗的试验。这些试验，后来结集并取名为《尝试集》。1916—1917年之间，他为实践自己的主张，推出了许多白话新诗的习作。但在最初，他的朋友们并不认可这些习作，胡适自己也不满意。他感到了孤单："这一年之中，白话诗的实验室里只有我一个人。因为没有积极的帮助，故这一年的诗，无论怎样大胆，终不能跳出旧诗的范围。"[15] 钱玄同也认为这些诗"未能脱尽文言窠臼"。[16] 这说明，他当时的实践依然笼罩着严重的旧诗阴影。

《新青年》最先发表的白话诗是胡适的"诗八首"，时间是在民国六年，即1917年的第2卷第6号上。这期同时发表的有陈独秀的《文学革命论》。这是不经意的偶然，还是刻意的安排？不论如何，它说明，白话诗的出现的确与文学革命有关，白话诗乃是文学革命必然的产儿。胡适的这些诗保留了诸多旧诗的痕迹，当然也保留了白话诗实验者艰难摆脱束缚的痕迹。例如《朋友》一诗：

---

14 胡适：《尝试集·自序》，亚东图书馆，1920年3月。
15 同上。
16 钱玄同：《尝试集·序》。该文引用胡适的信说："先生论吾所作白话诗，以为'未能脱尽文言窠臼'。此等诤言，最不易得。……所以我在北京所作的白话诗，都不用文言了。"同上书。

1917年2月1日《新青年》第2卷第6号

> 两个黄蝴蝶、双双飞上天
> 　不知为什么、一个忽飞还
> 剩下那一个、孤单怪可怜
> 　也无心上天、天上太孤单

　　《朋友》一诗开始了诗歌分行排列的历史，但却是整齐的五言诗，而且还押韵。胡适在诗前的括弧中特别注明："此诗天怜为韵、还单为韵、故用西诗写法、高低一格以别之。"这说明当时他还不能完全与旧的规矩完全分离，整饬的句式和考究的韵脚，他都没有回避，一例遵行。但为了提醒韵的存在，昭示押韵的新意，他引进了"西诗"错行排列的方式。此时的胡适，正徘徊在新旧之间，未能更有力地迈出新的一步。这组诗中的《赠朱经农》还是竖排连写，不分行的。《月》三首，则是原样照搬的五言绝句。这些诗保留了初期创作未能摆脱旧诗窠臼的状态。

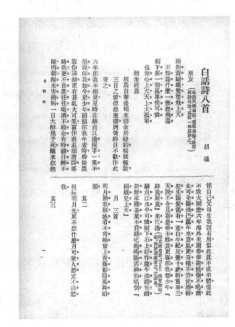

1917年2月1日《新青年》第2卷第6号刊出陈独秀的《文学革命论》和胡适的《白话诗八首》

第二章 凤凰涅槃——中国新诗（1916—1926）

胡适决心为扫荡旧诗词的阴影而勇敢前行,目标则是他认定的"诗体大解放"。他的这些努力,通俗一些说,就是诗歌的"去古典化"。在胡适看来,新的诗歌要去掉旧的诗歌的痼习,就是要与旧诗彻底划清界限。这里所谓的界限,还只是有形的(无形的界限更深邃、更隐蔽,划清的难度也更大),即去掉旧有的"词调"。而去掉这种"旧词调"的最直接的办法,就是打破格律的束缚,让诗回归到无所羁束的自由状态。这种致力,简单的表述就是诗的"去格律化"。这就是黄遵宪主张的"我手写我口",也就是胡适主张的"要须作诗如作文",也就是这里表述的"有什么话,说什么话,话怎么说,就怎么说"。胡适的这些论调,历来为学者所诟病。但在当年,却是革命者的大志向,也是胡适历经数年上下求索之后得出的判断——

> 这一次中国文学的革命运动,也是先要求语言文字和文体的解放。新文学的语言是白话的,新文学的文体是自由的,是不拘格律的。初看起来,这都是"文的形式"一方面的问题,算不得重要。却不知道形式和内容有密切的关系。形式上的束缚,使精神不能自由发展,使良好的内容不能充分表现。若想有一种新内容和新精神,不能不先打破那些束缚精神的枷锁镣铐。因此,中国近年的新诗运动可算得是一种"诗体的大解放"。因为有了这一层诗体的解放,所以丰富的材料,精密的观察,高深的理想,复杂的感情,方才能跑到诗里去。五七言八句的律诗决不能容丰富的材料,二十八字的绝句决不能写精密的观察,长短一定的七言五言决不能委婉达出高深的理想与复杂的感情。[17]

胡适非常重视适当的诗歌形式容载适当的诗歌内容。他不是为形式

---

17 胡适:《谈新诗》,引自《中国新文学大系·建设理论集》,上海良友图书印刷公司,1935年10月,第295页。

而形式,而是为内容而形式(这一点曾长期被误解)。正是由于这一前提,在实践中他非常警惕"旧词调"的隐形存在。他要在新与旧二者之中作明显的剥离。他之所以称赞周作人的《小河》并不吝给予极高的评价,认为"这首诗是新诗中的第一首杰作",正是由于他认为这首诗中"那样细密的观察、那样曲折的理想,绝不是那旧式的诗体词调所能达得出的"[18]。以此为准,他认定,"我所知道的'新诗人',除了会稽周氏弟兄之外,大都是从旧式诗、词、曲里脱胎出来的","新潮社的几个新诗人——傅斯年、俞平伯、康白情——也都是从词曲里变化出来的,故他们初作的新诗都带着词或曲的意味音节"。[19]

胡适实验新诗的第一步,就是不遗余力地铲除他所认为的阻碍新诗之"新"的传统诗歌语言、意境、情调的残存。至此,在胡适那里,他所宣示的革命目标和远景,算是比较清晰了。他所要的诗歌形态,应该是与前不同的全新的形态,即去掉了旧有习性(格律、韵脚、用典以及意境等等)的白话新诗。这当然是一场艰苦的攻坚战,但是现在,他至少已经明确他追求的是什么,要改变的是什么,而且知道该从何处进入和突破。

胡适深知,仅仅理论倡导是不够的,需要实践。他是提出新诗革命的第一人,也是实践新诗革命的第一人。《尝试集》就是他这种实践的第一成果。关于白话新诗的尝试,胡适详细地回顾了他在美国和归国之后的写作,以及朋友间的意见交锋。这一切,在他为《尝试集》所写的自序中有详尽的叙述。他的那些最初的写作,曾经遭到截然相反的评价,美洲朋友批评"太俗",北京朋友批评"太文"。胡适作了认真的反思:

> 我在美洲做的《尝试集》,实在不过是能勉强实行了《文学改良刍议》里面的八个条件;实在不过是一些刷洗过的旧诗!这些诗

---

[18] 胡适:《谈新诗》,引自《中国新文学大系·建设理论集》,上海良友图书印刷公司,1935年10月,第295页。
[19] 同上书,第300—301页。

的大缺点就是仍旧用五言七言的句法。句法太整齐了，就不合语言的自然，不能不有截长补短的毛病，不能不时时牺牲白话的字和白话的文法，来牵就五七言的句法。音节一层，也受很大的影响：第一，整齐划一的音节没有变化，实在无味；第二，没有自然的音节，不能跟着诗料随时变化。因此，我到北京以后所作的诗，认定一个主义：若要做真正的白话诗，若要充分采用白话的字，白话的文法，和白话的自然音节，非做长短不一的白话诗不可。这种主张，可叫做"诗体的大解放"。

（胡适，《尝试集·自序》）

他的态度空前明确。他就是认定一个道理，那就是，"死文字决不能产生活文学"，而且坚信"新文学必须有新思想做里子"。他要彻底地打破旧的文学规范，建立起一个新文学的新秩序。在这篇序言的最后，胡适充满信心地说："这两年来，北京有我的朋友沈尹默、刘半农、周豫才、周启明、傅斯年、俞平伯、康白情诸位，美国有陈衡哲女士，都努力做白话诗。白话诗的实验室里的实验家渐渐多起来了。"而且他满怀期待有更多的人的加入，"所以我大胆把这本《尝试集》印出来，要想把这本集子所代表的'实验的精神'贡献给全国的文人，请他们大家都来尝试尝试"。（胡适，《尝试集·自序》）

新诗的发表

白话新诗弃取胡适的"个人单打"而开始"集体亮相"，园地是《新青年》的第4卷第1号，时间是民国七年，即公元1918年。此期《新青年》共刊出白话诗九首，作者是胡适、刘半农和沈尹默。其中胡适四首，沈尹默三首，刘半农二首。从内容上看，三位作者都有深重的底层关怀，胡适和沈尹默同题的《人力车夫》，刘半农的《相隔一层纸》，都表达了对贫

北京大学中文系教师，左起：刘半农、沈尹默、陈大齐、马裕藻，右二周作人

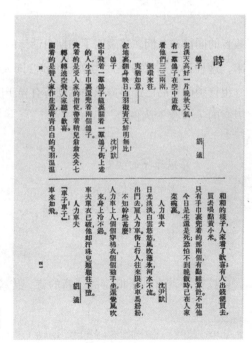

1918年1月15日《新青年》第4卷第1号刊出胡适的《鸽子》、沈尹默的《人力车夫》等诗9首

胡适

贱者的同情和悲悯。这表明了初期白话诗的作者从书斋走向社会的写作诉求，这种诉求后来发展而为文学研究会同人的文学理想。值得注意的是，这组诗中的作品已经显露出白话新诗有异于旧诗的艺术个性，试以其中沈尹默的《月夜》为例：

> 霜风呼呼的吹着，
>   月光明明的照着。
> 我和一株顶高的树并排立着，
>   却没有靠着。[20]

这是一首有别于旧诗的全新的诗，传统诗中月夜的景色淡去了。这

---

20 沈尹默：《月夜》，《新青年》第4卷第1号，1918年1月15日。

胡适诗手稿

沈尹默诗手稿

里出现的月色虽然依旧清明，却伴随着带寒霜的冷冽的风。风在月夜吹拂，乱影婆娑，充满了打破静谧的动感。重要的是，出现在画面中的人，没有"把盏"，没有"歌吟"，也不是"对月怀人"，只是与那树并排而立。这首打破了原有格局和体式的诗与传统的意境绝缘，除了提供诗学的思考价值之外，是否也隐喻着"五四"时代人的精神的确立呢？《新青年》是中国最先发表白话新诗的刊物。它看重新诗，显然是看到了新诗在它所倡导的文学革命中的前锋意义。

　　有了以胡适为代表的一批先驱者的努力，再加上《新青年》的全力支持，白话新诗的潮流便如决堤之水，一路欢快地向前狂奔。一批集结在《新青年》周围的新诗试验者，他们向着这个中国诗歌的"另类"，投去极大的热情。可以说，当日的创新的目光，无不集中在摈弃我们前面所述的旧诗的影响方面，这就是当年的"影响的焦虑"。前举沈尹默的《月夜》是一个例证。他的《三弦》也是一首摆脱了旧影响的诗歌，语言是新的，形式是自由而不拘一格的，诗中的场景也是先前所无、至少也是罕有的。

　　白话新诗就这样在一批先行者的奋力下取得了试验的成功。襁褓中的新诗因此而逐渐地获得了独立。当然，这种独立更多地乃是体现在打破旧框架上。至于新形式下所承载的使命和理想、所包蕴的人文内涵，以及与诞生了它的"五四"的狂飙突进的时代精神的更加紧密的联系，这一切，均有待于新诗今后更为广阔的发展，特别是期待着外来影响的日渐深入。白话新诗的尝试是以批判和否定中国诗歌传统为前提的，它必须以与外来诗歌影响的汲取与融合为终点。从这点看，新诗当然还有一段很长的路要走。

　　民国八年，即公元1919年。这一年出版的《新青年》第6卷第2号有一个惊人的举动，就是它以头条的显著位置发表周作人的《小河》。《新青年》是一个传播新思想、新知识的综合性刊物，它乐于并重视发表文学作品已是别具慧眼，如今以这样突出的方式推崇一篇诗歌，更是令人为之震撼。此诗问世,胡适称它是"新诗中的第一首杰作"(胡适,《谈新诗》),朱自清称赞它"融景入情,融情入理"(朱自清,《中国新文学大系·诗卷·导言》)。周作人在卷前自撰小序:

> 有人问,我这诗是什么体,连自己也回答不出。法国波特来尔(Baudelaire)提倡起来的散文诗,略略相像,不过他是用散文格式,现在却一行一行的分写了。内容大致仿那欧洲的俗歌;俗歌本来最要叶韵,现在却无韵。或者算不得诗,也未可知;但这是没有什么关系。[21]

从这篇诗前小序可以看到,他是在进行一场空前大胆的实践,没有凭借,也乏先例,只是自己摸索着前行。是什么体?他说不清;说是"近似"波特莱尔的散文诗,却又分行排列;说是像欧洲的俗歌,而又不押韵。至关重要的是,这究竟算不算诗?答曰,算或不算也"没有什么关系"。唯有置身于那个不拘一格的、充满挑战性和创造性的年代,才有这样的作者,才有这样的全力支持他的《新青年》,才有这样的大魄力和大胸怀。《小河》是伟大时代的赐予。[22] 当年的探索者正是这样,迈着坚定的步伐,一步一步地接近着自己的目标。他们摆脱传统的束缚,不管那传统曾如何地创造了中华诗歌的风华绝代,也不管他们今天的行事是如何招来了"数典忘祖"的骂名。他们无所畏惧地前行,不回头,不气馁,恰

---

21 周作人:《小河》,《新青年》第6卷第2号,1919年2月15日。
22 关于《小河》,周作人有文写道:"大抵忧惧的分子在我的诗里由来已久,最好的例是那篇《小河》,民国八年所作的新诗,可以与二十年后的打油诗做一个对照。这是民八的一月廿四日所作,登载在《新青年》上,共有五十七行,当时觉得有点别致,颇引起些注意。或者在形式上可以说,摆脱了诗词歌赋的规律,完全用语体散文来写,这是一种新表现,夸奖的话只能说到这里为止,至于内容那实在是很旧的,假如说明了的时候,简直可以说这是新诗人所大抵不屑为的,一句话就是那种古老的忧惧,这本是中国旧诗人的传统,不过他们不幸多是事后的哀伤,我们还算好一点的是将来的忧惧,其次是形式也就不是直接的,而用了譬喻,其实外国民歌中很多这种方式,便是在中国,《中山狼传》里的老牛老树也都说话,所以说到底连形式也并不是什么新的东西。鄙人是中国东南水乡的人民,对于水很有情分,可是也十分知道水的利害,《小河》的题材即由此而出。"见《苦茶庵打油诗》,《杂志》第14卷第1期,1944年10月10日。转引自刘福春:《中国新诗编年史》,人民文学出版社,2013年3月,第4—5页。

周作人

1919年2月15日《新青年》第6卷第2号刊出周作人的诗《小河》

如我们如今面对的这一条小河：

> 一条小河，稳稳的向前流动。
> 经过的地方，两面全是乌黑的土，
> 生满了红的花，碧绿的叶，黄的实。
>
> 一个农夫背了锄来，在小河中间筑起一道堰，
> 下流干了；上流的水，被堰拦着，下来不得；
> 不得前进，又不能退回，水只在堰前乱转。
> 水要保他的生命，总须流动，便只在堰前乱转。
>
> 堰下的土，逐渐淘去，成了深潭。

水也不怨这堰——便只是想流动，
想同从前一般，稳稳的向前流动。

一日农夫又来，土堰外筑起一道石堰。
土堰坍了；水冲着坚固的石堰，还只是乱转。

水只是想流动，想冲决那堤坝，无论是土堰还是石堰，都要冲决。目的只是为了流动。中国白话新诗的实践，从胡适到周作人，就好比是此刻在堰前"乱转"的水。这一道充满反抗精神的小河，打转、冲决，而后向前。

向着社会人生

周作人在《新青年》第6卷第2号发表《小河》的时间是1917年。这一年，爆发了改变中国近代历史的"五四"新文化运动。尽管作为这一运动的前奏，《新青年》的诞生、中国诗歌的现代变革，都已在悄然地酝酿着、试验着、进行着，但是，1919年的星火，却是引爆了震撼黑暗天空的雷鸣电闪。这是一场改变中国命运的运动，这一场运动也直接支持和导引了中国自晚清直至目前的诗歌变革。新诗革命作为"五四"新文学革命的组成部分与先锋，同时也有力地为伟大时代作证。

当《新青年》越来越引起报刊界和学术界的注意的时候，文化革命的气氛早在1917年2月文学革命正式开始之前就已经酝酿成熟。在1915年至1917年这段时间里，陈独秀的杂志发表了越来越多的吴虞、易白沙、高一涵和他自己的文章，攻击儒家和赞扬西方思想。胡适首先提出的文学革命的主张，受到陈独秀的热烈欢迎，认为是整个反传统崇拜运动的一个组成部分——文学革命的破坏任务虽然遭到一些软弱敌人的零星抵抗，但是很容易就完成了。它的建设阶段却是更困难的。

5月4日北京大学学生的游行队伍

1919年10月10日《星期评论》纪念号刊出胡适的诗论《谈新诗——八年来一件大事》

中国的"新青年"们对文学革命立即作出热烈响应,也许越出了这一运动的领袖们的梦想。几年之内,新文学杂志有如雨后春笋,在各大城市成立的文学团体在一百个以上。所有这些自发的文学发展都证明了"五四"运动、特别是学生们1919年的游行示威所引起的情绪之热烈。[23]

在充满激情的年代的感召下,有人率先"尝试",有更多的人响应这种"尝试",作白话新诗的人日见其多了。此时发表新诗的刊物也已不仅是《新青年》一家,许多刊物开始发表新诗,如《新潮》《每周评论》《少年中国》《星期评论》《时事新报·学灯》《民国日报·觉悟》等。写作新诗的作者也不限于初期的那几个人,而有了更广大的队伍。"在1919年前后,参加新诗写作的人数众多,作者身份也十分驳杂,在学者、教授、学生之外,也不乏名流、政客、军人,流风所及,甚至一些旧派文人也积极响应写一两首白话新诗,以示新潮,在当时已成为一种普遍的社会风尚。"[24]

在"一九一九"之风的吹拂下,新诞生的白话新诗已成为一股不可遏止的长流水。这是"五四"当年一道美丽的风景。由于它起步于时代风云到来之先,于是它理所当然地也成为新时代的一只报春燕、一道瑰丽的彩虹。新诗革命的形势犹如划过天边的电闪,迅疾而多变。这情景甚至令当年的参与

《新诗集》,新诗社出版部
1920年1月出版

胡适《尝试集》,亚东图书馆
1920年3月出版

---

23 [美]费正清主编:《剑桥中华民国史》(上),中国社会科学出版社,1998年7月,第521—528页。
24 姜涛:《中国新诗总系(1917—1927)·导言》,人民文学出版社,2010年9月。

者惊呼:"那已是三代以上的事,我们都是三代以上的人了。"[25]

说到早期白话诗的作者,其中有些人后来成为文学研究会的成员。这些人后来出版了八人合集《雪朝》,他们是朱自清、周作人、俞平伯、徐玉诺、郭绍虞、叶绍钧、刘延陵、郑振铎。这是继《新青年》当年集中发表胡适等三人的诗九首之后、又一次具有里程碑意义的集结。《雪朝》的作者不光写诗,也写别样的文学作品,周作人的散文、叶绍钧的小说和儿童文学、郭绍虞的文学理论、郑振铎的文学史都非常有名,但他们的起步,无不瞄准了新诗。他们是新诗功不可没的前行者。

文学研究会于1921年1月在北京成立。其宣言称:"将文艺当作高兴时的游戏或失意时的消遣的时候,现在已经过去了。我们相信文学是一种工作,而且又是于人生很切要的一种工作;治文学的人也当以这事为他终生底事业,正同劳农一样。"[26]《雪朝》以诗歌的方式印证了文学研究会的存在,也宣示了他们的文学主张:

1920年2月15日《少年中国》刊出诗学研究号

---

25 刘半农:《初期白话诗选·序》,星云堂书店,1933年。序文说:"那一个时期中的事,在我们身当其境的人看去似乎还近在眼前,在于年纪轻一点的人,有如民国元二年出世、而现在在高中或大学初年级读书的,就不免有些渺茫。这也无怪他们,正如甲午、戊戌、庚子诸大事故,都发生于我们出世以后的几年之中,我们现在回想,也不免有些渺茫。所以有一天,我看见陈衡哲女士,向她谈起要印这一部诗稿,她说:那已是三代以上的事,我们都是三代以上的人了。"

26 《文学研究会宣言》,《新青年》第8卷第5号,1921年1月1日。

诗歌是人类的情绪的产品。我们心中有了强烈的感触，不管他是苦的，乐的，或是悲哀而愤懑的，总想把他发表出来：诗歌便是表示这种情绪的最好工具。

诗歌的声韵格律及其他种种形式上的束缚，我们要一概打破。因为情绪是不能受任何规律的束缚的；一受束缚，便要消沉或变性，至少也要减少他的原来的强度。

我们要求"真率"，有什么话便说什么话，不隐匿，也不虚冒。我们要求"质朴"，只是把我们心里所感到的坦白无饰地表现出来，雕斫与粉饰不过是"虚伪"的遁逃所，与"真率"的残害者。[27]

《雪朝》，商务印书馆1922年6月出版，此为1924年1月第四版

这篇短序概要地阐述了这批新诗人（基本上应该是文学研究会的成员）的诗观：其一，诗是诉诸情感的，是情感的宣泄；其二，诗是自由的，反对形式对诗的束缚；其三，也是最重要的一点，诗是真实的，反对虚假。这里所阐释的思想，体现了后来文学研究会基本的文学理念：文学是为人生的，文学应当面对社会的现实问题发言。上述这些论点，也在《雪朝》作者之一俞平伯的《冬夜》自序中得到印证。俞平伯说，"我怀抱着两个做诗的信念：一个

---

[27] 郑振铎：《雪朝》短序，写于1922年，《雪朝》，商务印书馆，1922年6月。

文学研究会 1921 年 1 月成立于北京来今雨轩的全体合影

是自由,一个是真实"。又说:"我不愿顾念一切做诗底律令,我不愿受一切主义的拘牵,我不愿去摹仿,或者有意去创造哪一诗派。我只愿随随便便的,活活泼泼的,借当代的语言,去表现出自我,在人类中间的我,为爱而活着的我。"[28] 俞平伯质疑为艺术而艺术或者诗与人生无关的论点:"诗是为诗而存在的,艺术是为艺术而存在的;这话我一向怀疑。我们不去讨论,解决怎样做人的问题,反而晓晓争辩怎样做诗的问题,真是再傻不过的事。"[29]

《冬夜》开启了为人生而艺术的闸门,也显示了文学研究会关注社会现实的理念。他们把目光从庙堂的高处投向了民间的日常。他们写铁匠,写木匠,写鞋匠,写水手,写卖萝卜的人,也写自己。这些早期的

---

28 俞平伯:《冬夜·自序》,亚东图书馆,1922 年 3 月。
29 同上。

写作直接影响了文学研究会的成员,他们开始关注实在的生活场景和苏醒了的自我意识。这些都凝聚在他们渴望自由表达的生疏甚至有些幼稚的实践中。尽管在深度和广度上,这些早期的写实倾向和对底层的同情并没有超越旧文人的那些哀悯民生之作,囿于处境和教养的局限,他们对现实生活的表达也只停留在浮表的层面,但是,诗歌和生活的距离的确较之以往大大地接近了。以朱自清的《小舱中的现代》为例,他以生动的笔墨再现了嘈杂的小船舱中的众生相。各式各样的叫卖声,连同那里的浑浊,"灰与汗涂着张张黄面孔,炯炯的有饥饿的眼光"(朱自清,《小舱中的现代》)。从这点看,它的确是表现了现代,而没有停留在古代。这样的氛围,这样的场面,古诗中找不到。

个性大解放

原先那些空灵神韵的诗,如今的确变得具体而实在了,许多的生活细节涌进了诗中。如同前举那样的小船舱中的嘈杂的世界,连同作者发自内心的感慨,在以往的诗中是无法得到表现的。这种诗歌面对生活的潮流的兴起,与当年的理论倡导颇有关系。理论,再加上有力的实践,于是蔚然成风。1918年12月,周作人在《新青年》第5卷第6号发表《人的文学》。此文可谓是一篇影响全局的纲领性文件。周作人讲:我们现在应该提倡的新文学,简单地说一句,是"人的文学";应该排斥的,便是反对的非人的文学。他主张文学的人道主义精神:

> 我所说的人道主义,并非世间所谓"悲天悯人"或"博施济众"的慈善主义,乃是一种个人主义的人间本位主义。……用这人道主义为本,对于人生诸问题,加以记录研究的文字,便谓之人的文学。其中又可以分作两项,(一)是正面的,写这理想生活,或人间上达的可能性。(二)是侧面的,写人的平常生活,或非人的生活,这很可

叶圣陶、朱自清、俞平伯

1922年1月15日《诗》月刊在上海创刊

俞平伯《冬夜》，亚东图书馆1922年3月出版

以供研究之用。这类著作，分量最多，也最重要。因为我们可以因此明白人生实在的情状，与理想生活比较出差异与改善的方法。……

因为人类的运命是同一的，所以我要顾虑我的运命，便同时须顾虑人类共同的运命。所以我们只能说时代，不能分中外。我们偶有创作，自然偏于见闻较确的中国一方面，其余大多数都还须绍介译述外国的著作，扩大读者的精神，眼里看见了世界的人类，养成人的道德，实现人的生活。[30]

朱自清回应说："民七以来，周氏提倡人道主义的文学；所谓人道主义，指'个人主义的人间本位主义'而言。这也是时代的声音，至今还为新诗特色之一。"（朱自清，《中国新文学大系·诗集·导言》）"五四"高潮过去之后，新诗的地位得到广泛的认同，追随那些"创业人"之后，各种社团，各种刊物，更多的年轻人涌入创作的队伍。这些年轻人的写作，极大地充实和壮大了白话新诗的阵势。

这是一个彰显个性的年代，人们的目光向着外部世界扩展，从而认识了一个正在迅疾发展的国际环境。受此启发，诗人在这种扩展中也看到了长期封闭的自身的无限丰富性。除了客观地表达外部的世界，还有主观地表达自己内心的世界，以及自己对于世界的感知。"五四"初期的小诗运动的流行，正是这种诗人转向自我表达的体现。这当然是受到外国影响和借鉴的结果。周作人在《论小诗》中检讨了小诗这种形式的由来，他谈到希腊的"诗铭"，印度的宗教哲学诗，波斯的四言短诗，当然更有日本俳句的源流的影响。周作人说："小诗的第一条件是须表现实感，便是将切迫地感到的对于平凡的事物之特殊的感兴，迸跃的倾吐出来，几乎是迫于生理的冲动，在那时候这事物无论如何平凡，但已由作者分与新的生命，成为活的诗歌了。"[31]

---

30 周作人：《人的文学》，《新青年》第5卷第6号，1918年12月15日。
31 周作人：《论小诗》，《晨报副刊》，1922年6月21、22日。

那时致力于小诗写作的有冰心,是最集中写小诗的一位,她的《繁星》《春水》在当日影响甚大。冰心自谓是受到泰戈尔的《迷途之鸟》的影响。[32] 同样致力于小诗写作的还有宗白华,他的《流云》小诗也是当年的翘楚。他说受唐人绝句的影响更大,不大承认泰戈尔或日本俳句的影响,但他讲述自己的小诗写作时却无意间涉及后者:"唐人的绝句,像王孟韦柳等人的,境界闲和静穆,态度天真自然,寓秾丽于冲淡之中,我顶欢喜。后来我爱写小诗短诗,可以说是承受唐人绝句的影响,和日本的俳句毫不相干,太戈尔的影响也不大。只是我的朋友左舜生那时常常欢喜朗诵黄仲苏译的太戈尔园丁集诗,他那声调的苍凉幽咽,一往情深,引起我一股宇宙的遥远底相思的哀感。"[33]

关于小诗运动当时赞誉者居多,因为它的确为诗歌带来了一股清新的空气,传统的格律和形式的束缚在这里彻底地解除了,清新明朗,蔚为一时之盛。但也有持批评态度的,成仿吾在一篇文章中批评了小诗的哲理倾向(他把他们的小诗作品称为"哲理诗"):

> 国内哲理诗的作者,大概以宗白华与冰心女士为代表。他们自称是受了太戈尔的影响。
>
> 哲理诗!这是多么冠冕堂皇的名字。然而在我们现在的诗坛——哲学大家滔滔者天下皆是的时代的诗坛;我们只一听这个名字,而这名字里面所含蓄的滑稽,就足以令我们破颜而大笑了。
>
> 我在这里论及哲理诗,要请读者诸君恕我不抄录宗白华与冰心女士的大作了,因为我只在报章上看过几回,随时随地把他们与

---

[32]《繁星·自序》:"一九一九年的冬夜,和弟弟冰仲围炉读太戈尔(R.Tagore)的《迷途之鸟》(Stray Birds)。冰仲和我说:'你不是常说有时思想太零碎了,不容易写成篇段么?其实也可以这样的收集起来。'从那时起,我有时就记下在一个小本子里。一九二〇年的夏日,二弟冰叔从书堆里,又翻出这小本子来。他重新看了,又写了'繁星'两个字,在第一页上。一九二一年的秋日,小弟弟冰季说,'姊姊!你这些小故事,也可以印在纸上么?'我就写下末一段,将他发表了。是两年前零碎的思想,经过三个小孩子的鉴定。《繁星》的序言,就是这个。"冰心:《繁星》,商务印书馆,1923年1月。
[33] 宗白华:《我和诗——流云小诗·后记》,正风出版社,1947年11月。

冰心

冰心《繁星》，商务印书馆1923年1月出版

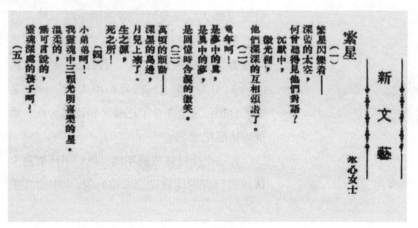

1922年1月1日《晨报副刊》刊出冰心的小诗《繁星》

宗白华《流云》，亚东图书馆1923年12月出版

电闻通信一齐丢了。他们对于别人，似乎具有不可当的引力，然而我只觉得宗君不过把概念与概念联络起来，而冰心亦不过善于把一些高尚的抽象的文字集拢来罢了。本来哲理如果硬要加入诗中，我们先要求他不是哲理。如果带上了诗形而又自称哲理，我们只好取消他的诗的资格。太戈尔的"迷途之鸟"终于不过是些迷途之鸟罢。[34]

与小诗流行的同时，一批更为年轻的诗人加入了创作的队伍。与前辈浓重的使命感不同的是，他们不再满足对于外部世界或人生实景的表现，他们更重视自身的生命状态的摹写。他们把表现自己当作诗歌首要的目的，他们要表现真我的真实的爱憎，他们是自我的。1922年4月，湖畔诗社在杭州成立。成员有应修人、汪静之、潘漠华、冯雪峰，后又有魏金枝和旦如等加盟。这是一个同人性质的友爱而松散的结合。他们的纪念便是《蕙的风》和《湖畔》，前者是单人集，后者是数人合集。这里保全了这些年轻诗人天真、幼稚的情感纪念。

在一个个性解放的年代，他们不可能完全认同前行者的诗歌理念。他们说："中国几千

---

34 成仿吾：《诗之防御战》，《创造周报》第1号，1923年5月13日。

年来的文学是太不人生的,而最近三四年来则有直趋于'太人生的'之倾向。近来躁急的批评者遇到描写自然之作,就唤之为'风云月露山光水色'之文章;看见叙述爱情之诗,即称之为'春花秋月哥哥妹妹'之滥调。其实风云月露哥哥妹妹都没有得罪世人;我们只须问诗人唱得好歹,不必到处考他们唱的什么。而且自然的景色与爱情的翱翔,谁能见之而不凝睇?"[35] 这是刘延陵支持《蕙的风》的言说,是对于当日诗歌舆论的一次小小的挑战。

胡适很是欣赏这些年轻人的写作,他认为他们是摆脱了旧诗词束缚的一代人。他们的确是新的,遵循的正是胡适他们孜孜以求的诗体的真解放:"我觉得他的诗在解放一方面比我们做过旧诗的人更彻底的多。当我们在五六年前提倡做新诗时,我们的'新诗'实在还不曾做到'解放'两个字。"[36] 作为倡导诗歌革命的前辈,他看重的是这些写作的自由、无拘束的情状,汪静之也好,应修人也好,他们与"深刻"无关,都是一例的清纯、天真:"卷起竹丝帘子,/放进一些些凉意,/吸饱了湖光山色;/我每一个细胞都爽快了。"[37] "悲哀轻烟似的来了!/红云泛上面颊,/用手掠过蓬茸的头发。/悲哀轻烟似的去了!/红云泛上面颊,/用手掠过蓬茸的头发。"[38]

其实,这些也都是表达一时感兴的小诗,传达出彰显个性的年代种种无拘束的、活泼自由的心态,是中国青春少年的深切的写真。从《小河》开始,经过小诗运动,到现在的湖畔同人的青春歌吟,应该说,胡适所切盼的去掉"旧词调"的积习这个过程此时已经完成。

---

35 刘延陵:《蕙的风·序》,《蕙的风》,亚东图书馆,1922年8月。
36 胡适:《蕙的风·序》,《蕙的风》,亚东图书馆,1922年8月。
37 汪静之:《西湖杂诗·二十一》,《蕙的风》,亚东图书馆,1922年8月。
38 潘漠华:《黄昏后》,《湖畔》,诗畔诗社,1922年4月。

汪静之、潘漠华、冯雪峰

《湖畔》，湖畔诗社 1922 年 4 月出版

汪静之《蕙的风》，亚东图书馆 1922 年 8 月出版

女神之再生

那真是一个个性解放的年代，非人的约束和戕害一旦解除，随着人自身价值的确立，无限的创造力便释放出来了。自此，人们不仅敢于挑战权威，也敢于挑战传统和经典。对于诗歌而言，人们也把挑战的目光直逼古典的辉煌，而且"不知轻重"地敢于以他们不成熟的语言重新创造诗歌历史。此乃令人惊叹的"瞬间已成古代"的巨变。一个神奇的年代，诗歌的解放已经不再是小河冲决泥或石垒的堤坝，而是漫无涯际的奔突与喧腾了！

女神之再生，这是一个非常诗意的题目。在中国浩森的时空，诗歌华美的女神已经翱翔歌吟了数千年之久。依依杨柳，霏霏雨雪，明月关塞，黄沙铁甲，感时花月，寒江独钓。它造出了多少令人痴迷千古的诗意的世界！或清俊，或秾丽，或欢愉，或哀婉，此刻都被那些无所顾忌的革新者以不容置疑的方式予以拒斥。中国诗坛自胡适揭竿而起，追随他的从开始的"吾党二三子"直到此刻的滔滔巨浪。其中最英勇的支持者是陈独秀，他宣言："予愿拖四十二生的大炮为之前驱。""甘冒全国学究之敌，高张'文学革命军'大旗，以为吾友之声援。"[39]

在"五四"前后，新诗的发展异常神速，人们都在自己的想象中设计并创造属于这个时代的诗。诗歌仿佛是四处奔突的地泉，以各种各样的方式实现自我的诉求。比胡适的实验稍晚一些时候，郭沫若选择了《时事新报》的《学灯》作为自己的阵地，开始密集地发表他的作品。此时主持《学灯》的是宗白华。[40] 朱自清称郭沫若的出现是当日诗歌界的"异军突起"：

---

[39] 陈独秀：《文学革命论》，《新青年》第2卷第6号，1917年2月1日。
[40] 郭沫若："使我的创作欲爆发了的，我应该感谢一位朋友，编辑《学灯》的宗白华。我同白华最初并不相识，就由投稿的关系才通起了信来。白华是研究哲学的人，他似乎也有嗜好泛神论的倾向，这或者就是使他和我接近了的原因。那时候，但凡我做的诗，寄去了他无有不登，竟至《学灯》的半面也有整登我的诗的时候。说来也很奇怪，我自己就好像一座作诗的工场一样，诗一有销路，诗的生产便愈加旺盛起来。在1919年与1920年之交的几个月间我几乎每天都在诗的陶醉里，每每有诗的发作袭来时就好像生了热病一样，使我作寒冷，使我提起笔来战栗着有时候写不成字。"郭沫若：《创造十年》，现代书局，1932年9月20日。

日本留学时期的郭沫若

郭沫若《女神》，泰东图书局 1921 年 8 月出版

和小诗运动差不多同时，一支异军突起于日本留学界中，这便是郭沫若氏。他主张诗的本质专在抒情，在自我表现，诗人的利器只有纯粹的直观；他最厌恶形式，而以自然流露为上乘，说"诗不是'做'出来的，只是'写'出来的。"[41]

郭沫若展示了接近诗的本质的诗歌理念：抒情，以及自我表现。他把白话诗运动早期语言转换的热情放在了一边，因为那是已经基本解决了的问题。从那时开始，作为创造社的领军人物，他把诗歌的热情倾注于新时代的召唤上。郭沫若把自己的第一本诗集定名为"女神"[42]。女神就是此时他的诗歌的母题，也是一个充满时代精神的伟大的意象。女神象征祖国，

---

41 朱自清：《新文学大系·诗集·导言》，上海良友图书印刷公司，1935 年 10 月。
42 郭沫若：《女神》，上海泰东图书局，1921 年 8 月。

女神之再生就是祖国之再生，也是自我之再生。打开《女神》这一部诗集，扑面而来的是"五四"时代狂飙突进的雄健之风。这是时代的强音。闻一多最早观察到了郭沫若诗中的这种新的时代精神："若讲新诗，郭沫若君底诗才配称新呢，不独艺术上他的作品与旧诗词相去最远，最要紧的是他的精神完全是时代的精神——二十世纪底时代的精神。有人讲文艺是时代底产儿。女神真不愧为时代底一个肖子。"[43]

《女神之再生》[44]是一部诗剧，取材于中国神话：共工与颛顼血战中原，共工怒而触不周之山，二者同归于尽，造成了天体的破碎。向往光明的女神们进行修复天体的工作。与前不同的是，她们不再迷恋旧物（即所谓彻底的、不妥协的），她们要弃旧从新。她们以智慧和勇敢宣言要废弃那些"五彩的东西"，他们要重新创造一个太阳。《女神之再生》就是女神们为创造新世界而发出的壮丽的歌唱。尽管太阳还在远方，但是她们已听见晨钟响亮："待我们创造了太阳出来，／要照彻天内的世界，／天外的世界！"郭沫若的这些新鲜的意象，传达的是破坏的热情，否定的热情，也表达了更大的创造的热情。这时间的中国，国难当头，内忧外患，民心思变，诗歌充分地宣扬了国人的心境和宏愿。

与《女神之再生》相呼应也相补充的是《凤凰涅槃》。这首歌剧式的长诗也取材于神话，诗前有作者的小序："天方国古有神鸟名'菲尼克司'（phoenix），满五百岁后，集香木自焚，再从死灰中更生，鲜美异常，不再死。按此鸟即吾国所谓凤凰也：雄为凤，雌为凰。孔演图云，凤凰火精，生丹穴。广雅云：凤鸣曰即即，雌鸣曰足足。"[45]诗人借凤凰的自焚与再生寄托了他对中国的期望，借凤凰的歌唱表达了他对现实的诅咒、对新生的歌颂。这是一曲悲壮而雄浑的生命自我更新的礼赞。这是凤的诅咒之歌：

---

43 闻一多：《女神之时代精神》，《创造周报》第4号，1923年6月3日。
44 《女神之再生》刊于《民铎》第2卷第5期，1921年2月15日。茅盾非常重视此诗的发表，以玄珠的笔名先后在《时事新报·文学旬刊》第1号、第5号发表信息。
45 郭沫若：《凤凰涅槃》，《女神》，泰东图书局，1921年8月。

1923年6月3日《创造周报》第4号刊出闻一多的诗评《女神之时代精神》

> 生在这样个阴秽的世界当中,
> 便是把金刚石的宝刀也会生锈!
> 宇宙呀!宇宙!
> 我要努力地把你诅咒!
> 你脓血污秽着的屠场啊!
> 你悲哀充塞着的囚牢啊!
> 你群鬼叫号着的坟墓啊!
> 你群魔跳梁着的地狱啊!
> 你到底为甚么存在?

闻一多是最早高度评价《女神》的一位,他的评论也是迄今为止最为深刻地洞彻诗人之用心的评论。闻一多认为郭沫若的诗说的是世界,更是诗人自身:"物质文明底结果便是绝望与消极。然而人类底灵魂究竟没有死,在这绝望与消极之中又时时忘不了一种挣扎抖擞底动作,二十世纪是个悲哀与奋兴底世纪。""但是丹穴山上底香木不只焚毁了诗人底旧形体,并连现时一切的青年底形骸都毁掉了。凤凰底涅槃是诗人与一切的青年底涅槃。"[46]

郭沫若的创作始于1918年,"五四"运动至1920年上半年是他自谓的"诗的创作爆发期"[47]。这时期创作中包括有非常著名的《晨安》《天狗》《立在地球边上放号》《地球,我的母亲》《匪徒颂》等。这些短制连同前面述及的两部长诗,表达的都是为时代而燃烧的激情。它们的主题是一致的,只是各有自己的角度。它们的写作状态也都是一种近于癫狂的、不可抑制的燃烧。郭沫若如此形容说:

> 《凤凰涅槃》那首长诗是在一天之中分成两个时期写出来的。上半天在学校的课堂里听讲的时候,突然有那诗的意趣袭来,便在抄本上东鳞西爪地录出了那诗的前半。在晚上行将就寝的时候,诗的后半的意趣又袭来了,伏在枕上用着铅笔便只是火速地写,全身都有点作寒作冷,连牙关都只是打战。就那样把那首奇怪的诗也写了出来。那诗是在象征着中国的再生,同时也是我自己的再生。[48]

他回顾《地球,我的母亲》的写作,也几乎是同样的状态。[49] 其他如《天狗》《晨安》诸作也是同样的激情的迸发和燃烧的产物。《女神》的

---

46 闻一多:《女神之时代精神》,《创造周报》第4号,1923年6月3日。
47 郭沫若:《革命春秋》,人民出版社,1976年,第61页。《女神》中的多数篇章均作于此时。
48 郭沫若:《我的作诗的经过》,《质文》第2卷第2期,1936年11月10日。
49 郭沫若讲:"《地球,我的母亲!》是民八学校刚放好了年假的时候做的,那天上半天跑到福冈图书馆去看书,突然受到了诗兴的袭击,便出了馆,在馆后僻静的石子路上,把'下驮'(日本的木屐)脱了,赤着脚踱来踱去,时而又率性地倒在路上睡着,想亲切地和'地球母亲'亲昵,去感触她的皮肤,受她的拥抱。——这在现在看起来,觉得是有点发狂,然而当时却委实是受着迫切。在那样的状态中受着诗的推荡、鼓舞,终于见到了她的完成,便连忙跑回寓所把她写在纸上,自己觉得好像真是新生了一样。"郭沫若:《革命春秋》,人民出版社,1976年,第61页。

歌唱代表了破坏旧物、创造新物的时代潮流。这是一股强大的浪漫主义的呼唤,后来衍化而成为创造社的基本思潮。这一思潮与较先成立的文学研究会的宗旨有着明显的差别,后者被文学史习惯地称为"为人生"的现实主义的潮流。创造社成员更注重想象、重视想象力的奔突驰骋。他们被称为浪漫主义的潮流。

《凤凰涅槃》和《女神之再生》最能代表创造社的文学追求,总是欢呼着新的诞生,总是跳动着、欢跃着迎接风暴和雷电。《日出》展示着环天的火云,天边的龙、狮子、鲸鱼、象和犀,都是赤色的,都是火云的燃烧。《笔立山头展望》跳动着大都会的脉搏,打着、吹着、叫着、喷着、飞着的都是"生底鼓动",都是"自然与人生底婚礼"。诗人《立在地球边上放号》,他的自我是无限扩张的:

> 无数的白云正在空中怒涌,
> 啊啊!好幅壮丽的北冰洋的晴景哟!
> 无限的太平洋提起他全身的力量来要把地球推倒。
> 啊啊!我眼前来了的滚滚的洪涛哟!
> 啊啊!不断的毁坏,不断的创造,不断的努力哟!
> 啊啊!力哟!力哟!
> 力的绘画、力的舞蹈、力的音乐、力的诗歌、力的 Rhythm 哟!

在《女神之再生》中,诗人提出对旧的彻底否定而重建天体的理想。在《凤凰涅槃》中,则具体地提出了实现这一理想的途径,这就是"凤凰涅槃"的方式——通过一场烈火的焚烧,在烈火中求得新生。这就是当时年轻的诗人提出疗救中国的药方。的确,它是有些抽象的,但它那种对旧世界、旧中国包括对旧我的反抗姿态,却应予以充分肯定。这是问题的

王独清、郭沫若、郁达夫、成仿吾

实质。[50] 关于这些令人耳目一新的创作,人们一时虽有错愕之感,但大体是赞誉居多。

　　沈从文讲:"郭沫若可以说是一个诗人,而那情绪,是诗的。这情绪是热的、是动的、是反抗的。"[51] 蒲风讲:"我们不能否认他的豪放,狂暴,勇猛,反抗的精神。他在《女神》里,真正反映了中国新兴资本主义向上势力的突飞猛进。"[52] 最有趣的是施蛰存,他讲了自己的阅读经历:"《女神》出版的时候,我方在病榻上。在广告登出的第一天,我就写信到泰东书局去函购。焦灼地等了一个多礼拜才寄到。我倚着枕读《女神》第一遍讫。那时的印象是以为这些作品精神上是诗,而形式上绝不是诗。但是

---

50 谢冕:《"女神"导读》,《高中生必读名著导读》,柳鸣九、严家炎主编,北京燕山出版社,2009 年 10 月,第 60—70 页。
51 沈从文:《论郭沫若》,《沫沫集》,大东书局,1934 年 4 月。
52 蒲风:《五四到现在的中国诗坛鸟瞰》,《诗歌季刊》第 1 卷第 1—2 期,1934 年 12 月 15 日—1935 年 3 月 25 日。

渐渐地，在第三遍读《女神》的时候，我才承认新诗的发展是应当从《女神》出发的。"[53]

要是说，胡适的"尝试"旨在"创立"，周作人的《小河》则宣告了新诗的"自立"。它的功勋在于以崭新的方式与古典诗歌进行了"切割"。要是说，文学研究会诸诗人的工作偏重于以白话表达日常生活，促进了诗与现实世界的连接，那么，以郭沫若《女神》为代表的诗歌的出现，其巨大成功则是实现了诗与时代精神的紧密契合。新诗是"五四"新文化运动的产儿，它从属于这个特殊的时代——中国在方生未死之间、灭亡与新生急剧交汇的时代。这些新的创作即时而激昂地传达了时代跳动的脉搏，呼喊出悲壮的、乐观的、华彩的声音。

创造社这些诗人的写作，其意义已经远远地超出了新诗草创期的预设，不仅已经完成了试验阶段，而且也为新诗展开了新的天地。它不仅完成了语言的转换，不仅更新了表现的内容，而且创造了一系列全新的意象：天狗、凤凰、匪徒、日出、火、自由、燃烧、翱翔、光明、更生……悲叹、诅咒、呼喊、欢唱、雷鸣电闪、疾雨暴风、滔天巨浪！这一切，无不与当日实际生活中的广场怒吼、长街呐喊相互呼应，融合成一体。《女神》竖起了一座丰碑，它已把初期的彷徨、寻求、论争远远地抛在了身后。

创造的时代

创造社的阵地是他们自办的、均以创造命名的刊物。最初是《创造季刊》，后来是《创造周报》。这些刊物先后停刊。1926年他们重办《创造月刊》。郁达夫执笔的卷头语坦言，他们之所以敢于"卷土重来"，是由于他们的"真情不死"："我们的志不在大，消极的就想以我们无力的同情，来安慰安慰那些正直的惨败的人生的战士，积极的就想以我们的微

---

53 施蛰存：《我的创作生活之历程》，《灯下集》，开明书店，1937年1月。

弱的呼声，来促进改革这不合理的目下的社会的组成。"[54]

卷土重来的"创造"，不改他们的初衷，依然充满了创造精神。这一期刊物同时刊登了郭沫若的《论节奏》、穆木天的《谭诗——寄沫若的一封信》、王独清的《再谭诗》。这都是中国现代诗学有着重大影响的文字，至今仍在相关的论著中被广泛地引用着。这些文字宣告了一径"破坏"的惯性已经终止，立诚于建设的意愿正在觉醒。这些文字讨论的是现代诗歌艺术层面的问题，而不是先前那些消除古典影响的外围性的话题。郭沫若阐述节奏的原理：

> 譬如一枝芦草在微风中动摇，你看他才偏到东去，又回复到西来，才回复到西来，又偏倒到东去，也就好像一个诗人在摇着头，念着很适意的诗歌一样。这便是一种节奏。这是从我们的眼睛可以看得出来的，这叫着"运动的节奏"（Bewegungsrhythmus）。又譬如一脉清泉从山涧中流出，他一面流，一面吐出他清脆的琤琮的声音，这就好像在幽居之中有一位美人在弹着钢琴一样。这不消说也是一种节奏。这是从我们的耳官可以听出来的，这叫着"音响的节奏"（Tonrhythmus）。……
>
> 简单的一种声音或一种运动，是不能成为节奏的。但加上时间的关系，他便可以成为节奏了。譬如到晚来的一种寺钟声，那假如一声一声地分开来，那是再单调没有的。但他中间经过一次间歇，同样的声音接续又来，我们便生出一种怎么也不能说出的悠然的，或者超凡的情趣。[55]

创造的精神依然健旺。郭沫若的这篇论文超越了新诗现阶段语言实验以及内容求新的层面，而进入了诗学范畴的、关于诗性规律的探讨。前引

---

54 达夫：《创造月刊·卷头语》，《创造月刊》第1卷第1期，1926年10月25日三版。
55 郭沫若：《论节奏》，《创造月刊》第1卷第1期，1926年10月5日三版。

穆木天

1926年3月16日《创造月刊》第1卷第1期刊出穆木天的《谭诗——寄沫若的一封信》

那段文字在于论证节奏在生活和诗中的存在，他接下来更进一步论述了节奏对于诗的不可或缺的重要性。其中心意义在于，论证音乐性在诗中形成的规律："一切感情，加上时间的要素，便要成为情绪的。所以情绪自身，便成为节奏的表现。我们在情绪的氤氲中的时候，声音是要战栗的，身体是要摇动的，观念是要推移的。由声音的战栗，演化而为音乐。由身体的动摇，演化而为舞蹈。由观念的推移，表现而为诗歌。"[56]

这段时间，创造社的诗人们以通信的方式频繁地交换他们的诗歌理念。穆木天在通信式的论文中，表达了他对此一时期普遍的不重视诗歌艺术自身现象的不满。他谴责胡适的"以文为诗"的观念，[57] 征引了外国诗歌和中

---

[56] 郭沫若：《论节奏》，《创造月刊》第1卷第1期，1926年10月5日三版。

[57] 穆木天："中国的新诗运动，我以为胡适是最大的罪人。胡适说：作诗须得如作文；那是他的大错。所以他的影响给中国造成一种Pruse in Verse一派的东西。他给散文的思想穿上了韵文的衣裳。"（《谭诗——寄沫若的一封信》，《创造月刊》第1卷第1期，1926年10月5日三版。）

国古典诗歌的例子，以论证诗歌内在的统一性与持续性，以及诗内在的与形式的美感："诗要兼造型与音乐之美。在人们神经上振动的可见而不可见可感而不可感的旋律的波，浓雾中若听见若听不见的远远的声音，夕暮里若飘动若不动的淡淡光线，若讲出若讲不出的情肠才是诗的世界。我要深汲到最纤纤的潜在意识，听最深邃的最远的不死的而永远死的音乐。"[58]

王独清的《再谭诗》也是对上述二文的回应。他依然充满创造的热情，他同样痛心于中国当日诗坛的"粗制滥造""不愿多费脑力"之风："我很想学法国象征派诗人，把'色'（Couleur）与'音'（Musique）放在文字中，使语言完全受我们底操纵。"他强调："我们多下苦功夫，努力于艺术的完成，学 Baudelaire，学 Verlaine，学 Rimbaud，做个唯美的诗人吧！"[59]

讲究艺术规律的"唯美派"的出现，宣示着白话新诗从诗体革命转向诗体建设、从破坏的思维转到了建设的思维。新诗不仅取得了自主，而且已经从萌芽状态转向成熟境界。这是新诗从思想革命转向艺术建设的重大转折点。当然，就中国社会而言，这种景象不可能持久。因为中国社会积弊甚多，在太平景象的后面，总潜伏着深重的生存危机。中国社会的处境如此，中国新诗的处境亦如此。人们记得，新诗的初兴，是由于疗救，由于振兴。一旦社会有了动荡，诗歌也势必随之动荡，这是中国的国情。

即就创造社而言，他们此刻奢言"纯诗""唯美"，也只是短暂的奢念，事过不久，他们几乎无一例外地开始"左倾"，开始"革命"。在创作上，也在理论倡导上，他们走得比谁都远。郭沫若自《瓶》而后，便是《前茅》，便是《恢复》。以成仿吾为代表，还有郭沫若，他们在理论上的极端主张几乎引领了当时的中国文学界。此是后话。然而，此刻，我们面对的却是这样"日丽风和"的景象，他们在这里侃侃而论的是诗的节奏和旋律，是纯情，是唯美。这是真实的，但也是短暂的。即使短暂，却也是短暂的美好。不信请看被朱自清称为后期创造社三诗人的穆木天、

---

58 穆木天：《谭诗——寄沫若的一封信》，《创造月刊》第1卷第1期，1926年10月5日三版。
59 王独清：《再谭诗》，《创造月刊》第1卷第1期，1926年10月5日三版。

冯乃超和王独清的作品。他们为我们带来了美丽，带来了铿锵，带来了绚烂。这是美好的记忆。

天边一弯新月

新诗日显成熟了，人们的心态也开始成熟。"五四"初期的那种昂奋、激烈开始平和下来。我们从前面引用的几篇关于诗歌艺术探寻的文字可以看到，人们终于领悟到诗终究应当回到诗的自身。所谓新诗革命，革命是为了诗的新；所谓白话诗，白话不是目的，诗才是目的。由此，人们开始冷静回思诗的创作，于是也开始对现状不满。而不满正是一种成熟的心态。俞平伯说："自从用当代语言入诗以来，已有五六年的历史；现在让我们反省一下，究竟新诗底成功何在呢？自然，仅从数量一方面看，也不算不繁盛，不算不热闹了；但在这儿所谓'成功'底含义，决不如是的宽泛。……我们所有的，所习见的无非是些古诗底遗蜕，译诗底变态，至于当得起'新诗'这名称而没有愧色的，实在是少啊，实在是太少了啊！"[60]

俞平伯这话说得早，是1923年。无独有偶，同年的《学灯》通讯栏登了一则记者致王以仁的信，表达的同样是对新诗现状的不满。这篇通讯向着那些粗制滥造发出了"拒绝令"："《学灯》决定对于新诗起一种甄别运动，因为新诗太滥了。吴稚晖先生新发明了一个'白话打油诗'的名词，不妨即用这个名词来代表目下对于文学毫无学养而开口胡诌的新诗罢。学灯想提高程度，所以对于这一类的诗希望不要寄来，因为寄来了不能登出，徒然使我们对于寄稿者生一种抱歉的心罢了。"[61]

这一年，闻一多点燃了他的红烛，诗集《红烛》问世。这似乎也是一个偶合，却也是一个暗示。闻一多在当时是一位初试锋芒的诗人，他一出现，便引发舆论的注视。苏雪林说："与他同时诗人比较则气魄雄浑似

---

[60] 俞平伯：《读"毁灭"》，《小说月报》第14卷第8号，1923年8月10日。
[61] 《时事新报·学灯》，1923年10月6日。

闻一多

郭沫若而不似他之直率显露；意趣幽深似俞平伯而不似他的暧昧拖沓；风致秀娟似冰心女士而不似她的腼腆温柔。这是一部自由诗，但已表现了一个为同时诗人所不注意的'精炼'的作风。我们可以看出他每首诗都是用异常的气力做成的。这种用气力做诗，成为新诗的趋向，他后来的《死水》更朝着这趋向走，诗刊派的同人也都朝着这趋向走。"[62] 这里述及的闻一多不仅是一位有希望的诗人，而且在理论上也是一位有准备、有潜力的新人。他为郭沫若的《女神》写的两篇论文《女神之时代精神》《女神之地方特色》[63]，是口碑极佳的最早为《女神》定性的名篇。

这里提到闻一多，这里还应提到另一个人：徐志摩。也是1923年，

---

62 苏雪林：《论闻一多的诗》，《现代》第4卷第3期，1934年1月1日。
63 闻一多这两篇评论，分别刊登于《创造周报》第4—5号上，时间分别是1923年6月3日和1923年6月10日。

《努力周报》第五十一期刊出徐志摩的《杂记·坏诗，假诗，形似诗》一文，不点名地批评了郭沫若的《重过旧居》。徐志摩的文章引来了成仿吾的回击。随后，徐志摩在《晨报副刊》对此作了回应："每次有人问我新诗里谁的最要得，我未有不首推郭沫若的，同时我也不隐讳他初期尝试作品之不足为法。"[64] 闻一多和徐志摩的出现意味着一股新的诗潮对于创造社的认真的挑战。他们后来被称为新月派两员骁将。

伴随着这两位新月派的代表人物出现的，有许多中国诗坛的有趣的故事，例如闻一多先生的寓所，例如"太太的客厅"，例如"你若安好便是晴天"，例如"爱眉小札"以及相关的浪漫故事，例如诗刊的出现和诗刊的"放假"，例如康桥的别意以及"最是那一低头的温柔"，等等。现在只说闻一多的"家"。这消息最早是徐志摩披露的——

> 我在早三两天前才知道闻一多的家是一群新诗人的乐窝，他们常常会面，彼此互相批评作品，讨论学理。上星期六我也去了。一多那三间画室，布置的意味先就怪。他把墙壁涂成一体墨黑，狭狭的给镶上金边，像一个裸体的非洲女子手臂上脚踝上套着细金圈似的情调。有一间屋子朝外壁上挖出一个方形的神龛，供着的，不消说，当然是米鲁薇纳丝一类的雕像。他的那个也够尺外高，石色黄澄澄的像蒸熟的糯米，衬着一体黑的背景，别饶一种澹远的梦趣，看了叫人想起一片倦阳中的荒芜的草原，有几条牛尾几个羊头在草丛中掉动。这是他的客室。那边一间是他做工的屋子，基角上支着画架，壁上挂着几幅油色不曾干的画。屋子极小，但你在屋里觉不出你的身子大；带金圈上的黑公主有些杀伐气，但她不至于吓瘪你的灵性；裸体的女神（她曲着一支腿挽着往下沉的裹衣），免不了几分引诱性，但她决不容许你逾分的妄想。[65]

---

[64] 成仿吾文见《创造周报》第4号，1923年6月3日；徐志摩文见《晨报副刊》，1923年6月10日。
[65] 志摩（徐志摩）:《诗刊弁言》，《晨报副刊·诗镌》第1号，1926年4月1日。

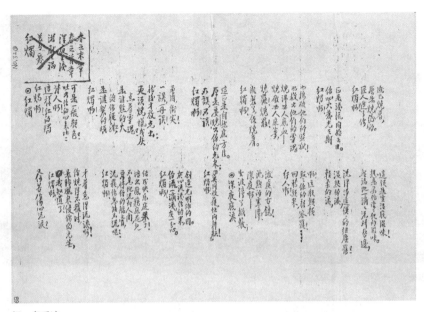

闻一多手迹

闻一多《红烛》,泰东图书局 1923 年 9 月出版

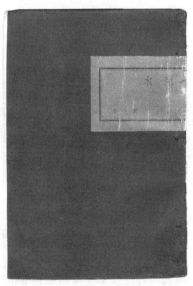

闻一多《死水》,新月书店 1928 年 1 月出版

第二章 凤凰涅槃——中国新诗(1916—1926)

林徽因在北平北总布胡同3号的太太客厅

这不是一般的描写,这里含蕴着艺术趣味,这趣味不是一个人的,而是一个集体的。徐志摩坦言:"我写那几间屋子因为它们不仅是一多自己习艺的背景,它们也就是我们这诗刊的背景。"新月这个集体是松散的,不是由于号召,而是一种集聚,由共同的趣味而逐渐地集聚。《新月》的出现较晚,它创刊于1928年3月,停刊于1933年6月,共出了四十三期。创刊号的作者阵容就相当强大:梁实秋、沈从文、徐志摩、王昧辛、闻家驷、西滢、胡适、闻一多、叶公超、余上沅等;第二号再加上饶孟侃、潘光旦、王鲁彦、顾仲彝和陆小曼,可谓天下才子的汇聚了。

新月的唯美倾向超过了初期或后期的创造社。创造社诸人的倾向于唯美,是基于一种朦胧的意识形态,而新月没有,它比较纯粹。徐志摩说:"我们信诗是表现人类创造力的一个工具,与音乐与美术是同等同性质的;我们信我们这民族这时期的精神解放或精神革命没有一部像样的诗式的表现是不完全的;我们信我们自身灵性里以及周遭空气里多的是要求投胎的思想的灵魂,我们的责任是替它们搏造适当的躯壳,这就是诗文与各种美术的新格式与新音节的发见;我们信完美的形体是完美的精神唯一的表现……"[66]

他们把注意力集中到诗的形式上面,他们寻求艺术上的完美:"我们的大话是:要把创格的新诗当一件认真事情做。"[67]什么是创格的新诗或者新诗的创格?徐志摩的话有点绕,这是他行文的风格,其实就是主张新诗的格律化,主张白话的格律诗:"明白了诗的生命是在它的内在的音节(Internal rhythm)的道理,我们才能领会到诗的真的趣味;不论思想怎样高尚,情绪怎样热烈,你得拿来彻底的'音节化'(那就是诗化)才可以取得诗的认识,要不然思想自思想,情绪自情绪,却不能说是诗。"[68]

新月的核心人物闻一多对这种主张予以理论概括,作了专文《诗的格律》阐述他们的主张。在正式展开论点之前,他没忘了为格律原理辩护:棋不能废除规矩,诗也就不能废除格律。假使你拿起棋子来乱摆布一气,完全不依据下棋的规矩进行,看你能不能得到什么趣味?游戏的趣味是要在一种规定的格律之内出奇制胜。作诗的趣味也是一样的。假如诗可以不要格律,作诗岂不比下棋、打球、打麻将还容易些吗?[69]"五四"当初是打破一切枷锁,如今是重新戴上枷锁,带着镣铐跳舞!

著名的诗要三美的论点是闻一多提出来的,这已经成为新月一派的理论纲领和行动纲领。同时也在诗的原理上匡正了原先的偏离并有力地维护了新诗革命的成果。闻一多说:"诗的实力不独包括音乐的美(音节),绘画的美(辞藻),并且还有建筑的美(节的匀称和句的均齐)。这一来,诗的实力上又添了一支生力军,诗的气势更加浩大了。"[70]在这篇文章里,闻一多冷静地辨析了新诗的格律与旧诗的格律的差别。他认为新诗的格律是活泼的,而旧诗的格律是死板的。他自己率先试作一批有别于自由诗的

---

66 志摩(徐志摩):《诗刊弁言》,《晨报副刊·诗镌》第1号,1926年4月1日。
67 同上。
68 志摩(徐志摩):《诗刊放假》,《晨报副刊·诗镌》第11号,1926年6月10日。
69 语见闻一多《诗的格律》,《晨报副刊·诗镌》第7号,1926年5月13日。
70 同上。

新的格律诗,《口供》《也许》《忘掉她》《发现》,等等。其中最严格贯彻了自己的主张也最为人称道的是《死水》:

> 这是一沟绝望的死水,
> 清风吹不起半点漪沦。
> 不如多扔些破铜烂铁,
> 爽性泼你的剩菜残羹。
>
> 也许铜的要绿成翡翠,
> 铁罐上锈出几瓣桃花;
> 再让油腻织一层罗绮,
> 霉菌给他蒸出些云霞。
>
> 让死水酵成一沟绿酒,
> 飘满了珍珠似的白沫;
> 小珠笑一声变成大珠,
> 又被偷酒的花蚊咬破。
>
> 那么一沟绝望的死水,
> 也就夸得上几分鲜明。
> 如果青蛙耐不住寂寞,
> 又算死水叫出了歌声。
>
> 这是一沟绝望的死水,
> 这里断不是美的所在。
> 不如让给丑恶来开垦,
> 看他造出个什么世界。

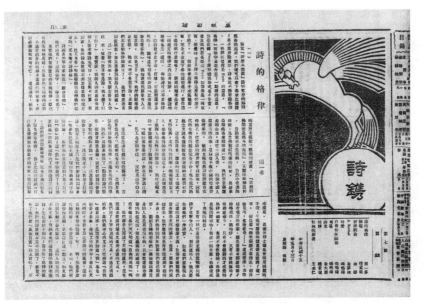

1926年5月13日《晨报副刊·诗镌》刊出闻一多的《诗的格律》

天边出现了一弯新月。它是那样的清朗、华丽，又是那样的芬芳、铿锵！新月的出现标志着一个建设时代的来临。至于被诗歌史称为"新月派"的集结，则要晚一些。但徐志摩和闻一多的影响，却是新月升起前的微晕。美丽已经初露，接着我们就会看到它的全部华彩。关于新月，照理应该是下一章的内容。但是为了叙述的方便，挪前了。现在我们透过那薄薄的云层，倾听新月的声音：

> 我们共信诗是一种艺术。艺术精进的秘密当然是每一个天才不依傍的致力，各自翻出光荣的创例，但有时集合的纯理的探讨与更高的技术的探求，乃至根据于私交的风尚的兴起，往往可以发生一种殊特的动力，使这一种或那一种艺术更意识的安上坚强的建筑，这类情形在文艺史上可以见到很多。

因此我们这少数天生爱好，与希望认识诗的朋友，想斗胆在功利气息最浓重的地处与时日，结起一个小小的诗坛，谦卑地邀请国内的志同者的参加，希冀早晚可以放露一点小小的光。[71]

他们为新诗"创格"

从《死水》可以看出闻一多的性格：他是浪漫的，但又是严谨的；他有诗人的激情，更不乏学者的睿智；他有提出理论的勇气，更有身体力行的精神。徐志摩和他同是诗人，他们堪称新月的双璧。与闻一多相比，徐志摩更洒脱、飘逸，但他没有闻一多那样的缜密和蕴藉，也缺乏他那样的冷静和克制。徐志摩的朋友曾用"浮"和"杂"两字形容他，他欣然接受。[72] 朱自清在评价徐志摩时也说："他没有闻氏那样精密，但也没有他那样冷静。他是跳着溅着不舍昼夜的一道生命水。他尝试的体制最多，也译诗；最讲究用比喻——他让你觉得世上一切都是活泼的，鲜明的。"（朱自清，《中国新文学大系·诗集·导言》）徐志摩自己也承认："我的胸膛并不大，决计装不下整个或是甚至部分的宇宙。我的心河也不够深，常常有露底的忧愁。我即使小有才，决计不是天生的，我信是勉强来的；所以每回我写什么多少总是难产，我唯一的靠傍是刹那间的灵通。"（徐志摩，《爱眉小札·日记》，1925年8月9日）

他们两人的人生结局也迥然不同，其间充满了命运的暗示。徐志摩是率性而为，他的生命终止于青年时代。他"云游"而不归："那天你翩翩的在空际云游，／自在，轻盈，你本不想停留／在天的那方或地的那角，／你的愉快是无拦阻的逍遥／……／你已飞度万重的山头，／去更阔大的湖海投射影子！／他在为你消瘦，那一流涧水，／在无能的盼望，

---

71 志摩（徐志摩）：《诗刊序语》，《诗刊》创刊号，1931年1月20日。
72 这位朋友的原话是："志摩感情之浮，使他不能为诗人。思想之杂，使他不能为文人。"见陈从周《徐志摩年谱》，第54页。徐志摩在引用这两句话后写道："这是一个朋友给我的评语。煞风景，当然，但我的幽默不容我不承认他这来真的辣入骨髓的看透了我。"

盼望你飞回！"（徐志摩，《云游》）这成了谶语，他没有飞回。还有一首，是长约五百行的诗《爱的灵感》。这诗的末了也是一段奇异的谶语：

<blockquote>
现在我
真，真可以死了，我要你
这样抱着我直到我去，
直到我的眼再不睁开，
直到我飞，飞，飞去太空，
散成沙，散成光，散成风，
啊苦痛，但苦痛是短的，
是暂时的；快乐是长的，
爱是不死的：
我，我要睡……[73]
</blockquote>

徐志摩

徐志摩只知道飞，飞向何方他并不在意。闻一多不同，他是明知不可为而为。他的一颗心为祖国和人民而跳动，他是那样地爱着，尽管他面对的可能是一沟死水。他诅咒，但他没有放弃。有一天，他发现他所热爱的不是了，他依然为之留下了他揪心的呼喊：

<blockquote>
我来了，我喊一声，迸着血泪，
"这不是我的中华，不对，不对！"
</blockquote>

---

[73] 徐志摩：《爱的灵感》，写于1930年12月25日，初载《诗刊》第1期，1931年1月20日。

徐志摩手迹

《志摩的诗》，1925年8月出版

《志摩的诗》，新月书店1928年8月重印本

我来了，因为我听见你叫我；
鞭着时间的罡风，擎一把火，
我来了，不知道是一场空喜。
我会见的是噩梦，那里是你？
那是恐怖，是噩梦挂着悬崖，
那不是你，那不是我的心爱！
我追问青天，逼迫八面的风，
我问，拳头擂着大地的赤胸，
总问不出消息；我哭着叫你，
呕出一颗心来，你在我心里！

（闻一多，《发现》）

闻一多青年时代的浪漫，化为了中年时代的惨烈。在光明即将到来的前夜，他血洒昆明街头。这位诗人，最终以他血写的诗，为中国留下了诗的遗言。

新月为中国新诗带来了收获季。在它的引领下，新诗草创以来历数年的浅白、散漫、繁冗的风气有所整饬。当然，创作的难度也相对地大了。新月的实践证实，写诗不是随意的事，写诗是艰难的创造。1931年陈梦家主编的《新月诗选》出版。这是新月作为有影响的新诗流派的一次集体亮相。陈梦家为此写了一篇长序，详细地阐述了新月的追求与梦想。陈梦家是新月的后起之秀，他的诗风和文风酷似徐志摩，他的诗歌理念也延续了徐志摩的思路。要是把陈梦家的序文与徐志摩的《"新月"

徐志摩（后排左一）、林徽因（二排左二）与泰戈尔、颜惠庆、任萨姆、庄士敦、恩厚之、沈摩汉、润麒等在北京景山庄士敦家门前，1924年5月

的态度》比照着读，那就更有趣了。徐志摩把中国新诗的处境喻为一道流水：

> 我们说解放因为我们不怀疑活力的来源。淤塞是有的，但还不是枯竭。这些浮荇，这些绿腻，这些潦泥，这些腐生的蝇蚋，——可怜的清泉，它即使有奔放的雄心，也不易透出这些寄生的重围。但它是在着，没有死。你只须拨开一些污潦就可以发见它还是在那里汨汨地溢出，在可爱的泉眼里，一颗颗珍珠似的急溜着。[74]

现在轮到陈梦家了，他几乎不约而同：

---

74 徐志摩：《"新月"的态度》，《新月》第1卷第1号，1928年3月10日。

陈梦家编《新月诗选》，新月书店1931年9月出版

我们自己相信只是山涧中的一支小小的水，也有过多少曲折蜿蜒的路程，每一段路使我们感到前面尽是无穷创造的天地。我们也曾遇到些石砾的阻碍，但我们有的是流不尽的气力，和一个永远前向的指望：背后流过那长长的流水不再欺骗我们，给了我们更深的信心，教我们淡忘了当前小小的阻碍，忍耐的开辟新的路子。[75]

陈梦家的序很长。他列举了包括他自己在内的全部入选诗人的名字，这同样是一个才俊聚会的名单，他们是：徐志摩、闻一多、饶孟侃、朱湘、孙大雨、邵洵美、方令孺、林徽因、方玮德、卞之琳、梁镇、余大纲、沈祖牟、沈从文、杨子惠、朱大枬、刘梦苇、陈梦家。陈梦家做完了这个工作，没忘了提醒我们注意，他们的一切工作基于一个唯美的、纯诗的理念，他们的一切工作的热情和信心来源于伟大的诗歌传统：

我们自己相信一点也不曾忘记中国三千年来精神文化的沿流，（在东方一条最横蛮最美丽的长河）我们血液中依旧把持住整个中华民族的灵魂；我们并不否认古先多少诗人对于民族贡献的诗篇，到如

---

75 陈梦家：《新月诗选·序言》，《新月诗选》，陈梦家编，新月书店，1931年9月。

朱湘

朱湘《草莽集》，开明书店 1927 年 8 月出版

今还一样感动我们的心。可是到了这个世纪，不同国度的文化如风云会聚在互相接触中自自然然溶化了。我们的小船已经不复是在内河里单靠水势或一根纤绳前行，船出了海口在大洋里便不由你自己做主，因为风抵住你的帆篷！（她至少也有一半操纵的力量。）外国文学影响我们的新诗，无异于一阵大风的侵犯，我们能不能不受她大力的掀动湾过一个新的方面？那完全是自然的指引。我们的白蔷薇园里，开的是一色雪白的花，飞鸟偶尔撒下一把异色的种子，看园子的人不明白，第二个春天竟开了多少样奇丽的异色的蔷薇。那全有美丽的，因为一样是花。[76]

---

76 陈梦家:《新月诗选·序言》,《新月诗选》，陈梦家编，新月书店，1931 年 9 月。

新诗纪事

1916 年

8月23日胡适作诗《朋友》，刊于《新青年》第2卷第6号；编入《尝试集》改题为《蝴蝶》。

1917 年

1月1日《新青年》第2卷第5号刊出胡适的文论《文学改良刍议》。

2月1日《新青年》第2卷第6号刊出陈独秀的《文学革命论》和胡适《白话诗八首》。

1918 年

1月15日《新青年》第4卷第1号刊出胡适《鸽子》、沈尹默《人力车夫》、刘半农《相隔一层纸》等诗9首。

4月15日《新青年》第4卷第4号刊出胡适的文论《建设的文学革命论》。

1919 年

5月《新青年》第6卷第5号刊出胡适的《尝试集》自序《我为什么要做白话诗》。

9月11日《时事新报·学灯》刊出沫若（郭沫若）的诗《抱和儿浴博多湾中》《鹭鸶》。

10月10日《星期评论》纪念号刊出胡适的诗论《谈新诗——八年来一件大事》。

1920 年

1月新诗社编辑部编辑的《新诗集》（第一编）由新诗社出版部出版。

3月胡适的诗集《尝试集》由亚东图书馆出版。

8月8日许德邻编的《分类白话诗选》由崇文书局出版。

1921 年

1 月 4 日文学研究会成立。

3 月胡怀琛编的评论集《尝试集批评与讨论》由上海泰东图书局出版。

6 月创造社成立。

8 月 5 日郭沫若的诗集《女神》由泰东图书局出版。

1922 年

1 月 1 日《晨报副刊》刊出冰心女士的小诗《繁星》；15 日《诗》月刊在上海创刊。

3 月俞平伯的诗集《冬夜》、康白情的诗集《草儿》由亚东图书馆出版。

4 月湖畔诗社在杭州成立，诗集《湖畔》由湖畔诗社出版。

6 月朱自清、周作人等合著的诗集《雪朝》由商务印书馆出版。

8 月汪静之的诗集《蕙的风》、北社编的《新诗年选》（1919 年）由亚东图书馆出版。

1923 年

1 月冰心女士的诗集《繁星》由商务印书馆出版。5 月冰心女士的诗集《春水》由新潮社出版。

6 月 3 日《创造周报》第 4 号刊出闻一多的诗评《女神之时代精神》。

7 月陆志韦的诗集《渡河》由亚东图书馆出版。

9 月闻一多的诗集《红烛》由泰东图书局出版。

12 月宗白华的诗集《流云》由亚东图书馆出版；诗集《春的歌集》由湖畔诗社出版。

1924 年

3 月刘大白的诗集《旧梦》由商务印书馆出版。

4 月俞平伯的诗集《西还》由亚东图书馆出版。

12 月朱自清的诗与散文合集《踪迹》由亚东图书馆出版。

1925 年

1 月朱湘的诗集《夏天》由商务印书馆出版；蒋光赤（蒋光慈）的诗集《新梦》由上海书店出版。

2 月 16 日《语丝》第 14 期刊出李淑良（李金发）的诗《弃妇》。

8 月徐志摩的诗集《志摩的诗》出版。

11 月李金发的诗集《微雨》由北新书局出版。

1926 年

3月16日《创造月刊》第一卷第一期刊出郭沫若《论节奏》、穆木天《谭诗——寄沫若的一封信》、王独清《再谭诗》诗论3篇。

4月1日《晨报副刊·诗镌》创刊，徐志摩主编。

5月13日《晨报副刊·诗镌》第7号刊出闻一多的诗论《诗的格律》。

10月于赓虞的诗集《晨曦之前》由北新书局出版。

11月李金发的诗集《为幸福而歌》由商务印书馆出版。

12月王独清的诗集《圣母像前》由光华书局出版；刘大白的诗集《邮吻》由开明书店出版。

第三章

风从远方来

中国新诗(1927—1936)

风是在哪个方向吹

1928年徐志摩写《我不知道风是在哪一个方向吹》。这首诗华美、整饬,有着回旋往复的咏叹、令人着迷的深情,成为徐志摩诗中经典的一首。人们被他鲜明的节奏和强烈的形式感所感动,一时也忘了深究他的"风"的所指是什么。而这种不深究其意义的认同,正说明了徐诗的魅力。在新诗建立之后普遍流于浅白和放纵的倾向中,这首诗所体现的艺术的精湛、辞采的华美、章句的考究,都是让人兴奋的。无疑,它是诗人的成熟之作:

> 我不知道风
> 是在哪一个方向吹——
> 我是在梦中,
> 在梦的轻波里依洄。
>
> 我不知道风
> 是在哪一个方向吹——
> 我是在梦中,
> 她的温存,我的迷醉。[1]

全诗共六节,每节的前三句都是一样的,只有最后一句不同。除一、二节外,其余四节的末句分别为"甜美是梦里的光辉""她的负心,我的伤悲""在梦的悲哀里心碎""黯淡是梦里的光辉"。有差异的重叠,有变化的复沓,造成了优美的旋律感,从而与当日散漫平白、缺乏意蕴的诗风完全区别开来。

---

[1] 徐志摩作,最初刊于《新月》创刊号,署名志摩。同期刊出的尚有《秋虫》《哈代》,1928年3月10日。

1928年3月《新月》创刊

《新月》第1卷第1期刊出《"新月"的态度》

这首诗在思想艺术禁锢的年代曾被判定为庸俗的、甚至是反动的，是徐志摩作为资产阶级诗人属性的恰当注释。当日的形势是风从东方来，风向是确定无疑的，为什么会"不知道"？只有怀有阶级偏见的人们，才会在大好形势下失去方向。在大批判的激情中的人们习见不鲜的是断章截句为我所用，只要有一个句子"我不知道风是在哪个方向吹"即可定性，何况还有"黯淡"、"伤悲"、"悲哀"和"心碎"这些颓废的语词！

我们现在冷静地读此诗，从字面上不难判断，它属于情诗一类。这里的"不知方向"，应当是指恋爱中人情感的难以捉摸，其含义是不辨自明的。现在有研究者更读出这首诗爱情以外的深层意蕴，其佐证便是《"新月"的态度》：

> 要从恶浊的底里解放圣洁的泉源，要从时代的破烂里规复人生的尊严——这是我们的志愿。成见不是我们的，我们先不问风是在哪一个方向吹。功利也不是我们的，我们不计较稻穗的饱满是在那一天。无常是造物的喜怒，茫昧是生物的前涂，临到"闭幕"的那俄顷，更不分凡夫与英雄，痴愚与圣贤，谁都得撒手，谁都得走；但在那最后的黑暗还不曾覆盖一切以前，我们还不一样的得认真来扮演我们的名分？生命从它的核心里供给我们信仰，供给我们忍耐与勇敢。为此我们方能在黑暗中不害怕，在失败中不颓丧，在痛苦中不绝望。生命是一切理想的根源，它那无限而有规律的创造性给我们在心灵的活动上一个强大的灵感。它不仅暗示我们，逼迫我们，永远望创造的，生命的方向走……。[2]

这篇文字发表时未曾署名，但从文风看似可判断为徐志摩的手笔。文

---

2 《"新月"的态度》，《新月月刊》创刊号，1928年5月10日。

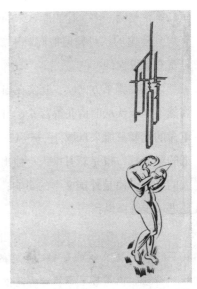

1931年1月《诗刊》创刊,新月书店发行

中嵌有"我们先不问风是在哪一个方向吹"的字样。显然,这字样已经超出了我们在那首诗中感受到的关于情感的困惑,而具有了关于诗学、关于人生的更为广泛也更为积极的主题。我们已经发现了这位当日或事后被舆论定位为布尔乔亚诗人鲜为人知的"积极人生"的一面。客观的阅读和思考能够改变成见,当然前提是时代必须宽容。

前面所说的,应该都是些题外话,现在应该回到"风向"的话题上来。新诗草创期那些惊心动魄的风云过后,接着就迎到了不满现状、重建诗歌秩序的挑战。这挑战主要来自新月那一班人。他们在艺术上的执著和坚持,给当日无节制的自由放纵泼了不冷也不热的一盆水。他们的主张和工作让激情飞扬的那些人一时定下心来,至少应当考量一下,作为诗,它曾经失去什么?它应当有些什么?从这点看,新月的贡献是积极的。当然，不论是闻一多、徐志摩、朱湘还是饶梦侃和陈梦家，他们的努力都没有得到普遍的认可，但他们对于新诗过度浅白平淡的倾向的"提醒"却是富有启发性的。

风是在哪个方向吹？其实在当日中国，新诗既然是旧诗的反叛，新诗当然不能承认从旧诗获得营养。当日的主潮是批判传统和背弃传统，新诗革命的元素只能来自域外——风是从四面八方吹来。而捅破这张薄薄的窗纸的梁实秋，也是新月中人。他出语惊人："我一向以为新文学运动的最大的成因，便是外国文学的影响；新诗，实际就是中文写的外国诗。"他还进一步解释说：

> 外国文学的影响，是好的，我们该充分的欢迎它侵略到中国的诗坛。但是最早写新诗的几位，恐怕多半是无意识的接收外国文学的暗示，并不曾认清新诗的基本原理是要到外国文学里去找。所以新诗运动最早的几年，大家注重的是"白话"，不是"诗"，大家努力的是如何摆脱旧诗的藩篱，不是如何建设新诗的根基。³

梁实秋这里讲的是新诗的外来风。他明确无误地指出，新诗应该沿着最初的路径学习外国诗的真谛和根本，说白了就是坚决彻底地把外国诗的经验搬进来，建设新诗的艺术。"我以为我们现在要明目张胆的模仿外国诗。但是模仿外国诗的哪几点，不可不注意。我以为取材的选择，全篇内容的结构，韵脚的排列，都不妨斟酌采用"。⁴他是着眼于艺术的借鉴的。

与之相近的是邵洵美。他在谈到自己受外国诗的影响时说："外国诗的踪迹在我的字句里是随处可以寻得的。这个不是荣耀，也不是羞耻，这

---

3 梁实秋：《新式的格调及其他》，《诗刊》创刊号，1931年1月20日。引自吴思敬：《中国新诗总系·理论卷》，人民文学出版社，2010年9月，第150页。
4 同上书，第151页。

是必然的现象。一天到晚和他们在一起,你当然会沾染到一些他们的气息。我也曾故意去模仿过他们的格律,但是我的态度不是迂腐的,我决不想介绍一个新桎梏,我是要发现一种新秩序。"[5]

在红色诗歌高潮到来之前,当日那些受到外国文学影响的人已经敏锐地感到了新诗普遍地忽视艺术的切磋与寻求。早期创造社的中坚人物已有相当的言论谈论这一切。最初是成仿吾,他在《诗之防御战》中严厉抨击了当日流行的写作:"他们大抵是一些浅薄无聊的文字;作者既没有丝毫的想象力,又不能利用音乐的效果,所以他们总不外是一些理论或观察的报告,怎么也免不了是一些鄙陋的噪音。"[6]

与此相呼应的还有郭沫若、穆木天、王独清等的文字。这些当时看来有些"唯美"倾向的诗人及时地向着新诗过分散文化发出了警号。应该说,他们是最先觉悟的一批人。可惜,这些最先质疑新诗的一班人却又迅速地转移了自己的注意力,从艺术层面转换到思想——革命层面。也正是这一批人,他们以更为激烈的方式推进新诗的革命化,甚至鼓吹诗人放弃自我而作革命的留声机和传声筒。

梁实秋关于新诗是用中文写的外国诗的论点,听来有些刺耳,但却是中国新诗的实情。遗憾的是,那时的人们并没有从"西风"中去寻找、去获取外国诗歌中艺术和诗意的借鉴和启发,而是汲取了西方诗歌中那些最耀眼也最浮表的意识形态化的经验,包括反抗、斗争,以及普罗文学的那些内容,而这些,却是与诗歌的内在品质几乎没有关联的。

红色年代

1927年对于中国诗歌而言也许并无特别的意义,但当时的革命形势的确影响了诗歌的行进。那是一个各派力量纠结、胶着的年月,各路军人

---

5 邵洵美:《诗二十五首·自序》,时代图书公司,1936年4月。
6 成仿吾:《诗之防御战》,《创造周报》第1号,1923年5月13日。

割据吞并着中华大地，激进的人群在城市举行起义，中国社会光明与黑暗际会，一片迷茫。后来的观察者用陌生的眼光描述了当日的事态："城市中爆发的冲突有一种固定的模式。激进分子通过宣传和街头宣讲，通过动员群众参加爱国集会和游行（行动时分发传单和呼口号，其中有的谴责一些保守的国民党领导人），试图赢得支持。典型地受共产党员控制的总工会的武装工人——所谓的'纠察队'——保护激进分子的机构，强迫举行罢工。……随着冲突在有的地方激化，军事指挥官会下令逮捕共产党嫌疑分子和封闭他们控制的组织。"[7]

这场景对我们并不陌生，我们曾在一些革命文学作品中多次见到。《剑桥中华民国史》作者断言："4月12日对上海纠察队的毁灭性打击不是一次突然袭击。"他们引用了许多资料证明："在4月12日前的两个星期，激进行动和反激进行动在广为分散的许多城市爆发了，这是革命阵营内部此时出现的激烈冲突的表现。这些行动不仅是权力斗争；在冲突背后的是一些有重大革命意义的问题。至少在现阶段，国民革命的目标是单纯地通过消灭军阀和清除帝国主义特权来重新统一中国呢，还是又是一场把贫困的群众从他们的束缚中解放出来的阶级革命？"[8]

革命形势影响了中国新诗的创作和发展，以至于我们总结和描写这一阶段的历史，总要以此作为巨大的背景图：这是一个诞生了红色诗歌的红色年代。但即使诗歌史作如是的标明，艺术的发展也从来都是按照自己的逻辑运行。诗歌也是如此，时局对它产生影响，但不会绝对地规定它。在诗歌发展的转折点上，一种或几种艺术的消长或取代，其界限并不因客观时势的深刻影响而呈现鲜明的划一。1927年到来了，但是诗歌仍然呈现出"五四"初期那种有点混杂的、诸种风格胶着的状态。

就在这红潮兴起的时分，这一年的新诗出版记录中也还有像郭沫若的《瓶》、穆木天的《旅心》、徐志摩的《翡冷翠的一夜》、邵洵美的《天

---

[7] [美]费正清编：《剑桥中华民国史》（上），中国社会科学出版社，1998年7月，第705页。
[8] 同上书，第704页。

堂与五月》[9]等这样一些倾向于"艺术至上"的"非革命"的诗集问世。当日《瓶》的广告引用穆木天的评论讲:"这首《瓶》是实生活的真实的表现,是升华的人生,真实的生活才确是真的诗境。"[10]关于《旅心》,穆木天自言:"到日本后,即被捉入浪漫主义的空气了。但自己究竟不甘,并且也不能,在浪漫主义里讨生活。我于是盲目地,不顾社会地,步着法国文学的潮流往前走,结果,到了象征圈里了。"[11]

同年还有鲁迅的《野草》出版。鲁迅自言:"我的那一本《野草》,技术并不算坏,但心情太颓唐了,因为那是我碰了许多钉子之后写出来的。"[12]此年出版的还有冯至的《昨日之歌》等。总之,是一种混杂的状态。而混杂正是当日的常态,也是诗歌的常态。但无可讳言,"新诗革命"正悄然地向着"革命新诗"转移,——如"文学革命"正向"革命文学"转移。或者说,诗歌的中心已呈现出向着红色写作急剧推进的态势。而此中最值得重视的是蒋光慈的创作。

穆木天《旅心》,创造社出版部1927年4月出版

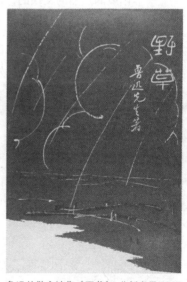

鲁迅的散文诗集《野草》,北新书局1927年7月出版

---

9 《天堂与五月》(邵洵美)1927年1月由光华书局出版;《瓶》(郭沫若)和《旅心》(穆木天)1927年4月由创造社出版部出版;《翡冷翠的一夜》(徐志摩)1927年9月由新月书店出版。

10 语见《洪水》第3卷第27期。转引自刘福春《中国新诗编年史》,人民文学出版社,2013年3月,第90页。

11 穆木天:《我的文艺生活》,《大众文艺》第2卷第5—6期,1930年6月1日。转引同注,第91页。

12 鲁迅1934年10月9日致萧军信,《鲁迅全集》第十二卷,人民文学出版社,1981年。

中国的新梦

在"五四"新诗革命中,写作红色诗歌的历史几乎与初期的白话诗同步。最初进入人们眼帘的是蒋光赤(慈)。他的《红笑》始作于1921年:"艰难的路程已经走了,/危险的关头已经过了;/一大些白祸的恐慌,/现在都变成红色的巧笑了!//那里是日本海水的波荡?/那里是海参崴的炮声响?/我且登乌拉山的岭头——/无边无际地狂望。"[13]可以说,蒋光赤的新诗写作,一开始就专注于革命的主题。《红笑》表达了年轻诗人那种天真的激情,是他赴俄留学,途经乌拉尔时所作。他把革命的莫斯科当成"多少年梦见的情人"。这是诗人的"新梦",也是中国的"新梦",轻松、纯净,看不到艰难和死亡的单纯。

《新梦》是蒋光赤留俄三年的作品集。时论指出:"她的思想,是一整个的无产阶级革命的思想,有积极反抗精神的革命思想;她的情感是太阳般的热烈的义侠的,代表无产阶级的呼声的情感。只有这种思想,才可以扫荡中国青年萎靡不振的苟偷心理,把衰弱的中华民族,从国际帝国主义的压迫下面,举起他的头来;只有这种情感,才可以鼓荡那困苦无告的无产阶级的勇气,从国外资本主义国内蛮横军阀的重围中杀出!"[14]当时的年轻革命者为这样的"天国"的"远景"所迷醉——

> 男的,女的,老的,幼的,没有贵贱;
> 我,你,他,我们,你们,他们,打成一片;
> 什么悲哀哪,怨恨哪,斗争哪……
> 在此邦连点影儿也不见。
>
> 也没都市,也没乡村,都是花园,

---

13 蒋光赤:《红笑》,诗集《新梦》,上海书店,1925年。
14 高语罕:《新梦·序》,上海书店,1925年。此文1924年6月22日作于德国法兰克福。

蒋光慈

蒋光赤（蒋光慈）《新梦》，上海书店1925年1月出版

人们群住在广大美丽的自然间。
要听音乐罢，这工作房外是音乐馆；
要去歌舞罢，那住室前面便是演剧院。[15]

那时激进的青年信奉的正是这样"天国"式的乌托邦。他们写着这样的诗篇，满腔激情，热血沸腾，甚至为了表达思想而自觉地放弃艺术："十月革命，／如大炮一般，／轰冬一声，／吓倒了野狼恶虎，／惊慌了牛鬼蛇神。"[16]像这样的句子是当日诗集中的常见，大家也都习以为常。《新梦》是蒋光慈的处女作。一版、再版之后，购者如潮，一时售罄。于是1926年改版出第三版。诗人在"新版自语"中说：

---

15 蒋光赤：《昨夜里梦入天国》，诗集《新梦》，上海书店，1925年。
16 蒋光赤：《莫斯科吟》，诗集《新梦》，上海书店，1925年。

《新梦》出世后，作者接了许多不相识的革命青年的来信，对于作者甚加以鼓励和赞誉。固然他们对于作者的同情，不一定就能提高《新梦》在文学上的价值，但是因为对于作者表同情的都是革命青年，作者真是满意，愉快，高兴极了！不过在满意，愉快，高兴之中，作者又产生了恐惧——恐惧作者不能在文学界负自己所应当负的使命。[17]

这是红色诗歌写作的先驱者，他的创作开启了革命新诗的先河。呼唤红色革命是他的诗歌的基本主题。那时的这些诗歌，思想是先行的，总是那么激情四溢地呼喊着无产者，罢工，暴动，还有冲啊、杀啊。似乎诗歌就应当这样写，艺术是毋庸考虑的，口号连篇倒是诗歌的常态。蒋光慈写《劳工歌》：

  谁个给大家饭吃？给大家酒醉？
  谁个终日劳动着不息？
  谁个拿着犁儿犁地？
  谁个拿着锄儿挖煤？
  谁个给一些老爷们衣穿？
  自己反露着脚儿，赤着身体？

其实这是一首译诗，急切里诗人把别人的诗译过来，用来表达自己的心声。《暴动》也是一首译诗，他也把它视为自己的创作发表了。谁写的已不重要，重要的是一种宣泄的意愿。表达可以是"非艺术"的，可以是如下的那种呐喊，所谓借别人的笔墨发散自己心中的块垒。至于暴动是为了什么，暴动之后又是如何，诗人是无遑考虑的，呼喊即是目的：

---

[17] 蒋光赤:《"新梦"三版改版自序》,《新梦·哀中国》,人民文学出版社，1983年。

> 啊！暴动，
> 你永远的光明，
> 永远的自由，
> 永远的新鲜，
> 好一似那深山流瀑的清水。[18]

刘大白《旧梦》，商务印书馆1924年3月出版

从这一层面看，这些诗歌再现了那个时代的激进潮流，是一个时代的诗歌真实。而最具价值的是，蒋光慈通过这些激情的诗篇，无意中流露出作为天真的革命者的苦闷和矛盾。这也许是更大的真实。《也或者你太过于丰艳了》[19]表达的是欲爱而不能的无言之忍："我虽愿意忘记你，／但是我怀着无涯的隐痛。"（像这样的革命与恋爱的两难选择，在胡也频和殷夫的作品中均有表达，在当日是一种风尚）《我应当怎样呢？》是年轻诗人内心的挣扎，他向上帝吁呼：我要往地狱里去；兄弟们喊着悲惨的声音，我要去安慰他们。拒绝爱情，献身理想，乃是一种坚定的选择。

一边是天堂，一边是地狱，诗人的内心充满苦闷。他最终选择了地狱（即，我不下地狱，谁下地狱），因为他看到了"狂涌的泪"和"前面的仇敌"，他要上帝引导他的灵魂，"你索性把我冲得碎碎地"。[20] 为了革命的理想而放弃恋爱，放弃亲人的团聚，甚至选择"地狱"而与那些劳动者一同受苦。革命者向往的是这种无悔的"毁灭"。由此我们体会到那个激情岁月里的

18《暴动》是一首译诗，该诗副题："——追念威尔汉"，布留梭夫著。
19 蒋光赤（慈）：《或者你太过于丰艳了》，诗集《哀中国》，长江书店，1927年。
20 蒋光慈：《我应当怎样呢？》，诗集《新梦》，上海书店，1925年。

诗歌所体现的天真、单纯和不染俗尘的纯粹。

与蒋光慈的《新梦》相映成趣的是刘大白的《旧梦》[21]。陈望道为此书作序是在 1923 年，序言说："在这《旧梦》（包含附录）里被写出的，仿佛也有我底梦，也有别的朋友底梦，或者也有大白和我以及其余朋友彼此织就的梦。"这里说的是那一代人的共同梦想。周作人也有序文，重点讲《旧梦》的追求："我们生在这个好而又坏的时代，得以自由的创作，却反因为传统的压力太重，以致有非连着孩子一起便不能把盆水倒掉的情形，所以我们向来的诗只在表示反抗而非建立，因反抗国家主义遂并减少乡土色彩，因反抗古文遂并少用文言的字句，这都如昨日的梦一般，还明明白白留在我的脑里——留在自己的文字上。"[22]

从旧梦到新梦，中国新诗显得步履匆匆。旧的一页刚刚翻过，那些余留的问题来不及清理，便又是新的一页的展开。时间没有留下太多的机会让人们梳理、咀嚼那一切，便又得匆促地面对新的充满疑惑的局面。正如《旧梦》的作者所说，他是"撕碎了旧梦再造自己"，"这些撕碎了的旧梦之影，不论是甜的苦的辛的酸的，毕竟是旧时生活底断片，常常在心海中浮沉着，不能把它们完全泯灭了"。[23]

1927 年具有标志性的事件是《哀中国》的出版。这是蒋光慈的第二本诗集。从中我们可以看到这位浪漫诗人相对程度的成熟，他从当日有点空泛的狂歌中逐渐接触到中国的积重和黑暗。他的诗歌在以往的通体光明中掺进了灰色调，依然耀眼的赤光之中隐隐地划出了一道灰黑的痕。他在一首题为《寄友》的诗中表达了他当日失望的心情："汉江的热浪并不是如你我所想象的那般样高，／此间的革命党人也并不都是真为着民众而革命。""朋友，我觉悟了，什么党权，左倾……这都是空语，／今日是革命

21　刘大白：《旧梦》，商务印书馆，1924 年。
22　陈望道的序言写于 1923 年 4 月 13 日。周作人的序言写于 1923 年 4 月 8 日。刘大白：《旧梦》，商务印书馆，1924 年 3 月。
23　刘大白：《撕碎了旧梦再造自己》，诗集《再造》，开明书店，1929 年。

党人,明天他就可以露出凶狠的面皮。"[24]

与这种认识上的深化相适应,蒋光慈摆脱了过去的空洞文风而趋向写实的笔法。他为了表现现实社会的情景,甚至改变了以往抒情的调性。当然,增强叙事成分的结果则是抒情性受到了伤害。例如:"可怜我的贤妻被他们奸死了,/我的爱子被他们杀死了;/加之我的房屋被他们焚烧了,/我的菜禾被他们践踏了。"(蒋光赤,《余痛》,见诗集《哀中国》)这样的语句在这本新作中频频出现。

蒋光慈《哀中国》,长江书店1927年1月出版

钱杏邨看到了《哀中国》的新的变化,指出:"这一部诗集的环境就是少年飘泊者的环境,是一部和《新梦》色调绝对不同的诗歌集。从光明回到暗黑,他所见到的不是像在异国时的欢欣快乐与兴奋,而是悲哀伤感与失望了。在这一部集子里,表现了有希望的青年对于萎靡不振,军阀专横的故国的哀愁和社会的诅咒。但是,不是幻灭的,里面还是宝藏着伟大的光明的希望的前途!"[25] 蒲风也说:"他的第二本诗集——《哀中国》(一九二七)里,环境是不同了,是国际帝国主义铁蹄蹂躏下的中国,是'五卅''六二三'惨案后中国……所以,他的诗歌的重心都落在'打倒帝国主义'上,可是,依然没有挣脱呐喊的毛病,依然没有体验到大众的实际苦痛,没有从实生活方面出发。"[26]

---

24 《寄友》是1929年6月作者将《新梦》和《哀中国》合为一册改题《战鼓》后新增的诗篇,人民文学出版社,1983年8月,第184—185页。

25 钱杏邨:《现代中国文学作家》,见刘福春《中国新诗编年史》,人民文学出版社,2013年3月,第88页。

26 蒲风:《五四到现在的中国诗坛鸟瞰》,1934年12月15日—1935年3月25日《诗歌季刊》第1卷第1—2期。

初潮之展开

  蒋光慈以外,胡也频也是此一时期左翼诗歌值得关注的一位诗人。1927 年是胡也频创作的高潮期,据不完全统计,仅这一年他发表于《晨报副刊》的诗篇就达 56 首[27]。周良沛编《胡也频诗稿》[28] 计收他的诗歌作品 99 首,意味着仅是这一年他发表在《晨报副刊》的诗,就占了现存诗作的一多半。可以说,1927 年是胡也频诗歌创作的高潮期。

  胡也频和其他几位左联作家一样,把自己的生命贡献给了他们的信仰和事业。但就诗歌和革命的联系而言,胡也频和蒋光慈二者有着巨大的差异。如前所述,蒋光慈是在诗中呼喊着革命前进的,而胡也频不同,他很少以诗歌的方式直接写革命,当然更不会像蒋光慈那样在诗中充填许多革命的口号。他不仅没有在诗中高喊冲、杀、暴动,反而在诗中展示出无限的柔情。

  胡也频也许是"革命加恋爱"的典型诗人。他不仅没有因革命而压抑他的恋爱,他还一边革命一边充分地享受着恋爱。他把恋爱写成了繁丽的诗篇,却很少直接在诗中贴上革命的标签。对于革命而言,他更重视实际的行动,他是行动着的革命者;对于恋爱而言,他却是一位真正的歌唱者——他几乎所有的诗篇都在为爱情而歌唱。

  当然,他的诗也表达着革命的意识,但多半是间接的、也是柔弱的。这首题为《苦恼》的诗,诉说着作为革命者的苦恼:

---

[27] 据刘福春的《中国新诗编年史》记载,当年仅发表在《晨报副刊》的诗篇就有:《中国》《寒夜的哀思》《雪里的记忆》《愿望》《死域之中》《生之不幸》《海船上》《公主墓前》《爱情与苦恼》《秋色》《寄曼伽》《暴雨之来》《清晨之疲惫》《无消息的梦》《青天》《落雪之夜》《假使有个上帝》《新秋》《长风曲》《一尊想象》《哀感》《劫》《恨》《有感》《投赠》《无题》《如死神蹑脚前后》《心儿》《路旁的草香》《静寂的心》《九月六夜》《颠沛的人类》《秋夜》《薄暮》《自白》《凝想》《疲乏》《给爱》《夏午》《倘若》《一个时代》《远遁》《慰藉》《孤寂者之歌》《秋去了》《懒惰》《冲突》《序诗》《决心》《因我心未死》《夜半》《回首》《求恕》《无知觉的生活》《杂乱的意识》《噩梦》《生计》等。刘福春:《中国新诗编年史》,人民文学出版社,2013 年 3 月,第 87—98 页。

[28] 周良沛称,这些诗稿是 1979 年 5 月经在历史博物馆的朋友特许看到并整理出版的。周良沛:《一个真实人的诗》,《胡也频诗稿》,四川人民出版社,1981 年 1 月,第 1—18 页。

奴隶向主子磕头作揖,
清风唱淫靡婉娈之歌,
我的烦恼,遂蜂样飞来。
……
我愿乘大雕之翼离去人间,
不再见世人用笑与哭为面部装饰。

这诗表明诗人的心迹和情怀,有爱憎,也有期盼,曲折地表达着他的世界观。甚至也有轻淡的嫉恨:"铁窗之冷狱于是热闹,／勇敢的青年成了囚犯,／监卒遇这罕有之客,／便满足了极酷虐的敲诈。"[29] 但他的思绪依然是飘浮的(例如:"我欲银河洗脚,月边吸烟"之类〔语见胡也频,《苦恼》〕),这种飘浮使他的诗歌失重。

他终究只为爱情歌唱,他的欢乐,痛苦,他的失望,希望。他要么不写,要写就写爱情,他只为爱情而歌。这就造出了一个诗歌史的奇观——一个诗人义无反顾地为他的革命理想而献身,而他的诗终究只为爱情而写。当然,这也不可避免地造成了他的重复和单调——几乎所有的诗都在写一件事,也造成了所有的诗几乎都是面目模糊的一个调子:

胡也频

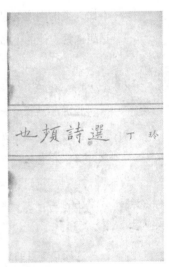

胡也频《也频诗选》,红黑出版处 1929年1月出版

---

29 胡也频:《一个时代》,《胡也频诗稿》,四川人民出版社,1981年1月,第120—121页。

> 我曾发誓：
> 任花好月明，
> 及秋风横扫落叶，
> 或魑魅即是人心，
> 我们只为温爱而歌唱。[30]

他充分地表达着人间的爱恨情仇："我不因生活而懦怯，／何以总觉得死是美丽？""人间共弃之孤寂，终久使我深刻。"[31] 他虽有恨，却有更多的、吟咏不尽的爱。他的诗对比满纸惨烈的革命，显得不仅是飘浮，更是艳丽和浓烈，甚至性感："你的痴望之眼光，／证明了我的胜利，／但我不因得意而微笑，／是恐怕你的狂吻，将扰乱我之假寐。"（《我喜欢裸体》）"我知道白兰地之力，／可使人迷乱和沉醉，／然而这酒性之剧烈，／远不如人类的肉之气息。"（《肉的气息》）有点颓废，然而更有点革命，这就是胡也频。他的生命毕竟是壮烈而美丽的：

> 就在诗人牺牲的早晨，他从牢里捎出的信中还写道，牢里的生活并不枯燥与痛苦，有许多同志在一道，这些同志都有很丰富的生活经验，他天天听他们讲故事，有了很大的创作欲望。他要稿纸，他要写，也想记下一些材料寄出来。他自己既不会投降，也总得服二三年徒刑。他说：坐二三年牢是不怕的，他还很年青，他不会让青春在牢中白白过去。[32]

这应该是 1931 年 2 月 7 日的事情。诗人毕竟天真和善良，他们还不太懂得政治阴谋的无情。其实，不是"二三年的徒刑"，也不是"不会让

---

30 胡也频：《痛苦之因果》，《胡也频诗稿》，四川人民出版社，1981 年 1 月，第 42—43 页。
31 胡也频：《孤寂者之歌》，同上书，第 113—115 页。
32 周良沛：《一个真实人的诗》，《胡也频诗稿·序》，四川人民出版社，1981 年 1 月。

青春在牢中白白过去",而是从狱中捎出此信的当日深夜,他们就被秘密处决了。[33]

被害的烈士中还有我们即将叙述的殷夫。1927年,蒋光慈和胡也频的写作已臻于成熟,而作为革命诗歌的写作者的殷夫,还是一个中学生。1926年,这位学名叫做徐白的年轻人,正以优异的成绩从初三跳级而为上海浦东中学的高三学生。[34]这一年正是革命风潮涌起的年份,上海总工会宣布发起总罢工,八十万工人罢工,旋即转入武装起义,罢工的工人夺取枪支,占领上海市区。殷夫满腔热情地参与了这次运动。

暴风雨中的海燕

1927年4月13日,殷夫因人告密第一次被捕入狱,在狱中作《在死神未到之前》抒情长诗。此年他17岁。他在诗中写道:"我十七年的生命,/像漂泊的浮萍,/但终于要这样的,/这样的埋葬了青春!//我十七岁的青春,/这槁枯的灰尘,/消灭了,消灭了,/一切将随风散殒。"殷夫在革命的行动上和胡也频是一样的,他是始终行动着的革命者,三次入狱,至死不悔。他和胡也频不同的是,胡也频的行动和写作是分开的,殷夫不仅参与革命行动,而且更在行动中写诗,诗是他手中须臾不离的武器。

他也有恋爱,但他压抑着真实的情感。这点也和胡也频不同。他诗中涉及的爱情是内敛的,"生怕情多累美人"[35],怕自己的爱情表达将给所爱的人带来伤痛。1928年8月17日他写《宣词》:"明晨是我丧钟狂

---

33 语见王艾村《殷夫年谱》:"1931年2月7日深夜,与李求实、柔石、欧阳立安等各囚室的24位同志被提押至监狱审讯室,识破了敌人诡称将他们转移去南京大牢并诈骗在死刑判决书上盖手印的阴谋而群起抗议。反动军警即穷凶极恶地连推带搡把他们强行驱赶向后面的一个荒场去行刑。烈士们拖着沉重的脚镣,沿途高唱《国际歌》,高呼'打倒国民党反动派!''中国共产党万岁!'等口号。声震四邻,终至喋血荒场。"上海人民出版社,2010年4月。

34 同上。

35 语见郁达夫的《钓台题壁》:"不是尊前爱惜身,佯狂难免假成真。曾因酒醉鞭名马,生怕情多累美人。劫数东南天作孽,鸡鸣风雨海扬尘。悲歌痛哭终何补?义士纷纷说帝秦!"

殷夫

《殷夫选集》，开明书店 1952 年 7 月出版

鸣，青春散殒，／潦倒的半生殁入永终逍遥，／我不能爱你，我的姑娘！"这一年，他有机会与他所爱慕的女友同一个学校工作，但他依然隐忍了自己的爱意。他写《给——》：

死的心弦不能作青春的奏鸣，
凝定的血液难叫它热烈的沸腾，
我今天，好友，告别你，
秋日的寒风要吹灭了深空孤星。

我没有眼泪来倍加你的伤心，
我没有热情来慰问你的孤零，
没有握手和接吻，
我不敢，不忍亦不能。³⁶

1930 年，殷夫自编诗集《孩儿塔》，收诗 65 首，署名白莽。他为此诗集作《"孩儿塔"上剥蚀的题记》——

---

36 殷夫的女友盛孰真在《长歌一曲谱遗恨》中写道：我们虽同在上海，但在一起的机会并不多。他十天半个月才来我宿舍坐一会，来了总是像哑巴一样对我笑笑，或神情亲切地听我讲学校的情况，然后就急急忙忙走了。我们之间的事，他只字不提。有一次，他带我去游吴淞镇，这是我俩第一次双双同行。我本想好好看看仰慕已久的同济大学校园，但他只带我在校门口转了转，便同我走向海滨。有一天，他带了一位象山同乡来看我，在我们送她回旅馆后回校的路上，他带我进了一家楼上的亭子间，他让我坐在唯一的椅子上休息。他站在我身旁，紧紧握住我的手，以炽热的目光凝视着我，久久无言。最后他问我现在知道不知道他的心。我说："我现在全知道了。我一直慕对你的才华，衷心感谢你多年来对我的帮助。我没有爱过任何人，把心一直留给你。但我们之间的阻力太大了，难以实现这个愿望。"殷夫说："这不是主要原因。"他沉默了。我追问他为什么？他沉思着慢慢地说："这以后告诉你吧，以后你会明白的。"引文见王艾村：《殷夫年谱》1929 年注 17，上海人民出版社，2010 年 4 月。

我的生命，和许多这时代中的智识者一样，是一个矛盾和交战的过程，啼，笑，悲，乐，兴奋，幻灭……一串正负的情感，划成我生命的曲线；这曲线在我的诗歌中，显得十分明耀。

　　这里所收的，都是我阴面的果实。

　　现在时代需要我更向前，更健全，于是，我想把这些病弱的骸送进"孩儿塔"去。因为孩儿塔是我故乡义冢地中专给人抛投死儿的所在。我不想说方向转换，我早知光明的去路了，所以，我的只是埋葬病骨，只有这末，许或会更加勇气。

　　鼓励我出版的林林，给我煞费心血画插图的白波，我想都并不想赞赏我的诗，只也是可怜我，同时又鼓勇我而已。那样，我正当谢谢他和她。

　　已经是激荡中的一九三〇了。

　　殷夫以埋葬爱情也埋葬旧作的决绝心情，迎接激荡的中国的20世纪30年代。这也是中国诗歌红色的年代。当日的主流思潮就是"革命"，所谓的"革命时机已经成熟"，其实只是书本上的话语，是与中国社会的实际不相或极少关联的。说白了，当日崇尚的是一种流行。在文学和诗歌的创作中，潮流所及，由此开始了一个革命与恋爱相扭结的文学主题：革命或者恋爱，革命或者不能恋爱。这种模式在前述诗人的创作中已有鲜明的迹象。蒋光慈是一种形态，殷夫是另一种形态，他们的创作均与革命或恋爱攸关。

　　殷夫的生命很短促，他的创作更短促。但是短促创造了永恒。他的诗歌写作似是一支风中燃烧的蜡炬，骤时的燃烧和瞬间的熄灭极显生命的辉煌，生命的过程就是诗歌的过程。殷夫以短暂的生命为中国的革命新诗总结，他的诗歌写作宣告了中国革命新诗的完成。像《月夜闻鸡声》这样的诗与诸多的红色诗相比，堪称艺术和思想的完美结合：

> 哟，友人，静寞的月夜不给你桃色的梦，
> 摇荡着的灵魂飘上了水晶仙宫，
> 但，这儿，听，有着激励的鸡鸣，
> 是这时候你便该清醒。
>
> 若是朝阳已爬上你的窗棂，
> 还需要你把赞歌狂吟！
> 荣冠高蹈的时代先知，
> 在月夜就唱就了明晨新诗。

他的呼喊不唯是有力的，而且也是艺术的："我是一个叛乱的开始，／我也是历史的长子，／我是海燕，／我是时代的尖刺。"（殷夫，《血字》中的诗句）"叛乱的开始""历史的长子"，以及"时代的尖刺"，不仅意象奇特锐利，且短促有力的节奏中还镶嵌着沉着有力的韵脚。在他的诗中，革命不仅是宣言，而且更是艺术。鲁迅说殷夫的诗是属于"别一世界"的：

> 这《孩儿塔》的出世并非要和现在一般的诗人争一日之长，是有别一种意义在。这是东方的微光，是林中的响箭，是冬末的萌芽，是进军的第一步，是对于前驱者爱的大纛，也是对于摧残者的憎的丰碑。一切所谓圆熟简练，静穆幽远之作，都无须来作比方，因为这诗属于别一世界。[37]

革命诗歌的潮流当然并非国产而是异域舶来。胡也频和蒋光慈的灵感直接来自遥远的俄国革命，来自与十月革命相关的哲学和诗学理想。而殷夫也有促成他的诗观的外来元素——殷夫通德语，译过裴多菲的诗。这些

---

37 鲁迅：《白莽作"孩儿塔"序》，《鲁迅全集》第六卷，人民文学出版社，1959年，第401—402页。

诗歌明显地印证着本土以外的灵感，从思想内涵到艺术风格，诗人充当了中介，他们是革命火种的接受者，也是革命理念的传播者。以此为开端，诗歌的一脉开始紧贴着政治的风向而展开。红色的20世纪30年代是伟大的起始，从左联到抗战，从诗歌的大众化到后来的工农兵文艺，诗歌与政治的联姻形成了中国新诗经久不衰的遗传。

瓶花与前茅

这一章的标题勾画了创造社领袖人物郭沫若自20世纪20年代末到整个20世纪30年代间发生巨大变动的创作路径——从《瓶》到《前茅》、再到《恢复》。如前所述，20世纪20年代末的革命高潮中，红色诗歌盛行，暴动、罢工、传单、集会、成为诗中出现频率极高的语汇。亦即此时，郭沫若的《瓶》出版，与此相关的是邵洵美的《花一般的罪恶》的出版[38]。这在当时氛围中，都是引人瞩目反向的奇观。这里只说《瓶》。作者自谓，"全是写实，并无多少想象成分"，并说，"那是在五卅之前的一段插话。五卅一来，那'瓶'也真如'一个破了的花瓶倒在墓前'了"[39]。

革命时期一到，诗人埋葬了柔情的瓶中花，举起了抗争的前茅。郭沫若很得意于自己这种由近乎唯美的浪漫主义者向着激进诗歌的转变。1928年《前茅》出版，《序诗》说："这几首诗或许未免粗暴，／这可以说是革命时代的前茅。／这是我五六年前的声音，／这是我五六年前的喊叫。／／在当时是应者寥寥，／还听着许多冷落的嘲笑。／但我现在可以大胆的宣言：／我的友人是已经不少。"他自谓："在意识未彻底觉醒之前，她可以值得提起的就只在有左倾的意识那一点。"[40]

"左倾"意识的形成，注重的是这种意识的传达。郭沫若所谓"五六

---

38 郭沫若：《瓶》，创造社出版部，1927年4月。邵洵美：《花一样的罪恶》，金屋书店，1928年5月。
39 郭沫若：《郭沫若诗作谈》，1936年8月《现世界》创刊号。《我的作诗的经过》，《质文》第2卷第2期，1936年11月10日。转引自刘福春：《中国新诗编年史》，人民文学出版社，2013年3月，第90—91页。
40 同上书，第100页。

郭沫若

年前的喊叫",现在是响应者日渐多了,因为是适应了当日的时代氛围,在诗歌界赢得了共鸣。钱杏邨说:"于今人中,我独爱郭沫若'恢复'。读他的这一部诗集,如在拧着我自己的皮肉。"[41]因为注重革命的喊叫,也出现了流于一般与浮泛的弊端。蒲风评价《前茅》"除了多呐喊的个人主义的英雄主义的呼声外,没有充实的内容,也没有深刻的表现"。对《恢复》的肯定尚多一些:"一种坚强的意志显现出来,且有不少对时局的愤慨。唯仍然没有群众的现实的描写,比《前茅》不见得曾有什么进步。"[42]

创造社同人多数是留日的,他们在日本也间接地接受了俄国普罗文化的熏陶。只不过在"五四"初期,狂飙突进的电闪雷鸣占了上风,这种无产革命的思潮暂时没有表现的机会而已。但创造社前后的巨变毕竟还是给人们留下了深刻的印象。只要对比郭沫若、郁达夫、成仿吾前后的言论

---

41 钱杏邨:《近来的情绪》,《麦穗集》,落叶书店,1928年11月。
42 蒲风:《五四到现在的中国诗坛鸟瞰》,《诗歌季刊》第1卷1—2期,1934年12月15日—1935年3月25日。

郭沫若《前茅》，创造社出版部1928年3月出版

郭沫若《恢复》，创造社出版部1928年3月出版

便可知晓，他们从初期浪漫的唯美的主张，演变到后来的激进。他们的偏离不是无根由的，他们毕竟是植根于中国社会的热血的一群。

西风东渐

当创造社曾经崇尚唯美主义的一般人转向革命诗歌的时候，一批寻求新诗建设的探险者也开始向着西方艺术、特别是西方现代艺术投去深切的目光。新诗草创期有一个痛苦的挣扎。由于它的兴起是以传统旧诗为假想敌，因而与之"脱钩"便是应有之义，其目的在于彻底抹去旧诗的阴影。而脱离了旧诗这一"母体"之后，新诗便处于被掏空的"无根"状态。这时，在艺术上寻求外来资源的支持，便是急切中的选择。在此前提下，让新诗理直气壮地接受西方诗歌的养料，使之融入并丰富新诗的生命，便是顺应自然的诉求。

此路一通，新诗初期展现出来的只见"白话"不见"诗"的偏颇便得以缓解。最先突现在我们面前的，是被朱自清称之为"异军"的李金发。他的第一部诗集《微雨》[43]的出现，引起了文学界一片惊愕之声。他的诗风不仅与传统旧诗大相径庭，也与新诞生的白话新诗迥然有异。白话诗是浅、淡、散，而它却是险、怪、奇。李金发的用语中夹杂着诸多的文言词语和外文，却又的确是白话诗；说它是白话诗，却又完全是非口语的。他完全彻底地按照西方象征诗的方式来写的中文诗，是"五四"开放而宽容时代的产物。李金发的诗文白杂陈、意象奇诡、晦涩难辨，读之难免茫然。

李金发的诗歌创作，最早得到周作人的肯定："这种诗是国内所无，别开生面的作品。"[44]朱自清对他的诗，也表现出重视和理解："他要表现的是'对于生命欲揶揄的神秘及悲哀的美丽'。讲究用比喻，有'诗怪'之称；但不将那些比喻放在明白的间架里。他的诗没有寻常的章法，一部分一部分可以懂，合起来却没有意思。他要表现的不是意思而是感觉或情感；仿佛大大小小红红绿绿一串珠子，他却藏起那串儿，你得自己穿着瞧。"[45]这是《微雨》中的《弃妇》片段，可以窥见其风格的一斑——

> 弃妇之隐忧堆积在动作上，
> 夕阳之火不能把时间之烦闷
> 化成灰烬，从烟突里飞去，

---

43 李金发：《微雨》，北新书局，1925年11月。

44 李金发：我与周作人无"一面之缘"，但与他通过好几次的信，且可以说是他鼓励我对于象征派诗的信心，记得是一九二三年春天，我初到柏林不满两个月，写完了《食客与凶年》，和以前写好的《微雨》两诗稿，冒昧地（那时他是全国景仰的北大教授，而我是一个不见经传二十余岁的青年，岂不是冒昧点吗？）挂号寄给他，望他"一经品题声价十倍"，那时创作欲好名心，是莫可形容的。……两个多月果然得到周的复信，给我许多赞美的话，称这种诗是国内所无，别开生面的作品（那时人家还不会称为象征派），即编入为新潮社丛书，交北新书局出版，我这半路出家的小伙子（十九岁就离开中国学校，以后便没机会读中国书籍），得到这个收获，当时高兴得很。见《异国情调》，商务印书馆，1942年12月。引文见刘福春：《中国新诗编年史》，人民文学出版社，2013年3月，第69页。

45 朱自清：《中国新文学大系·诗集·导言》，上海良友图书印刷公司，1935年10月。

1925年2月16日《语丝》刊出李淑良（李金发）的诗《弃妇》

李金发

　　长染在游鸦之羽，
　　将同栖止于海啸之石上，
　　静听舟子之歌。

《微雨》之后有《为幸福而歌》[46]，又有《食客与凶年》[47]。前两本都有简短的导言之类的文字。到了《食客与凶年》的《自跋》，说到了中国诗歌两个传统的关系，虽然同样简短，却是言简意赅，非常重要：

　　余每怪异何以数年来关于中国古代诗人之作品，既无人过问，一意向外采辑，一唱百和，以为文学革命后，他们是荒唐极了的，但从无人着实批评过，其实东西作家随处有同一之思想，气息，眼光和

46　李金发：《为幸福而歌》，商务印书馆，1926年11月。
47　李金发：《食客与凶年》，北新书局，1927年5月。

李金发《微雨》,北新书局 1925 年 11 月出版

李金发《为幸福而歌》,商务印书馆 1926 年 11 月出版

取材,稍为留意,便不敢否认,余于他们的根本处,都不敢有所轻重,惟每欲把两家所有,试为构通,或即调和之意。[48]

一般人都以为这位取法象征主义的"诗怪",一定是主张全盘西化,无视中国传统的,其实不然。这篇文字可以改变人们对他的定见。"自跋"的话可以看出,尽管他崇尚西方的象征主义,但他并没有排斥"中国古代诗人之作品"。他对当时人对古典的"一意向外采辑"感到不解,他认为东西方在文学和艺术上的体认是相通的。他的这些见识是在当时一般见识之上,尽管他的创作实践也许未曾达到此境界。他更有对自己创作的坦然自白。这段自白在当时甚至今日都会被认为是不合时宜的,但同样地道出了文艺的真质:

---

[48] 李金发:《食客与凶年·自跋》,北新书局,1927 年 5 月。

> 我绝对不能跟人家一样，以诗来写革命思想，来煽动罢工流血。我的诗是个人灵感的纪录表，是个人陶醉后引吭的高歌，我不能希望人人能了解。
>
> 我作小说虽然比较少，但我有我的态度，我认为任何人生悲欢离合，极为人所忽略的生活断片，皆为小说之好材料，皆可暗示人生。为什么中国的批评家，一定口口声声说要有"时代意识""暗示光明""革命人生"等等空洞名词呢？[49]

一批人无视时尚和流俗而一心一意地向着艺术的纯真境界挺进，而这些人几乎全部都是受到西方文化熏陶、并真诚服膺现代主义艺术的知识者。朱自清在《中国新文学大系·诗集·导言》中介绍了李金发之后，接着介绍了同样受到法国象征派影响的几位诗人，他们是后期创造社的王独清、穆木天和冯乃超。朱自清对他们都有精简的评语：说王独清"自认为仿象征派的诗，也似乎豪胜于幽，显胜于晦"；说穆木天"托情于幽微远渺之中，音节也颇求整齐，却不致力于表现色彩感"；说冯乃超"利用铿锵的音节，得到催眠一般的力量，歌咏的是颓废，阴影，梦幻，仙乡"。[50]在这篇导言的最后，朱自清对"五四"以后第一个十年的诗运作了如下的概括："若要强立名目，这十年来的诗坛就不妨分为三派：自由诗派，格律诗派，象征诗派。"他所总结的象征诗派其实指的是我们这里叙述的那些受到西方诗歌影响的、包括了象征主义和现代派在内的西方现代诗歌潮流。如同他看重李金发一样，他也看重李金发所代表的取法于西方现代诗的潮流。在朱自清的视野中，"五四"新生的诗歌的组成中，与自由体和格律体鼎足而立的是象征体，体现了他对象征诗派的极端重视，也体现了他的超乎常人的识见。

---

49 李金发：《是个人灵感的纪录表》，见《文艺大路》第2卷第1期，1935年11月29日。引自吴思敬：《中国新诗总系·理论卷》，人民文学出版社，2010年9月，第208页。
50 朱自清：《中国新文学大系·诗集·导言》，良友图书印刷公司，1935年10月。

雨巷华丽转身

　　撑着油纸伞，独自
　　彷徨在悠长、悠长
　　又寂寥的雨巷
　　我希望逢着
　　一个丁香一样地
　　结着愁怨的姑娘。

　　她是有
　　丁香一样的颜色，
　　丁香一样的芬芳，
　　丁香一样的忧愁，
　　在雨中哀怨，
　　哀怨又彷徨；

　　戴望舒以《雨巷》一诗享誉诗坛，甚至被舆论称为"雨巷诗人"。但是自从写了《我底记忆》以后，他就毫不留恋地走出了那条下着霏霏细雨的、充满丁香香气的、弯弯窄窄的巷子。诗集《我底记忆》出版于1929年，是他的第一本诗集。第二本诗集《望舒草》出版于1933年，他在该诗集中"遗漏"了《雨巷》这首给他带来盛誉的名篇。这绝不是他的疏忽。[51] 戴望舒对于雨巷的"遗忘"，乃是一个华丽的转身，是从古典余韵的迷恋向着现代意识皈依的艺术信念上的大转身。
　　1932年《现代》创刊。施蛰存作《创刊宣言》，宣言讲："本志是

---

[51] 戴望舒：《我底记忆》，水沫书店出版，1929年4月。《望舒草》，现代书局，1933年8月。《我底记忆》收入《雨巷》，《望舒草》未收此诗。1937年1月出版的《望舒诗稿》再现《雨巷》一诗。对此，施蛰存说：为了出版的需要，"编第三本诗集，不得不把《我底记忆》中被删汰的十八首又全部收进去……"见刘福春：《中国新诗编年史》，人民文学出版社，2013年3月，第219页。

戴望舒

1928年8月10日《小说月报》第19卷第8号刊出戴望舒的《雨巷》

文学杂志,凡文学的领域,即本志的领域。"这简单的一句话,好像什么也没说,其实蕴有深意——强调当日受到轻忽的纯粹的文学性。《现代》创刊号上戴望舒发表《过时》《印象》《前夜》《款步》《有赠》五首诗,表现了对这刊物全力的支持。接着,我们看到他的诗论,计十七条。其中有些观点代表了他走出雨巷的新思路——

> 诗不能借重音乐,它应该去了音乐的成分。
> 诗的韵律不在字的抑扬顿挫上,而在诗的情绪的抑扬顿挫上,即在诗情的程度上。
> 韵和整齐的字句会妨碍诗情,或使诗情成为畸形的。倘把诗的情绪去适应呆滞的,表面的旧规律,就和把自己的足去穿别人的鞋子一样。

1932年5月1日《现代》杂志创刊

戴望舒《望舒草》，现代书局1933年8月出版

新的诗应该有新的情绪和表现这情绪的形式。所谓形式，决非表面上的字的排列，也决非新的字眼的堆积。[52]

这是一篇坚定的现代主义的宣言，它直接反对了以闻一多和徐志摩为代表的"新月"所追求的格律、唯美、浪漫的诗学主张。关于这一点，孙作云在《论"现代派"诗》[53]中有非常精到的论述。此文距今久远，今天读来依然不觉过时。因为有益又不过时，故不避抄录之劳，长篇予以引述：

第三派诗以戴望舒先生为代表。和戴先生同派的有施蛰存李金发先生。这派诗的开端是周作人先生译的法国象征派诗人Gourmont的西蒙尼（后收入《陀螺》里）。这些诗又被戴先生全译一遍，登在

---

52 引自《望舒诗论》，这里是部分摘引，见《现代》第2卷第1期，1932年11月。
53 孙作云：《论"现代派"诗》，《清华周刊》第43卷第1期，1935年5月15日。见刘福春：《中国新诗编年史》，人民文学出版社，2013年3月，第142页。

《现代》第二卷第一期上。周先生又译了日本一茶的俳句,也给这派诗人许多影响。戴先生又译了法国象征派后期诗人保尔夫尔的诗数首登于《新文艺》上(水沫书店版)。这派诗是现在国内诗坛上最风行的诗式,特别从一九三二年以后,新诗人多属于此派,而为一时之风尚。因为这一派的诗还在生长,只有一种共同的倾向,而无明显的旗帜,所以只好用"现代派诗"名之,因为这一类的诗多发表于《现代》杂志上。

现代派诗的特点便是诗人们欲抛弃诗的文字之美,或忽视文字之美,而求诗的意象之美。他们的诗不乞求于音律,所以不重韵脚,因而形式亦不匀整。从这一方面说,现代诗是新月派诗的反动。

实在说现代派诗是一种混血儿,在形式上是美国新意象派诗的形式,在意境和思想态度上吸取了19世纪法国象征派诗人的态度。新意象诗毫无异议,是都市的文学,以物质的标准来取舍题材。这是美国资本主义都市的诗作。中国现代派诗只是采取了新意象派诗的外衣,或形式,而骨子里仍是传统的意境。所以在现代派诗中,我们很难找出描写都市、描写机械文明的作品。

新诗纪事

1927 年

1 月蒋光赤（蒋光慈）的诗集《哀中国》由长江书店出版。

4 月 1 日郭沫若的诗集《瓶》、穆木天的诗集《旅心》由创造社出版部出版；冯至的诗集《昨日之歌》由北新书局出版。

5 月李金发的诗集《食客与凶年》由北新书局出版。

7 月鲁迅的散文诗集《野草》由北新书局出版。

8 月朱湘的诗集《草莽集》由开明书店出版。

9 月徐志摩的诗集《翡冷翠的一夜》由新月书店出版。

1928 年

1 月闻一多的诗集《死水》由新月书店出版。

2 月 10 日郭沫若的诗集《前茅》由创造社出版部出版。

3 月 10 日《新月》月刊创刊。

4 月 20 日冯乃超的诗集《红纱灯》由创造社出版部出版。

5 月 5 日邵洵美的诗集《花一般的罪恶》由金屋书店出版。

1929 年

3 月 15 日蓬子的诗集《银铃》由水沫书店出版。

4 月戴望舒的诗集《我底记忆》由水沫书店出版。

6 月 20 日蒋光慈的诗集《战鼓》由北新书局出版。

8 月 20 日冯至的诗集《北游及其他》由沉钟社出版。

11 月周作人的诗集《过去的生命》由北新书局出版。

1930 年

2 月 20 日蒋光慈的诗集《乡情集》由北新书局出版。

3 月 2 日中国左翼作家联盟在上海成立。

7 月于赓虞的散文诗集《孤灵》由北新书局出版。

12 月曹葆华的诗集《寄诗魂》由震东印书馆出版。

1931 年

1 月 20 日《诗刊》在上海创刊，新月书店发行；是月陈梦家的《梦家诗集》由新月书店出版。

2 月 7 日胡也频、殷夫等五位左翼作家被杀害。

8 月 31 日蒋光慈病逝；是月徐志摩的诗集《猛虎集》由新月书店出版。

9 月陈梦家选编的《新月诗选》由新月书店出版。

11 月 19 日徐志摩因飞机失事遇难。

1932 年

2 月 13 日刘大白病逝。

5 月 1 日《现代》杂志创刊。

7 月徐志摩的诗集《云游》由新月书店出版。

9 月中国诗歌会在上海成立。

11 月曹葆华诗集《落日颂》《灵焰》由新月书店出版。

1933 年

2 月 11 日《新诗歌》在上海创刊，中国诗歌会编辑出版。

4 月 16 日《诗歌》出刊，中国诗歌会广州分会主编。

5 月 5 日卞之琳的诗集《三秋草》出版；14 日应修人逝世。

7 月臧克家诗集《烙印》出版。林庚的诗集《夜》出版。

8 月 15 日戴望舒的诗集《望舒草》由现代书局出版。

10 月 2 日《北平晨报·诗与批评》在北平创刊。

11 月 1 日《诗篇月刊》在上海创刊，朱维基主编。

12 月 5 日诗人朱湘入水自杀。

1934 年

3 月 15 日路易士（纪弦）的诗集《易士诗集》出版。

4 月 1 日《诗歌月报》在上海创刊，上海诗歌月报社编辑；20 日蒲风的诗集《茫茫夜》由国际编译馆出版。

5 月 1 日《春光》第一卷第三号刊出艾青的诗《大堰河——我的保姆》；是月孙毓棠的诗集《海盗船》出版。

6 月于赓虞的诗集《世纪的脸》由北新书局出版；朱湘的诗集《石门集》由商务印书馆出版。7 月 14 日刘半农病逝。

9月1日《诗帆》在南京创刊,土星笔会编辑发行。

10月臧克家的诗集《罪恶的黑手》由生活书店出版。

12月15日《诗歌季刊》在青岛创刊,诗歌季刊社出版;20日诗刊《火山》在上海创刊,路易士(纪弦)编辑。

1935年

1月1日《当代诗刊》在上海创刊,当代诗刊社编辑出版。

2月梁宗岱的诗论集《诗与真》由商务印书馆出版。

6月1日王亚平的诗集《都市的冬》由国际书店出版。

10月10日《现代诗风》在上海创刊,戴望舒编辑;15日朱自清选编的《中国新文学大系·诗集》由上海良友图书印刷公司出版。

12月1日田间的诗集《未明集》由每月文库社出版;是月卞之琳的诗集《鱼目集》由文化生活出版社出版。

1936年

2月22日林庚的诗集《北平情歌》由风雨诗社出版。

3月陈梦家的《梦家存诗》、金克木的诗集《蝙蝠集》由上海时代图书公司出版;卞之琳编的诗集《汉园集》由商务印书馆出版。

6月1日诗刊《小雅》在北平创刊,吴奔星、李章伯主编。

7月臧克家的长诗《自己的写照》由文学出版社出版。

9月20日《菜花诗刊》在苏州创刊,路易士(纪弦)、韩北屏编辑。

10月10日《新诗》月刊在上海创刊,编委为卞之琳、孙大雨、梁宗岱、冯至、戴望舒;19日鲁迅病逝。

11月5日《诗志》双月刊在苏州创刊,路易士(纪弦)、韩北屏编辑;10日艾青的诗集《大堰河》自费出版。

第四章

我爱这土地

中国新诗(1937—1948)

灾难降临的时刻

　　北京飞速发展的轨道交通又一条地铁线通车后,由远郊房山通往城区只需半个小时。这条地铁,沿途经过著名的"卢沟晓月"[1]。卢沟桥斜倚着宛平城,宛平城垣屹立在永定河岸,永定河缓缓地从宛平城边流过。城不大,却是迷漫着浓重的历史风烟。这座宛平城见证了20世纪中国一场旷日持久的抵抗战争。战争的最初一点火星,是在这里点燃的。它造成了中国人长达八年的浴血苦斗,亿万人家破人亡,流离失所。那是一个悲惨的年代。

　　战火中诞生了慷慨悲歌的战争文学:小说、战地报道、木刻、街头剧、歌谣和小曲。也诞生了抗战诗歌,烽火中走来一代新诗人。他们与"五四"那一代先驱者不同,他们的写作实践与其说是为了语言的革命、为了艺术的创新,不如是为着唤起民众而发出救亡图存的呐喊。1938年3月27日,中华全国文艺界抗敌协会在汉口成立,它的《发起旨趣》称:"团结起来,像前方战士用他们的枪一样,用我们的笔,来发动群众,捍卫祖国,粉碎敌寇,争取胜利。"

　　现在我们回到战争爆发的现场,历史那惨痛的一页是这样打开的——

　　　　战事是在1937年7月7日午夜前不久的黑夜中开始的。按照庚子协定,从1901年起,日本就已在华北的北平和天津间屯驻了军队。而在那个和煦的夏夜,一中队日本军队在距北平15公里的卢沟桥(马可孛罗桥)附近举行野战演习,那里是控制所有与中国南方交通的具有战略意义的铁路枢纽所在地。日本人突然宣称,他们遭到中国士兵射击。紧急点名发现,他们的一名士兵失踪了。于是,他们要求进入附近中国人驻防的宛平城搜寻。中国人拒绝后,他们妄图猛攻这座城

---

[1] "卢沟晓月"为金章宗命名的燕山八景之一。金人赵秉文所作的《卢沟》是迄今发现的最早咏卢沟桥的诗篇:"河分桥柱如瓜蔓,路入都门似犬牙。落日卢沟桥上柳,送人几度出京华。"卢沟桥始建于金世宗大定二十九年(1189),完成于章宗明昌三年(1192),全长267米,宽6—7米。有桥墩10座。桥身两侧石雕护栏各有望柱140根,柱头上雕有大小石狮500多个。

"七·七"事变前夕,驻守在卢沟桥附近的宋哲元二十九军冯治安部的士兵严阵以待

镇,未能得逞。这就是战争的最初冲突。²

当时任宛平县长的是福州人王冷斋。他在事变发生后有诗记其事:"一声刁斗动孤城,报道强邻夜弄兵。月黑星沉烟雾起,当时七夕近三更。"诗后有记:"民国二十六年七月七日之夜,近十一时,枪声忽然作于宛平城外,后查知为日兵所发。"³ 1937年一个阴谋的圈套蔓延为一场近代以来最为惨烈的持久战。战争造成中国的苦难,也激扬了中国人争取独立自由的信念与决心。战争爆发后,形势急转直下,华东一带相继沦陷,民生涂炭自不必说,即是教育文化亦受到严重摧残。这是战争第二年来自上海沦陷区的报道:

---

2 [美]费正清、费维恺编:《剑桥中华民国史》下卷,中国社会科学出版社,1998年7月,第623—624页。
3 钟兆云:《王冷斋:卢沟桥事变中最先与侵略者抗争的福州人》。"1935年,王冷斋应保定军校老同学、时任二十九军副军长兼北平市长秦德纯邀请,出任北平市政府参事兼宣传室主任。1937年1月1日,河北省第三区行政督察专员公署成立,专事处理中日交涉事件及下辖宛平、大兴、通县、昌平等四县政务,王冷斋又被任命为督察专员兼宛平县县长。"他另有诗赞勉当日抗日将士曰:"暗影沉沉夜战酣,大刀队里出奇男。霜锋闪处寒倭胆,牧马胡儿不敢南。"《闽都文化》,2011年春季号,第59—60、65页。

> 上海县自去年十一月沦陷以后，全境教育，悉数停顿，新建校舍，六十余所，大半毁坏。据最近调查，以中心、强恕、颛桥、北桥等校，损失最钜，其余遍布乡村的校舍，日军恐惧游击队之藏匿，亦多加以摧毁，当日机来县轰炸时，各校弦诵之声，犹未停歇。幸教育当局，防患严密，故各校学生，尚少发生生命危险。唯五权小学，炸死二人。
>
> 目前该县在日人控制之下，实行奴化教育，开学的，在浦东有十余校，在浦西只有两校，各校行政，均受日人支配。所读书籍，竟是三字经，千字文，论语，孟子等，以前教科书，概须检出焚毁，校中不得集会，即国庆日亦不许纪念。且不时有日人来校检查，学生不多，每以贫苦江北儿童充数，教师以老学究居多，曾任县立学校之教师，则不满十人云。[4]

这里记载的只是战争爆发的第一年在一个局部地区（上海县）的一个局部领域（小学教育）的片断场景，巨大的灾难在随后的岁月中将惊人地展开，中国的苦难才露出巨大冰山的一抹淡淡的云影，才只是一座巨大火山飞溅的一粒小小的火星。即使如此，诗歌已经点燃了不可抑制的激情，下面是我们读到的抗战最初的歌谣："拿起线来抽起针，想起我前方作战人，不绣鸳鸯与蝴蝶，替他做几件棉背心。""口水讲干舌讲困，千言万语你不听，你不当兵不嫁你，留你一世打光棍。""二姐去当看护娘，小妹肩枪上战场，风头不比男儿弱，一队女兵到前方。""一件件的棉背心，也表

---

[4] 见《文献》第2卷，《日军暴行录——被摧残的上海教育》，中华大学图书有限公司，1938年11月10日，E35页。《文献》是上海"孤岛"时期出版的文献性的刊物，月刊，阿英主编。引文中标点符号用法不规范，照录。1984年3月，柯灵在《复印〈文献〉赘言》中说："《文献》月刊为故阿英同志所主编，一九三八年十月，创刊于已成'孤岛'的上海。目的是在斧钺丛中散播火星，划破长夜的黑暗，并为伟大的民族解放战争保存历史文献。""秦始皇和希特勒焚书，火光烛天，古今中外，遥相辉映。'文化大革命'中的造反派后来居上，刷新了焚书史的记录，荣膺'世界之最'。但竹帛难销，常常是坑灰未冷，霸业已虚。《文献》历经八年抗战，十年浩劫，而终于未曾灭绝，就是一个小小的例证。"

爱国一份情，愿身化作棉和絮，与我将士同寒温。"[5]

这些诗句保持了最质朴的民间状态，这是诗，但不可以艺术的高低判断其价值。这是一个以生存和救亡为唯一目标的年代，在这个年代谈论艺术或诗意显得多少有点"不合时宜"。诗歌无疑是站在一个伟大时代的路口，随后的事实可以证明，不论是草创期的"尝试"，还是成熟期的探求，甚而革命诗歌的提倡，抗战的爆发无疑催使新诗来到一个新的转折点：炮火的轰鸣淹没了缪斯的竖琴，国土的沦丧、生民的涂炭迫使人们放弃一切优美抒情的意念。

侵略者的血腥唤起了民众抗日救亡的热情，上面引用的四首来自敌占区的民谣，向中国广袤国土的热血民众发出了最初的奋起抗战的信息。在中国广大的前线和后方，民众在有效的号召和组织下全面进入了战时状态。创造社原先的骁将成仿吾走完了万里长征的全程，作为一位革命家此时办起了陕北公学。他在关于陕北公学的情况介绍中，从一个侧面传达了当时全国青年的抗战热情：

> 过去在国内战争中间，外面的青年走进边区来学习的是很少的。西安事变和平解决以后，事情就不同了，差不多每天有青年学生从全国各地，通过各种关系走了进来。边区政府为了满足这批青年的要求，在抗日军政大学附设了一个第四大队，开始时还只准备吸收两百名左右，但结果在几个月中间，不得不吸收了六百名以上。
>
> 卢沟桥抗战开始以后，全国青年学生来的更多了，他们首先从华北方面大批涌进来，接着就从全国各地像无数点线一样，继续不断的进来了。为着适应这样的客观要求，边区党政当局及一些教育家创办了这个"陕北公学"。[6]

---

5 《抗战歌谣四首》，《文献》第2卷，阿英编，中华大学图书有限公司，1938年11月10日，F17页。
6 成仿吾：《半年来的陕北公学》，《文献》第1卷，阿英编，中华大学图书有限公司，1938年10月10日，G9页。

成仿吾提到的陕北公学，是随后的延安抗日军政大学的母体。在抗战进入一周年的时候，延安抗大号召全校教职学员以及全体的事务人员，"为创造大量突击员而斗争"。那是1938年的春天，抗大举行了盛大的毕业典礼。四千人集合在操场，高唱他们的毕业歌：

> 在战壕里准备好了明早就冲出去！
> 抗大是一道坚强的战壕吧！
> 学生在战壕里！
> 感谢抗战的血火，
> 感谢它烧红了这巨块铜铁。
> 感谢抗战的突击，
> 加工的锤炼了这巨块铜铁。
>
> 是时候了，同志们！
> ——该我们走上前线，
> 我们要去打击侵略者。
> 怕什么艰难万险！
> 我们的血沸腾了！
> 不除日寇不回来相见。
> 快跟上来吧，
> 我们手牵手，
> 去和我们敌人血战，
> 别了，别了，同学们，
> 我们再见在前线！[7]

---

7 《延安抗日军政大学展开抗战突击运动》和《抗日军政大学毕业同学上前线》，《文献》第1卷，1938年10月10日，G1—G8页。

这是战争爆发后最响亮的一首诗，它号召中华儿女走上战场与侵略者拼死一战。这些歌唱者本身既是诗人又是战士。这些诗于是同时又具有了战歌的性能。

中国怒吼了

其实危机早就潜伏着，只不过是卢沟桥畔响起的枪声作了悲哀的宣告而已。敌人的觊觎，国土被蚕食，中国民众早已感到了国势的艰危，为了争自由、争独立，全民奋起抗战是唯一的出路。诗歌当然地走在了时代的前面。上面引用的是沦陷区和共产党领导的敌后根据地的诗歌动态。进入1937年，在中国的广大国土上，诗歌活动已经形成了以动员投入保卫国土为核心的全面的抗战热潮之中。

最早发出抗战的最强音的是诗场社。这一年的7月25日该社刊出《诗场号外·卢沟桥事件专刊》，刊有黄宁婴的《卢沟桥》、芦荻的《卢沟桥》、鸥外鸥的《中国守卫中国土地》等。此年8月1日，《抗战》第一号出版，刊出沫若《抗战颂》、冯玉祥《九八》等诗。8月25日由征军、王亚平、戴何勿主编的《高射炮》诗刊创刊，刊有郭沫若《前奏曲》、覃子豪《给一个放逐者》、关露《抗战妇女》等诗。这一个月，《诗歌综合丛刊·开拓者》出刊，刊有《疯狗礼赞》（郭沫若）、《把强盗打回老家去》（穆木天）、《北方的军队》（覃子豪）、《和平颂》（任钧）等。这些，都是中国诗歌最初的怒吼。

1937年8月30日《救亡日报》发表《中国诗人协会抗战宣言》：

> 民族战争的号角，已经震响得使我们全身的热血，波涛似地汹涌起来了！我们再也不能容忍敌人的横暴，不能接受屈辱的和平了！
> 过去事实证明：敌人的贪心是不灭尽我中华民族不肯罢休的。东四省的版图早已变色，如今平津又已失守，华北陷在敌人的炮火围攻之

1937年8月25日《高射炮》创刊

下,淞沪被敌人的海陆军在威胁着。在这危急存亡的瞬间,我们如不甘心做奴隶就只有发动全面的抗战,给敌人以迎头的痛击。全国的同胞们,大家奋力起来吧,应着这民族战争的号角声,在政府的领导之下,武装起来,奔向敌人去,杀个你死我活罢!这是我中华民族的生死关头,也是半殖民地的中国翻身的序奏啊!

在这种全国抗战的非常时期里,我们诗歌工作者,谁还要哼着不关痛痒的花,草,情人的诗歌的话,那不是白痴便是汉奸。目前最迫切的任务,就是将我们的诗歌,武装起来:我们要用我们的诗歌吼叫出弱小民族反抗强权的激怒;我们要用我们的诗歌,歌唱出民族战士们英勇的战绩;我们要用我们的诗歌,暴露出敌人蹂躏我民族的暴行;我们要用我们的诗歌,描写出在敌人铁蹄下的同胞们的牛马生活。我们是诗人也是战士,我们的笔杆也就是枪杆。拿起笔来歌唱吧,前方的战士,正需要我们的诗歌,以壮杀敌的勇气!拿起笔来歌

1937年7月25日诗场社刊出《诗场号外·卢沟桥事件专刊》

唱吧,后方的同胞们正需要我们的诗歌,以加强抗敌的决心!拿起笔来歌唱吧,全世界上我们的同情者,正需要听到我们民族争自由平等的号叫![8]

1938年4月,茅盾主编的《文艺阵地》创刊[9]。发刊词指出:"这阵地上,立一面大旗,大书'拥护抗战到底,巩固抗战的统一战线'!这阵地上,将有各种各类的'文艺兵',在献出他们的心血;这阵地上将有各式各样的兵器,——只要是为了抗战,兵器的新式或旧式是不应该成为问题的。"创刊第一期,有署名周行的专论《我们需要展开一个抗战文艺运动》。而题为《玛耶阔夫斯基八年祭》的论文则强调:"讴歌革命,在中国就是讴歌在进行中的民族革命战争。这已经是诗人的无可逃避的责任。鼓舞抗战的热情,带来胜利的确信,预示了前途的光明,诗人是时代进军的号筒——强烈的音响兼以激烈的鼓动。"[10]这期刊物,刊登有林林、力扬、王亚平等人的诗作,还刊登了丁玲、舒群主编的《战地》创刊的消息。

"战地""阵地""战线""战士"或者"运动",一时成了文艺和诗歌的代名词。文艺是为救亡而存在的,诗人就是士兵,诗歌就是士兵手中的武器。在战时,这一切的比喻和联想都是自然而然的。一切诗歌的力量,终于集结在抗战的大旗之下,从这里发出了战时诗歌的战斗之声。诗歌是应当为救亡图存而歌唱和呼号的,诗歌应当摈弃那些与伟大的人民斗争不协调的绵软的、无力的,甚或是"萎靡"的声音。这是当日广大诗歌工作者普遍的认识和意愿。这种体认由于众多诗人的实践与贯彻,终于演化为中国20世纪40年代诗歌基本的和鲜明的审美追求。

---

8 《中国诗人协会抗战宣言》,原载《救亡日报》,1937年8月30日。引自刘福春主编:《中国新诗总系·史料卷》,人民文学出版社,2010年9月,第298页。

9 《文艺阵地》创刊号,文艺阵地社,1938年4月16日。《文艺阵地》为抗战期间国民党统治区重要文艺刊物,生活书店出版。初为半月刊,后改为月刊。1938年4月在汉口创刊,于香港编辑,继迁上海、重庆出版。出至1942年11月第7卷第4期,被迫停刊。

10 李育中:《玛耶阔夫斯基八年祭》,《文艺阵地》创刊号,1938年4月。

关于诗歌走向民众的最动人的情景，应该是在当时的西北边区，那里开展了轰轰烈烈的包括诗歌在内的文化运动。有报道介绍那里开展的街头诗歌的运动：在困难的物质条件下，他们曾为这一运动出了一厚册油印的《街头诗运动特刊》。他们指出，在今天，因为抗战的需要，同时因为大城市已失去好几个，印刷、纸张更困难了！我们展开这一大众诗歌——包括街头诗的运动，不用说，目的不但在利用诗歌作战斗的武器，同时也就是要使诗歌走到真正的大众化的道路上去。[11]

《抗战诗选》，战时文化出版社 1938 年 2 月出版

当时在广大国土上传唱着由周巍峙作词并谱曲的《国共合作进行曲》。这是一首表达了抗战激情的诗，现在已鲜为人知了：

> 国民党和共产党，
> 现在已站在一条战线上：
> 他们贡献了全部力量，
> 一齐走上了抗日的战场！[12]

当然，更有由贺绿汀作词作曲的、唱遍大江南北的《游击队歌》，也是从西北根据地首先唱起的：[13] "我们都是神枪手，／每一颗子弹消灭一个

臧克家《从军行》，生活书店 1938 年 6 月出版

---

11 《西北边区的文化运动》，引自《文献》第 3 卷，中华大学图书有限公司，1938 年 12 月 10 日，H10 页。
12 同上书，G1 页。
13 同上书，G18 页。引用者介绍："这一支歌最先流行在陕北，八路军战士最早唱出了它。新四军奉命改变成立，歌谱流到了新四军战地服务团歌咏组的同志们的手里，于是他们开始在各队教唱，现在是新四军的游击战士们个个会唱了。"

仇敌,/我们都是飞行军,/哪怕你山高水又深,/在密密的树林里,/到处都安排同志们的宿营地,/在高高的山岗上,/有我们无数的兄弟。//没有吃,/没有穿,自有那敌人送上前!/没有枪,/没有炮,/敌人给我们造!/我们生长在这里,/每一寸土地都是我们自己的!/无论谁要强占去,/我们就和他拼到底!"诗歌就是这样以歌曲的形式,走在了抗日的最前线,成为鼓舞人民的有力武器。

从事这种适合歌唱的诗作者很多。[14]丰子恺曾就他作曲的《我们四百兆人》发表过他对战时诗歌风格的见解:"纵观近来所流行的歌曲,大多数歌曲趋'柔丽'或'勇猛'。'柔丽'是近数年来中国作曲界的老毛病。像某种小歌剧,竟是'柔丽'得使人肉麻,值可指斥为'亡国之音'!'勇猛'是前者的反动,是抗战以来新作品的特色。原有可取,但只宜作冲锋杀敌之助,不是经常的'精神的粮食'。"[15]

抒情的放逐

在全民抗战中,艺术是服从于战斗的,诗歌成为有力的武器。炮火硝烟,浴血奋战,崇尚的当然是坚韧和粗犷,必然远离传统的优雅的情趣、隽永的韵味,从而给予诗歌以伟力而非其他。对于战争的关注至少给诗歌带来新的审美向度,那就是叙事成分的加强以及对传统的抒情手段的轻忽。

战争的场景引发人们的重视,人们以突出鲜明地再现的特性强调他们的关注。这一倾向在当时的一些诗中已有鲜明的呈现,如王亚平《失地上

---

14 2010年9月22日《中国文化报》谈到抗战歌曲时说:"一曲《松花江上》,唱尽东北沦亡血泪史。作曲家张寒晖目睹流亡同胞的悲惨境遇,深感悲愤。他将北方女性的哭声艺术化,谱成《松花江上》的曲调,以如诉如泣、壮烈低回的情韵,诉说着……今天,当我们传唱《义勇军进行曲》《毕业歌》《黄河大合唱》《太行山上》《游击队歌》《松花江上》《旗正飘飘》《团结就是力量》等不朽抗战歌曲时,我们感受到的不只是旋律和音符,更是民族魂魄的经久回响。"《那鼓舞人心绵延不绝的力量——抗战文艺作品回眸》,新华社记者:璩静、廖翊、白瀛。

15 丰子恺:《我们四百兆人·附说》,《文艺阵地》创刊号,1938年4月。

"文协"1938年3月27日在武汉成立后于总商会会场外合影。今能辨认的有冯玉祥、周恩来、张道藩、老舍、胡风、田汉等

的故事》(《文艺阵地》第一卷第四期)、梢龄《记马排》(《文艺阵地》第一卷第十一期)、蒋必舞《天柱山的争夺》(《文艺阵地》第一卷第五期)。这种对于写实的强调,源于人们的文艺价值的重新考量,原也在情理之中。此一倾向遂成为随后长时期的诗歌叙事化的滥觞。

而对于抒情的警惕,则是伴随着诗歌表现战争而来的、一种新的艺术风尚。较早对此做出理论表述的是徐迟,他的题目就是《抒情的放逐》:

> 人类虽然会习惯没有抒情的生活,却也许没有习惯没有抒情的诗。我觉得这一点,在现在这个战争中说明它,是抓到了一个非常好的机会。因为千百年来,我们从未缺乏过风雅和抒情,从未有人敢诋

徐迟

辱风雅,敢对抒情主义有所不敬。可是在这战时,你也反对感伤的生命了。即使亡命天涯,亲人罹难,家产悉数毁于炮火了,人们的反应也是忿恨或其他的感情,而决不是感伤,因为若然你是感伤,便尚存的一口气也快要没有了,也许在流亡道上,前所未见的山水风景使你叫绝,可是这次战争的范围与程度之广大而猛烈,再三再四地逼死了我们的抒情的兴致。你总觉得山水虽如此富于抒情意味,然而这一切是毫没有道理的。所以轰炸已炸死了许多人,又炸死了抒情,而炸不死的诗,她负的责任是要描写我们的炸不死的精神的,你想想这诗该是怎样的诗呢。[16]

徐迟承认抒情是美好的,但是抒情在当前并不是需要的。他认为在中国当今的战争中,诗应当具有建设的价值,"而抒情反是破坏的"。他语出惊人:"至于这时代应有最敏锐的感应的诗人,如果现在还抱住了抒情

---

[16]《顶点》第1卷第1期,1939年7月10日。引自吴思敬:《中国新诗总系·理论卷》,人民文学出版社,2010年9月,第283—284页。

小唱不肯放手,这个诗人又是近代诗的罪人。"(徐迟,《抒情的放逐》)这种论点在当日是普遍的,这是当日时势所促成的。

很少对诗发表意见的端木蕻良在《诗的战斗历程》中,质疑从《蕙的风》(汪静之)到徐志摩诗中弥漫的"肉的氛围"(对此,作者自言"并没有讽刺的意味"),认为"那时的诗的歌吹发狂的降落在个人主义狭窄的观念上,因为他的政治理想是模糊的。以为我们抄袭了别的先进国家的政治制度,就一切都解决了。……显出悬空和无理想,甚至陷入了低级物质的官感的窄狭描写里去"。他力主诗的战斗性:

> 诗的战斗性由于他的文字的节省,反映的具象化,而且它能够以最纤微的或最粗豪的笔触抒写出情愫的各面。……在文学上,最煽惑的形式是诗的形式,最战斗的词句,是诗的词句。因为它可以包含最雄武的政治讲演,辛辣的抨击和高度武装的搏斗。[17]

闻一多把诗的这种战斗性喻为"战斗的鼓点",而诗人则应是"擂鼓的战士"。他的《时代的鼓手》是当日让人耳目一新的论文,对上述"战斗诗"概念作了非常精到的表述:

> 单说新诗的历史,打头不是没有一阵朴质而健康的鼓的声律与情绪,接着依然是"靡靡之音"的传统,在舶来品的商标的伪装之下,支配了不少的年月。疲困与衰竭的半音,似乎比历史上任何时期都变本加厉了的风行着。那是宿命,是历史发展的必然阶段吗?也许。但谁又叫新生与振奋的时代来得那样突然!箫声,琴声(甚至是无弦琴),自然配合不上流血与流汗的工作。于是忙乱中,新派,旧派,人人都设法拖出一面鼓来,你可以想象一片潮湿而发霉的声响,

---

[17] 端木蕻良:《诗的战斗历程》,《文艺阵地》第1卷第10期,1938年9月1日。

在那壮烈的场面中，显得如何的滑稽！它给你的印象仍然是疲困与衰竭。它不是激励，而是揶揄，侮蔑这战争。[18]

在闻一多的叙述中，鼓声与箫声、琴声是代表着截然不同的情感与趣味的，在和平时刻与战争环境，人们因处境不同而对审美产生重大的位移是自然而然的。闻一多不认同那些类似赶潮或为了装点自己而匆忙地"拖"出的鼓，因为它们发出的声音是"潮湿的发霉的声响"，这在时局转移中是让人沮丧乃至愤恨的。直到田间的出现，听到他发出的"战斗的鼓点"，这才令人耳目一新，"便不免吃了一惊"，原来中国也存在着这样的声音！

闻一多盛赞田间，欣喜之余，不免为此生发了诸多的联想："这里便不只鼓的声律，还有鼓的情绪。这是鄌之战中晋解张用他那流着鲜血的手，抢过主帅手中的槌来擂出的鼓声，是祢衡那喷着怒火的'渔阳掺挝'，甚至是，如诗人 Robert Lindsey 在《刚果》中，剧作家 Eugene O'Neil 在《琼斯皇帝》中所描写的，那非洲土人的原始鼓，疯狂，野蛮，暴炸着生命的热与力。"[19]

闻一多的这些言论是因读到田间的《多一些》而引发。而最能代表田间诗歌的战争风格的，是他奔放而沉着的《自由，向我们来了》：

> 悲哀的
> 种族，
> 我们必须战争啊！
> 九月的窗外，
> 亚细亚的

---

[18] 闻一多：《时代的鼓手》，引自《闻一多全集·三》，上海开明书店，1948年，第399—401页。根据生活·读书·新知三联书店，1982年8月版。

[19] 同上书，第404页。

田野上，

　　自由啊……

从血的那边，

从兄弟尸骸的那边，

向我们来了，

像暴风雨，

像海燕。

田间 1938 年在西安

此诗作于战争爆发后不久，刊登于 1937 年 11 月 16 日出版的《七月》上。它无疑是为新诗的创作开辟了新生面。短促、简练、精粹，拒绝所有的装饰和形容，以最原始的朴素出现在人们的视野中。它当然是与所谓的华美的夸饰，以及优雅的情调不相关的。田间的诗句是一声声沉着坚定的鼓点，是决心、力量，以及义无反顾的前进的呼啸和呐喊。田间的风格是抗战中国的诗意呈现，它展示了新时代中国诗歌的新风尚。

生当战时，妻离子散，国破家亡。此时的诗歌是从呼号和宣泄中获得灵感，是从冲锋和搏斗中获得旋律和节奏。国土沦丧，生灵涂炭，家园毁于兵燹，生命且不保，谈什么情韵的悠长、谈什么辞藻的华美！此时的审美的最高境界，只能是田间这样年轻、勇敢、粗糙而显得有点"野蛮"的声音。这是一种告别了传统的知识分子趣味的新的诗歌，获得了闻一多有辨析的激赏："胡风评田间是

田间《呈在大风砂里奔走的冈卫们》，生活书店 1938 年 7 月出版

1939年7月10日诗刊《顶点》在桂林创刊,艾青、戴望舒主编

第一个抛弃了知识分子灵魂的战争诗人,民众诗人。他没有那一套泪和死。但我们,这一套还留得很多,比艾青更多。……但田间的知识分子气,胡风说抛弃了,我看也没有完全抛弃。如'自由向我们来了',为什么我们不向自由去呢?艾青说'太阳滚向我们',为什么我们不滚向太阳呢?"[20]

放逐抒情,其实是放逐闻一多所批评的知识分子感伤的"泪和死"的那一套,去掉那些幻想的、"给现实镀上金"但"又对赤裸裸的现实爱得不够"的毛病。其实,在这些诗中,属于诗的根本的抒情的本质依然存在,那就是如同田间那样擂鼓诗人击出的战斗的鼓点。中国诗歌进入抗战时代,这些原先人们感到陌生的诗情和诗意,正在变成普遍的趣味和选择。

这有当时的言说为证:"《顶点》是一个抗战时期的刊物。她不能离开抗战,而应该成为抗战的一种力量。为此之故,我们不拟发表和我们所生活着的向前迈进的时代远离的作品。"[21] "诗人,起来!现在这时节不能贪取甜蜜的睡乡。莫忘了,千万战士的热血流在中原的沙场上。"[22]

---

[20] 闻一多:《艾青与田间》,原载《联合晚报·诗歌与音乐》第2期,1946年6月22日。引自《闻一多全集·三》,生活·读书·新知三联书店,1982年8月,第580页。

[21] 《顶点·编后杂记》,载《顶点》第1卷第1期,1939年7月10日。引自刘福春主编:《中国新诗总系·史料卷》,人民文学出版社,2010年9月,第233页。

[22] 萧三:《出版〈新诗歌〉的几句话》,原刊《新诗歌》第1期,1940年9月1日。引自朱子奇、张沛编:《延安晨歌》,陕西人民出版社,1984年5月。

至此，中国诗歌不仅进入了战时的状态，而且也形成了战争的风格和气势。郑伯奇对此有一个乐观的总结："新诗是在抗战中进步了，新诗的运动是在抗战中统一了，新诗的派别是很多的。从浪漫派一直到意象派，凡是西洋文学史上所有的流派，都在中国的新诗坛上出现过，流行过。抗战以来，在抗战的旗帜之下，诗人的步骤变成了一致。不同流派的诗人能在同一的诗刊上，为了祖国的独立自由而歌唱。抗战的血的现实制约了一切流派的诗人的作风。"[23]

战斗的鼓点

战争诗风格的形成源于战争。战争是生与死的搏斗，战争本身的惨烈、悲壮奠定了此类诗的情感基础。它是与花前月下的温柔缠绵无涉的，它是厮杀、爆炸，是冲锋陷阵，是裹着血光的呐喊，是义无反顾的牺牲。因此，对战争诗歌功能的最好概括，是号角，也是战鼓。这是与和平年月的笙歌弦管判然有别的另一种歌吟。要说抒情的话，这也是另一种抒情，有时是控诉，有时是呼号，有时则是悲泣。它的歌吟也带着粗粝、甚至暴力的性质。

战声可能发自一个个体，却是最大化地代表了受苦受难的求生存的群体。在战声中，个人的哀乐是微不足道的，它是为众生发言的。高兰的长诗《哭亡女苏菲》[24]便是如此：

……
孩子啊！

---

[23] 郑伯奇：《略谈三年来抗战文艺》，《中苏文化》抗战三周年纪念特刊，1940年7月7日。引自刘福春：《中国新诗编年史》，人民文学出版社，2013年3月，第267页。

[24] 高兰的《哭亡女苏菲》刊载于1942年3月29日《大公报·战线》。作者自言：抗战时期，作者在重庆一所中学任教，时遭解聘，生活困苦，以致七岁的女儿患疟疾因无钱医治而夭折。1942年3月，作者在女儿去世一周年时写下了这首悼诗，倾吐了内心的痛苦与愤慨。

高兰

高兰《高兰朗诵诗》，建中出版社
1943年12月出版

你随着我七载流离，
你随着我跨越了千山万水，
我却不曾有一日饱食暖衣！
记得那古城之冬吧！
寒冷的风雪交加之夜，
一床薄被，我们三口之家，
吃完了白薯我们抱头痛哭的事吧！
……
姗姗而来的是别人的春天，
鸟啼花发是别人的今年！
对东风我洒尽了哭女的泪，
向着云天，
我烧化了哭你的诗篇！
……

他写的虽是一个家庭的悲伤，表达的却是整个民族的悲伤。这首感动了千万人的抒情诗传达的绝不仅仅是一己的哀戚，一个生命的夭亡，唤起了万众感同身受的同声一哭！

闻一多把战争诗歌喻为"鼓点"，这让人想起鲁迅对白莽（殷夫）的诗曾经做过的比喻：这是东方的微光，是林中的响箭，是冬末的萌芽，是进军的第一步，是对于前驱者的爱的大纛，也是对于摧残者的憎的丰碑。一切所谓圆熟简练，静穆幽远之作，都无须来作比方，因为这诗属于别一世界。[25] 他的这种评语体现了一种期待，对于"别一世界"的诗的期待。鲁迅此语是为左翼写作发出的赞词，不经意间恰好证明了中国左翼诗歌与抗战诗歌的衔接。

可以说，田间乃至艾青的出现，也是一种历史的对接。这种"战斗的鼓点"的风格和节奏，早在革命文学倡导时期，在以蒋光慈、殷夫等诗人为代表的写作中就已经显露端倪。进入抗战，新诗全面继承了革命诗歌的传统，特别是中国诗歌会的传统，而且予以更为健康鲜明的发扬。这里说的"健康""鲜明"，即指抗战以来的诗歌，较之以往少了些闻一多所批评的"泪和死"的那一套，更简括、更果断、更朴素，也更有力，是一声声激动人心的战鼓。

与左联和抗战诗歌联系最密切的，是"中国诗歌会"的倡导和实践。中国诗歌会成立的《缘起》宣告了他们的诗歌信念："在半殖民的中国，一切都浴在急雨狂风里，许许多多的诗歌材料，正赖我们去摄取，去表现。但是，中国的诗坛还是这么沉寂：一般人在闹着洋化，一般人又还只是沉醉在风花雪月里。"它强调：诗歌是现实社会的反映，社会进化的推进机，创造大众化诗歌（诗歌大众化）尤其是最急切的使命。[26] 其中实践最力的是蒲风、任钧和杨骚。这里是蒲风写于1937年9月15日的《游击队》：

---

25 鲁迅：《白莽作〈孩儿塔〉序》，《鲁迅全集》，人民文学出版社，1981年，第494页。
26 任钧：《穆木天和中国诗歌会》，《诗笔丹心》，卢莹辉编，文汇出版社，2006年11月，第233页。

蒲风

> 游击队！游击队！
> 　你们的出现
> 像闪电；
> 　一个闪烁！一个闪烁！
> 接着
> 一个勇猛的搏斗，
> 　给他们一阵暴风雨。[27]

这是卢沟桥事变后最早发出的一声热情的战颂，我们从中可以望见继续跟进者的未来的声音和风采。还有他写作于同一时期的《路》，也是这样急促有力的、令人警醒的短诗：

> 等着
> 大刀的砍杀，
> 上吊的刑罚，
> 　——不是
> 　　路！
> 　路，
> 在前方：
> 　武装，
> 　打鬼子，

27　蒲风：《六月流火》，花城出版社，1983年8月，第215页。这是蒲风的诗选，分别选自《茫茫夜》（1934）、《六月流火》（1935）、《生活》（1936）、《钢铁的歌唱》（1936）、《摇篮歌》（1937）、《抗战三部曲》（1937）、《黑陋的角落里》（1938）、《真理的光泽》（1938）、《在我们的旗帜下》（1936）、《儿童亲卫队》（1939）、《取火者颂集》（1939）、《可怜虫》（1937）。

——抵抗！[28]

这些诗句，与闻一多所肯定的田间的写作何其相似！中国诗人战斗的鼓点源自20世纪30年代革命诗歌的呼号与呐喊，尽管它们因时代不同而在内容上有区别，但它们所传达的情绪确是一致的。中国新诗的诞生是由于时代的召唤，它在急切中为"新"而忘"诗"，这在当时的批评中已有涉及。随后，一些"艺术至上"的"唯美主义者"为匡正此倾向而倡导诗的审美性。这些人中，就有此时全力推崇田间诗歌的闻一多。对此，田间谈过他的感受："在我的印象中，过去的闻先生仿佛是一个严峻的自由主义的学者，后来的闻先生则仿佛是一位热血沸腾的勇士；过去他是在低吟，后来则是狂呼了。"[29]

蒲风《抗战三部曲》，诗歌出版社1937年11月出版

闻一多的转变说明了中国新诗人传承的使命感，却也再度展现了中国新诗的宿命：我们始终游移在时代与艺术之间、表现纯美与为现实服务之间，我们始终处于两难的境地。但此时，在全民奋起抗战的热潮中，我们的心情与闻一多、与蒲风，也与田间是同样的，我们为战斗的鼓点、也为所有的擂鼓的诗人感到欣慰与骄傲。

---

28 蒲风：《六月流火》，花城出版社，1983年8月，第212—213页。
29 田间：《哀悼闻先生》（原文后注："1946年7月，去雁北的前夜"）。引自田间：《抗战诗抄》，新华书店，1950年1月。

于抗战诗歌的发扬与倡导最有力的,是作为理论家与诗人的胡风。1937年10月胡风主编的《七月》在汉口创刊。七月社在代致辞《愿和读者一同成长》中说:"我们认为,在神圣的火线后面,文艺作家不应只是空洞地狂叫,也不应作淡漠的细描,他得用坚实的爱憎真切地反映出蠢动着的生活形象。在这反映里提高民众底情绪和认识;趋向民族解放的总的路线。文艺作家底这工作,一方面将被壮烈的抗战行动所推动,所激励,一方面将被在抗战热情里面涌动着成长着的万千读者所需要,所监视。"[30]

从那时开始至1941年9月,《七月》从汉口而重庆,一直跟随着抗战的进程而坚持着、奋斗着。此后,进入20世纪40年代,胡风又以《希望》《七月诗丛》的刊名陆续推进着这种为抗战而呼号的诗歌的写作实践。[31] 这些书刊的出版者从希望社而泥土社,出版地点从重庆而到抗战胜利后的上海。许多抗战的诗歌名篇,如胡风的《为祖国而歌》、田间的《中国底春天在号召着全人类》《给战斗者》、艾青的《雪落在中国的土地上》《向太阳》、天蓝的《队长骑马去了》,以及绿原、鲁藜、亦门、杜谷、牛汉等的诗作,都在胡风所主办的出版物上发表。

诗歌史记载着这些非凡的业绩。特殊的环境和机遇,加上如胡风这样谙熟诗歌创作规律、并拥有号召力和组织力的一批编者的热情投入,促使中国诗歌在这一阶段有着明显的突进。其中,《七月》和《希望》致力最多,收效最著。回顾抗战以来的诗歌运动,自闻一多"鼓点说"的倡导开始,由于众多诗人的参与,新诗的确展开了新生面,其特点也有着有别于前的鲜明。集结在《七月》《希望》等刊物周围的创作群体,到了20世纪80年代,在由绿原和牛汉主编的诗集《白色花》中得到集中的显示。

与此相近的还有由魏巍主编的《晋察冀诗抄》,收集了战时活跃在晋察冀抗日根据地这一带的以田间为代表的诗人群体的作品。这一地区包括

---

30 见《七月》第1期,1937年10月16日。
31 《希望》一、二两集,每集四期,自1945年12月至1946年10月。《七月诗丛》出版时期跨度较大,亦有二集,起自1941年7月,止于1951年1月。

七月》第 7 期封面　　　《七月诗丛》的不同版本

了当年同蒲路以东、津浦路以西、正太和石德路以北,以及平北、冀东、察哈尔、热河等广大地区。他们也是写作的主题和风格都极为接近的诗人群。魏巍在诗集的序言中介绍了这一群体的写作情况:

> 那时的出版条件是极端困难的,可是油印诗刊就出了五六种。出版时间最长,发表作品最多的是《诗建设》,先后由田间、邵子南、方冰等同志担任编辑。除发表诗创作外,还经常发表诗歌评论。它在团结作者,促进创作上起到了很大作用。此外,晋察冀各地还出版了《诗》《边区诗歌》《新世纪诗歌》《诗战线》等几种诗刊。为了使诗歌更紧密地配合斗争,深入群众,还采用了诗朗诵、诗传单、街头诗等几种形式。[32]

---

[32] 魏巍:《晋察冀诗抄·序》,中国青年出版社,1984 年 10 月。

第四章　我爱这土地——中国新诗(1937—1948)

胡风与夫人梅志

　　这些活跃在战火中的诗歌创作给中国新诗带来了新的特点。首先是，诗人和现实的社会生活的联系空前地紧密了。在以往，被称为是深入并表现了底层民众的诗多半是以文人的、知识者的旁观的姿态介入，用因袭的"怜悯""同情"的眼光观察表现那一切。早期的实例就是胡适等人笔下的《人力车夫》，虽然有可贵的同情心，却依然保持着一种"居高临下"的角度和距离。战争起来了，大家都面临着亡国毁家的命运。此刻诗歌对于苦难的宣泄、对于暴虐的控诉，已不是一般的"观察和体验"，而是自己的亲历。那种十指连心的痛感来自内心。当然依然不失"代言"的成分，却实在是一种发自内心的"自言"。说的是自己，表达的却是民众，是众生。前面引用的高兰的《哭亡女苏菲》是典型一例，诗人写的是家庭的哀戚，唤起的是万众的嗟伤。

　　这是诗人的歌，也是战士的歌，也是平民的歌。在这里，以往界限分明的抒情者和抒情对象的身份模糊了，浑然一体了。这是了不起的、跨越性的进步。举一个鲜为人知的诗人的作品为例：

我是农民
穿上军服，我就是兵

有犁锄一样的
我有一支枪
有种子一样的
我有子弹
土地永不荒弃
　　土地上有我的旗
战斗永不失败
　　战斗中有我的血和意志[33]

这里，有"我""农民"，以及"兵"。还有一个诗人自己，是隐身的。在这首诗中，抒情主体和抒情对象是一体的，诗人和世界是一体的，他们的情感不仅同步而且同体。对此现象，绿原曾说过：他们"要求自己在创作过程中，必须通过严格的自我审查，争取同人民大众的思想感情相通……而不能像在抗战以前的书斋、讲堂中一样，让诗成为与世隔绝的孤芳自赏或顾影自怜的独白"[34]。

抗战给诗歌带来了一个新时代。这个新时代的标志表现在，诗歌与民族的存亡、社会的兴衰，以及大众的悲欢从来也没有这样紧密的关联。诗人在这种与时代共荣辱的写作中，历来作为知识者的身份被淡化了，诗人不再是置身局外、发表感慨的人，也不仅是超然的写作者，而是自身也是"被写"的"诗中人"。这是新诗建立之后，从"新诗革命"到"革命新

---

[33] 卫寄宇:《在星下面》组诗中的《兵》,《希望》第2集。
[34] 绿原:《白色花·序》，绿原、牛汉编，人民文学出版社，1981年8月。

诗"过程中人们一直期待着、追求着而始终未能实现的目标，如今在抗战诗歌的实践中变成了现实：它把中国诗学"言志""载道"的传统提升到了新的高度。

尤为重要的是，抗战诗歌也创造了新诗语言的划时代的成就。中国新诗由文言写作的格律诗一跃而为用白话写作的自由诗（其间有新诗格律体的尝试，但不是严格意义上的格律诗）的卓然独立的标志，是周作人的《小河》。这是业内人士趋于一致的认识。但"独立"并不是"成熟"。新诗自由体的成熟，特别是语言的趋于成熟，是由于抗战诗歌的写作。抗战诗歌促进了新诗语言的成熟，也创造了自由体诗歌创作的高峰，这是抗战诗歌对于中国新诗的伟大贡献。

闻一多说的与"箫声""琴声"相对照的"鼓声"，只是一种形象化的表述。具体而言，是诗歌内涵的自新与飞跃，风格则是刚健粗放代替了柔弱细腻，以及包括语言、词汇、节奏、韵律在内的一系列因素的综合性变化。语言的自然直接、意象的朴素简洁、节奏的明快短促、情绪的明朗昂扬，特别是田间式的短句短行的广泛应用，形成抗战诗歌的时代性的审美特征。"战斗的鼓点"促进了中国诗歌自突破古典的格律之美而后的诗歌散文美的完成。而奠定和完成新诗的散文美的格局的代表者，则是艾青。

从芦笛到号角

抗战诗歌是艾青诗歌创作的高峰期。大约也是此时，他发表了著名的《诗的散文美》，可以看作是他的美学宣言。文章说："由欣赏韵文到欣赏散文是一种进步；而一个诗人写一首诗，用韵文写比用散文写要容易得多。但是一般人，却只能用韵文来当作诗，甚至喜欢用这种见解来鉴别诗和散文。"他认为："散文的自由性，给文学的形象以表现的便利；而那种洗练的散文、崇高的散文、健康的或是柔美的散文之被用于诗人者，就因为它们是形象之表达的最完善的工具。"[35]

抗战诗歌体现着中国新诗的语言从白话草创的稚嫩而定型，再到由艾青写作体现出来的成熟。这种成熟正是新诗成熟的标志。正如评家所总结的："中国的自由诗从'五四'发源，经历了曲折的探索过程，到三十年代才由诗人艾青等人开拓成为一条壮阔的河流。把诗从沉寂的书斋里、从肃穆的讲坛上呼唤出来，让它在人民的苦难和斗争中接受磨练，用朴素、自然、明朗的真诚的声音为人民的今天和明天歌唱：这便是中国自由诗的战斗传统。"[36]

这种成熟性完整体现在艾青的创作中。绿原在谈到"白色花"诗人们的创作继承了中国自由诗的战斗传统时说："本集的作者们作为这个传统的自觉的追随者，始终欣然承认，他们大多数人是在艾青的影响下成长起来的。"[37] 受艾青影响的不仅是"白色花"诗人群，当时以至后来的中国的新诗创作，无不受到艾青的深刻影响。艾青是代表一个时代的诗人。中国战时诗歌因艾青的忧郁和悲哀而彰显了特定的时代精神。人们从他的《我爱这土地》中听到了自己内心的声音——

假如我是一只鸟，
我也应该用嘶哑的喉咙歌唱：
这被暴风雨所打击着的土地，
这永远汹涌着我们的悲愤的河流，
这无止息地吹刮着的激怒的风，
和那来自林间的无比温柔的黎明……

---

[35] 艾青：《诗的散文美》，原载《广西日报》，1939年4月29日。见吴思敬：《中国新诗总系·理论卷》，人民文学出版社，2010年9月，第281—282页。
[36] 绿原：《白色花·序》，绿原、牛汉编，人民文学出版社，1981年8月。
[37] 同上。

艾青

——然后我死了,
连羽毛也腐烂在土地里面。

为什么我的眼里常含泪水?
因为我对这土地爱得深沉……[38]

  饱满而亢奋的情绪支配着抗战诗歌的写作。人们的悲哀、伤痛和积郁从那些单纯、素朴、短促有力的节奏中,获得一种释放、宣泄和鼓动的慰藉。但是,当满中国所有的诗歌都只敲响一种共同的、甚至显得统一的"鼓点"时,会感到为获得这种单纯甚至单调所付出的,可能也造成了时代的缺失。尽管在当时,人们并不怀疑这种呼号和呐喊来自内心的要求,但这毕竟是诗,诗归根到底是属于艺术的。人们知道田间代表了艺术的高度,但更多的诗人们的写作中所表现出来的直白的呼喊,并不与诗的品质等同。

  因此当人们看到艾青从彩色的欧罗巴举着彩色的芦笛出现在中国,人们很快就认同了他的色彩和声音。艾青的那支芦笛,是他对于欧罗巴真挚的记忆。而他对于波特莱尔和兰波的心仪,则是他的欧罗巴记忆的主体——那是自由的、现代的欧罗巴的芦笛!而此刻,芦笛正吹响在中国的梦中——诗人因自由的理想而陷身中国的巴士底。艾青写大堰河和芦笛时,距离抗战烽烟的燃起还有三四年的光

---

[38] 艾青此诗作于 1938 年 11 月 17 日,选自诗集《北方》。他的《诗的散文美》则作于 1939 年。

1938年1月16日《七月》第7期刊出艾青的诗《雪落在中国的土地上》

景。但面对中国的积重，艾青已经觉醒。

比《芦笛》写得更早一些的，是他对于奶娘"大堰河"的礼赞。诞生于殷实家庭的艾青，由于亲身的遭遇而感知了一个普通农妇无私的爱。诗人由此而思及育他、养他的伟大的人民和土地："呈给你的儿子们，我的兄弟们，／呈给大地上一切的，／我的大堰河般的保姆和她们的儿子，／呈给爱我如爱她自己的儿子般的大堰河。"艾青带着他心爱的芦笛和他对大堰河的爱，投身于抗战的歌唱。他感到了中国大地彻骨的寒冷，芦笛于是换成了号角。

第四章 我爱这土地——中国新诗（1937—1948）

雪落在中国的土地上，寒冷封锁着中国。在这样的天气里，他和他所遇见的中国的农夫以及农夫的儿子们，一样地感到了中国道路的崎岖和泥泞。他希望自己的这些诗句能给寒冷的中国、饥馑的大地，以及向着阴暗的天伸出颤抖的、乞援的双臂的深陷于苦难的人们，"带来些许的温暖"。艾青是迎着太阳歌唱的，他的悲哀的心中充满希望和期待。早在1937年春，他的心就被太阳的火焰之手所撕裂，阳光把陈腐的灵魂搁弃在河畔，他于是说："我乃有对于人类再生之确信。"（艾青《太阳》中句，见诗集《旷野》）

热爱人民和土地的诗人把芦笛换成了号角。他带来的是比芦笛还要多彩的旋律，虽然悲哀，但却是举着火把向着光明战斗。劳辛说："在抗战时期，诗人的芦笛变成号角。号角总是比芦笛嘹亮的。芦笛播出受难者的歌；而号角却吹出对敌人的攻击进行曲。他的笔触胶滞在中国老百姓战斗行列里的愿望的生活。""他以一种乐观的心情来歌颂光明的事情，这在他的诗作中有不少太阳和黎明等具体的形象来体现出来的。他也希冀把中国的民族性——旷达和深沉发掘出来。"[39]

艾青此时的诗歌创作不仅以独有的方式，凝聚了中国式的忧郁和感伤，并使这一切上升为典型的美感意蕴。他以接近欧化的语言，新颖而丰满地发挥、开掘现代汉语的潜在魅力，并以此表达他对中国大地和人民的挚爱。而且，他也使自由体白话新诗语言的运用和探索臻于完美，尤其在诗歌语言的散文美的追求方面。他的勇气和执著终于使以白话书写的新诗终结了初期散漫、平淡和缺乏凝练的缺憾，而抵达稳定、成熟的诗学高度。从欧罗巴带回来的芦笛终于成为鼓舞和催进中国人民奋起救亡和争取自由的号角和火炬。

笔者曾在艾青去世后追念他的文章中，论及他在新诗诗学方面的杰出贡献："中国诗走出古典到达现代，经历了诸多的曲折和痛苦，这个过

---

[39] 劳辛：《艾青论》，《诗的理论与批评》，正风出版社，1950年11月，第9页。

程在艾青手中得到完成。在新诗的发展史上，胡适是光辉的起点，郭沫若传达了五四时代的浪漫激情；而中国白话新诗文体的完成则是艾青。""艾青感受了这大陆无所不在的忧患：战争和饥饿、不公和强权，这一切的沉重，都注入了艾青清醒并有点洒脱的笔下，造出了艾青独异的诗美奇观，这就是艾青的个人风格：沉郁的内涵和自由形式的和谐。"[40]

艾青《大堰河》，1936年11月出版

在战云密布的中国大地，诗依然在顽强地生长着。20世纪40年代有很多大事，一是争取抗战的胜利，一是内战已露出端倪。诗歌处在两个战争之间，于是出现了"主题"转换的复杂局面，"争独立"和"争解放"胶着地在"季节转换"的诗歌运动中呈现。这情景有点微妙。随着"二战"的接近尾声，此时的矛盾仍是民族的和救亡的。接着是内战的摩擦加重，争斗加剧。到了20世纪40年代后期，紧接着就是几场大战，亢奋的激情取代了那些年的颠沛辗转。这就是，战烟依旧，离乱依旧，而反映在中国人的情绪上，却是另一番景象：有人庆新生，有人叹流亡；一边是解放翻身的欢欣，一边是去国毁家的悲情。这是悲欢交集、欲说还休的复杂世代。

从诗歌现象上看，胡风、蒲风、艾青那一代人的创作起始较早。"白色花"中，有些人

---

[40] 谢冕：《永远沐浴着他的阳光》，《阅读一生》，百花文艺出版社，2011年4月，第154—155页。

艾青《北方》，南天出版社1943年12月出版

的创作始于抗战前，更多的人则是敲着鼓点、吹着号角进入为抗战呼号的队列。其中也包括了上面说到的晋察冀根据地的那些诗人，他们大多数的写作始于抗战爆发后，有的人的写作则接续到20世纪50年代，成为战后年代的写作中坚，如郭小川、贺敬之。不论他们的经历如何差异，但他们作为战时的歌者的身份则是相同的。他们共同实践并见证了中国自由体诗歌主潮的建设和成熟，他们以自己的创作连接着"五四"白话语体和以散文为基本形态的新的诗体写作。

但是随着20世纪40年代的到来，这种以自由体为主潮的秩序受到了挑战。形成这种局面的诱因，与其说是艺术的，毋宁说是政治的；与其说是艺术板块的裂变，毋宁说是基于现实功利的重新分割。人们注意到，20世纪三四十年代之交的中国政治地图，基本上由三大板块构成：共产党领导的解放区及广大的敌后根据地，它的基础是广大的乡村；国民党领导的"大后方"，它的基本构成是以未被占领并坚守的大、中城市为中心，开始是武汉、长沙，后来是桂林、昆明、重庆；而敌伪占领的，则是以上海"孤岛"为标志的沦陷区。就艺术的影响和传统而言，后二者基本是在延续"五四"建立起来的流风余韵，而解放区则出现了迥然不同的景象。

从相关的史料可以看到，尽管战争在近处

或远处继续凌厉地进行着，特殊环境留给诗歌的空间十分艰危，但是诗歌还是按照它既有的规律顽强地运行着。20世纪40年代初期，中国人久经战乱，已经适应了战争带来的离乱和痛苦的际遇，他们已经没有战争初期的那种祸从天降的仓惶和惊怵，他们已经对苦难"处变不惊"，他们已经习惯了家破人亡、颠沛流离的动荡生活。或者说，依然有许多的伤痛和磨难，更有淡定的坚忍。诗歌也是如此，人们已经能以不惊不乍的日常状态来安排和培育诗歌。

首先是诗歌活动的频繁举行。这里举一些关于战时诗歌活动的记载：

1941年5月30日，中华全国文艺界抗敌协会在重庆举行首次诗人节，于右任、郭沫若、阳翰笙、老舍、姚蓬子、潘梓年等出席。"我们决定诗人节，是要效法屈原的精神，是要使诗歌成为民族的呼声，是要了解两千年来中国诗艺术已有的成就，把古人的艺术经验，作为新诗的创作途中的养料……是要向全世界高举起独立自由的诗艺术的旗帜，诅咒侵略，讴歌创造，赞扬真理"。[41]

1941年9月14日，重庆诗人召开第一次座谈会，冯乃超主持，出席的有郭沫若、姚蓬子、阳翰笙、安娥、臧云远、方殷、任钧、罗荪等。郭沫若在会上发言，论析了《诗经》与《楚辞》的语言。紧接着，9月26日，再开第二次座谈会，阳翰笙主持，主题是"新诗歌的样式问题"。臧云远、常任侠、姚蓬子等发言。[42]

1941年12月，成都文艺协会召集诗歌座谈会，讨论的主题是"诗与音乐"。叶菲洛任主席，报告抗战以来之诗与音乐的联系问题。讨论的范围涉及诗歌的写作、语类、形式等问题。报道见于《创作月刊》创刊号。[43]

以上数例，可以看出当日后方诗歌活动的频繁。特别值得注意的是，当时尽管环境险恶，但是人们依然坚持着诗歌的艺术追求。由于战时已

---

41 中华全国文艺界抗敌协会《诗人节缘起》，1941年5月30日《新华日报》。转引自刘福春：《中国新诗编年史》，人民文学出版社，2013年3月，第276页。
42 刘福春：《中国新诗编年史》，人民文学出版社，2013年3月，第281页。
43 《创作月刊》创刊号，1942年2月1日。

成"常态",人们心智的成熟使他们不再满足于那种始终如一的鼓点式的节奏和方式,开始考虑属于诗的最根本的属性——诗意和诗性。从芦笛走向号角,再从战斗的号角走向多彩的芦笛,这并不是倒退,也不是循环,而是成熟。在战争的间隙里,人们终于有机会深情地回望曾经被"放逐"的"抒情"。

在战时,人们出于战斗的激情,往往忽视了诗的特性,而把一般的战斗呼喊等同于诗。这种体认,在进入20世纪40年代之后已引发了论者的注意。S.M.(阿垅)在他的评论中,敏锐地对诗人和士兵作了区分。其实,也是对诗和生活作了区分。他在诗评《读艾青底——》中说:"这个吹号者底声音,是一个诗人底,而不是一个士兵底,是智慧的力,而不是粗野的歌曲,这,只有一个诗人才能够用抒情的言语说出,而一个朴拙的士兵是不能够的,士兵不能够有诗人所有的,正像诗人也没有士兵所有的。而艾青,他是一个诗人啊。"[44]

一种既重视诗的战斗性、又注重诗的艺术性的氛围正在悄悄地形成。艾青无疑是处于他的创作的巅峰期。他在写出诸多战争的杰作的同时,也从未忘了他革新诗歌语言的意愿:

> 我确是如一些批评者所说,在同时代的诗人里面,比较的欢喜努力地创造新的词汇的人。我最嫌恶一个诗人沿用一些陈腐的滥调来写诗。我以为诗人应该比散文家更花一些功夫在创造新的词汇上。……假如我们没有把文字重新配置,重新组织,没有把语句重新构造、重新排列;假如我们没有以自己的努力去重新发现世界,发现事物与事物的关系,人与事物的关系,人与人的关系,我们就没有必要去制造一首诗。……大胆地变化,大胆地把字解散开来,又重新拼拢,重新凝固起来。……语言的应该遵守的最高的规律是:纯朴,自

---

[44] S.M.:《读艾青底——》,《诗创造》第5期,1941年11月5日。转引自刘福春:《中国新诗编年史》,人民文学出版社,2013年3月,第282页。

然，和谐，简约与明确。[45]

很少见到艾青这么具体地谈论语言创新的问题，由此可见当日诗运的一般氛围。人们开始从战争初期的那种直接呼喊的满足中醒悟，从而回到了艺术的本位上来——决定诗歌价值的，除了现实的追求，到底还是艺术自身。上面艾青的那一番关于诗歌语言的言说之所以可贵，正是由于它传达了20世纪40年代初期非常重要的诗歌信息——人们尽可从情感上考虑"放逐抒情"，但战争的阴影不会长久地遮蔽诗歌审美的空间。

艾青《诗论》，三户图书社1941年9月出版

延安的想象

然而，更加复杂的局面也出现在同一个时期。这种诗歌艺术的复杂性如同往常那样，是由中国政治局面的复杂性决定的。20世纪40年代初，在以重庆为中心的广大地区，在战争的间隙中，诗歌依然延续着"五四"以来以自由体为核心的艺术传统。诗人的知识分子身份是确定的，因此，人们也并不对诗人个性化的艺术实践另有期待。在这些地区（抗战胜利后更有扩展），诗歌仍然沿着原有的路径行进着。

而在共产党领导的敌后根据地，那里的情

---

45 艾青：《我怎样写诗的？》，《文艺学习》第2卷第3—4期，1941年3月10日。

形与前述的截然不同。那里是一片广大的乡村地带，文化的基本形态是乡村文化，和现代城市存在着距离，造成了文化差异。在那里，文学或者艺术、诗歌的受众，从整体上看，是低文化或者基本是文盲的农民。正如毛泽东强调的，这里的文艺和诗歌的服务对象，即"文艺作品给谁看的问题"，与前者彼此判然有别。他明确地指出了二者的差异——

> 在陕甘宁边区，在华北华中各抗日根据地，这个问题和在国民党统治区不同，和在抗战以前的上海更不同。在上海时期，革命文艺作品的接受者是以一部分学生、职员、店员为主。在抗战以后的国民党统治区，范围曾有过一些扩大，但基本上也还是以这些人为主，因为那里的政府把工农兵和革命文艺互相隔绝了。在我们的根据地就完全不同。文艺作品在根据地的接受者，是工农兵以及革命的干部。根据地也有学生，但这些学生和旧式学生也不相同，他不是过去的干部，就是未来的干部。各种干部，部队的战士，工厂的工人，农村的农民，他们识了字，就要看书，看报，不识字的，也要看戏、看画、唱歌、听音乐，他们就是我们文艺作品的接受者。[46]

这就是毛泽东制定文艺策略的前提和基础：立足于广大的乡村，以及乡村中广大的缺少文化的农民，以他们可以和可能接受的方式满足他们的需求。毛泽东在许多场合多次讲过，文艺要为人民大众服务："什么是人民大众呢？最广大的人民，占全人口百分之九十以上的人民，是工人、农民、士兵和城市小资产阶级。"[47] 其核心仍然是农民。毛泽东分析过"工农兵"或"最广大的人民"这些概念的内涵，认为农民做工就是工人，农

---

[46] 毛泽东：《在延安文艺座谈会上的讲话》，1942年5月。引自吉林师范大学、吉林大学文艺学编写组：《文艺方针政策学习资料》，吉林人民出版社，1961年1月，第108页。（此处引文本来可以直接引用"毛选"，但是手边这书伴我多年，一直是得心应手的工具书，用起来有一种亲切感。）

[47]《文艺方针政策学习资料》，吉林师范大学、吉林大学文艺学编写组，吉林人民出版社，1961年1月，第114页。

民穿上军装就是士兵,而干部即是从这些人中选拔出来的,说到底,也还是农民。

毛泽东认为文艺首先是为工农兵的,为工农兵所创作,为工农兵所利用的。而为今日最广大群众所最需要的是"初级文艺"。他要求作家改变原有的立场,放弃原先的趣味和习惯,以工农兵自己所需要、所便于接受的东西去满足他们。因此,他提醒作家应该注意群众中流行的文艺方式:

> 我们的文学专门家应该注意群众的墙报,注意军队和农村中的通讯文学。我们的戏剧专门家应该注意军队和农村中的小剧团。我们的音乐专门家应该注意群众的歌唱。我们的美术专门家应该注意群众的美术。一切这些同志都应该和在群众中做文艺普及工作的同志们发生密切的联系,一方面帮助他们,指导他们,一方面又向他们学习,从他们吸收由群众中来的养料,把自己充实起来,丰富起来,使自己的专门不致成为脱离群众、脱离实际、毫无内容、毫无生气的空中楼阁。[48]

在关于文学的思考中,毛泽东除了要求文艺工作者改变立场,把文艺基点放到适应无文化或少文化群众相适应的位置,同时也要求以他们能够接受的民族的形式予以实现。他的表述是抽象的:"中国文化应有自己的形式,这就是民族形式。民族的形式,新民主主义的内容——这就是我们今天的新文化。"[49] 虽曰抽象,其指向却是明确的。讲话发表的当年春节,延安各界为实践讲话的精神,开展了春节文艺演出活动。延安《解放日报》为此发表社论《从春节宣传看文艺的新方向》,肯定了当日的实践——

---

48 《文艺方针政策学习资料》,吉林师范大学、吉林大学文艺学编写组,吉林人民出版社,1961年1月,第121—122页。
49 毛泽东:《新民主主义论》,1940年1月。引自《文艺方针政策学习资料》,吉林师范大学、吉林大学文艺学编写组,吉林人民出版社,1961年1月,第79页。

> 他们的成功，首先是因为反映了群众的现实生活、实际斗争，反映了群众的思想感情；其次是因为他们的表现形式符合于群众的实际，语汇语法是群众的语汇语法，容貌服饰是群众的容貌服饰，腔调姿势是群众的腔调姿势，离开了这些，则内容的真实性就无法表达；第三是适当地采取了并提炼了群众旧有的某些艺术传统，譬如歌谣、年画、戏装、秧歌舞、秦腔、郿鄠等等，……[50]

延安讲话并没有直接设计在"新文化"形态下的新诗形态，但一切迹象都表明，诗歌也如文学的其他体式一样，面临着对于"五四"传统的改写。这种改写是由"五四"的完全取法西方而转向取法本土；由原先的近于全盘欧化的倾向、有意无意地忽略民间或民族的资源的倾向，转向寻求中国传统、特别是民间传统的回归。延安开展的民间化运动以与群众联系最多的戏剧改革为前导，京剧改造和秧歌剧的提倡走在了文艺改革的前面。座谈会召开的次年，中共中央宣传部作出决定，以戏剧与新闻通讯这两种最切近实际的形式为切入点，逐步铺开工农兵方向的实践，这无疑是一种战略性的考虑：

> 在目前时期，由于根据地的战争环境与农村环境，文艺工作各部门中以戏剧工作与新闻通讯工作为最有发展的必要与可能，其他部门的工作虽不能放弃或忽视，但一般地应以这两项工作为中心。内容反映人民感情意志，形式易演易懂的话剧与歌剧（这是融戏剧、文学、音乐、跳舞甚至美术于一炉的艺术形式，包括各种新旧形式与地方形式），已经证明是今天动员与教育群众坚持抗战，发展生产的有力武器，应该在各地方与部队中普遍发展。[51]

---

[50]《从春节宣传看文艺的新方向》，《解放日报》社论，1943年4月25日。
[51]《中共中央宣传部关于执行党的文艺政策的决定》，《解放日报》，1943年11月8日。引自《文艺方针政策学习资料》，吉林师范大学、吉林大学文艺学编写组，吉林人民出版社，1961年1月，第6页。

延安文艺座谈会参加者合影

毛泽东、朱德等参加延安文艺座谈会时的合影

毛泽东《在延安文艺座谈会上的讲话》的早期版本

我们从中依稀可以窥见未来文艺改革的总体思路，即使文艺向着民族的、民间的，向着低文化甚至无文化的工农兵所能够接受的方式"复归"。周扬在论及解放区文艺的特点时指出，这是和"自己民族的、特别是民间的文艺传统保持了密切的血肉关系"的文艺。他以《白毛女》为例，认为"《白毛女》是在秧歌的基础上，创造新型歌剧的一个最初的尝试。'文艺座谈会'以来，文艺工作者在搜集研究与改造各种民间形式上，都做了不少的工作。其中最主要的收获是秧歌，我们在农村旧秧歌的基础上创造出了新的人民的秧歌"。[52]

延安当日的思路，是以适合群众欣赏习惯的民间的秧歌取代"不合时宜"的"大、洋、古"，用装进了新内容的旧秧歌取代只能在大城市演出的大歌剧。从《夫妻识字》《兄妹开荒》演进为《白毛女》《赤叶河》，就是此种思路的具体化。这种改革，在文艺的各个领域次第展开，而且取得了明显的成效，以赵树理的小说创作最为显著。赵树理实现了小说表现农民和通往民间的重大的艺术变革。除了戏剧和小说，在音乐和绘画方面，也陆续出现了把民间经典化的有力实践。

---

[52] 周扬：《新的人民的文艺》。这是周扬于1949年7月5日在中华全国文学艺术工作者代表大会上的报告。原载《中华全国文学艺术工作者代表大会纪念文集》，新华书店，1950年。引自谢冕、洪子诚编：《中国当代文学史料选》，北京大学出版社，1995年12月，第25—26页。

在新诗领域，动作显得迟缓，这种迟缓不免带来了焦虑。直至李季的《王贵与李香香》的出现，这才使焦虑得到缓解。陆定一为这部长诗写了序言，第一句话就是："我以很大的喜悦读了《王贵与李香香》，因为这是一首诗。"不了解这背景的人们一定会为这"不通"的措辞纳闷。其实，陆定一以这种方式透露了他的"期待的焦虑"——当各个部类都有了变革的成绩的时候，人们对诗歌的期待，就显得非常迫切。这有陆定一的文章为证：

> 自从文艺座谈会以来，首先表现出成绩来的是戏剧。那年就有新式的秧歌出场了。《兄妹开荒》现在已经传遍全国。新的戏剧运动，范围非常广大，改良的评剧出现了。新式的歌剧《白毛女》出现了。这方面的收获最快，最丰富。戏剧真正到了人民大众里面去了。
>
> 其次跟着来的，是木刻。这方面革除了外国气派，采取了中国气派，也有很大的成绩。现在解放区的木刻，代表了中国，在全世界有了地位。
>
> 来得更晚些的，是小说和说书，这是一两年间才有的。小说里面，如《李有才板话》《吕梁英雄传》《抗日英雄洋铁桶》，《李勇大摆地雷阵》等，获得广大的读者，并在小说的领域里展开了新的一页。在说书的方面，有韩起祥编的许多本子，显出民间艺人惊人的天才。
>
> 比较来得更迟的，就是诗了。《王贵与李香香》，就是这样的新诗。用丰富的民间汇语来做诗，内容形式都好的，在外面有袁水拍（按即马凡陀）先生，现在我们这里也有了。[53]

这情景正如"五四"的新文学革命，一旦新诗试验成功，白话文学的胜局就定了。同样道理，讲话确定的工农兵方向，一旦李季的《王贵与

---

[53] 陆定一：《王贵与李香香》序二，生活·读书·新知联合发行所，1949年8月。

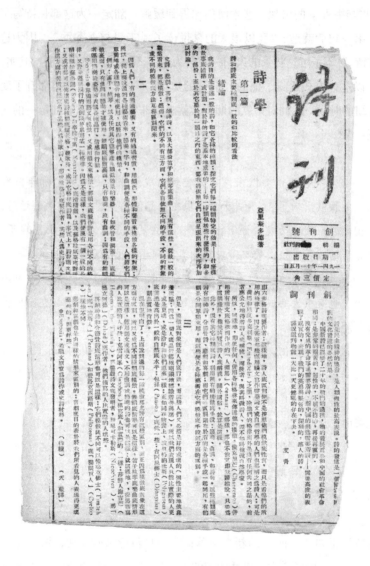

1941年11月5日《诗刊》在延安创刊,延安诗刊社编辑

李香香》出现,胜局也就定了。我们不难从陆定一的"喜悦"中得到这个信息。打个比喻,此刻的李季的试验,其功效真有点像胡适当年的"尝试"。当然,这个比喻并不适当。简单地说,在胡适那里,他的尝试有很强大的原创性;而在李季这里,原创的元素被强大的模仿所代替。但的确,李季的出现使"期待"成为了"事实"。请阅读充满西北情调的乡村长曲的片段:

玉米开花半中腰,
王贵早把香香看中了。
小曲好唱口难开,
樱桃好吃树难栽,

交好的心思两人都有,
谁也害臊难开口。

王贵赶羊上山来,
香香在洼里掏苦菜。

赶着羊群打口哨,
一句曲儿出口了:

"受苦一天不瞌睡,
合不着眼睛我想妹妹。"

停下脚步,定一定神,
洼洼里声小像弹琴:

"山丹丹花来洼洼开,
有那些心思慢慢来。"

"大路畔上的灵芝草,
谁也没有妹妹好!"

"马里头挑马不一般高,
人里头挑人就数哥哥好!"

"樱桃小口糯米牙,
巧口口说些哄人话。"

"交上个有钱的花钱常不断,
为啥要跟我这揽工的受可怜。"

"烟锅锅点灯半炕炕明,
酒盅盅量米不嫌哥哥穷。"

"妹妹生来就爱庄稼汉,
实心实意赛过银钱。"

"红瓤子西瓜绿皮包,
妹妹的话儿我忘不了。"

"肚里的话儿乱如麻,

定下个时候，说说知心话。"[54]

李季的现身实现了"新的文化在一个一个地夺取旧文化的堡垒"[55]的战略梦想。这种梦想，用陆定一的话来说就是，"革命的文艺如果不学会自己的民族形式，即劳动人民所喜见乐闻的形式，哪怕内容很好，也不可能在几万万人的头脑里把旧文艺的影响打倒、肃清"[56]。这是李季的贡献。他使被此刻称为"延安的想象"的文艺倾向现出了轮廓。

李季

民族的和民间的

延安的想象有强大的现实依据，那就是根据地支持了战争，战争中建立起来的政权必须为根据地广大民众服务。而在现阶段，这种服务必须是通俗的、习见的，甚至是低级的，因而也是普及的。延安的取向是从高处往低处拉，摈弃群众不能接受的大城市的那一套，从"夫妻识字"和"小放牛"开始。这种意向，木刻、剪纸、秧歌都不难，甚至戏剧和小说、说书也不难，难的是"从来高级"的诗歌。而对诗歌

---

54 李季：《王贵与李香香》，生活・读书・新知联合发行所，1949年8月。
55 陆定一：《王贵与李香香》序二，生活・读书・新知联合发行所，1949年8月。
56 同上。

的处理，也只能是由高处往低处拉。李季这样实践了，他给大局的呈现带来了补益。李季的出现，使延安提出的工农兵方向的蓝图实现了"全景"。

李季的《王贵与李香香》创作理路完全符合延安的文艺想象，即，内容是表现人民的翻身解放，形式是来自陕北的民歌谣曲，因此它是民族的和民间的。也许，它的更长远的意义则是，它改变了新诗建立以来以自由体为主体的格局，形成了重返格律的趋势——不管这种格律并非旧格律的同义词，也不管这种重返会走多远。民族的和民间的是在"五四"时期受到轻漠的命题，此刻却拥有了某种神圣感。文艺工作者莫不期望以此为目标趋之以成。李季在诗歌中是最先抵达者，他的思路完全符合延安提出的方向，他使新诗具有了与前不同的新面貌——那就是拥有了民族的和民间的形式。

李季把改造自己和改造诗歌视为同体。改造自己即投身于自己原先不熟的生活中去，从体验他人开始，然后对比自己，再将自己设想为他人。因为当日的理论认为，即使是作为小资产阶级的诗人的"自己"依然是渺小的，而作为工农兵的"他人"则是伟大的。李季把他所认知的这种关系，叫作"我和三边、玉门"的关系。他自言："离开了三边和玉门，我几乎连一行诗也写不出来……从我自己和三边、玉门的关系中，却使我懂得了，从心里爱着一个地方，把你自己变成一个不折不扣的当地人，这一点，对于一个像我这样的作家，是多么重要。"李季认为，这是他的"长时期的取用不尽的诗的源泉"[57]。

这种深入"不熟悉"的生活、再把自己"忘记"的体验生活的观念，是与此前全然不同的一种写作观念：越不是自己的，就越是好的；越是自己所陌生的，就是越应该去熟悉的。诗，从写自己变成了写他人；从"个人主义的人间本位主义"（周作人语），变成了离开了工农兵的生活就"写不出一句"。这是一个重大的改变。除了写作的内容的转移，也许更重要

---

[57] 李季：《我和三边、玉门》，《文艺报》第18期，1959年。见《当代文学教学参考资料·诗歌》，北京师范大学中文系当代文学教研组编，1980年7月，第193—195页。

的在于,要求写诗必须去掉知识分子的腔调,换上工农兵的腔调。记得"五四"当年,胡适尝言,当时最为急切的目标,在于去掉"旧词调",即去掉旧诗词的腔调;[58]而现在,则是去掉知识分子的、其实即是"五四"建立起来的多少显得欧化的"洋"腔调,换上当时提倡的属于工农兵的"土"腔调。

在这方面,李季是"开一代新诗风"的始作俑者,《王贵与李香香》采用的是陕北信天游的调式。这种在当地流行的民歌体多用于男女对唱,双句为一组,是互问式的。首句起兴,次句为即兴的言说,双句押韵,另章可换韵。其句式以七言为基础,字数可视语气需要自由添加,终是奇数。当地习俗喜用重叠的形容词,增强了语言的活泼性。从道理上讲,这种调式是可以唱的。因为是以七言为基础,所以从语言的构成看,回过头来又接通了受到"五四"初期排斥的"旧词调"上来。

这是一种诗歌的"返祖"现象,具有警觉意味的诗学回归。这对新诗而言,带来的是一次不大也不小的"震感"。《王贵与李香香》的出现是一个标志,以此为开端,先天性的欧化的新诗从此增多了本土的色彩。这对于深陷于西方陷阱的新诗而言,未必不是佳音。这一切都发生在20世纪40年代的后半期,中国的局势在出现新的变数,诗歌也是。正如中国所有的文化运动都牵萦背后的政治一样,这次由延安讲话引发的文化艺术变革,其根本动因也在于此。

《王贵与李香香》最早的版本是1946年11月的东北新华书店版和太岳新华书店版。它的出现距离1942年5月的讲话,是显得迟缓了,但是,

---

58 胡适在《谈新诗》一文中反复谈到旧诗的"词调"问题:"词曲的发生是和音乐合并的、后来虽有可歌的词、不必ική的曲、但是始终不能脱离'调子'而独立、始终不能完全打破词调曲谱的限制。直到近来的新诗发生、不但打破五言七言的诗体、并且推翻词调曲谱的种种束缚;……这是第四次的诗体大解放。""我所知道的'新诗人'、除了会稽周氏弟兄之外、大都是从旧式诗、词、曲里脱胎出来的。沈尹默君初作的新诗是从古乐府化出来的。……我自己的新诗、词调很多、这是不用讳饰的。"此外新潮社的几个新诗人,——傅斯年、俞平伯、康白情、——也都是从词曲里变化出来的、故他们初作的新诗都带着词或曲的意味音节。此外各报所载的新诗、也很多带着词调的。"原载《星期评论》"双十节纪念号"第五张,1919年。引自吴思敬的《中国新诗总系·理论卷》,人民文学出版社,2010年9月,第7—8页。

李季《王贵与李香香》的不同版本

诗毕竟是迟缓的。正如"五四"当年那样，新诗的出现，就是那场革命的定局。李季带了头，一时蔚为风尚。收在诗集《佃户林》中的，大抵都是这样民间风格的诗。徐秋风的《唱毛主席》、严辰的《新婚》和刘衍洲的《弹唱小王五》是信天游体；柯仲平的《拔掉敌人最后一条根》、邵子南的《大石湖》、鲁煤的《红旗竞赛歌》和胡征的《槐树下》是五七言四行一节的民歌体;王希坚的《佃户林》是五言歌行体,以及儿歌、催眠歌等。各路诗人,不论他们原先服膺的艺术信条如何,此时莫不以饱满的热情投身于新的诗歌潮流之中。

在民族化的诗歌写作中,阮章竞是致力最多的一位。他以全方位的试验,奠定了民族化新诗的根基。《圈套》是一首长诗,出现在1947年的2月,作者特别标明它是"俚歌故事"。"俚歌"是民间通俗的谣曲,"故事"则是诗的叙事,意即用民间歌谣的方式写成的叙事诗。《圈套》作为长诗当然是韵文,但它并不刻意分行,基本是根据内容的分段连写,用的是七言体民歌的调式。同年写作的还有《送别》和《盼喜报》,也都是民歌的方式。《送别》用的是信天游的格式:

> 鹅毛毛的大雪纷纷地下,
> 上前线的新兵骑上马。
>
> 银装的高山棉敷的路,
> 老娘的头发像雪花。
>
> 亮晶晶的眼泪滴滴地洒,
> 喉咙抽咽声沙哑。
>
> 呼呼的北风顶头刮,
> 勒紧了缰绳听娘的话。

而《盼喜报》则是四行一节的传统的民歌格式。阮章竞从此时起,便有意识地进行多向度试验民间形式的写作。他的创作取法多方,但都是在民间流行的形式中建立创作的根基。他的这些作品收集于列入中国人民文艺丛书的《圈套》中。《圈套》之后,他于1949年开始了长诗《漳河

阮章竞

水》的创作。《漳河水》把新诗写作的民族化推向了成熟的经典化的高度。《漳河水》的写作始于新中国成立之前,而成书和出版则在新中国成立之后,是一部跨时代的大诗。[59] 它见证了一个时代的终结,又见证了一个时代的诞生。诗前有作者的《小序》。因为它提供了当日探寻的踪迹,故全录:

　　离开漳河一年多了。今年春天,回去一趟,正碰上是桃红柳绿的时候,一天偶尔在河边走走,山坡树林间传出歌声来,娓娓悠扬觉得好听。是妇女生产互助组唱的。她们在歌唱自己的翻身,歌唱自己的劳动,歌唱自己的快乐。

　　太行山——我的第二故乡,太行山的人民和全华北的人民一样,在共产党的领导下,消灭了封建剥削制度,解放了自己,并和自己的子弟兵——中国人民解放军比肩作战,从自己的家门口,先打走一个日本帝国主义,接着又打走一个蒋美匪帮军队,建立起一块自由幸福的新天地。太行山的妇女,过去在封建传统、习俗的野蛮压迫下,受到了重重的灾难。但随着抗日战争,减租减息,解放战争,土地改革,这两个时期的伟大斗

---

[59] 作者在长诗的后面记载:1949年3月26日初稿完于卧虎坡,1949年12月改写完于北京。序文《小序》后注:一九四九年,除夕,序于北京。该书正式出版于1950年9月,为中国人民文艺丛书之一种,上海新华书店发行。

1950年6月1日《人民文学》第2卷第2期重刊阮章竞的叙事长诗《漳河水》

争,她们获得了自由,认识了自己的力量。十多年来,她们忍受着难以设想的重负,支持人民解放事业;并且不断地和封建传统习俗作斗争。在党的领导下,积极参加生产,获得妇女彻底的解放自由。她们的丰功伟业,在祖国解放的史诗中,占着光荣的一页。

自听了歌声以后,萦绕脑中。找人口述,录下些片段的歌儿,自己又模仿着编了些,组织成现在的样子。

三个女主人公到底是哪个村的,没打听出来。群众说好多村都有这样的故事和大同小异的歌儿。

这些片片断断的歌儿,原无题名,也无章段和小题。因故事发生在漳河两岸，民间歌谣中常用头一句做题名的，故名《漳河水》。

题名是有了，但这篇东西，是由当地许多民间歌谣凑成的，代表这些歌儿的总的形式叫什么呢？每个词儿都注明是采用什么调吧？如"开花调"、"刮野鬼"、"梧桐树"、"荷包"、"打寒虫"、"大将"、"一铺滩滩杨树根"、还有好多失名的。可是这些歌谣又因人因村，唱得不大相同，我所听过的"开花调"就有五六种，据当地同志说还要多；而且也不能说明曲调的总的形式。如陕北的"郿鄠"、"道情"，是总的形式名称，其中包括很多曲调名："刚调"、"虞美人"、"剪剪花"等等。说是"山歌"，在北方很少人听说这两个字；说是"秧歌"，太行山的秧歌是一种戏曲名，和平常唱的歌儿，有严格的区别；说是"快板"，快板是"说"的不是"唱"的；说是"诗"，群众叫"念"，用文人的说法是"朗诵"。现在这些东西分明是唱的；"乐歌"、"乐曲"、"乐章"，太文雅，"合唱"、"大合唱"，更是胡诌；"牧歌"，洋来洋去；"夜曲"、"夜歌"，也不对，人家常常在白天唱的。写"圈套"用了"俚歌故事"四个字，曾引起个别同志的不同意，这回如果名不正，就更言不顺了。想了好多时候想不出来。

有一天，碰见两个牧童在河边放羊，嘴里也哼着这些歌儿。我问他们唱的是什么，回答是"小曲"。故把这许多曲调总名叫"漳河小曲"。

（《漳河水·小序》）

诗人在这里详细叙说了命名的困惑。其实，在这背后隐藏着这部作品与其他同类作品写作上的差异。当日盛行一种对于民间格式的直接套用，而《漳河水》不同于此。首先关于内容，说的是妇女翻身，但却非"实录"，是"好多村都有这样的故事"，可见已涉及文学创作的虚构及典型性的原理。至于形式，命名的困难正说明它是一种"博取"——因为是一种对于"民间"的"活学活用",看起来"什么也不是",而恰恰是一种脱离了"原样"的再创造。这在当时竞相直接模仿或直接搬用民间形式的习尚中,是一个令人鼓舞的现象。

从李季的《王贵与李香香》到阮章竞的《漳河水》,再从他的"俚歌故事"到"漳河小曲",我们看出了对于民间形式学习的可贵的新趋向。这表现了一种文学思维的成熟。20世纪40年代新诗的这种创作景观证明了一个事实,即,在一个特殊的年代,由于一个特殊的际遇、一个出于意识形态的功利动机,经过诗人的有力的、创造性的实践,直接回答了新诗建立以来人们对于全盘欧化的疑虑。民族的和民间的思索、关于中国诗歌传统的思索终于回到了人们的视野。

也许《漳河水》提供给我们的还不仅于此,它不仅提供了民间的元素,还提供了古典的元素,提供了中国新诗民族化的成熟的经典。这里是《漳河小曲》:

阮章竞《漳河水》,新华书店1950年9月出版

> 漳河水,九十九道湾,
> 层层树,重重山,
> 层层绿树重重雾,
> 重重高山云断路。
>
> 清晨天,云霞红红艳,

> 艳艳红天掉河里面,
> 漳水染成桃花片,
> 唱一道小曲过漳河沿。

诗人说这是牧童唱的小曲,我们怎么看也像是中国宋词或是元人小令的某种衍化。水墨画般的浓郁的情趣和韵味传达着解放的欢欣。它是一部交响乐章的序曲,预示着后面宏伟叙事的展开。《往日》《解放》《常青树》,其中总有类似"漳河小曲"这样的导引,而作为叙事主体的,则是诗人在太行山区听到并予以收集、加以改造的繁多的民间曲调。这种古典和民间的穿透、交叉和融汇,造出了异常动人的新诗的传统美。久违了的民间情调,久违了的中国韵味,都说这是对于"五四"西化传统的违逆,却更像是对于中国诗歌源泉的接续与传承。

一个基于意识形态需要的艺术变革意外地纠正了历史原因造成的中国新诗的偏离。也许这种纠正本身一样也意味着某种偏离,但无可置疑的是,中国诗歌经历了战争的苦难,正在走出"往日"的阴影,迎接艺术的另一种意义的"解放",也预示着新时代的诗的"常青树"在卓然生长。

抉择与坚持

时间来到了战争的后期。整个20世纪40年代,结束了一场抵抗外国侵略的战争,接连着是一场发生在意识形态存在差异的国共两党之间的战争。在后一场战争中,共产党是胜利者。它由弱者转为强者,从遥远的北方一路进军,一路浴血奏凯猛进。作为胜利者,它当然有能力、也有理由推行自己的主张和政策,其中包括文艺方针和策略。延安的想象不再只是想象,而是准备随着战事的推进,把这种经验推广到全中国,使之成为一个统一的指针或范式。要把一种在战争年代成长起来的文学形态,一种本来为适应战时的环境和民众的习惯而形成的艺术风尚，在幅员广大、文化悬殊的国土上推广为一种统一的模式，这不啻一个冒险。

随着战争的节节胜利，胜利者为自己的成就自豪。这种情绪在第一次全国文艺工作者代表大会周扬的报告中有充分的流露："'文艺座谈会'，以来，文艺工作者在搜集研究与改造各种民间形式上，都做了不少的工作。其中最主要的收获是秧歌，我们在农村旧秧歌的基础上创造了新的人民的秧歌，它的影响现在已遍及全中国。"[60] 这在当时是一种风气。诗歌创作方面由此所引发的倾向，已引起论者的警觉。有一篇文章认为，不能把《王贵与李香香》这一形式误会成是诗的唯一形式：

> 最近在读到的一部分诗歌作品里，就形式讲两行两行的诗很不在少数。我想，把诗写成两行两行的样式，如果不是故意，或抱着某一种单纯的"迎合"心理，是可以的。因为李季的《王贵与李香香》就是利用了陕北民间的顺天游这一曲调在毛主席文艺思想、方针指导下由实践而获得的成果之一。……有些人因为陆定一同志在《读了一首诗》中表扬了李季的《王贵与李香香》，便死抱住这一形式，认为这种形式便是诗的唯一形式，这是不对的。还有人不管写什么内容的诗，非要把它弄成两行两行的样子不可，这更是错误的。因为《王贵与李香香》的这一成果，只能显示着实践文艺群众化的这一总的文艺的方向，而不能把《王贵与李香香》本身这一形式误会成是诗的唯一形式。[61]

但潮流是阻挡不住的。诗歌创作方面的一体化倾向，原不只是表现在两行一节的顺天游体生硬照搬，而是表现在以内容的单一为表征的高度的

---

[60] 周扬：《新的人民的文艺》，原载《中华全国文艺工作者代表大会纪念文集》，新华书店，1950年。引自谢冕、洪子诚主编：《中国当代文学史料选》，北京大学出版社，1995年12月。

[61] 纪初阳：《诗的民间形式研究》，《人民日报》，1949年7月30日。见刘福春：《中国新诗编年史》，人民文学出版社，2013年3月，第404页。

思想一体化上。这已给新诗的发展带来明显的影响，此是后话。抗战后期和解放战争进行中的大后方，延安传来的信息已是举国兴奋的核心。延安的文化举措，包括它的文学诗歌模式，已在悄悄地被传播和被模仿，它的指导性和方向性的位置，已是不言而喻的。

人们以告别黑暗和迎接光明的虔诚之心，期待着新社会的到来，也以同样的心情欣然接纳了随着新的文化形态而来的文学和艺术的新潮流。在诗歌方面，这种潮流表现为在大众化和民族化的旗帜下，向着民间——古典传统的重新认同。这一趋势，就自然地疏离了甚至中断了新诗建立之后的欧化进程。需要强调的是，这一进程是那些拓荒者审慎地认知并确立的。

此后的诗歌发展事实验证了这个"转向"。20世纪40年代后期，许多有影响的诗人开始对新诗的历史进程进行反思："现在我们的新诗和中国千年以来的诗的形式（或者说习惯）太脱节了。所谓'自由诗'也太'自由'，到完全不像诗了。和中国古典诗脱节，和民间的诗歌也脱节，因此，新诗直到现在还没有能在这块土壤里生根。""汉字如果暂时仍不能废除，何以不能写旧形式的诗呢？"[62]

在这种背景下，许多诗人对传统诗歌采取了重新的"回望"。这种"回望"的幅度是很大的：内容的颂歌化和大众化，[63] 语言的古典化和民歌化，以及对于旧格律的重新审视和对于新格律的建设构想，其中包括了对自由体诗的反思。在这样的氛围里，受到积极推许的不仅是李季的《王贵与李香香》、王希坚的《翻身民歌》，还有张志民的《死不着》《王九诉苦》。

1946年的10月和11月，20世纪40年代最具代表性的两部诗集《马

---

[62] 萧三：《谈谈新诗》，《文艺报》第1卷第12期，1950年3月10日。见刘福春主编：《中国新诗总系·史料卷》，人民文学出版社，2010年9月，第304—305页。

[63] 关于诗歌大众化的理念，王亚平在《论诗歌大众化的现实意义》中说："它不但要求形式大众化，内容大众化，就是作者本人的生活也应该大众化。只有这样才能符合这个伟大丰富的民主内容，才能在各种形式的基础上，创造出一种更被人民大众所欢喜的形式。"《文艺春秋》第三卷第五期，1946年11月15日。

凡陀的山歌》（袁水拍）和《王贵与李香香》（李季）相继出版。[64] 它们的出版无疑为当时诗歌通往民间的进程增添了动力。

这几乎是一股不可阻挡的潮流。但是潮流不能夺去诗歌本有的自由品性。20世纪40年代初期，也就是延安发出新的文艺召唤的那个时候，在中国西南一隅的昆明在那里的西南联合大学简陋的校区里，集聚了一批年轻的大学生和他们的老师们。他们依然延续着新诗固有的思路，追求并实践着他们对于新诗的现代主义的梦想。当日的西南联大，不仅是民主运动的堡垒，而且也是新诗现代化的重镇。与他们站在一起的有闻一多、李公朴、朱自清、冯至，还有燕卜荪。

它好比是一座艺术的孤岛，无视外

张志民诗集《天晴了》，读者书店1949年4月出版，收《王九诉苦》《死不着》等诗

袁水拍《马凡陀的山歌》，生活书店1946年10月出版

---

[64] 1946年10月，马凡陀（袁水拍）诗集《马凡陀的山歌》由生活书店出版。当时这样广告："马凡陀的山歌，有时采自由诗体，有时借山歌小调，有时仿陶行知和冯玉祥的形式，但均别出心裁。而以诗人的热情向现实的黑暗挑战，投以讽刺的刃，今日尚少与比肩者。"《诗创造》第1辑，1947年7月。

1946年11月，李季的长诗《王贵与李香香》由东北书店出版。周而复讲："一颗光辉夺目的星星，从西北高原上出现，它照耀着今天和明天的文坛，这就是《王贵与李香香》。"《王贵与李香香》出现，无疑的，是中国诗坛上一个划时期的大事件。"《文艺生活》新第13期，1947年4月。当时广告称："这是人民壮丽的史诗，郭沫若先生誉为文艺翻身的响亮信号。"《文艺生活》新14期，1947年5月。

卞之琳

卞之琳《十年诗草》,明日社1942年5月出版

界的风吹草动,一心一意地继续着他们对于新诗的伟大探索。同样是1942年的记载,5月,冯至的《十四行集》出版;也是5月,卞之琳的《十年诗草》出版。关于前者,评论说:

> 冯至先生可以说占有诗的全意义。每个成品都是一个艺术的完整,一个诗的印证。那样纯,那样美,而对于人生又参悟那样深透。他是人生圣地的巡礼者,具有艺术的德行,他知道创作过程的甘苦。有光,他指给我们光,有阴暗,他指给我们阴暗,他是人生最忠实的信徒……他本已就是智慧的化身。哲人的沉思与诗人的温情在他的笔下取得了融协。希望,想象与向上向善的心欲在他的表现里交织着。他兼有说理与抒情的长才。他提炼了语言。他顺从了而又主宰了形式。[65]

李广田有长文(约四万余字)专论《十年诗草》的艺术成就,分别从章法与句法、格式与韵法、用字与意象各个方面全面论述卞之琳诗歌的艺术。这种专心致志、细心系统地研谈新诗的艺术性的文章,在当时甚至在今天都是罕见的。从20世纪30年代后期直抵20世纪40年代,中国新诗是在战争的硝烟中艰难地行

---

65 杨番:《读"十四行集"》,《诗》第3卷第4期,1942年11月。

进,前面述及的抒情的放逐,正是自然之理,诗歌不再迷恋温柔缱绻的情趣,也不再追求精致细密的技巧,而始终为悲壮而惨烈的战斗高歌猛进。这才是文学和诗歌的崇高目标。在战争中,艺术始终是次要的,温馨的抒情更是显得多余。

李广田写《诗的艺术》,时间是1942年11月26日。这一年文学界发生的大事,已是举世皆知。由此带来的一切变化,随后即有明证。也就是在巨大的潮流卷来之时,这里却有着别样的宁静风情。且看《诗的艺术》是如何谈论卞之琳的诗的——李广田引用了卞诗《长途》的一节:

李广田

> 几丝持续的蝉声
> 牵住西去的太阳,
> 晒得垂头的杨柳
> 呕也呕不出哀伤。

他分析说,"'几丝持续','牵住西去',这些字的声音,都可以教读者听到那蝉的声音,而且是倦意的蝉声。以下两句中的'头''柳''呕''呕'都是一种郁塞的声音,真仿佛夏天走长路,又热又累,简直喘不过气来,而这里又是写杨柳,没有风,杨柳也闷得难受"[66]。这种摈弃了空洞的大论而深入到一个字甚

李广田《诗的艺术》,开明书店1944年12月出版

---

[66] 李广田:《诗的艺术》,开明书店,1948年1月,第四版,第55—56页。

西南联大校门

至一个声音的切磋探究的精神,不仅是在当时,即使是在今天也是凤毛麟角的稀罕。我们空言太多,泛论太多,而诗歌艺术却是一个字、一个音见精神的。

1942年的《亚洲》(Asia)刊登一篇论及卞之琳的文章称:"他身材短小瘦弱,看起来弱不禁风,一副厚厚的眼镜后面闪动着浅灰色的眼睛,他的声音微弱,表情迷茫,让你有置身九霄云外之感。他的整个外表和本质及其诗中的幻想情调,会一同造就如下印象:他一定是世上最不堪这场战争的狂暴风云一击的。可是,他就这么出现了,以战时诗人的身份出现了,而且是一个优秀的战时诗人,完全无愧于这个名号。不过,也不要认为战时的诗人就一定以笔为枪去战斗,言辞轰轰如发射子弹一般。想象一下吧,狂暴的海水侵蚀着巨大的礁石,一只白鸽就在海水中经受着冲刷。白鸽最容易受到狂暴海水的伤害,可是它依然以最为从容的姿态振动它那雪白的翅膀，不因喷溅的浪花而受挫。无论面对何种困难，一个诗人就应该像这样。"[67]

　　大后方的西南联大校园当时弥漫着的，正是这样与外界迥然不同的氛围。冯至当时住在远离昆明的郊外山间，每周从乡下住地步行去学校上课。他的典雅的十四行就是在这样的环境里"吟"出来的。[68] 有趣的是这种艰难困苦中的"闲适"，是这种从容的心境。冯至说到它的形式——"至于我采用了十四行体，并没有想把这个形式移植到中国来的用意，纯然是为了自己的方便。我用这形式，只因为这形式帮助了我。正如李广田在论十四行集时所说的，'由于它的层层上升而又下降，渐渐集中而又解开，以及它的错综而又整齐，它的韵法之穿来而又插去'，它正宜于表现我要表现的事物。它不曾限制了我活动的思想，只是把我的思想接过来，给一个适当的安排。"（冯至，《十四行集·序》）

　　　　深夜又是深山，
　　　　听着夜雨沉沉。
　　　　十里外的山村、
　　　　念里外的市廛，

　　　　它们可还存在？
　　　　十年前的山川、
　　　　念年前的梦幻，

67　陈世骧：《一个中国诗人在战时》，陈越译，《亚洲》（*Asia*），1942年8月号。转引自中国人民大学复印报刊资料《中国现代、当代文学研究》第6期，2011年。
68　冯至：《十四行集·序》："一九四一年我住在昆明附近的一座山里，每星期要进城两次，十五里的路程，走去走回，是很好的散步。一个人在山径上，田埂间，总不免要看，要想，看的好像比往日看得格外多，想的也比往日想得格外丰富。那时，我早已不习惯于写诗了——从一九三一到一九四零十年内我写的诗总计也不过十几首——但是有一次，在一个冬天的下午，望着几架银色的飞机在蓝得像结晶体一般的天空里飞翔，想到古人的鹏鸟梦，我就随着脚步的节奏，信口说出一首有韵的诗，回家写在纸上，正巧是一首变体的十四行。这是诗集里的第八首，是最早也是最生涩的一首。"文化生活出版社，1949年1月再版。

西南联大中文系师生 1946 年 5 月合影。二排坐者左起为浦江清、朱自清、冯友兰、闻一多、唐兰、游国恩、罗庸、许维遹、余冠英、王力、沈从文

都在雨里沉埋。
四围这样狭窄,
好像回到母胎;
我在深夜祈求

用迫切的声音:
"给我狭窄的心
一个大的宇宙!"

(冯至,《深夜又是深山》)

然而，正是这种不经意，竟说出了那里延续着战前中国校园传统的学术氛围。环境是艰苦的，条件是简陋的，而艺术趣味却始终保持了学院精神的高贵而典雅。当日的联大校园，积聚了中国当时最有希望的一批学者和诗人。在闻一多、朱自清、冯至等前辈诗人的引领下，一批更加年轻的诗人在成长。他们中的一些人，成为后来影响中国诗歌的"九叶诗群"的重要成员：穆旦、袁可嘉、郑敏、杜运燮以及未列入"九叶"而实际风格与之相近的西南联大的诗人们。王佐良的《一个中国新诗人》说的是穆旦，其实论的是在西南联大出现的一批新诗人：

冯至

这些诗人们多少与国立西南联大有关。联大的屋顶是低的，学者们的外表褴褛，有些人形同流民，然而却一直有着那点对于心智上事物的兴奋。在战争的初期，图书馆比后来的更小，然而仅有的几本书，尤其是从外国刚运来的珍宝似的新书，是用着一种无礼貌的饥饿吞下了的。这些书现在大概还躺在昆明师范学院的书架上吧；最后，纸边都卷起如狗耳，到处都皱折了，而且往往失去了封面。但是这些联大的年青诗人们并没有白读了他们的艾里奥脱（即艾略特，引用者）与奥登。也许西方会吃惊地感到它对

冯至《十四行集》，明日社1942年5月出版

于文化东方的无知,以及这无知的可耻,当我们告诉它:如何地带着怎样的狂热,以怎样梦寐的眼睛,有人在遥远的中国读着这两个诗人。在许多下午,饮着普通的中国茶,置身于乡下来的农民和小商人的嘈杂之中,这些年青作家迫切地热烈地讨论着技术的细节。高声的辩论有时伸入夜晚;那时候,他们离开小茶馆,而围着校园一圈又一圈地激动地不知休止地走着。但是对于他们,生活并不容易。学生时代,他们活在微薄的政府公费上。毕了业,作为大学和中学的低级教员,银行小职员,科员,实习记者,或仅仅是一个游荡的闲人,他们同物价作着不断的,灰心的抗争。他们之中有人结婚,于是从头就负债度日。他们洗衣,买菜,烧饭,同人还价,吵嘴,在市场上和房东之前受辱。他们之间并未发展起一个排他的,贵族性的小团体。他们陷在污泥之中。但是,总有那么些次,当事情的重压比较松了一下,当一年又转到春天了,他们从日常琐碎的折磨里偷出时间心思来——来写。[69]

这一段文字把我们带到了战时的西南联大,带到了那一批年轻作家生活写作的具体氛围之中。而在这些被称为新诗人的群体中,最杰出的代表则是穆旦。"在穆旦的诗中,中国风情和西方方式,现实的苦难与历史的沉压,活生生的画面与对于人的、民族的生存状态,生命的最内在的感受和把握有着非常熨帖的融汇。穆旦创造了一种新的可能性,以刺刀般的尖利刺入历史的深层,造出了表面冷淡的内在爆发力。"[70] 当然,最深刻的见解依然来自王佐良:

> 但是穆旦的真正的谜却是:他一方面最善于表达中国知识分子的受折磨而又折磨人的心情,另一方面他的最好的品质却全然是非中

---

[69] 王佐良:《一个中国新诗人》,1946年4月写于昆明,原载《文学杂志》第2卷第2期,1947年。
[70] 谢冕:《新世纪的太阳》,时代文艺出版社,1993年6月,第226页。

穆旦

《穆旦诗集》，1947年5月出版

国的。在别的中国诗人是模糊而像羽毛样轻的地方，他确实，而且几乎是拍着桌子说话。在普遍的单薄之中，他的组织和联想的丰富有点近乎冒犯别人了。这一点也许可以解释他为什么很少读者，而且无人赞誉。然而他的在这里的成就也是属于文字的。现代中国作家所遭遇的困难主要是表达方式的选择。旧的文体是废弃了，但是它的词藻却逃了过来压在新的作品之上。穆旦的胜利却在他对于古代经典的彻底的无知。甚至于他的奇幻都是新式的。那些不灵活的中国字在他的手里给揉着，操纵着；它们给暴露在新的严厉和新的天候之前。……

　　穆旦对于中国新诗写作的最大贡献，照我看，还是在他的创造了一个上帝。他自然并不为任何普通的宗教或教会而打神学上的仗，但诗人的皮肉和精神有着那样的一种饥饿，以致喊叫着要求一点人身以外的东西来支持和安慰。大多数中国作家的空洞他看了不满意；他们并非无神主义者，他们什么也不相信。而在这一点上，他们又是完全传统的。在中国式极为平衡的心的气候里,宗教诗从来没有发达过。我们的诗里缺乏大的精神上的起伏,这也可以用前面提到过的"冷漠"来解释。但是穆旦,以他的孩子似的好奇,他的在灵魂深处的窥探,至少是明白冲突和怀疑的。[71]

从冯至到穆旦,他们走的依然是新诗西化的道路。这对于革命情绪高涨的时代,特别是民族处于危难而寻求独立解放的时代来说,可能是"不合时宜"的,然而却是"弥足珍贵"的坚守。从远处看,是中国新诗从"五四"发轫,一直"别求新声于异邦",是按照西方的诗歌模式来创造中国新诗的,说是坚守也不为过。从近处看,新诗自来有自由与多元的传统,不可能被某种倡导的模式所"统一"。大一统是没有出路的,它可能造成新诗生态的危机,这一点是20世纪50年代以后的事实所证明了的。此处叙述的穆旦,王佐良说他有着"对于古代经典的彻底的无知",不禁令人想起艾青——艾青之所以成为一个国际性的诗人,也是由于他的文化背景的"非中国化"。

1941年的12月,也就是先于1942年文艺革命高潮到来之时,穆旦用他自己的声音,唱出了对于战时中国的独特的赞美诗[72]——

>　　一样的是这悠久的年代的风,
>　　一样的是从这倾圮的屋檐下散开的
>　　无尽的呻吟和寒冷,
>　　它歌唱在一片枯槁的树顶上,
>　　它吹过了荒芜的沼泽,芦苇和虫鸣,
>　　一样的是这飞过的乌鸦的声音。
>　　当我走过,站在路上踟蹰,

71　王佐良:《一个中国新诗人》,《文学杂志》第2卷第2期,1947年。
72　此处引诗的题目是《赞美》。

> 我踟蹰着为了多年耻辱的历史
> 仍在这广大的山河中等待,
> 等待着,我们无言的痛苦是太多了,
> 然而一个民族已经起来,
> 然而一个民族已经起来。

一个民族已经起来

一个民族已经起来。他们最终甩掉了战争的阴影,迎接了一个崭新的黎明。诗人们用自己的声音赞美了民族的新生,也用自己的声音埋葬了一个旧时代。那曾经是多么悲壮的一页诗史。公刘在为诗集《黎明的呼唤》[73]写的序中,描绘了当日中国这一幅动人的画面:"四十年代后半叶是灾难深重的岁月,半个中国在水深火热中呻吟、挣扎;革命的早行者们不时在这里和那里发出一声两声怒吼,但都很快就或者被扼杀了或者被掩堵了。而另外的半个中国却正以自己的鲜血燃烧起一片辉煌的烈焰。辉煌的这一半理所当然地感染着和吸附着污黑的那一半。"公刘深情地回忆起他当年十分喜爱的一支歌曲:

> 当黑暗将要退却,
> 而黎明已在遥远的天边
> 唱起红色的凯歌
> ——我们为什么不歌唱!

---

[73] 公刘:《黎明的呼唤》,圣野、曹辛之、鲁兵编选,四川人民出版社,1982年6月。编选者的《编后》特别有针对性地指出:"从这些诗篇可以看到,当时的诗歌创作在表现形式上是不拘一格、多种多样的。即使是属于一个流派,也往往各有个性。诗人们从自己的生活出发,用自己所喜爱和熟悉的独特的风格,去表现自己的思想和感情,这种有浓有淡的思想和感情是和当时人民的思想感情融合在一起的。应当写什么,不应当写什么,这样写才算正统,那样写即成异端,这只能成为枷锁,不利于新诗的发展。"

> 当链镣还锁住
> 我们的手足，鲜血在淋流；
> 而自由已在窗外向我们招手
> ——我们为什么不歌唱！

20世纪40年代后期，战事在辽沈、淮海、平津，在江淮平原、在长江两岸激烈地进行。岁月激荡，瞬息万变，这时的上海已是风声鹤唳，但诗歌依然顽强地生存者、发展着。文网酷烈，物价飞涨，诗歌的生存环境十分严峻，但是写作、出版照样进行。1947年7月，《诗创造》第一集"带路的人"出版，"编余小记"说：

> 在这个逆流的日子里，对于和平民主的实现，已经是每一个人——不分派别，不分阶级——迫切需要争取的。因此我们认为：在诗的创作上，只要大目标一致，不论它所表现的是知识分子的感情或劳苦大众的感情，我们都一样重视。不论他是抒写社会生活，大众疾苦，战争惨象，暴露黑暗，歌颂光明；或是仅仅抒写一己的爱恋、悒郁、梦幻、憧憬……只要能写出作者的真实情感，都不失为好作品。同时今天不是一个理想的社会，每一个诗人都有他的不同的生活习惯、生活态度，对现实问题的看法也有着程度上的差异。能够放弃自己的阶级立场，个人的哀怨喜乐，去为广大的劳动大众写作，像某些诗人写他的山歌，写他的方言诗，极力想使自己的作品能成为老百姓所喜闻乐见的，这种好的尝试，都是可喜的进步；但是像商籁诗，玄学派的诗，及那些高级形式的艺术成果，我们也该一样对其表爱。[74]

---

[74]《诗创造编余小记》，《诗创造》第一辑《带路的人》，1947年7月。

这段话不是无的放矢，它是一种"重申"，表达了某种"隐忧"，也表达了一种坚持。重点是在诗歌的多向度和多种可能性的表述。这让我们想起1957年《星星》创刊号的"稿约"，几乎都在"重申"。不幸的是，这种"隐忧"后来都被证实为"不妄"。过了一年，即1948年，又有一个诗刊在上海面世，那就是《中国新诗》。它的出现是对诗歌创作的严肃性的一次再宣告：

1947年7月《诗创造》创刊

> 到处有历史的巨雷似的呼唤：到旷野去，到人民的搏斗里去，到诚挚的生活里去。它以它的光叫我们知道：只在历史的光耀里才有人的光耀，人的存在只因为他的严肃的工作，人的存在只因为他的自我的牺牲——在生活里也在文艺与诗的创作里。
>
> 我们是一群从心里热爱这个世界的人，我们渴望能拥抱历史的生活，在伟大的历史的光耀里奉献我们渺小的工作。我们都是人民生活里的一员，我们渴望能虔诚地拥抱真实的生活，从自觉的沉思里发出恳切的祈祷、呼唤并响应时代的声音。[75]

1948年6月《中国新诗》创刊

---

[75]《我们呼唤——"中国新诗"代序》，《中国新诗》第一集，1948年6月。

《我爱这土地》这篇文字的写作,始于令人悲愤的1937年,中国诗人伴随着自己的人民和军队经历了殊死的抗争,直至法西斯灭亡。紧接着这场战争的结束,又开始了三年的国内战争,那同样是悲苦惨烈又惊心动魄的。值得骄傲的是,诗歌没有缺席,诗人们始终以自己的歌声记载着、并鼓舞着人民的斗争。

这篇文字结束于一个永久定格的年份。北京的十月,当一个庄严的宣告如雷滚过天边,此时和此后(大约是8月到11月),一场又一场惨绝人寰的屠杀正在山城重庆的黑夜里进行。可以告慰历史的是,在那里的牢房和刑场,那些手无寸铁而又视死如归的人们依然在用诗歌抗议暴行。在何建明关于红岩的纪实文学中,留下了这些非专业的诗人们用鲜血写成的诗篇,如《示儿》(蓝蒂裕)、《我的"自白"书》(陈然)、《天快亮的行凶》(文泽)、《黑牢诗篇》(蔡梦慰)等。他特意记下了一位诗歌青年的感人的故事——

> 年仅21岁的女青年黄细亚,是一位美丽而充满热情的姑娘,她先后在《西南风晚报》和保育院幼稚园工作,并一直在地下党领导下从事对国民党部队的策反工作,1949年9月13日被捕。她在被捕前送给同学一首《一个微笑》的诗中这样表达她的人生志向:"……以自己的火,去点燃别人的火。用你笔的斧头,去砍掉人类的痛苦;以你诗的镰刀,去收割人类的幸福。牢记着吧,诗人!在凯旋的号声里,我们将会交换一个微笑……"现在,她在敌人的枪口下实现了自己的诺言,当鲜血浸红了她的衣衫的生命最后时刻,姑娘的脸上依然充满了胜利的微笑。[76]

历史翻过了沉重的一页,而我们的耳边依然响着那穿越铁牢的声

---

76 何建明:《最后的诗赋》,《文艺报》,2011年6月15日。

音,那是渣滓洞难友们集体朗诵监狱里的"人民歌手"古承铄的《天还没有亮》:

> 天还没有亮
> 忌讳说黑暗
> 黑暗黑黝黝
> 痛苦看不见
> 就是看得见
> 也是不忍见
> ……
> 有亮照出来
> 照给大家看
> 纵然狂风暴雨多
> 为了发光要大胆[77]

纪实文学的作者把这些诗叫作"最后的诗赋",也是永恒的诗赋。

---

77 何建明:《最后的诗赋》,《文艺报》,2011年6月15日。

新诗纪事

1937 年

1月1日《文学》第八卷第一号刊出新诗专号；是月胡风的诗集《野花与箭》由文化生活出版社出版，戴望舒的诗集《望舒诗稿》出版。

2月《广州诗坛》创刊。

4月25日中国诗人协会在上海成立。

5月15日《诗场》创刊，诗场社编辑出版。

7月1日玲君的诗集《绿》、路易士（纪弦）的诗集《火灾的城》由新诗社出版，穆木天的诗集《流亡者之歌》由上海乐华图书公司出版；25日诗场社刊出《诗场号外·卢沟桥事件专刊》。

8月1日任钧的诗集《战歌》由上海乐华图书公司出版；25日《高射炮》诗刊创刊，征军、王亚平、戴何勿主编；30日《救亡日报》刊出《中国诗人协会抗战宣言》。

10月郑振铎的诗集《战号》由生活书店出版。

11月1日《时调》半月刊在武汉创刊，穆木天、蒋锡金主编；15日由《广州诗坛》改刊的《中国诗坛》在广州出刊。

1938 年

1月16日《七月》第7期刊出艾青的诗《雪落在中国的土地上》。

2月高兰的《高兰朗诵诗集》由大路书店出版。

3月27日中华全国文艺界抗敌协会在汉口成立。

6月臧克家的诗集《从军行》由生活书店出版。

7月田间的诗集《呈在大风砂里奔走的冈卫们》由生活书店出版。

8月7日柯仲平、田间等在延安发起街头诗运动；

10日《中国诗艺》在长沙创刊，中国诗艺社编辑。

1939 年

1月艾青的诗集《北方》出版。

7月10日诗刊《顶点》在桂林创刊，艾青、戴望舒主编。

9月孙毓棠的诗集《宝马》由文化生活出版社出版。

11月艾青的诗集《他死在第二次》由上海杂志公司出版。

1940 年

1月28日《行列》诗歌半月刊创刊，朱维基、沈孟天编辑。

2月《诗》新一卷第一期在桂林出刊，诗社编辑。

6月艾青的长诗《向太阳》由海燕书店出版。

7月臧克家的诗集《呜咽的云烟》由创作出版社出版。

8月3日王独清病逝。

9月1日《新诗歌》出刊，延安战歌社和山脉文学社编印。是年卞之琳的诗集《慰劳信集》由明日社出版。

1941 年

4月20日任钧的诗集《后方小唱》由上海杂志公司出版。

5月30日中华全国文艺界抗敌协会举行首次诗人节。

6月15日《诗创作》在桂林创刊，胡危舟、阳太阳、陈迩冬编辑。

9月艾青的诗论集《诗论》由三户图书社出版。

11月5日《诗垦地丛刊》在重庆创刊，邹荻帆、姚奔主编。

1942 年

4月臧克家的诗集《向祖国》由三户图书社出版。

5月冯至的诗集《十四行集》、卞之琳的诗集《十年诗草》由明日社出版；彭燕郊的诗集《春天——大地的诱惑》由诗创作社出版。

8月13日蒲风病逝；是月孙钿的诗集《旗》、亦门（阿垅）的诗集《无弦琴》由南天出版社出版。

12月绿原的诗集《童话》由南天出版社出版。

1943 年

5月艾青的诗集《黎明的通知》由文化供应社出版。

6月10日《诗月报》在四川创刊，蒂克编辑；是月臧克家的诗集《泥土的歌》由今日文艺社出版。

7月鲁藜的诗集《醒来的时候》由南天出版社出版；孙望、常任侠选编的《现代中国诗选》由南方印书馆出版。

10月彭燕郊的诗集《战斗的江南季节》由水平书店出版；胡风选编的诗集《我是初来的》出版。

11月田间的诗集《给战斗者》由南天出版社出版。
12月艾青的诗集《反法西斯》由华北书店出版。

1944年

3月《诗领土》在上海创刊，路易士（纪弦）主编。
6月郭沫若的诗集《凤凰》由明天出版社出版。
9月曾卓的诗集《门》、力扬的诗集《我底竖琴》由诗文学社出版。
10月1日孙望选编的《战前中国新诗选》由绿洲出版社出版；是月汪铭竹的诗集《纪德与蝶》由诗文学社出版。
11月20日冯文炳（废名）的诗论集《谈新诗》由新民印书馆出版。
12月臧克家的《十年诗选》由现代出版社出版。

1945年

1月穆旦的诗集《探险队》由文聚社出版。
2月8日陈辉牺牲；是月《诗文学》在重庆创刊，邱晓崧、魏荒弩主编；何其芳的诗集《预言》由文化生活出版社出版。
4月路易士（纪弦）的诗集《三十前集》由诗领土社出版。
5月何其芳的诗集《夜歌》由诗文学社出版。
6月艾青的诗集《献给乡村的诗》由北门出版社出版。

1946年

5月20日臧克家的诗集《宝贝儿》由万叶书店出版。
6月任钧的《新诗话》由新中国出版社出版。
7月1日《诗激流》在重庆创刊；15日闻一多被杀害；25日陶行知病逝。
9月22-24日《解放日报》刊出李季的长篇叙事诗《王贵与李香香——三边民间革命历史故事》。
10月马凡陀（袁水拍）的讽刺诗集《马凡陀的山歌》由生活书店出版；杜运燮的诗集《诗四十首》由文化生活出版社出版。
11月李季的长诗《王贵与李香香》由东北书店出版。

1947年

1月1日《诗地》在汉口创刊，李一痕主编。
2月15日《新诗歌》在上海创刊，薛汕、李凌、沙鸥编辑。
4月臧克家的诗集《生命的零度》由新群出版社出版。

5月穆旦的《穆旦诗集》自印出版。

7月《诗创造》在上海创刊,诗创造社编辑。

10月臧克家主编的《创造诗丛》由星群出版公司出版,有杭约赫(曹辛之)《噩梦录》、青勃《号角在哭泣》、唐湜《骚动的城》、苏金伞《地层下》等诗集12种。

12月朱自清著《新诗杂话》由作家书屋出版。

1948年

1月《新诗潮》在上海创刊,新诗潮社编辑出版;辛笛的诗集《手掌集》由星群出版公司出版。

2月穆旦的诗集《旗》由文化生活出版社出版;戴望舒的诗集《灾难的岁月》由星群出版社出版。

5月森林社编辑的《森林诗丛》由星群出版社出版,有杭约赫(曹辛之)《火烧的城》、唐祈《诗第一册》、唐湜《英雄的草原》、陈敬容《交响集》等诗集8种。

6月《中国新诗》在上海创刊,辛笛、杭约赫(曹辛之)等编辑。

8月1日《诗号角》在北平创刊。

10月10日《异端》诗刊在上海创刊,纪弦编。

11月陈敬容的诗集《盈盈集》由文化生活出版社出版。

第五章

为了一个梦想

中国新诗（1949—1959）

胡风

放声歌唱的年代

　　这一年对于中国现代史而言非常重要，它是改变历史的一年。当这一年的第一线阳光降临的时节，白雪皑皑的淮海战场上，炮弹正在空旷的冰雪原野上空飞驰，连天的爆炸震惊了一个动荡的岁月。中国人在创造一个新的开始。这一年春天到来的时候，长江上万船齐发，这就把春天的绿意带到了江南。诗人说："时间开始了！"[1]时间就是这样开始的。这位后来受尽磨难的诗人，当时用明亮的语言表达了他的感恩的心情——1949年的一场初雪，小草感谢明媚阳光的照耀：我是幸福的，／冰保卫着我，／雪拥抱着我，／我会睡得很温暖，／我会梦得很平安的。[2]

　　全中国的诗人，都以满心的欢喜迎接了这个新开始的时间。这一年秋天，一个新的政权在隆隆的礼炮声中诞生。袁水拍的《新的历史今天从

1　这是胡风的一个诗歌总题，下分《欢乐颂》《光荣颂》《安魂曲》等乐章。
2　胡风：《小草对阳光这样说》，诗后注："1949年12月4日晚看见初雪的时候，口成。在北京。"

胡风《时间开始了!》,1950年1—3月出版

头写》以坚定的语气对此总结说:"几千年人吃人的封建史的道路到此走完! / 一百年帝国主义侵略史的道路到此走完!"[3]徐迟也用断然的语气宣告:"雪封山的季节已经过完,/雪封山的时代也已告终。"[4]何其芳把这一天称为《我们最伟大的节日》:

---
3 袁水拍作,写于1949年9月22日,《袁水拍诗歌选》,人民文学出版社,1985年,第331页。
4 徐迟:《春雷》,作于1955年,引自诗集《战争,和平,进步》,作家出版社,1956年。

何其芳

中华人民共和国
在隆隆的雷声里诞生。

是如此巨大的国家的诞生，
是经过了如此长期的苦痛
而又如此欢乐的诞生，
就不能不像暴风雨一样打击着敌人，
像雷一样发出震动着世界的声音……[5]

轰鸣的雷电把一个受尽苦难的民族带到了一个新的起点上。不论今后的道路如何坎坷曲折，这终究是一个伟大的开始。对于全社会而言，战场正向着南方推移，而且用不了多少时间，战争就将结束。经历了长期战乱的中国人民从此将在和平的阳光下劳动和工作。尽管前途的艰难险阻不可预料，但可以肯定的是，荡涤战争的乌云，清理道路的泥泞，建设的年代从此开始了。

全中国的诗人满心欢喜地迎接了这个新时代。新中国成立初期，诗人萧三曾赋诗赠友，那时他们都已不年轻，却依然是一派的青春曼妙："休看我饱经风霜模样。／一辈子不失赤子

1949 年 10 月 25 日《人民文学》创刊号刊出何其芳的《我们最伟大的节日》

---

[5] 诗前有序："1949 年 9 月 21 日，中国人民政治协商会议第一届全体会议在北京开幕。毛泽东主席在开幕词中说：'我们团结起来，以人民解放战争和人民大革命打倒了内外压迫者，宣告中华人民共和国的成立了。'他讲话以后，一阵短促的暴风雨突然来临，我们坐在会场里面也听到了由远而近的雷声。"见《何其芳文集》第一卷，人民文学出版社，1982 年，第 213 页。

心肠。/这时代说什么'老当益壮'?/来来来,我和你大声歌唱!"[6]这是放声歌唱的年代,"凡是能开的花,全在开放;/凡是能唱的鸟,全在歌唱。"[7]这首短诗,是迄今为止对那个时代最精简的概括。新的春天一般灿烂的生活在广袤的国土上展开,从祖国的四面八方传来了年轻的、充满希望的歌唱。诗人们满怀喜悦地向亲爱的祖国祝贺晨安:

公刘

> 我推开窗子,
> 一朵云飞进来——
> 带着深谷底层的寒气,
> 带着难以捉摸的旭日的光彩。
>
> 在哨兵的枪刺上
> 凝结着昨夜的白霜,
> 军号以激昂的高音,
> 指挥着群山每天最初的合唱……
>
> 早安,边疆!
> 早安,西盟!
> 带枪的人都站立在岗位上
> 迎接美好生活中的又一个早晨……[8]

公刘《边地短歌》,中南人民文学艺术出版社1954年3月出版

---

6 萧三:《自题照片赠老柯》,原载《诗刊》1957年1月号。
7 严阵:《凡是能开的花,全在开放》,此诗作于1956年9—10月,《诗刊》1957年1月号。
8 公刘:《西盟的早晨》,此诗作于1954年,选自诗集《黎明的城》,中国青年出版社,1957年。

全社会都弥漫着这种早春情调。中国曾长期动荡，从20世纪30年代到如今，一个战争连接着另一个战争，民众心理普遍存在着对于和平安宁生活的祈愿。他们把这种突然降临的日子，看成是满天朝霞的清晨，看成是开满鲜花的春天。在这个时期，人们来不及回顾往日的辛酸，更无暇重品曾有的忧患，明朗的色彩，欢快的节奏，透明的形象，乐观的情调，这是与新时代相称的单纯的诗。

这里引用的是20世纪50年代一首非常典型的诗："一个姑娘走在田边大道上，/她一面走着一面歌唱；/她肩上飘着一条花围巾，/她黑黑的脸上透出红光。//天空那么蓝，那么光亮，/没有边界的麦田像一片海洋；/哦，她不是在大道上行走，/她是在春天里轻轻飞翔。"[9]应该说，许多人都写过这样的诗，李季写过，闻捷写过，徐迟和邹荻帆也写过。这里所传达的情感是轻松的，节奏是明快的，它表现了健康而乐观的时代风尚，字里行间，有一种无所牵挂的轻松与安逸。那个单纯的年代，人们的思想也单纯，也许前面还有泪水和血污，但真纯的人们只知无牵无挂地向着前路。

充满希望的时代诱发着诗人的灵感，这是放声歌唱的年代。这个年代最具代表性的诗人是贺敬之，他的最具代表性的诗篇就叫《放声歌唱》。在歌剧《白毛女》中曾以激情的笔墨揭露黑暗的诗人，在新的年代用同样激情的笔墨歌颂光明和新生。贺敬之是来自延安的共和国新一代诗人，他与那些长期生活在大后方的诗人不同，他与新生活不隔膜，也很少陈旧的包袱，他的放声歌唱自然得近于天成。他用的是"楼梯体"。在错落有致的诗行排列中，情绪有时舒缓，有时激荡，释放着充盈的革命激情。

"楼梯体"在此时的流行可能受到马雅可夫斯基的影响。但不论是贺敬之还是郭小川，以及写《和平的最强音》的石方禹，他们的创作采用

9　吕剑：《一个姑娘走在田边大道上》，此诗作于1954年3月，《溪流集》，中国青年出版社，1957年。

这一文体是由于表达的需要。20世纪50年代流行政治抒情诗,激荡澎湃的抒情需要这样激荡澎湃的文体。他们不是对马雅可夫斯基的照搬,而是放声歌唱的需要。特别是贺敬之,他的贡献在于使这一看来欧化的体式拥有了中国的神韵。研究者指出:他的诗中"句与句、节与节之间经常有相当工整的对偶,这不但有助于诗篇节奏的匀称与多样的统一,而且也加强了诗篇的句、节之间的内在联系"[10]。

因为政治上采取"一边倒"的策略,所以诗的创作也受到苏联诗歌的影响。除了马雅可夫斯基的"楼梯体",还有伊萨柯夫斯基,他的基本整齐的抒情体式被很多诗人移植过来。从闻捷的《天山牧歌》以及李季后来的"石油诗",到李瑛和诸多军旅诗人表现边疆生活的抒情诗,都可寻到伊萨柯夫斯基抒情叙事的痕迹。这些诗后来被称为生活抒情诗,是早春时节放声歌唱的另一种通行的体式。

一个时代有一个时代的诗。这个新开始的时代伴随着空前的胜利和成功,展示在全体中国人民面前的是无限光明的前途,整体的早春时节的氛围奠定着这个时代的诗的基调:乐观、向上、喜悦和欢快。它杜绝灰色和阴暗,后者被认为是失去信心的与时代不和谐的落伍。这些判断今天看来有些幼稚,但事实上很长时间都是评价一首诗的隐性的标准。

"一体化"的宏图

在此之前,就影响而言,延安事实上已经是中国的中心。在战争还未结束时,延安就已为夺取全国的胜利做了准备。延安要把它的希望与梦想在广大的国土上变为现实。在意识形态方面,特别是在文艺和诗歌方面,延安有充分的决心,要把它在战争环境中形成的模式,向着中国广袤的国土推广。在诗歌领域,这更是坚定不移的目标。在中国新文学的发展中,

---

10 潘旭澜、曾华鹏:《为伟大的党伟大的祖国放歌——读贺敬之近年来的诗》,《文汇报》,1963年1月8日。

曾经有过诸多的不同的文艺观点的论争。那时的论争也涉及革命的文艺理念的传播与推广，但由于缺乏有力的行政力量的支持，大体也只停留在争论的层面，而不可能形成统一意志付诸实施。现在的形势有了根本的变化，文艺是在政党和政权的领导之下，行政力量的强大足以使抽象的理念成为具体的事实。

早在延安文艺座谈会讲话之后，就有一系列的行政措施以贯彻执行讲话所涉及的文艺政策。据材料，讲话后即作出"决定"，强调"讲话"是具有"普遍原则性的，而非仅适用于某一特殊地区或若干特殊个人的问题。无论是在前方后方，也无论已否参加实际工作，都应该找到适当和充分的时间，召集一定的会议，讨论毛泽东同志的指示，联系各地区各个人的实际，展开严格的批评与自我批评"[11]。

这种通过行政手段贯彻推行一种文艺思想的方式，在获得全国政权之后有了空前的加强。这是一种行之有效的方式，能够保证把延安点燃的火种在更广大的地区予以推进。应该说，进入20世纪50年代的中国文艺（包括诗歌在内）所追求的，就是这种把火种普遍点燃的工作——就是说，通过一定的措施在全国范围内推广并实行已经在解放区实现的文艺、诗歌模式。在小说和戏剧方面，出现了以赵树理为代表的一批表现根据地生活的作品。[12] 这些作品的出现给延安讲话提供了事实的验证，日后也成为一种范例。诗歌的出现要晚一些，因此，当李季的《王贵与李香香》出现的

---

11 《中共中央宣传部关于执行党的文艺政策的决定》(1943年11月7日)，《解放日报》，1943年11月8日。这份决定内容涉及面很广也很具体，例如，指出："今天的文艺战线上，与民族斗争、阶级斗争的其他战线一样，不但存在着保持小资产阶级错误思想的分子，而且还混有若干为敌人、反动派所派遣的奸细破坏分子，他们过去利用我们的尊重文化人（这是对的）与若干同志中的自由主义倾向（这是错的），散布思想毒素，进行反对人民的破坏革命队伍与革命文艺队伍的纯洁性的活动。"又如："内容反映人民情感意志，形式易演易懂的话剧与歌剧（这是熔戏剧、文学、音乐、跳舞，甚至美术于一炉的艺术形式，包括各种新旧形式与地方形式），已经证明是今天动员与教育群众坚持抗战、发展生产的有力武器，应该在各地方与部队中普遍发展。"

12 周扬在《新的人民的文艺》中列举了马烽、西戎的《吕梁英雄传》，赵树理的《李家庄的变迁》《李有才板话》《小二黑结婚》，袁静、孔厥的《新儿女英雄传》，邵子南的《李勇大摆地雷阵》，王力的《晴天》，王希坚的《地覆天翻记》，丁玲的《太阳照在桑干河上》，周立波的《暴风骤雨》，马加的《江山村十日》等小说为例。

时候,引起了一番惊喜。[13]

1949年7月5日,第一届文代会在北京举行。会上周扬的报告详细介绍了解放区的文艺创作成就,其中作为诗歌的例子,提到李季的长诗《王贵与李香香》。周扬以肯定的语气断言:"毛主席的'文艺座谈会讲话'规定了新中国的文艺的方向,解放区文艺工作者自觉地坚决地实践了这个方向,并以自己的全部经验证明了这个方向的完全正确,深信除此之外再没有第二个方向了,如果有,那就是错误的方向。"[14] 在这里,周扬用的是"规定",用的是"完全正确",事实证明这是不可讨论、也无可置疑的。

大约也是这个时候,新华书店及时地以"中国人民文艺丛书"[15]的名义,出版了系列地体现了延安讲话精神的作品。此举意在为全国的作者提供一种范例。这套丛

新华书店1949年5月出版的《中国人民文艺丛书》

---

13 陆定一在《读了一首诗》中说:"比较来得更迟的,就是诗了。《王贵与李香香》,就是这样的新诗,用丰富的民间语汇来做诗,内容形式都是好的,在外面有袁水拍先生,现在我们这里也有了。"原载《延安日报》,1946年9月28日,转引自《中国现代文论选》第1册,王永生编,贵州人民出版社,1982年8月。

14 周扬:《新的人民的文艺》,原载《中华全国文学艺术工作者代表大会纪念文集》,新华书店,1950年。

15 《中国人民文艺丛书》编辑例言:"一、本丛书定名为'中国人民文艺丛书',暂先选编解放区历年来,特别是1942年延安文艺座谈会以来各种优秀的与较好的文艺作品,给广大读者与一切关心新中国文艺前途的人们以阅读和研究的方便。二、编辑标准,以每篇作品政治性与艺术性结合,内容与形式统一的程度来决定,特别重视被广大群众欢迎并对他们起了重大教育作用的作品。"

第一届文代会期间,臧克家(右一)、卞之琳(右三)、王辛笛(右四)、徐迟(右五)、沙鸥(右六)等在中南海怀仁堂前合影

书中诗歌的选本有王希坚等的《佃户林》、阮章竞等的《圈套》、李季的《王贵与李香香》、阮章竞的《漳河水》等。[16]这些诗集中前两种是多人诗选,后两种是个人长诗,风格大体都是来自民间老百姓喜闻乐见的体式,以民歌体为主。如"王家集有个小王五,／王五命乖黄连苦"(刘衍洲:《弹唱小王五》);"长辛桥家西,／有个佃户林,／远看草连草,／近看坟连坟"(王希坚:《佃户林》),都是来自民间的歌谣的借用与变种。

当时的理论界也竭力推进这种主题和风格的普及。20世纪40年代中后期,劳辛是一位专注于诗歌的批评家。他在《论叙事诗的本质》一文

---

16 《圈套》1949年8月出版(其中包括阮章竞的《圈套》《送别》和《盼喜报》,以及张志民的《王九诉苦》和《死不着》),《佃户林》和《王贵与李香香》1949年9月出版,《漳河水》1950年9月出版。

中指出:"假如我们要把诗歌从暖房里的盆景移植于广阔的旷野里,使它是属于人民的艺术,那么,我们的诗人必须去掉那些知识分子的抒情心情,使自己的诗能表现农民的泥土气息和工人的粗犷性。只有这样,它才能作为斗争的一柄利刃,作为幽暗中的一支火把。那么,我们的诗作者应该向群众学习他们的情感,向现实生活去觅取诗的题材。同时,必须向丰富的民间歌谣去学习他们的技巧,只有在这条件下产生的诗作才能够合老百姓的脾胃,才能够为老百姓所喜见乐闻的东西。"[17]

这些提倡和启示,特别是关于向丰富的民间歌谣学习技巧的提倡,都旨在导引新中国的诗歌向着延安确定的方向,把当日的实践成果在更广阔的地区普遍地展开。它的指向是非常明确的,那就是内容上表现工农兵的喜怒哀乐和形式上为工农兵所喜闻乐见。20世纪30年代以来争论不休的大众化的内容和民族的形式等等,在这里都找到了定论和答案,现在的问题就是实践。这种既定的关于民族、民间风格的推广,在当时是令人鼓舞的长期期待的一种梦想的实现。这方面成功的典范既已出现,一切讨论已无意义。

对以往解放区经验的充分自信,导致一种更为坚定的提倡。殊不知这种提倡已不能适应周围环境的改变,特别是已不能适应幅员广阔的疆土上自然、语言以及习俗的巨大差异,以及更为广大的地区民众文化素质和欣赏习惯上的巨大差异。虽然任何一种诗歌风格都难以做到融通一致,但是坚定得近于固执的观念却始终支持着在已经变动的时空中,以一往无前的决心推行一种认定的"最好的文学"中的"最好的诗歌"形态。其实,早在20世纪50年代初期,人们就有过这样的隐忧。何其芳批评过那种"企图简单地规定一种形式来统一全部新诗的形式"的倾向。[18]

李季的《王贵与李香香》、阮章竞的《漳河水》、张志民的《王九诉苦》等等,都是向民间歌谣形式学习借鉴获得成功的典范。整个形势是

---

17 劳辛:《诗的理论与批评》,上海正风出版社,1950年11月,第97页。
18 何其芳:《话说新诗》,《文艺报》第2卷第4期,1950年4月。

李季

李季《玉门诗抄》，作家出版社 1955 年 4 月出版

要求向更广泛的层面推广这种已被认定为成功的写作。但是，新诗业已形成的传统、产生新诗的根据和基础，以及新诗自身的多向追求，方方面面都在质疑着这种走向单一模式的可能性。应当承认，民族的和民间的风格有它的优长之处，也是中国新诗所欠缺的，但是使之成为一种新的诗歌的统一风格能否行得通，这是不能不加以考辨的。

在全国范围内推广一种诗歌的运作方式，一般是鼓励诗人放弃自己的"小天地"和"小情趣"，投身到工农兵群众中的"大天地"和"大情趣"中去，彻底改变自己的习惯和趣味，最好是彻底放弃自己的知识分子的优越感，把立场转变到工农兵方面来。这种号召和实践的结果，首先是以广大诗人彻底否定自己过去的实践及其经验为沉重的代价，最后导致诗人创作个性和自信力的丧失。

在新的时代里，诗人所能做的，就是以"改造思想"的方式批判自己过去的写作，重新确立目标，使自己纳入并接受一个既定的模式。化"个人"为"集体"，化"知识分子"为"工农兵"，变应当否定的"洋腔洋调"为工农兵所喜闻乐见的"土腔土调"。这种思路有其形成的历史。由于革命取得成功，条件变得更为充裕，提倡者对建立新秩序及实现诗歌的"大一统"也更有信心。

已经拥有盛名的李季认真地执行了这样的路

线。他的《王贵与李香香》的创作,是他在"三边"工作生活了整整三年之后,"把自己变成不折不扣的当地人"[19]才写出来的。战争胜利之后,李季试图在玉门油田重寻"三边"那种感觉,但已是事过境迁,原先的"信天游"已不适用于当时。李季说:

> 生活向前发展了,当我们还没有来得及研究生活的这种巨大的变化时,我们的描写对象(也是我们的读者对象)——广大人民群众的思想感情,已经发生了根本的变化。……一句话,过去的个体农民的汪洋大海,变成了合作化的新农村。这时候,你要用"五谷里数不过豌豆圆,/人数里数不过咱俩可怜!/庄稼里数不过糜子光,/人数里数不过咱俩凄惶!"的调子,来描述这些正在形成中的社会主义新型农民,那会是多么不协调啊![20]

诗人仍在新时代探索新的可能性。李季后来写《菊花石》,采用了"盘歌"和湖南民歌的调式,但这种改变未曾获得成功。李季一直想坚持他的民间诗歌的道路,终究还是选择了放弃。而使他获得新的荣誉的,是他在《玉门诗抄》中的多数诗篇里所采用的格式,即四行一节,大体整齐、基本押韵的"半格律体"。许多来自战时乡村的诗人,在新的历史时期虽然想坚持固有的模式、但终究也只得另辟蹊径——张志民、阮章竞、戈壁舟、王希坚都不同程度地对自己原先的风格作了调整。唯一不变的也许只有王老九,他原本就是农民,民歌到底是属于他的。

诗歌发展的历史已经昭示,在诗的领域中强行推进一种或几种诗歌模式是违背诗的规律的。舆论一律尚且难以做到,诗歌一律更是匪夷所思。

---

19 李季:《我和三边、玉门》。李季说:"总结了三边的生活经验,我尽力地忘掉自己的作家身份,从一切方面(从工作、生活到思想感情),把自己变成一个和当地所有人一样的'玉门人'。这当然是困难的,但却不是不可能的。经过几个月的努力,连最熟悉的同志,也不得不好心地告诉我说,'你简直一点儿也不像个作家,可不要忘了你的本行呢!'"原载《文艺报》第18期,1959年。
20 李季:《热爱生活,大胆创造》,《文艺学习》第8期,1956年。

文学和诗歌的"一体化"并不是福音，它可能意味着一场灾难。

人们现在终于认识到，诗到底是一种个体作业，唯有充分的个性化，才能有充分的创造性。愈是个人的，便愈是诗的。这与"方向"无关，也与"道路"无关。但是这种诗歌观念形成已久，不易轻易改变，因此这种向民歌学习的潮流，并不因一些诗人的创作受阻而式微。在随后发生的"大跃进"中掀起了一番更大规模的论战，此是后话。

第一关键词是颂歌

颂歌是20世纪50年代中国诗歌的灵魂，它极大程度地影响了中国诗歌在当代的行进和发展。谈论这一时段的诗歌，颂歌是绕不过去的一个概念。追根溯源，颂歌的理念应该到延安的讲话中去寻找。周扬无疑是这一理念最忠实的阐释者："我们是处在这样一个充满了斗争和行动的时代，我们亲眼看见了人民中的各种英雄模范人物，他们是如此平凡，而又如此伟大，他们正凭着自己的血和汗英勇地勤恳地创造着历史的奇迹。对于他们，这些世界历史的真正主人，我们除了以全副的热情去歌颂去表扬之外，还能有什么别的表示呢？"[21]

牵涉到歌颂还是批判、揭露的话题，延安讲话已经在敌我和善恶的层面做了明确的判定。讲话当时就驳斥了"我不是歌功颂德的，歌颂光明者其作品未必伟大，刻画黑暗者其作品未必渺小"的论点，说："歌颂资产阶级光明者其作品未必伟大，刻画资产阶级黑暗者其作品未必渺小；歌颂无产阶级光明者其作品未必不伟大，刻画无产阶级所谓'黑暗'者其作品必定渺小。"[22]

颂歌有着明确而确定的内涵，这也是受到普遍认同的。"当诗人歌颂

---

21 周扬：《新的人民的文艺》，《中华全国文学艺术工作者代表大会纪念文集》，新华书店，1950年。
22 毛泽东：《在延安文艺座谈会上的讲话》，《文艺方针政策学习资料》，吉林师范大学、吉林大学文艺学编写组，吉林人民出版社，1961年1月，第108页。

祖国的时候，首先想到的必然是领导人民推翻反动统治、建立人民共和国的伟大的中国共产党","爱祖国的主题是和爱我们的国家制度、党和政府的政策相结合的"。[23] 为了维护这一判断，周扬从文学史的角度对鲁迅关于"国民性"的批判予以防卫性的、新的诠释，他没有直指鲁迅"过时"，而认为在新的时期一种"新的国民性正在形成之中"。他指出："我们不应当夸大人民的缺点，比起他们在战争与生产中的伟大贡献来，他们的缺点甚至是不算什么的，我们应当更多地在人民身上看到新的光明。这是我们所处的这个新的群众的时代不同于过去一切时代的特点，也是新的人民的文艺不同于过去一切文艺的特点。"[24]

在新的历史时期，许多诗人正是这样出于道义的认知，以感恩的心情把诗歌置放在歌颂的基座上。因此，不能认为颂歌形态的出现及其推广只是由于提倡，客观地说，也出于"自愿"——诗人们感受到了新的生活的全部辉煌，也感到了责任和使命。在很大程度上，这种歌颂是出于内心的要求。他们同时也在这种急切之中，忘了诗功能的宽广和博大。

> 我们的文学应当去发掘我们的伟大的人民的心灵之美，从而把这心灵的"火焰山"煽得更旺盛。我们的人民是勤奋而聪敏的，朴质又乐观的，朝气勃勃又善于思考的。现在，又处于一个意气风发、精神振奋的前所未有的时代，党的思想力量和社会主义精神已经掌握了千千万万人的心。诗作者可以从这里得到无穷的启发，并且真正能够像普罗米修斯那样从这里取得了圣火，然后赋予高度的热力还给人民。[25]

上述郭小川的论点体现了当年诗界的总体氛围和基本认知。不仅

---

23 袁水拍：《诗选》(1953年9月—1955年12月)序言，人民文学出版社，1956年2月。
24 周扬：《新的人民的文艺》，《中华全国文学艺术工作者代表大会纪念文集》，新华书店，1950年。
25 郭小川：《权当序言》，《谈诗》，郭小川著，上海文艺出版社，1978年12月，第103页。

艾青《欢呼集》，人民出版社1951年4月出版

郭沫若《新华颂》，人民文学出版社1953年3月出版

于此，有的诗人还把这种诗歌的责任和使命感与诗的基本性质相混淆："诗人对于现在，应该是个歌颂者，对于将来，应该是个预言者。"[26] 说这话的是当年被鲁迅推为最优秀的抒情诗人的冯至。当时认同一种简单的推理，所谓诗歌即指颂歌，诗人的根本使命定位于新生活的歌颂者。极而言之，有的诗人甚至认为文学和诗歌的重大使命就在于歌颂领袖。[27]

这些立论在20世纪50年代是谁都不会产生异议的，而且一直延续到"文化大革命"结束。这种"诗歌只能是颂歌"的观念，是支配20世纪大部分时间的基本观念，它造成了20世纪后半叶中国诗歌的独特景观，却也造成这一漫长时间中诗歌的灾难。前面已经提及，综观20世纪中期的当代诗歌，在颂歌这一总的理念的笼罩下，诗歌形态基本不出于政治抒情诗和生活抒情诗这两大门类。前者的代表诗人是贺敬之和郭小川，后者的代表诗人是

---

26 冯至：《漫谈新诗的努力方向》，《文艺报》，1958年第9期。
27 诗人郭小川的儿子郭小林不只一次地回忆到此事："父亲几年前讲的不也是'造神说'吗？他曾在给我的信中写道，'无产阶级革命文学的最高使命是歌颂伟大的领袖毛主席'。"（语见郭小林：《惶惑与无奈》）又有一则："这十年他的创作方向已几经转换：首先是真诚地作为党的喉舌在热情讴歌；后来发现党也会犯错误而开始有了一点粗浅的独立思考，几乎是无意识地流露了一些个性色彩，竟遭到了粗暴无情的猛烈批判；从此他再也不敢心有旁骛，放弃了'文学是人学'的定律，越来越痴迷于'造神文学'——1971年初他在给我的信中就曾说：'歌颂伟大领袖毛主席是无产阶级革命文艺的最重要使命（大意）。'（见郭小林：《1976：一个政治诗人的最后痛苦》）以上材料均见郭小惠等编《检讨书——诗人郭小川在政治运动中的另类文字》，中国工人出版社，2001年1月，第308、328页。

闻捷和李季。这四位来自解放区的诗人举足轻重,承担了奠定共和国诗歌主流形态的创造性工作。

政治抒情诗是应时代的召唤而诞生的诗体,也是20世纪50年代最主要的诗歌体式。在政治意识高扬的年代,日益膨胀的阶级斗争的理念激发着全民高昂的政治热情。政治抒情诗为传达这种激情提供了适当的方式。这是一种专为表现大题材而设的诗体,它一般由重大的政治性事件所引发,而后以全方位的历史陈述予以覆盖。往往是由今日的胜利回望历史上的抗争,从中揭示今昔之间的内在关联,论证这些斗争的正义性和必然性。

贺敬之的政治抒情诗大抵从当下的某一重大政治事件出发,围绕一个或数个历史性画面而展开抒情。他注重历史对于现实合理性的印证。郭小川的政治抒情诗也以广阔的历史为大的背景,但他更注重针对当前的问题发言。因为这类诗歌往往紧贴现实的政治,而政治又往往多变,于是被诗歌"固定"的政治往往会成为诗歌的"陷阱"。现实的"政治"说变就变,而诗歌无法变。政治抒情诗常常因为这种"事过境迁"而陷入尴尬的境地。[28]

在那个年代,政治抒情诗是易于接近群众的一种诗歌方式。在重大的政治性集会上,在节庆日的朗诵会中,在报刊和机关团体的出版物上,都有它的身影。那个年代盛行大型的现场朗诵,而政治抒情诗则是朗诵会的主角。贺敬之的《放声歌唱》《雷锋之歌》《十年颂歌》,郭小川的《向困难进军》《投入火热的斗争》《闪耀吧,青春的火光》,已经成为20世纪50年代影响深广的诗歌经典。

---

[28] 例如贺敬之的《十年颂歌》涉及庐山斗争的文字即是。贺敬之自述:"我曾用真情实感去歌颂光明事物——我们的党、人民和社会主义祖国,是应当做的。但是另一方面,我还必须说,我对社会主义事业的理解是太肤浅、太幼稚了,对我们生活中的矛盾的认识是过于简单,过于天真了。这就使得我在作品中不能准确而大胆地表现矛盾斗争,因而就不能更深刻、更有力地反映和歌颂我们的伟大时代。例如《十年颂歌》这首长诗,今天看来不仅显得无力,而且其中关于庐山的那段批判性的文字还是错误的。在编印这本集子时,尽管我对别的作品除仅做个别文字的改动外一概保存原来的面貌,而对这一篇中的这一整段,我不能不以负疚的心情把它删除。"见《贺敬之诗选·自序》,1979年7月10日。引自北京师范大学中文系当代文学教研组编:《当代文学教学参考资料·诗歌卷》,1980年7月,第95—96页。

郭小川

郭小川《投入火热的斗争》,作家出版社1956年4月出版

功利主义的价值理念并不满足于抽象的意识形态抒情,它还要求具体地再现那值得歌颂的一切,包括事件、场景、情节和人物,亦即富有细节的叙事的因素。要是说颂歌有它特定的内涵的话,这就是除了政治激情的传达(这是非常重要的),还应该具体而形象地表现当今生活的丰富多彩。这就形成了20世纪50年代颂歌主体的另一个形态——生活抒情诗。在这一方面,李季和闻捷是最有代表性的诗人。其实,将此类诗歌定性为"抒情诗"未必适合,它应属于广义的叙事诗的范畴。但这种诗体采取"说事"的手段以达到政治抒情的目的,则是实况。

20世纪50年代形成的生活抒情诗写作,更多地决定于对新生活的认识和发自内心的热爱。战争结束,建设开始,过去荒芜的土地,如今鲜花盛开,过去贫瘠的穷乡僻壤,如今响起马达的轰鸣,过去贫病交加的人民,如今昂首阔步行进在自由的国土上。新的生活、新的人物、新的故事,诱发着诗歌的"贪婪"。新生活给予新诗人的职责,是要满腔热情地、而且还要详尽地"记述"这一切。记述即意味着歌颂,越是详尽的记述就越能显示歌颂的诚意。诗人的庄严使命在于将这新生的一切保留在诗歌的记忆之中。

人们终于找到了颂歌的另一种形态。即除了歌颂政治,还要歌颂政治笼罩下的生活,生

蔡其矫

蔡其矫《回声集》,作家出版社
1956年6月出版

蔡其矫《涛声集》,作家出版社
1957年11月出版

活中的故事、情节和细节,当然更主要的是人物。生活抒情诗有效地把叙事的因素引进到颂歌中来(这种引进可能给诗歌的抒情本质造成损害,以后的论述将要涉及),的确造成了20世纪50年代颂歌形态的一道独特的风景,从而也极大地拓展了颂歌的范围和内涵。

还是李季,是他率先把描写的笔触从战争中农民翻身的故事及时地转移到建设新生活的场景中来。诗人一如既往地投身到火热的建设中的厂矿和工地，如同当年选择"三边"那样选择了玉门油矿，在油矿的工地上寻找新人新事。在那里他发现当年赶着毛驴驮盐的边民，如今开起了拖拉机。他在生活中发现了新的诗意。《玉门诗抄》中的"石油诗"就这样一篇一篇地展示在新的读者面前。

李季给我们带来了陌生的新的生活场景和新的人物形象。他以热情的笔墨再现沸腾的建设工地上那动人的情景："辽阔坦平的戈壁滩在我的脚下，／行驶着的车队像一群小小的甲虫。／排成长列的白云前来把我慰问，／乐队总是那高傲的山鹰的嗥鸣。"（李季，《我站在祁连山顶》中的诗句）在这样充满热情的画面上，总有从战争中走过来的今天的建设者："刀痕是长征时留下来的，／抗日战争的纪念在肩膀上，／解放战争中丢了一个手指头，／这一脑袋白头发是转业以后的奖赏。"（李季，《厂长》中的诗句）他追求的就是这种把战争和建设加以"拼接"的效果，李季的颂歌意识就建立在这个基础上。

闻捷有自己的关注点。他把目光移向了遥远的边疆，那里是一片新展开的沃土，那里生长着新的人物和他们新的业绩。闻捷的抒情对象是生活在天山南北的各族儿女。他的选择是时代的选择。他以诗人的直觉感应了时代的召唤。随着战争的走向远方，祖国的劳动者和建设者的脚步也迈向了远方。时代展开了华美的画图，在西北边疆也在西南边疆，新的生活向人们展示它无限的丰富、美丽和神奇。

闻捷的目光和彩笔定格在那里，他以锦心绣口向我们传递神秘边疆的全部美丽。诗人感知我们这个多民族组成的大家庭，应当有与时代协调的新诗体式来表现它的丰富性。于是他向我们唱出了一曲又一曲迷人的《天山牧歌》。说是牧歌，其实已经脱离了原始民歌形式的简单照搬，而是采用了与新的时代审美情趣相和谐的体式。这种体式的基本特征是，基本押韵、字节大体整齐、半格律体。闻捷在这些诗中成功地创造了与时代风尚相一致的劳动加爱情的叙述模式。他把美好的劳动和同样美好的爱情加以衔接，通过歌颂劳动和爱情来歌颂创造新生活的新人。

这种诗歌模式很容易让人追溯起20世纪30年代文学中的革命加爱情的叙述模式。这种联想有其合理性，革命已经成功，现在代替革命的是建设和劳动。正如当年歌颂革命一样，如今歌颂建设，凡是为革命或是为建设作出贡献的，都是诗歌和文学应当歌颂的。这正是颂歌的功利性的合理表现。不同的是，现在诗人笔下的劳动已告别了以往时代的痛苦和沉重，在天山牧场和葡萄沟展开的劳动场面是伴随着歌声和舞步进行的。

闻捷

李季和闻捷都是以诗叙事的能手。在《玉门诗抄》和《天山牧歌》之后，他们都有长篇叙事诗问世。李季的《杨高传》三部曲分别由《五月端阳》《当红军的哥哥回来了》和《玉门儿女出征记》组成，是以诗记事的一种尝试。闻捷则有长诗《复仇的火焰》一、二部问世。二人在短诗创作取得丰富经验之后写作长诗，已经表现得相当成熟。《复仇的火焰》注重引边疆风物的细节入诗，注重把中亚腹地静穆苍茫的自然景观与民族习俗的华贵富丽结合起来。史诗性的宏伟结构与充满当地风情的细节描写，在闻捷的诗中也有完美的融汇：

    落日的光辉渐渐暗淡，
    晚霞的彩色正在飞速变幻，

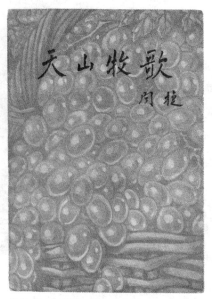 

闻捷《天山牧歌》,作家出版社 1956 年 9 月出版　　《人民文学》1955 年 3 月号刊出闻捷的组诗《吐鲁番情歌》

> 橘黄、桃红陡然变成了绛紫,
> 绛紫瞬息间又化为灰蓝。
>
> 帐篷的天窗升起炊烟,
> 漫游的羊群低鸣着涌进围栏,
> 飞倦的云雀悄声落入林丛,
> 黄昏笼罩着巴里坤草原。

闻捷成功地将哈萨克民间习俗、歌谣、服饰、自然风光融成了一个草原民族的诗意世界。但不论是闻捷还是李季,他们擅长的作为颂歌的生活抒情诗过分追求把生活的具体情景纳入诗中,造成了抒情环境中叙事的泛滥。这一缺陷不单属于闻、李二人,它几乎是20世纪50年代诗人的"现实主义传染病"。

当"叙事"在诗中肆意泛滥,当抒情诗变成了无节制地交代事实的絮叨,当烦琐的对话和事件的堆砌充斥着诗歌的时候,抒情诗是否还存在就成了问题。这种弊端在李季的名篇《师徒夜话》和《客店答问》中,也在公刘的《毛泽东思想照猛丁》(1951)、《兵士啊,你们要小心!》(1952)中有明显的流露。这种对于"叙事"的痴迷,这种照搬和堆积的"现实主义"已经泛滥成灾。在那些诗中,因为过度"热情"的、急切的"装填","情"已被"事"挤压得无处藏身,"诗"理所应当地"蒸发"得无可寻觅了。

以上对20世纪50年代作为"灵魂"和"第一关键词"的颂歌的产生和发展作了回顾,对颂歌的两种体式也作了剖析。应该承认,颂歌这种诗歌形态的确代表并体现了20世纪50年代开始的社会想象,与那个充满激情、"一往无前"的时代精神是完全合拍的。但是,当颂歌成为一种戒律,以此来厘定诗人的立场并判决诗歌的优劣、存亡时,它的负面价值就凸显了出来。单以"反右派斗争"为例,许多被认定为"毒草"的诗歌,其实就是一些非歌颂的诗歌。流沙河的《草木篇》、公木的《据说,开会就是工作,工作就是开会》、邵燕祥的《贾桂香》都是触犯了这一戒律的。几乎所有这类诗歌都遭到了雷殛。从这点看,20世纪50年代开始的颂歌,又是制造诗歌悲剧的渊薮。

抒情主体的移位

一旦认定诗歌的性质在于歌颂,随之而来的必然是对抒情主体身份的重新认定。如前所述,对于作为颂歌主体的歌颂者而言,首先必须拥有正确的意识与立场。正如那篇著名的讲话指出的,你是无产阶级,你就不会歌颂资产阶级,反之,亦然。因此,对于唱颂歌的诗人来说,抒情主体的

中国作家协会编《诗选》，人民文学出版社1956年2月出版

先进性就是首要之义。这种体认把抒情主人公的"纯化"推到了一个极限的高度。

新中国成立后第一本《诗选》[29]的主编袁水拍通过该诗选的序言，对抒情主人公提出了新的要求："诗人既不能是一个隐身者，也不能是一个旁观者，更不能是一个伪善者！诗人只能是一个革命者，一个共产主义的战士，一个像毛泽东同志所说的'毫无自私自利之心'的人，'一个高尚的人，一个纯粹的人，一个有道德的人，一个脱离了低级趣味的人，一个有益于人民的人'。"[30]贺敬之在"大跃进"高潮中也发表了类似的主张，认为诗人必须有"对共产主义光辉未来的理想"，"必须是共产主义者的无限广阔的胸怀"，而且还"必须是集体主义者，是集体主义的英雄主义"。[31]贺敬之一直坚持这样的认识，直至"文化大革命"结束："诗，必须属于人民，属于社会主义事业。按照诗的规律来写和按照人民的利益来写相一致。诗人的'自我'跟阶级、跟人民的'大我'相结合。'诗学'和'政治学'的统一。诗人和战士的统一。如此等等。"[32]他认为这代表了社会主义诗歌的根本特征和本质意义。

---

29 袁水拍主编：《诗选》，人民文学出版社，1956年2月。选收1953年9月至1955年12月期间的作品。
30 此文写于1956年1月18日，见《诗选》（1953年9月—1955年12月），人民文学出版社，1956年2月，第12页。
31 贺敬之：《漫谈诗的革命浪漫主义》，《文艺报》第9期，1958年。
32 贺敬之：《战士的心永远跳动》，《郭小川诗选》英文本序，1979年5月30日。见《郭小川诗选·续集》，河北人民出版社，1980年。

许多诗人都在这样的标准面前处境尴尬。他们所能做的，只能是对以往的创作予以彻底的否定。这种否定，何其芳早在《夜歌·后记》中已经做过。[33] 如今的诗人面临的是比何其芳当年更为强大的压力。许多诗人都有过像冯至这样的自我检讨：认为自己先前的诗作"真是苍白无力、暗淡无光。它们干巴巴的，没有血肉，缺乏又远大又切实的理想"，"我最早写诗，不过是抒写个人的一些感触，后来范围比较扩大了，也不过是写些个人主观上对于某些事物的看法；这个'个人'非常狭隘，看法多半是错误的，和广大人民的命运更是联系不起来"。[34]

大约从20世纪30年代左翼文学运动开始，文学理论方面就开始了对"个人主义"的批判。这种批判的势头到了"工农兵文艺"时期，达到了极限的状态。与批判文学个人主义相对的是关于"集体主义"的提倡。集体主义是进步的，顺乎潮流的，而个人主义则是落后的、渺小的，它明显地具有不合法性。个人主义被认为是对群众意识的消解，"阶级斗争精神在这里被个人反抗的精神所代替了"，"强调个人与生命本位，主张宽容而反对斗争，实际上是企图把文艺拉回到为艺术而艺术的境域中去的反动倾向"。[35] 此种理论的褊狭性，在其他文体那里也许不甚突出，而在诗歌这里，却无异于对抒情主体的取消。

在这样的背景之下，抒情诗中的"我"就成为一个非常敏感的话题。诗人社会的、阶级的，乃至国家的代言的身份，必然无止限地要求着这个"我"必须从"真我"中脱壳而出。他必须彻底改变那种自然的、本真的，同时也必然是"狭窄"的"小我"状态，他必须将此转化为一个实际代表着、代替着无限广大的"集体"而存在的虚拟的个体——"大我"。

---

[33] 何其芳曾经真诚地对自己那些"反复地说着那些感伤、脆弱、空想的话"，"有什么了不得的事情值得那样缠绵悱恻，一唱三叹"的写作进行检讨。认为"现在自己读来不但不大同情，而且有些感到厌烦可着了"。《夜歌和白天的歌·初版后记》，《何其芳文集》第二卷，人民文学出版社，1982年，第254页。

[34] 冯至：《漫谈新诗努力的方向》，《文艺报》第9期，1958年。

[35] 邵荃麟：《对于当前文艺运动的意见》，《大众文艺丛刊》第1辑，香港1948年3月出版。转引自谢冕、洪子诚主编：《中国当代文学资料选》，北京大学出版社，1995年12月。

而这个以"我"的面目出现的"大我",其实就是"我们"。这个"大我"所指称的是通体光明、力量无边,而且始终代表着真理和正确方向的群体。

对于"小我"的否定和排斥,对于"大我"的肯定和张扬,使许多诗人在抒情主体的确立上如临深渊、如履薄冰。他们小心翼翼地尽量不在诗中出现我的形象,他们宁肯模棱两可。在20世纪50年代的抒情诗中,出现最多的是"我们",典型的句式如"社会主义——我们来"。(贺敬之,《三门峡——梳妆台》)而如果需要在诗中直接出现"我"的字样时,则要格外谨慎。

比较成功的是《放声歌唱》中关于"我"的描写。有评论肯定地指出:"一首歌颂党的长诗,用了四分之一以上的篇幅来抒写'我自己',这是一般并不多见的。如果诗人在这一章里,仅仅是为了表现'我自己',那么就很可能成为这支颂歌中一段刺耳的噪音。"如今出现的"诗中的'我',是诗人自己,也是成千上万在革命圣地延安成长起来的革命者"。这篇评论进一步论述了特定条件下"我"的属性:"抒情诗中的'我'可以是但又不一定是诗人自己。然而,无论哪一种情况,'我'与'我们'越是充分的统一,诗篇就越有力量,越能引起读者共鸣。"[36]

既然诗中的我可以是、也可以不一定是诗人自己,既然强调了"我"与"我们"的"充分统一",那么,"小我"存在的合法性就是非常可疑的。这种抒情主人公从"小"到"大"的移位,造成了决定中国新诗命运的旷日持久的动荡。诗中的我因其神圣化的身份导致愈演愈烈的膨胀,最后当然只能是"自我"的消失。在相当长的一个时期里,我们在中国诗中看不到独具个性的"真性情",也看不到诸多仅仅属于诗人自己的"小情趣"。随着真我的消失,诗也就消失了它应有的那份趣味和韵致。事实证明,对于"小我"即"个人主义"的不间断的批判摧毁了诗歌的根基。

---

36 潘旭澜、曾华鹏:《为伟大的党伟大的祖国放歌》,《文汇报》,1963年1月8日。

贺敬之

贺敬之《放声歌唱》，中国青年出版社 1957 年 1 月出版

更为严重的是，由此形成了一种理念，认为诗是非此不可的。人们开始围追堵截哪怕是仅仅残余的"小我"的痕迹，包括穆旦那样要"埋葬"昔日之我的真诚用心，[37] 也被判定为"毒草"。这种风气一直蔓延到20世纪60—70年代，形成了抒情主体的"假、大、空"现象。"假"是由于失真；"大"则是抒情主人公的指代失当，往往是至高无上的"群众""党"和"国家"，大而无当的言辞比比皆是；至于"空"，则是这一切恶性发展的必然指归并由此形成陋习。

在处理"大我"与"小我"的关系上，郭小川显然没有贺敬之那般

---

[37] 穆旦的《葬歌》发表于《诗刊》1957 年 5 月号。诗中说："'哦，埋葬，埋葬，埋葬！'／'希望'在对我呼喊；／'你看过去只是骷髅，／还有什么值得留恋？／他的七窍留着毒血，／沾一沾，我就会瘫痪。'"

幸运。他因在总题为《致青年公民》的组诗中使用了"我号召你们""我指望你们"等句子，遭到强烈的责难。郭小川事后不得不承认："实在是口气过大，所以，在以后的各首中，我就改正了。"他为此专门作了解释："我要说明的是，我所用的'我'，只不过是一个代名词，类如小说中的第一人称，实在不是真的我，诗中所表述的，关于'我'的经历，'我'的思想和情绪，也决不完全是我自己的。"[38] 此后，他又修改了自己的看法："诗中间，是可以出现'我'字的。但这个'我'，必须是无产阶级或英雄人民中的一个，最好是他们的代表，是他们的代言人。个人是集体中的一员。"[39]

诗中的我当然不会是"真的我"，这与文学的再创造规律有关。但文学的再创造，是以作家的亲身体验及其积累为前提，而后经过提炼和综合的"糖化"作用再造而为作品中的人物情节。在诗歌的再创造过程中，诗人自我的存在比任何形式的文学创作都重要。可以这样认为，无我就无诗。要是说，在其他的文学写作中应当回避"真我"的直接进入，那么在诗歌这里，这种回避的必要性就会降到最低点。诗不应当排斥"真我"。回过头来看上面郭小川关于"实在不是真的我"的辩解，就显得没有必要了。

"百花时代"

20世纪50年代，中国大陆有一个短暂的百花时代。这个梦幻般的早春情调神奇地出现在急雨暴风的夹缝之中。

进入20世纪50年代，随着新生活的开始，也开始了不见终点的学术和文艺的批判运动：关于电影《武训传》的批判，关于小说《我们夫妇之间》的批判，关于胡风文艺思想及"胡风反革命集团"的批判，关于胡适、

---

38 郭小川：《关于"致青年公民"的几点说明》，此文作于1957年9月2日。转引自北京师范大学中文系当代文学教研组编：《当代文学教学参考资料·诗歌》，1980年7月，第4页。

39 郭小川：《谈诗书简·二》，1969年10月写于北京，见《谈诗》，上海文艺出版社，1978年12月，第28页。

俞平伯学术思想的批判，以及对丁玲、陈企霞和《文艺报》的批判，连同愈来愈频繁的对所谓的"右派分子"的批判，等等。那时仿佛有不竭的热情和嗜好，发动并开展着这些连环套般的文艺批判运动。从整体上看，它们构成了20世纪50年代中国大陆特殊的文化景观：是一个又一个批判运动，驱使着中国文艺陷入愈来愈窄狭的逆境之中。

与这种批判运动形成巨大反差的，是20世纪50年代中叶提出了"百花齐放、百家争鸣"[40]的方针。这一举措虽然出人意表，却也暗合了当时隐在的对现实的不满和变革的要求。域外的学者评价说："百花齐放政策给予了知识分子一定程度的自由，以赢得他们的合作和提高他们的本领。另一方面，也允许他们批评官员，以改进官僚体制和提高它的效率。"[41]

敏感的诗歌首先对此做出回应。1957年两本诗歌刊物同时问世。《诗刊》创刊号刊登了毛泽东的旧体诗词十八首，毛泽东在来信中支

《诗刊》主编臧克家

---

[40] 毛泽东指出："百花齐放、百家争鸣的方针，是促进艺术发展和科学进步的方针，是促进我国的社会主义文化繁荣的方针。艺术上不同的形式和风格可以自由发展，科学上不同的学派可以自由争论。利用行政力量，强制推行一种风格，一种学派，禁止另一种风格，另一种学派，我们认为会有害于艺术和科学的发展。艺术和科学中的是非问题，应当通过艺术界科学界的自由讨论去解决，通过艺术和科学的实践去解决，而不应当采取简单的方法去解决。"《关于正确处理人民内部矛盾的问题》(1957年2月)，《毛泽东选集》第五卷，人民出版社，1977年4月，第388页。

[41] [美]R.麦克法夸尔、费正清编：《剑桥中华人民共和国史·革命的中国的兴起》，中国社会科学出版社，1998年7月，第256页。

持了新诗的创作和发展。[42]《诗刊》创刊之初决心贯彻"双百"方针，先后发表了风格流派各异的诗人如汪静之、穆旦、杜运燮、陈梦家、萧三、饶孟侃、柯仲平、林庚、王老九、黄声孝、纳·赛音朝克图、康朗甩等的诗作，发表了王统照、朱光潜、谢冰心等的诗论，卞之琳、罗大冈等的译诗。

与北京的《诗刊》相呼应，在成都创刊的《星星》发出了让人耳目一新的稿约，这篇稿约表达了《星星》编者的诗歌观念：

> 我们的名字是"星星"。天上的星星，绝没有两颗完全相同的。人们喜爱启明星、北斗星、牛郎织女星，可是，也喜爱银河的小星，天边的孤星。我们希望发射着各种不同光彩的星星，都聚集到这里来，交映成灿烂的奇景。[43]

这种对诗歌多样化的期待在阴晴莫测的年代顷刻间化为了泡影。《稿约》在第二期的版面上消失得无影无踪。即使如此，勇敢的《星星》编者还是采用《编后草》的方式重申他们的主张。在这篇题为《七弦交响》的《编后草》中，他们再次表达了他们对于诗歌情感的丰富性以及创作自由的期望：

> 人民有七种感情：喜、怒、哀、乐、爱、恶、欲。
> 缪司有七根琴弦：喜、怒、哀、乐、爱、恶、欲。
> 诗人的心，就是缪司的七弦琴。
> 诗，总是要抒情的。没有不抒情的史诗，没有不抒情的叙事诗，没有不抒情的风景诗，也没有不抒情的哲理诗。

---

[42] 毛泽东在《关于诗的一封信》（1957年1月12日）中指出："诗当然应以新诗为主体，旧诗可以写一些，但是不宜在青年中提倡，因为这种体裁束缚思想，又不易学。"原载《诗刊》创刊号，1957年1月出版。
[43] 见由石天河、流沙河、白航等任编辑的《星星》创刊号，1957年1月。创刊号上发表了流沙河的《草木篇》、曰白的《吻》等作品，引起巨大震动。

1957年1月25日《诗刊》创刊　　1957年1月1日《星星》创刊

中国有六亿人民，六亿人民的感情，是一个无比宽阔的大海。如果谁说"抒人民之情"会限制了诗，那真是一件奇事。但如果谁要偏爱着"单弦独奏"，只准抒某一种情，那也只能说是一种怪癖。

"百花齐放百家争鸣"，在诗应该是让七弦交响。……

人民的情感是丰富的，各式各样的。往往在一首诗里，有各种不同的情感交织在一起。

让七根琴弦交响起来吧！只不要忘记，这七根琴弦的基调，是：爱人民！爱祖国！爱生活！[44]

一方面是严厉的批判运动在进行，一方面却是充盈着理想主义的浪漫情怀在展开，仿佛真是一个"解冻"的百花盛开的季节的到来。这是后来同样难逃批判命运的《解冻》，它的确传达了当年的那份纯真：

---

[44]《星星》第2期，1957年2月。

> 春风伸出慈爱的手，温柔而有力
> 推醒了沉睡的，抹掉不必要的犹豫，
> 使一个个发现新的信心而大欢喜。
>
> 是花的都在开，有芽的都绽出来，
> 欢呼这只爱抚的手，拿出最好的，
> 一切从头创造，过去的已经深埋。[45]

以两种诗刊的创刊为标志，中国诗歌理所当然地迎接了它的"百花时代"。20世纪中期欢呼新生活的热潮过后，人们的心境平静下来，在习以为常的日常生活景象中发现了它的缺陷，乃至"光明中的阴影"。恰值此时，上面号召"整风"和"鸣放"。诗人们天真而单纯，激情使他们遗忘并违逆了"颂歌"的坚定的律则。他们一旦偏离，随之而来的"整治"却是无情的。

5月正是繁花似锦的季节，那一天，在北京大学校园大膳厅的东墙上，张贴了一首题为《是时候了》的诗篇：

> 是时候了
> 　　向着我们的今天
> 　　　　我发言！
> 昨天，我还不敢
> 　　弹响沉重的琴弦，
> 我只可用柔和的调子
> 　　歌唱和风和花瓣！
> 今天，我要鸣起心里的歌，

45　杜运燮：《解冻》，《诗刊》，1957年5月。

作为一只巨鞭,

鞭笞死阳光中一切的黑暗! [46]

  作者是两位在校学习的中文系学生。诗人高擎"五四"民主自由的火炬,以无畏的"火葬阳光下的一切黑暗"的呐喊,传达了他们心中的愤懑和不平。当年他们激情汹涌,少不更事,却也为此付出了沉重的代价。[47] 这是一个特别的春天。也许是由于时势的感应,也许是由于多时的积郁,满眼繁花中竟然刮起了一阵飓风。勇敢的诗歌打破了周遭的宁静:"那无边的林海被我激起一片狂涛/那平静的山川被我掀得地动山摇。"这阵摧枯拉朽的风显然十分自信,"那些枯枝烂叶在我面前仓皇逃退/那些陈旧的楼阁被我吹得遥遥欲坠"。[48]

  当然,不论是火炬还是大风,都不会创造奇迹,现实一如既往地按照自身的逻辑进行。"百花"在无情的风暴中凋零,事实击碎了人们关于春天的幻想,无经验的人们遇到了"阳谋"的尴尬。[49] 春风何事也欺人!关

---

[46] 沈泽宜、张元勋:《是时候了》,原载《广场》1957年创刊号。《是时候了》是北京大学第一张诗体大字报,写于1957年5月19日。作者是北京大学中文系的学生。该诗张贴后反响甚大,两位作者随即被划为"右派"。《是时候了》也被当作"反面教材"广为转载和批判。《中国百名大右派》(张衫尔著,朝花出版社,1993年)和《反右派始末》(叶永烈著,青海人民出版社,1995年)征引了该诗。

[47] 张元勋在《北大往事与林昭之死》中回忆说:"5月19日那天,春光明媚,气候宜人,确实是兴致最浓。参加那次活动的有马嘶、李任、孙克恒、薛雪、康式昭、谢冕、任彦芳、杜文堂、张钟、林昭和我,我们一早就从北大西校门口乘'332'公共汽车到颐和园,十张入园券共1元5角,而后沿知春亭向北,走长廊至排云殿,登佛香阁至智慧海,到后山,沿苏州河从后门出颐和园,而后乘车返校,抵北大已是下午五点多。那天,林昭带着一个'120'照相机,她做摄影师,拍了许多照片。后来我们每人都洗印了,但今天只有一张在知春亭畔的合影还夹在我的一册旧书里,在公安局、监狱、'文革'之火的历次劫难中幸存了下来。成为'5·19'《红楼》编委会颐和园之游的唯一的纪念,也是《红楼》编委会的唯一的一张合影纪念。那天的黄昏时分,北大的学生大餐厅的东门外的墙上出现了大字报。非常巧合,那天在大餐厅里正举行一个全校性的大会,是党委的副书记作报告。天气已暖,在餐厅外的广场上坐满了人,于是墙上的大字报立刻便被人发现了,大餐厅东门外渐渐围满了同学,许多人用手电照着,注意地读着那在红色标语纸毛笔大字写成的诗行:《是时候了》。"引自陈均编选:《诗歌北大》,长江文艺出版社,2004年7月,第211页。

[48] 张贤亮:《大风歌》,《延河》1957年7月号。

[49] 毛泽东:《文汇报的资产阶级方向应当批判》(1957年7月1日):"让资产阶级及资产阶级知识分子发动这一场战争,报纸在一个时期内,不登或少登正面意见,对资产阶级反动右派的猖狂进攻不予回击,一切整风的机关学校的党组织,对于这种猖狂进攻在一个时期内也一概不予回击,使群众看得清清楚楚,什么人的批评是善意的,什么人的所谓批评是恶意的,从而聚集力量,等待时机成熟,实行反击。有人说,这是阴谋。我们说,这是阳谋。"《毛泽东选集》第五卷,人民出版社,1977年4月,第436—437页。

1957年5月北京大学《红楼》编辑部同人在颐和园排云殿前合影,林昭摄

于百花齐放的号召,发表于此年的早春2月,正是春寒料峭、乍暖还寒的时节。到了5月,本应是繁花似锦的绵绵春意,却迎来了风狂雨暴之后的满园荒芜。花朵们不知就里,把无情的风雨看成了吹绽百花的暖流。

"新民歌"与"开一代诗风"

在"意气风发、斗志昂扬"的20世纪50年代,诗歌仿佛是一只被不断抽打的陀螺,旋转就是它的宿命。也许有一天它将停住它的"红舞鞋",但不是现在。1957年严酷而炽烈的夏季过去了,而季节并未退烧。如果把20世纪50年代以来历次批判运动以至反右派斗争所达到的高潮比喻为火,那么,随之而来的体现更狂热劲头的"大跃进",就是浇在这火上的油。火遇到了油，会产生怎样的效果，不言而喻。

在中国历史的很多时期，诗歌会成为社会的焦点。"大跃进"时代，诗歌不仅没有缺席，而且扮演了主角。"新民歌"（也叫"大跃进民歌"）的提倡及其推行，使诗歌成为"大跃进"时代的文化标签。"新民歌"作为毛泽东发起的"大跃进"运动的先行者，热火朝天地进入了历史舞台。毛泽东对新诗的现状不满意，在理论上提出中国诗的出路是在民歌和古典诗歌的基础上发展的主张。[50] 1958年4月，中共八大二次会议发出"各省搞民歌"的号召。1958年4月14日《人民日报》发表《大规模地收集民歌》的社论。新民歌运动于是大规模地兴起。

这个关于新诗发展基础的理论，是以无视新诗产生的背景，以及新诗业已形成的传统为前提，在学理上和事实上都与中国新诗的实际相违。[51]但因为这意见来自最高当局，当日无人公开质疑。关于新诗发展道路的提倡继续印证了自20世纪40年代开始酝酿，至20世纪50年代已蔚为大观的诗歌的"大一统"意图。不过这次定下的目标和规模都较以往更为明确，进一步强化了工农作为文艺创作主体，以及文人写作必须彻底改造的理念。质而言之，即通过新诗的民歌化（实质即掺和了"大众"因素的新诗的古典化），达到新诗的一体化的宏远目标。

新民歌运动展开的节奏与气势，与当日如火如荼的"大跃进"配合默契。这是政治与诗歌"联姻"之后产生的奇妙的结合体。它由握有权力的最高行政部门发出号召，而后逐级下达，动员了最广大的群众参与。这是一次全民的文化运动。"大跃进"时代需要"大跃进民歌"为其造势，大跃进民歌又反过来歌颂了这个全民的"狂欢节"。当日的口号和目标是：人人都写诗，人人是诗人，即所谓的"如今歌手人人是，/唱得长江水倒流"。

---

50 最早关于提倡民歌的意见见诸文件的，是以中共四川省委名义发出的关于收集民歌民谣的通知。通知指出："中国诗的出路，第一是民歌，第二是古典诗词歌曲，在这个基础上发展起来的新诗，可能更为人民群众所欢迎。"（这是毛泽东的话）《四川日报》，1958年4月20日。

51 不管"五四"时期的新诗革命存在什么问题，但新诗的诞生是以反抗旧诗并用白话诗取而代之的事实是确凿的。新诗以西方诗歌为师，也是事实。再说民歌（主要是汉族民歌），它的句式和押韵都与旧诗有纠缠不清的千丝万缕的关联。现在再以此为发展的"基础"，甚至目之为"出路"，岂非历史的颠倒？

1958年6月1日《红旗》创刊号刊出周扬的文章《新民歌开拓了诗歌的新道路》

按照统一的目标和要求，发动并吸引全民来参加一个诗歌运动，来为一个同样是全民参加的政治运动服务，不仅极大地扩展了"颂歌"的实践，而且使诗歌的"大一统"变得更为切近和可预期。就此，当日的《诗刊》及时地发起了"开一代诗风"的讨论。[52] 舆论全面地支持和配合了这个讨论。这些举措，其实就是进一步强化 20 世纪 50 年代开始的文艺和知识分子的改造运动，从而在统一的主题和功能的涵盖下推进诗歌风格和形式的一律化。

---

52 作为一种提倡和证实，作家出版社于 1958 年 7 月编辑出版了《诗风录》。收集郭沫若、柯仲平、萧三、袁水拍、田间、李季、阮章竞、邵子南、公木、张志民、严辰、魏巍、臧克家、戈壁舟、邹荻帆、丹辉、刘岚山、巴牧和丁力的作品。编者在该书的《序》中说："新诗还没有能够很好地和工农兵群众相结合，还没有真正地做到为工农兵群众所喜闻乐见……主要原因，就是诗人们过去没有很好地做到像今年四月十四日《人民日报》社论所说的'和群众相结合，拜群众为师，向群众自己创造的诗歌学习'。"

郭沫若、周扬编《红旗歌谣》，红旗杂志社1959年9月出版

诗刊社编《大跃进民歌选一百首》，1958年7月出版

诗刊社编《新民歌三百首》，1959年6月出版

这个诗歌运动的气势和规模是空前的，犹如当日"大跃进"的气势和规模。"新民歌"是20世纪50年代特有的时代精神的集中体现，它全面地体现了这个时代的总体氛围，从而成为文艺为政治服务的典范。这种受到特别推崇的诗歌形态，是在所谓的革命的现实主义和革命的浪漫主义相结合的目标下，用民歌形式（基本是汉族民间歌谣七言四行的绝句形式）以不加节制的形容表现极其夸张的内容的一种随意性的小诗。因为它有很强的现实的政治含义，所以得到了高度的肯定和赞扬。它的空想的狂热，以及无限膨胀的夸张的形容，是后来"文革"中诗歌"假、大、空"倾向的滥觞。

当时的文艺界领导人郭沫若和周扬联名主编了《红旗歌谣》。他们在《编者的话》中指出："诗歌和劳动在社会主义、共产主义新思想的基础上重新结合起来，正是在这个意义上，新民歌可以说是群众共产主义文艺的萌芽。"他们高度评价说："这种新民歌同旧时代的民歌比较，具有迥然不同的新内容和新风格,在它们面前,连诗三百篇也要显得逊色了。"[53] 周扬预言:"未来的民间歌手和诗人,将会源源不断地出现,他们中间的杰出者将会成为我们诗坛的重镇。民间歌手和知识分子诗人之间的界线将会逐渐消泯。"[54]

评论者为此不惜作出极高的评价。贺敬之说:"大跃进的民歌的出现,及它在整个诗歌创作上的影响,已经使我们看到:前无古人的诗的黄金时代揭幕了。这个诗的时代,将会使'风''骚'失色,'建安'低头。使'盛唐'诸公不能望其项背,'五四'光辉不能比美。"[55] 袁水拍说:新民歌"真实地反映了大跃进中中国人民的英雄气概,丰功伟绩。它们体现了党所提倡的革命的现实主义和革命的浪漫主义相结合的精神。在艺术形式上,具有充分的民族传统风格。它的作者,集体的诗人,是超越了屈原、李白和杜甫的,在当前世界诗坛上,也可以称得上是个出类拔萃的大诗人"[56]。

周扬和郭沫若把"大跃进民歌"叫做共产主义文艺的萌芽,有其明确的政治含义。当日蓬勃开展的"大跃进",被称为是向着共产主义进军的运动,新民歌以诗歌的方式配合并证实这一运动的合理性。这是就其整体而言,从局部的意义看,自20世纪40年代提出工农兵的文艺方针,直至20世纪50年代,总在始终不渝地推广这一"唯一正确"的经验,以期达到建立统一模式的目的。新民歌的出现,使原先模糊和不确定的意图变得更为具体明晰了。

新民歌所昭示的,质而言之,就是它体现了工农兵作为创作主体的理想格局,以及以民间歌谣为基本形式的诗歌模式的形成。文人诗人的主流地位受到了挑战,他们整体上被明确无误地置放于"被改造"的位置。他们被告知,除了接受这种诗歌秩序别无选择。这种形势极大地刺激了中

---

[53]《红旗歌谣》,红旗出版社,1959年9月。
[54] 周扬:《新民歌开拓了诗歌的新道路》,原载《红旗》创刊号。引自《诗刊》编辑部编:《新诗歌的发展问题》第1集,作家出版社,1959年1月,第13页。
[55] 贺敬之:《关于民歌和"开一代诗风"》,《处女地》1958年7月号。
[56] 袁水拍:《成长发展中的社会主义的民族新诗歌》,《文艺报》第19—20期,1959年。

国诗歌界，诗人们只能被动地（当然也有主动地）放弃自己以往的风格，重新开始学写这种新民歌体的诗歌。20世纪40年代以来孜孜以求的诗歌大一统的梦想，终于在这个特殊的年代以特殊的方式"实现"了。

这究竟是祸？是福？历史自有评判。

自由与格律再思考

新诗和自由体原本就是一枚铜币的两面。因为胡适等人当初创造新诗，其意即在打破旧诗的格律之约束，用白话写诗。打碎了格律的枷锁，诗体自由了，新诗也就成立了。但是后来的实践与发展，却使初衷有了改变。新诗的毫无章法可寻，它的过于"自由"而导致的韵致全失，逐渐招来了不满。一些人在新诗的自由体之外别立新体，这才有了新诗格律体的尝试。这路诗人以新月派实践最力，成就也最著。因是之故，朱自清才在《中国新文学大系·诗集》的导言中最后说："若要强立名目，这十年来的诗坛就不妨分为三派：自由诗派，格律诗派，象征诗派。"[57]

但不论实践是如何多样，新诗建立之后的"主体"仍是自由诗。这不仅在"五四"的最初十年是如此，20世纪30年代之后的中国诗歌会诗人、以胡风为代表的"七月派"和艾青、田间等人，以至于晋察冀边区的诗人们的创作也如此，共同形成并奠定了中国新诗自由体基本的、权威的地位。重大的改变和质疑发生在20世纪40年代初期，延安的讲话提出了"喜闻乐见"和民族形式的主张。延宕到20世纪50年代，进一步提出了新诗要在民歌和古典诗歌的基础上发展的道路方向问题。这才使问题发生了逆转。

20世纪50年代初期，战事基本结束，开始了和平建设的时期。这样的形势诱导人们思考文艺和诗歌如何适应新的时代的问题。创刊不久的

---

[57]《中国新文学大系·诗集·导言》，上海良友图书印刷公司，1935年10月15日初版。

《文艺报》举行了题为《新诗歌的一些问题》的笔谈。[58]这不但是新中国建立之后首次举行的关于诗歌问题的内容广泛的讨论，而且参加讨论的又是一些具有代表性的诗人，所以具有不可忽视的意义。

《文艺报》的笔谈中，给人最为突出的印象，是对于自由体的批评和异议，以及对于格律诗的期望。萧三认为："现在我们的新诗和中国千年以来的诗的形式（或者说习惯）太脱节了。所谓的'自由诗'也太'自由'到完全不像诗了。和中国古典的诗脱节，和民间的诗歌也脱节，因此，新诗直到现在还没有能在这块土壤里生根。"[59]田间原是自由诗的坚定实行者，他现在也转过身来主张"注意格律，创造格律"。他说："五四以来，我们曾经反对过格律，认为它是枷锁，它是牢狱，而主张自然的韵律，这在当时，不能说完全错。当时我们是不甘心做庸俗的绣花匠，不同意格律即等于诗的看法。现在对于我们过去的那些血汗，不必一笔抹煞。……我们要把自己所声明不要的东西，再拣一部分回来重新研究。"[60]

田间的意见具有明显的反思历史的意味，是很有代表性的。田间曾被闻一多喻为擂鼓的诗人。在战争年代，田间的那些自然、短促、热烈、坚定有力的"鼓点"，能够非常有力地传达那种热情的追求、坚定的信念、坚强的抗争。田间的自由诗成为那个时代的号角。现在他开始改变这种追求，转而向格律寻求对于新生活的配合。

当一个个性解放、张扬自我的时代开始的时候，人们自会在打破一切束缚中得到一种释放的快意。自由体诗的出现，是与"五四"狂飙突进的时代精神相和谐的。而20世纪50年代与之不同，这是一个重新建立秩序、讲求社会整饬的时代。严格的纪律、建设的思路、井然有序的等级区分，以及稳定的社会格局，正是建立律化诗歌的适当环境。就这样，诗人们开始了对于自由与格律的重新思考。

---

58 该专栏在《文艺报》第1卷第12期刊出，时间是1950年3月10日。参加这次笔谈的有：萧三、田间、冯至、马凡陀、邹荻帆、贾芝、林庚、彭燕郊、王亚平、力扬、沙鸥。
59 萧三：《谈谈新诗》，《文艺报》第1卷第12期，1950年3月10日。
60 田间：《写给自己和战友》，《文艺报》第1卷第12期，1950年3月10日。

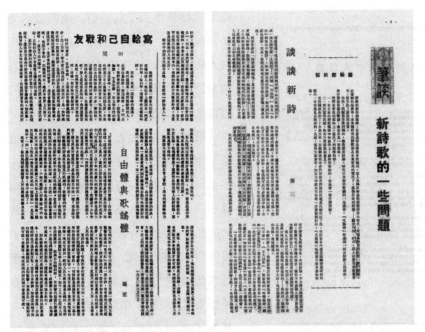

1950年3月10日《文艺报》第1卷第12期刊出《新诗歌的一些问题》

关于现代格律诗的提倡，此前，何其芳有过这方面的探讨，随后，臧克家也发表了类似的建议。现代格律诗（也有叫作"新格律诗"或"半格律体""半自由体"的，所指近似）在一些诗人如闻捷、臧克家、李季、何其芳那里有过初步的实践。其样式大体是：句式大体整齐，四行一节（节数不拘），每行字数相近（最好顿数一致），押大体接近的韵。这种体例与后来提倡的"精练、押韵、大体整齐"的主张相似，其模式与闻一多当年的《死水》几无差异。

这种思考当然与延安的倡导以及目前开展的新诗发展道路的讨论有关。而讨论的核心，就不能不是眼下出现并受到极大关注的"大跃进民歌"。这样，如何评价和对待新民歌就成了问题的焦点。何其芳和卞之琳就是这样被推到了前沿的。他们被认为是对民歌有"保留"和有"怀疑"的代表人物。[61] 当日的热狂,使人们很难冷静地对待他们那些有分析的、慎重的,同时也是符合新诗实际状况的意见。

周扬在《新民歌开拓了诗歌的新道路》中批评新诗:"群众不满意诗读起来不上口,特别不满意那些故意雕琢、晦涩难懂,读起来头痛的诗句,总之,群众厌恶洋八股。有些诗人却偏偏醉心于模仿西洋诗的格调,而不去正确地继承民族传统。"以此为发端,从1958年春开始直至1959年年底,在全国范围内开展了声势浩大的"新诗歌的发展问题"的讨论。国内重要报刊、各界代表人物,都卷入了这场内容广泛的,当然

---

[61] 前后意见和引录甚多,不可能一一枚举。这里分别择要引出何、卞二人的文章片段以为佐证。何其芳:"今年五月号的《人民文学》上,公木有一篇谈诗歌的文章,说我'反对或怀疑'过'歌谣体的新诗'。为了证实我的记忆可靠与否,我翻出我一九五〇年写的《话说新诗》,一九五四年写的《关于现代格律诗》来看了一下……。在《话说新诗》里,我说民歌体比五七言诗的限制小一些,可能有发展的前途,因而可能成为新诗的一种重要形式,并且认为说书、大鼓、快板等民间韵文,对于农民群众和文化水平比较低的群众是一些很可利用的形式,写得好也就是诗。在《关于现代格律诗》里,我再一次肯定突破了五七言诗的字数整齐的民歌体可以作为新诗的体裁之一而存在,并且认为在文化水平不高的群众中间,民歌体和其他民间韵文形式完全可能比现代格律诗更容易被接受。这样的意见是不能叫作'反对',也不能叫作'怀疑'的。"(《处女地》1958年7月号)卞之琳:"我们学习民歌,并不是要我们依样画葫芦来学'写'民歌,因为那只能是伪造,注定要失败。"(《处女地》1958年7月号)

《文学评论》1959年第2期刊出何其芳的《再谈诗歌形式问题》、卞之琳的《谈诗歌的格律问题》等文

诗刊》编辑部编《新诗歌的发展问题》共4集，1959年1月起由作家出版社出版

是以大跃进民歌为核心的论战。[62] 从新诗的历史看，涉及的报刊和参与的人数之多、讨论的问题之广泛、规模之大、历时之久，都是空前的。《诗刊》编辑部为此编辑了四集的《新诗歌的发展问题》讨论文集[63]，总字数约八十万字。

新诗中的自由体或格律体，前者是"五四"草创时期的成果，后者则是旧日的投影。在中国，新诗的建立犹如打破精致的古瓷瓶，以换取适用的粗陶罐。人们在享用陶罐带来的自由时，却依然迷恋瓷瓶那失去的曾经的辉煌。这就是中国在诗歌生产方面的心理落差。路已开辟且畅通，而人们总还是怀旧。此即所谓新诗与生俱来的"老问题"。

这些问题积蓄已久，一旦遇着一种新的提倡，例如"回到民族传统""工农兵喜闻乐见""新民歌的新道路"等，便会立即"反弹"。20世纪中叶这次规模空前的大讨论，似乎意在以"大跃进"为契机，在

---

62 就报刊而言：有《人民日报》《文汇报》《文艺报》《诗刊》《人民文学》《文学评论》《星星》《长江文艺》《处女地》《蜜蜂》《雨花》等，或辟专栏或发表笔谈。就发表文章的人，这里只是不完全的名单：周扬、邵荃麟、袁水拍、田间、徐迟、贺敬之、郭小川、方冰、阮章竞、何其芳、卞之琳、萧殷、力扬、沙鸥、宋垒、闻山、丁力、郭沫若、张光年、臧克家、唐弢、赵景深、傅东华、天鹰、冯至、茅盾、李霁野、李希凡、李冰、骆文、林庚、王力、朱光潜、罗念生、周煦良、金克木、季羡林、楼适夷、曼晴、徐景贤等。
63 均由作家出版社出版。出版年月分别为：第一集1959年1月，第二集1959年9月，第三集1959年12月，第四集1961年12月。

全民学习新民歌的环境中迅疾地推进新诗的"一体化"。而可预料的是，这次不会也并没有成功。而且，看来今后也不会。

现代主义幽灵

与中国大陆诗歌的格律化倾向相反，在中国的台湾和香港，新诗基本上是继续在自由体的轨道上运行。20世纪50年代初期台湾和大陆的诗歌呈现出鲜明的两极反差的景观。在大陆，为了适应为政治服务的需求，诗的"颂"的功能被空前地强化，诗歌的抒情和叙事的作用被集纳在颂扬和肯定现有秩序的框架内。而在民歌和古典诗歌的基础上发展新诗的理论的提出及其实践，使新诗与"五四"的诗歌革命的传统形成了"反向"的行进——即向着它原先否定的方向复归。这是诗歌的"返祖"现象——尽管其中有着深刻的历史渊源，以及可以理解的合理的因素。

台湾则全然不同，虽然在20世纪50年代初期台湾的诗歌环境与大陆有相似之处。战争造成的两岸对峙的紧张局面使台湾的文艺也充满了矛盾和冲突。在"战斗文艺"的号召下出现的"战斗诗"的写作，同样是政治意识化的产物。台湾学者把1950—1959年这一时期的台湾文学归总为"反共怀乡文学时期"，就凸显了它的政治因素。[64]

> 国民党政府于1949年撤退台湾海岛后，颁布戒严令。既为鼓舞士气巩固军心也为掌控言论，于是透过党政军等管道发行各种刊物，五零年代文坛生态，最大特色是，由官方支持的文艺出版机构接二连三成立。短短十年间陆续创刊约三十种文艺杂志，除了诗刊，很高比率来自官方经费。政府动用大笔预算推行文艺运动与文艺教育，如成立"中

---

[64] 应凤凰：《戒严时期台湾文艺杂志发展历程及谱系》，《新地文学季刊》第1期，2007年9月，第74页。
应凤凰在这篇论文中把当代台湾文学作了如下分期：1950—1959年反共怀乡文学时期；1960—1969年现代主义文学时期；1970—1979年乡土写实文学时期；1980—1987年多元文化文学时期。

国文艺协会""中国青年写作协会""中国妇女写作协会"等作家团体。党部每年拨经费给各团体办刊物之外,也动员作家到各地办座谈会,到电台广播,到前线劳军,以配合国家政策,发扬战斗精神。[65]

对这些叙述,我们不仅不陌生,倒是似曾相识。[66]台湾"战斗诗"的写作并没有产生奇迹,相反,由于反感它的意识形态化而促使诗人寻求排除了杂质的作为艺术的真诗。20世纪50年代由诗人带头重新燃起对于现代主义的热情,究其缘由,不能排除这种"逆反"的隐曲的心理因素。"战斗诗"因为内容浅露空洞,也缺乏诗意的提炼,很快就沦为"反共八股"而被唾弃。代之而起、并以一道亮光跃入人们眼帘的是《现代诗》《蓝星》和《创世纪》共同推进的现代主义诗潮。

现代派诗歌的幽灵重新游荡在中国的台湾。这情景从近的方面来看,是带有高层文化色彩的纯文学对于"非诗"的反驳和对抗;从远的方面来看,则是中国新诗的现代主义血脉在台湾诗歌的延续和伸张。与此形成鲜明对照的是,此时现代主义在中国大陆已经基本销声匿迹。以穆旦和杜运燮为代表的、后来被称为"九叶诗派"的诗人群体已遭重创。[67]一些受到西方诗歌影响较多的诗人也或被动地或"主动"地开始写"新民歌",其中包括卞之琳、徐迟和蔡其矫。

在大陆,现代主义在"民族作风民族气派"的抑制下,已无藏身之地。倒是有一个"例外",那就是汪曾祺。他在《诗刊》发表组诗《早春》,[68]其中一首是《彩旗》——

---

65 《新地文学季刊》第1期,2007年9月。
66 有趣的是,应凤凰的论文谈到,1950年6月创刊的《军中文摘》,出版58期后于1953年改名为《军中文艺》。改名后的《军中文艺》称,它旨在"建立时代化、大众化、革命化、战斗化的民族文艺"。这"四化"我们就很眼熟。1956年《军中文艺》再改名为《革命文艺》。这"革命文艺"我们也不陌生。同上。
67 这里指的是20世纪50年代对穆旦的《葬歌》和杜运燮的《解冻》的批判,这些批判使"九叶诗派"整体受挫。
68 原载《诗刊》1957年6月号。

右起:余光中、张默、辛郁、纪弦、罗门、痖弦

当风的彩旗,

像一片被缚住的波浪。

还有一首是《杏花》——

杏花翻着碎碎的瓣子……

仿佛有人拿了一桶花瓣撒在树上。

前一首诗在当日遍地"写实"的环境中,唤起了人们对于非凡想象力的记忆。后者简直就是庞德《在一个地铁车站》[69]的毫无贬义的"中国制造"。也许是汪曾祺的小说家的身份保护了他,使他成为一个"漏网者"。

现在回到台湾。台湾的现代派活动,最早可以追溯到1951年覃子豪、钟鼎文等首创的《新诗月刊》,以及1952年由纪弦独资创办的、仅

---

[69] 庞德的《在一个地铁车站》(杜运燮译):人群中这些面孔幽灵一般呈现,／湿漉漉的黑色枝条上的许多花瓣。

出了一期的《诗志》。[70] 到了 1953 年，仍由纪弦独资创办的《现代诗》出版。它的出版给台湾诗坛吹进了一股抒情的纯正之风，很快就在它的周围集合起一批艺术追求者。纪弦声称："用白话或口语写了的本质上的唐诗宋词元曲之类，我们不要。""凡是贩卖西洋古董到中国市场上来冒充新的……我们也一概拒绝接受。""惟有向世界诗坛看齐，学习新的表现手法，急起直追，迎头赶上，才能使我们的所谓新诗到达现代化。"[71]

1953 年 2 月 1 日《现代诗》创刊

1956 年 1 月，《现代诗》出满 12 期，纪弦发起召开现代诗人第一届年会，宣布成立"现代派"。最初加盟者 83 人，后增至 115 人，成为台湾规模最大的诗人团体。[72] 会上纪弦发表了他的诗歌观点，这些观点概括为著名的"现代派六大信条"。[73] 六大信条举波特莱尔为现代诗的出发点，

---

70 此处资讯，参考了由黄重添、徐学、朱双一合著的《台湾新文学概观》，鹭江出版社，1991 年 6 月。同时参考的，还有由刘登翰、庄明萱、黄重添、林承璜主编的《台湾文学史》，海峡文艺出版社，1991 年 6 月。特此一并致谢。

71 《现代诗》创刊号《宣言》(1953 年 2 月 1 日)，《中外文学》第 10 卷第 12 期 (1982 年 5 月)。转引自刘登翰等主编：《台湾文学史》下卷，海峡文艺出版社，1993 年 1 月，第 109 页。

72 据《台湾新文学概观》介绍，1956 年 1 月由纪弦发起正式宣布成立"现代派"，"几乎网罗了台湾大部分知名诗人，其中包括方思、林亨泰、郑愁予、林泠、曹阳、黄荷生、季红、罗马（商禽）、白萩、德星（楚戈）、罗行、辛郁、杨允达、黄仲宗（羊令野）、叶泥、秀陶、沙牧、张拓芜（沈甸）、朱沉冬等"。见该书第 104 页。

73 "现代派六大信条"发表在《现代诗》第 13 期（1956 年 2 月 1 日出版）：第一条：我们是有所扬弃并发扬光大地包容了自波特莱尔以降一切新兴诗派之精神与要素的现代派之一群。第二条：我们认为新诗乃横的移植，而非纵的继承。第三条：诗的新大陆之探险，诗的处女地之开拓。新的内容之表现，新的形式之创造，新的工具之发见，新得手法之发明。第四条：知性之强调。第五条：追求诗的纯粹性。第六条：爱国。反共。拥护自由与民主。

1956年2月1日《现代诗》第13期出刊　　《现代诗》第13期刊出现代派消息公报

以及否定继承的"横的移植"的断言，具有极大的挑战性，其余诸条如"创新""知性"和"纯粹性"等，均与中国新诗史上的象征派和现代派的传统有关。知性是20世纪30年代现代主义反对浪漫主义的重要概念。徐迟曾提出"放逐抒情"的主张，认为由此可导致诗的"间接性""客观性"和"戏剧性情景"，从而使诗不是以情动人，而是以思启人。[74] 纪弦即路易士，[75] 是他把现代主义的火种从大陆带到了台湾，在那里燃起了现代派的烈火，一扫当日"战斗诗"的颓风，从而给台湾诗坛注入了新鲜的空气。

---

74 徐迟：《抒情的放逐》，《顶点》第1期，1939年7月。
75 纪弦（路易士），1913年生，原名路逾，河北清苑人。诗作甚丰，著有《易士诗集》（1934）、《行过的生命》（1935）等。

1958年12月10日《蓝星诗页》创刊

1954年10月10日《创世纪诗刊》创刊

稍后成立的是1954年3月由覃子豪、钟鼎文、余光中等发起的蓝星诗社。[76] 覃子豪早年参加过"新诗歌运动",钟鼎文早年曾以番草的笔名在《现代》发表作品,是现代派的一员。他们都是传递现代诗的火种的人。1954年10月,"创世纪"在左营成立,张默、洛夫和痖弦是创世纪诗社的"三驾马车"。到了1959年4月,创世纪诗社吸收了"现代派"和"蓝星"的一些成员,阵容大为扩大,成为推动现代诗运动的中坚力量。[77]

---

[76] 据白少帆、王玉斌、张恒春、武治纯主编的《现代台湾文学史》介绍:"属'蓝星'成员并经常为之撰稿的有:覃子豪、余光中、钟鼎文、吴望尧、夏菁、梁云坡、郑愁予、黄用、罗门、周梦蝶、向明、张健、林泠、阮囊、季红、蓉子、叶泥、蕈红、旷中玉、王宪阳等。"辽宁大学出版社,1987年12月,第309页。

[77] 《现代台湾文学史》:"在张默、洛夫、痖弦的倡导下,于1954年10月在高雄左营成立了'创世纪'诗社,并于同年10月10日出版了《创世纪》诗刊。其主要成员有:季红、商禽、叶维廉、叶珊、白萩、管管、大荒、菩提、碧果、羊令野、李英豪、彩羽、朵思等。"同上书,第310页。

左起：张默、痖弦、彭邦桢、洛夫

和大陆的新诗运动一样，台湾现代诗的发展也始终伴随着激烈的论争。论争来自诗歌界内外各个方面。从现代诗内部看，最初起而反驳"六大信条"的是覃子豪。他在《新诗向何处去？》[78]的长文中有针对性地提出"六项正确原则"。而最激烈的抨击来自苏雪林，她在《新诗坛象征派创世者李金发》中批判说："大陆沦陷，这个象征诗的幽灵又渡海飞来台湾，传了无数徒子徒孙，仍然大行其道。"他指责台湾现代诗"晦涩暧昧到了漆黑一团的地步"。[79]对此，覃子豪与苏雪林，以及更多的人有过反复的交叉评论，论战一直延续到20世纪70年代。

---

[78] 覃子豪的《新诗向何处去？》发表在1957年8月出版的《蓝星诗选》创刊号。
[79] 苏雪林的文章见《自由青年》第22卷第1期，1959年7月。此处引文转引自白少帆等的《现代台湾文学史》辽宁大学出版社，1987年2月，第314页。本文写作时还参阅了刘登翰等的《台湾文学史》下册，第123页。

关于现代诗的论争，诚如痖弦所言，"论战似乎都是从诗的语言开始，但争论到最后，几乎全胶着在传统与现代的思辨上"[80]。这种论争不论发生在中国的什么地方、什么时候，总与中国新诗的发生和发展的背景有关。"五四"当年，先哲们"以夷为师"，从西方盗来火种，其中就有现代主义的幽灵。不想"谬种"流传，留下诸多"祸患"。人们抚今追昔，总被那瑰丽华贵的传统所"折磨"，对于这来自西洋的"不明飞行物"更是始终心存芥蒂，遇有机会，总要痛击。在台湾有苏雪林这样的前辈，在大陆，这样的前辈就更多了。但看20世纪80年代关于朦胧诗的争论便知，此是后话。

彼岸悲情

时间制造欢乐，时间也制造悲情。那时，并不是全中国都在欢呼时间的开始在中国最大的一座岛屿上，那里的时间成了过去式，时间被"锁定"在1949年。这一年对于一个民族而言，并不是真实的狂欢节，它可能意味着一个旷古的悲剧：国土被分成了两半，心被分成了两半，诗也被分成了两半。一部分中国人在此岸欢祝胜利，另一部分中国人在彼岸流着思乡的泪。台湾高擎现代主义大旗的纪弦他的心中深藏着《一片槐树叶》：

> 这是全世界最美的一片，
> 最珍奇，最可宝贵的一片，
> 而又是最使人伤心的，最使人流泪的一片：
> 薄薄的，干的，浅灰黄色的槐树叶。

---

[80] 痖弦：《现代诗的反省——当代中国新文学大系导言》，转引自白少帆等：《现代台湾文学史》，辽宁大学出版社，1987年2月，第316页。

纪弦　　　　　　　　　　　　　　　纪弦《纪弦诗论》，现代诗社 1954 年 7 月出版

忘了是在江南，江北，
是在哪一个城市，哪一个园子里拣来的了，
被夹在一册古老的诗集里，
多年来，竟没有些微的损坏。

蝉翼般轻轻滑落的槐树叶，
细看时，还沾着些故国的泥土哪。
故国哟，啊啊，要等到何年何月
才能让我回到你的怀抱里
　去享受一个世界上最愉快的
　　飘着淡淡的槐花香的季节？……[81]

---

[81] 见《纪弦自选集》，黎明文化事业股份有限公司，1978 年。此诗作于 1954 年。

诗人们把亲爱的大陆放在了身后。在记忆的深处，秋天的落叶纷飞。此刻，诗人面对这夹在古老诗集之中、珍藏了数十年的一片槐树叶，时间被"定格"在那一抹枯黄上了——遥想那槐花飘香的清晨或傍晚，遥想那变得遥远的熟悉的热土和亲人……这里传达的是旷古的哀愁。在另一位诗人那里，念想更遥远，那里是宣统年间的风，吹动悬挂在屋檐下的那串红玉米——

1991年9月，痖弦回到河南南阳，在挂满玉米的老家堂屋前留影

> 它就在屋檐下
> 挂着
> 好像整个北方
> 整个北方的忧郁
> 都挂在那儿[82]

就这样，整个北方的忧郁，整个中国的忧郁，就悬挂在记忆中那永远的屋檐下。彼岸的悲情相对当日中国辽阔的国土上的"欢乐颂"，产生了极大的反差。20世纪50年代的中国新诗，就由这样巨大的反差所构成：从诗歌情感的内质来看，是欢乐与悲

---

[82] 痖弦：《红玉米》，《痖弦诗集》，洪范书店，1985年。此诗作于1957年12月19日。

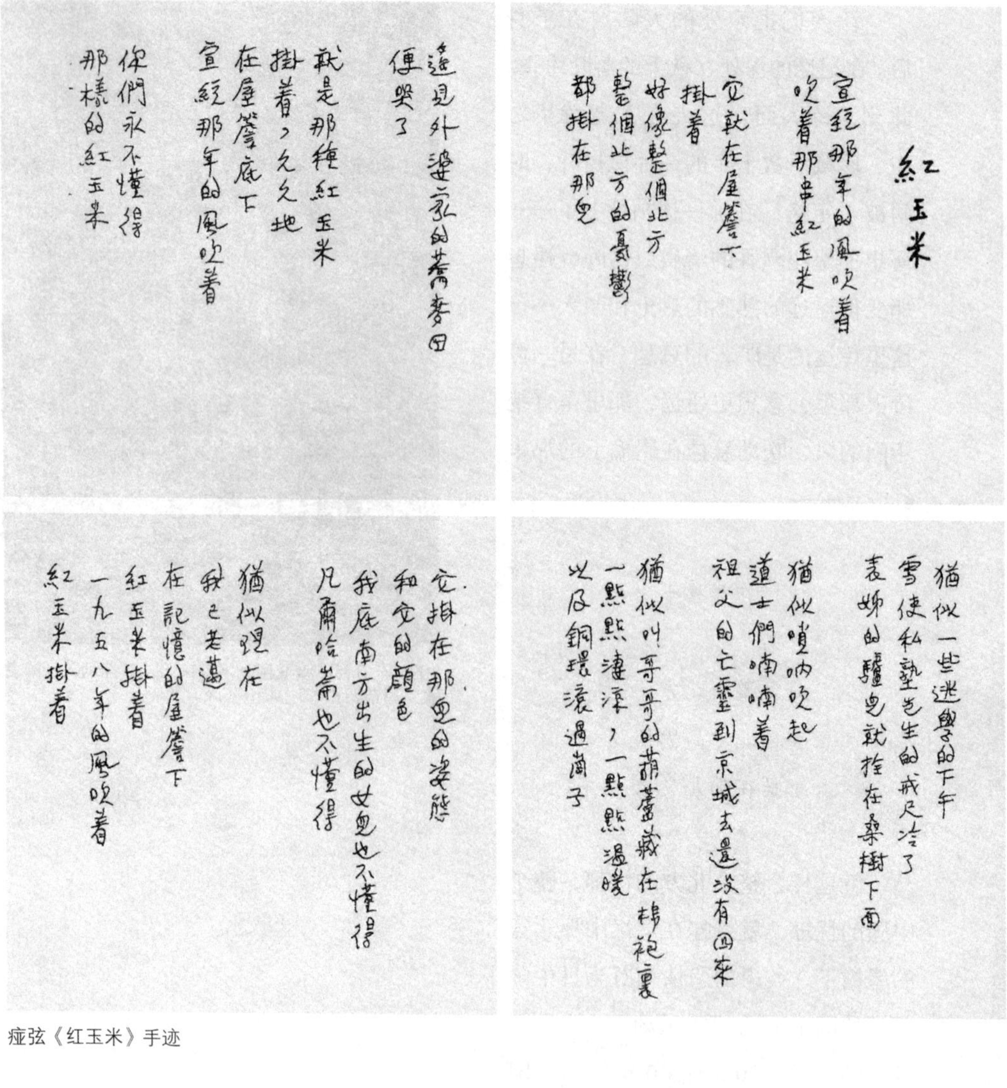

红玉米

宣统那年的风吹着
吹着那串红玉米
它就在屋檐下
挂着
好像整个北方
整个北方的忧郁
都挂在那儿

犹似一些逃学的下午
雪使私塾先生的戒尺冷了
表姊的驴儿就拴在桑树下面
犹似唢呐吹起
道士们喃喃着
祖父的亡灵到京城去还没有回来
犹似叫哥哥的荸荠藏在袍袖里
一点点远溪，一点点温暖
以及铜环滚过岗子

便哭了
远见外婆家的荞麦田
就是那种红玉米
挂着，久久地
在屋檐底下
宣统那年的风吹着
你们永不懂得
那样的红玉米

它挂在那儿的姿态
和它的颜色
我底南方出生的女儿也不懂得
凡尔哈仑也不懂得
犹似现在
我已老迈
在记忆的屋檐下
红玉米挂着
一九五八年的风吹着
红玉米挂着

痖弦《红玉米》手迹

哀的交错；从诗歌的走向来看，是"一体化"的诉求与现代主义的展开的交错；从诗歌的总体结构来看，是由内容到形式的整饬与对于自由表达的捍卫的交错。反差造就了丰富。正是这种丰富使我们在大陆诗歌的贫乏中，得到了来自彼岸的同样是中国诗人的同道给予的补偿。

有时我们反顾20世纪50年代的整体上的诗歌成就，常常慨叹那个时代留下了过多的缺憾。以"大跃进"的狂热为例，今日反思竟有不敢相信的梦幻般的错觉。而那是事实，是的确在中国大地上发生过的事实。由这样的政治狂热所生发出来的诗歌狂热，也是事实。从鸦片战争以来，中国就在做着强国之梦。因为积弱甚久，忧患弥深，诸方探路，往来冲突。为了实现这个百年梦想，竟然无所不用其极！在社会的改造上如此，在意识的普及上亦如此。

回想这一个时段的诗歌历史，一个新生的政权雄心勃勃地要在辽阔的国土上建立一种它所认定的文学的和诗歌的模式，的确是此处我们所谓的"梦想"，也的确是深深地植根于这片土地、并符合这个民族百年来的追求的：

> 从现代的社会角度看，中国的民族主义已经成熟，更因中国普遍存在的文化主义、文化特性意识和以往的优越感而高涨起来。社会结构中的深刻变化已经削弱了扩大的父系家族世系对妇女和青年的控制。军人、工商业者、教师、从事文艺工作的知识分子、出版商和新闻工作者、甚至革命者和党派成员的新的职业的作用已得到了承认。[83]

这是域外的历史学家对当时社会环境的分析。这些分析证明了中国实现包括诗歌"一体化"在内的宏大目标的条件已经具备。我们此刻加以

---

[83] [美] R.麦克法夸尔、费正清编：《剑桥中华人民共和国史·革命的中国的兴起》，中国社会科学出版社，1998年7月，第37页。

辨识的自 1949 年至 1959 年间的这段诗歌历史，就是为了一个梦想而实施的诗歌策略的历史。梦还在继续，梦还不到醒的时候。诗歌将伴随着中国的痛苦和欢乐，一直走向"中国梦"的实现。

新诗纪事

1949 年

1 月苏金伞的诗集《窗外》由文化生活出版社出版。

3 月杭约赫（曹辛之）的长诗《复活的土地》由森林出版社出版。

4 月郑敏的诗集《诗集 1942—1947》由文化生活出版社出版。

5 月 1 日《太行文艺》第 1 期刊出阮章竞的诗《漳河水》。

7 月 2—19 日中华全国文学艺术工作者代表大会在北平召开。

10 月 1 日《人民日报》刊出郭沫若的诗《新华颂》。

1950 年

1 月 1 日《大众诗歌》在北京创刊，大众诗歌编辑委员会编辑；15 日《人民诗歌》月刊在上海创刊，上海诗歌工作者联谊会编辑委员会编辑；是月胡风的长诗《欢乐颂——时间开始了！第一乐篇》《光荣赞——时间开始了！第二乐篇》由海燕书店出版。

2 月 28 日戴望舒病逝。

3 月 10 日《文艺报》第一卷第十二期刊出笔谈《新诗歌的一些问题》。

4 月 16 日上海诗歌工作者联谊会成立。

5 月张志民的诗集《死不着》由知识书店出版。

9 月阮章竞的长诗《漳河水》由新华书店出版。

11 月 6 日北京市诗歌工作者举行座谈会并发表抗美援朝宣言。

12 月艾青的诗集《欢呼集》由新华书店出版。

1951 年

1 月胡风主编的《七月诗丛》由泥土社出版，有冀汸《有翅膀的》、绿原《集合》、牛汉《采色的生活》、孙钿《望远镜》等诗集。

4 月纪弦的诗集《在飞扬的时代》由宝岛文艺社出版。

7 月李莎的诗集《带怒的歌》由诗木文艺社出版。

8 月李瑛的诗集《野战诗集》由上杂出版社出版；邵燕祥的诗集《歌唱北京城》由华东人民出版社出版。

9 月贺敬之的诗集《并没有冬天》由泥土社出版。

11 月 5 日《自立晚报·新诗》周刊在台湾创刊，纪弦主编。

1952 年

3 月余光中的诗集《舟子的悲歌》由野风出版社出版。

4 月严辰的诗集《战斗的旗》由人民文学出版社出版。

5 月何其芳的诗集《夜歌和白天的歌》由人民文学出版社出版；纪弦的诗集《纪弦诗甲集》由暴风雨社出版。

7 月李瑛的诗集《战场上的节日》由上杂出版社出版；纪弦的诗集《纪弦诗乙集》由暴风雨社出版。

8 月 1 日《诗志》在台湾创刊，纪弦主编。

9 月萧三的诗集《和平之路》由人民文学出版社出版。

11 月人民文学出版社编辑出版《中国人民志愿军诗选》。

1953 年

1 月彭邦桢的诗集《载着歌的船》由中兴文学出版社出版。

2 月 1 日《现代诗》季刊在台湾创刊，纪弦主编。

3 月郭沫若的诗集《毛泽东的旗帜迎风飘扬》《新华颂》由人民文学出版社出版。

4 月覃子豪的诗集《海洋诗抄》由新诗周刊社出版。

6 月艾青的诗集《宝石的红星》由人民文学出版社出版。

11 月蓉子的诗集《青鸟集》由中兴文学出版社出版。

1954 年

3 月蓝星诗社在台北成立；公刘的诗集《边地短歌》由中南人民文学艺术出版社出版。

5 月牛汉的诗集《爱与歌》由作家出版社出版；纪弦的诗集《摘星的少年》由现代诗社出版。

6 月 17 日《公论报·蓝星周刊》在台湾创刊，覃子豪主编。

10 月 10 日《创世纪》在台湾创刊，张默、洛夫主编，后痖弦加入；是月余光中的诗集《蓝色的羽毛》由蓝星诗社出版。

12 月公木的诗集《中华人民共和国颂歌》由作家出版社出版。

1955 年

3 月 8 日《人民文学》1955 年 3 月号刊出闻捷的组诗《吐鲁番情歌》。

4 月 1 日林徽因病逝。5 月 13 日《人民日报》刊出《关于胡风反党集团的一些材料》；14 日牛汉因"胡风反党集团"案被捕；此后因此案在本月被捕的诗人有胡风、徐放、绿原、杜谷、阿垅、鲁藜、芦甸、罗洛、化铁、冀汸、方然、彭燕郊、曾卓、郑思等;25日中国文学艺术界联合会主席团、中国作家协会主席团联席扩大会议决议:开除胡风的中国作家协会会籍。

9月覃子豪的诗集《向日葵》由蓝星诗社出版。

10月艾青的长诗《黑鳗》由作家出版社出版。

1956年

1月15日由纪弦创导的"现代派"在台北召开第一届年会,宣布成立。

2月4日中国作家协会创作委员会诗歌组举行座谈会讨论诗歌创作等问题;是月中国作家协会编的《诗选(1953.9—1955.12)》由人民文学出版社出版。4月郭小川的诗集《投入火热的斗争》由作家出版社出版。

6月蔡其矫的诗集《回声集》由作家出版社出版。

7月邵燕祥的诗集《到远方去》由作家出版社出版。

8月臧克家编选的《中国新诗选(1919—1949)》由中国青年出版社出版。

9月闻捷的诗集《天山牧歌》由作家出版社出版。

10月纪弦的《新诗论集》由大业书店出版。

11月何其芳的诗论集《关于写诗和读诗》由作家出版社出版。

12月公刘的诗集《黎明的城》、张志民的诗集《家乡的春天》由中国青年出版社出版。

1957年

1月1日《星星》诗歌月刊在成都创刊,星星编委会编辑;《今日新诗》在台北创刊,上官予执行编辑;25日《诗刊》在北京创刊,臧克家主编;是月贺敬之的长诗《放声歌唱》由中国青年出版社出版。4月徐迟的诗集《美丽,神奇,丰富》由作家出版社出版。

6月中国作家协会编的《诗选(1956)》由人民文学出版社出版。

7月25日《诗刊》第7期刊出"反右派斗争特辑"。

8月20日《蓝星诗选》丛刊在台北创刊,覃子豪主编。9月公刘的诗集《在北方》由作家出版社出版。

10月艾青的诗集《海岬上》由作家出版社出版。

11月29日王统照病逝;是月蔡其矫的诗集《涛声集》由新文艺出版社出版。

12月洛夫的诗集《灵河》由创世纪诗社出版。

1958年

2月冯至的诗集《西郊集》由作家出版社出版。

3月22日毛泽东在成都会议上讲话提出"收集民歌问题"。

4月3日中共云南省委宣传部发出"立即组织搜集民歌"的通知;9日徐玉诺病逝;14日《人民日报》刊出社论《大规模地收集全国民歌》。

5月罗门的诗集《曙光》由蓝星诗社出版。

6月1日《红旗》创刊号刊出周扬的文章《新民歌开拓了诗歌的新道路》;是月陈辉的诗集《十月的歌》由作家出版社出版。

7月1日《处女地》1958年7月号刊出何其芳《关于新诗的"百花齐放"问题》、卞之琳《对于新诗发展问题的几点看法》等文;是月郭沫若的诗集《百花齐放》由人民日报出版社出版。

8月康白情病逝。

10月《安徽诗歌》创刊,安徽诗歌编辑委员会编辑。

1959年

1月5日《人民日报》召开诗歌座谈会;16日《人民日报》召开诗歌问题的第二次座谈会。

4月25日《文学评论》1959年第2期刊出何其芳《再谈诗歌形式问题》、卞之琳《谈诗歌的格律问题》等文。

8月郭小川的诗集《月下集》由人民文学出版社出版。

9月郭沫若、周扬编的《红旗歌谣》由红旗杂志社出版。

11月8日《人民文学》1959年11月号刊出郭小川的诗《望星空》。

第六章

动乱年代

中国新诗（1960—1975）

颂歌仍在继续

这一段诗歌史是异常的。诗歌的生存环境极其严峻。要是说，前一个十年还有对于早春时节的期待与怀想，还有对于未来美好理想的天真烂漫的憧憬，那份空想的纯净与天真如今已烟消云散。告别了20世纪50年代，诗歌也告别了那些虚妄的想象。这些想象综合了新的国家体制的建立、充满激情的批判运动、"反右派"、"大跃进"，以及对于"即将到来的共产主义"的颂赞等多种因素，形成了旷日持久的大陆诗歌的颂歌运动。

几乎所有的颂歌都有鲜明而强大的政治宣传的意图和背景。在这类颂歌中题材只是一个中介，各种各样的素材和情节都无例外地服务于一个唯一的主题——这个主题经常被形容为无可替代的最重要的和最正确的。当这一切意图在新诗中被完整地实现的时候，新生活开始时那种崇尚"写实"的热情（亦即"现实主义"的热情）就被这种抽象而宏大的"歌颂"的激情理所当然地取代了。

我们在这些颂歌创作中可以看到，当代诗正在逐渐摈弃那种拘泥于"事实"的甚至琐碎地罗列情节、记述过程的嗜好，而趋向于对认定的精神价值的播扬；原先那种发现、展示新的人物和新的事件和细节的热情正在减弱，而转向对于更"宏大"也更"永恒"的主题的鼓吹与宣泄。

絮絮叨叨的叙事习性到了"大跃进民歌"，已转而为气吞山河的"我来了"[1]式的"浪漫"狂歌。中国诗歌到了"大跃进民歌"的出现，已经完成了诗歌史的又一次当代转换，即由诗歌的"叙事体制"向着诗歌的"抒情体制"的转换。当然，我们这里所使用的术语都是"中国制造"，只是文艺在当代中国的社会语境中的变异性的厘定，是与这些概念的原意并无必然关联的——"叙事"如此，"抒情"如此，各式各样的"主义"亦如此。

---

1 《我来了》是大跃进民歌中最著名的一首："天上没有玉皇，地上没有龙王，我就是玉皇，我就是龙王，喝令三山五岭开道，我来了。"

所谓的新民歌开辟了诗歌的新道路，或所谓的"大跃进民歌"是共产主义文学的萌芽[2]，等等，与其说是诗歌事件，不如说是政治意愿。这一点，生活在中国内地的人们并不难理解，也许中国以外的"旁观者"会看得更为客观真切：

> 为了将工农兵的现实批判引导至肯定乐观的方向，必须用美好的未来冲淡现实的绝望色彩。对未来的信念，应该并且能够克服现实中存在的问题，因此，对现实的批判反而更能增添内心的自信感。要想利用对未来的信念来压倒现实生活中的苦难，就必须令这种机制在创作主体内部站稳脚跟。所以从本质上来说，现实主义与浪漫主义的关系，是以"浪漫主义的胜利"为前提的。
>
> 新民歌不是为了变革社会现实，不是为了艺术，甚至也不是为了自我满足。它既是一种生产运动，也是一种政治运动，是工农兵自发地积聚起力量，缓解中国与美苏间的危机及对立关系，所走的一条独立自主建设社会主义的道路。[3]

这种转换所蕴含的艺术层面的意义，几乎完全为政治层面的意图所覆盖，甚至根本就不是基于艺术意愿的诗歌变革。只要这个政体存在，对于它的功利性的歌颂也就存在，那么，诗歌创作中的颂歌体制也就有理由长期存在。从这个意义上看，中国新诗的颂歌形态就不会是短暂的现象。

20世纪60年代中国的上空，正酝酿着一场空前的雷暴。当日的最高领导者基于巩固政局和延续革命的利益考量，已在紧锣密鼓地进行着发动"文化大革命"的准备工作。20世纪60年代初，毛泽东就文艺形势连续

---

[2] 郭沫若、周扬为《红旗歌谣》所写的《编者的话》中说："新民歌可以说是群众共产主义文艺的萌芽，这是社会主义新时代的新国风。"红旗杂志社，1959年9月。
[3] 首都师范大学韩国留学生金慈恩的博士论文《大跃进民歌研究》第19页。

1964年12月《诗刊》停刊

李瑛《献给火的年代》，作家出版社上海编辑所1964年8月出版

发表了两个批示，[4]这两个批示被认为是重新强调阶级斗争的重要信号，是此后一系列文艺与政治批判的先声，也是"文革"风暴到来的前奏。

进入20世纪60年代，毛泽东对时局和现状的不满日益加深。[5]对当时的政治方向和政策举措的不满，构成了他对时局的深重忧虑。这使他不惜冒极大的风险，决心发动一场"革命内部的革命"，以挽救他所认为的修正主义危机。而以文艺为突破口的对于修正主义的批判，正是发动革命批判的一贯思路。就诗歌而言，有了反右派斗争和大跃进民歌的"演

---

4 1963年12月12日的批示说："各种艺术形式——戏剧、曲艺、音乐、美术、舞蹈、电影、诗和文学等等，问题不少，人数很多，社会主义改造在许多部门中，至今收效甚微。许多部门至今还是'死人'统治着。不能低估电影、新诗、民歌、美术、小说的成绩，但其中的问题也不少。至于戏剧等部门，问题就更大了。社会经济基础已经改变了，为这个基础服务的上层建筑之一的艺术部门，至今还是大问题，这需要从调查研究着手，认真地抓起来。许多共产党人热心提倡封建主义和资本主义的艺术，却不热心提倡社会主义的艺术，岂非咄咄怪事。"

1964年6月27日的批示说："这些协会和他们所掌握的刊物的大多数（据说有少数几个好的），十五年来，基本上（不是一切人）不执行党的政策，做官当老爷，不去接近工农兵，不去反映社会主义的革命和建设。最近几年，竟然跌到了修正主义的边缘。如不认真改造，势必在将来的某一天，要变成像匈牙利裴多菲俱乐部那样的团体。"

5 "在本世纪60年代初期，毛泽东对中国的政治形势越来越不满。在一个接一个的问题上，党通过了一系列毛认为不必要和不能接受的政策，如：农业恢复搞承包，工业中采用物质刺激，公共医疗过分集中在城市，双轨制教育的发展，文化艺术中一些传统主题和风格的再现等等。这些政策大多是在反右和大跃进之后为恢复社会团结，提高生产力而制订的。可在毛的眼中，这些措施只会产生一定程度的不平等、特殊化、特权阶层和不满，而这些与他的社会主义社会是完全不相容的。"引自R.麦克法夸尔、费正清编：《剑桥中华人民共和国史·中国革命内部的革命》，中国社会科学出版社，1998年7月，第119页。

练",它充当了阶级斗争的进军号的角色,自是在情理之中。

20世纪50年代是中国大陆诗歌的"狂欢节"。颂歌时代一直延续到60年代。60年代初,诗歌承袭了"大跃进民歌"的余绪,"英雄时代英雄多,/英雄事迹写成歌。/诗歌写了亿万首,/再写亿万也不多"。这些诗歌的主题依然是劳动、战斗、革命。除此之外,原先对于毛泽东的歌颂的内容则明显地有了强化:"六亿人民一条龙,/龙头就是毛泽东。/节节龙身随头走,/飞天跨日舞东风。"[6]诗歌无疑是沿着50年代开启的颂歌道路行进,在行进中不断强化着对于领导人的颂扬。此种颂扬到了"文革",则发展到了极致,成为当代迷信的滥觞。

阶级斗争主潮

中国当代文学在经历了"大跃进"和共产风之后的20世纪60年代初期,仿佛是经过了极度的亢奋,心力突告衰疲,生发了某种渴望"闲暇"的心情。加上当日因饥饿导致的浮肿病在全国蔓延,形势极为严重,政治家们无暇他顾,遂留下了一点"艺术自由"的空隙。这形势给"顽固"的艺术以机会,从而形成了一个短暂的文艺"小繁荣"的局面。时间大约是大饥荒之后的1961年至毛泽东发表两个批示的1963年的前后三年。

较早传递轻松信息的是后来被称为九叶派的诗人陈敬容,她率先写了人们已非常陌生的芭蕾的美丽:"是空中飞舞的羽毛?/是海面漂浮的水藻?——这般轻盈!/万千种形态都被你摄取:/忽而像流水,忽而又宛若行云。"[7]随后,郭小川发表《秋日谈心》:

昨晚呵,我们下班后就到公园里聚首,

---

6 此处的两首引诗,引自路工:《创造春天的歌》,《诗刊》,1960年6月号。
7 陈敬容:《芭蕾舞素描》,《诗刊》第3期,1961年。

严阵《江南曲》，上海文艺出版社 1961 年 6 月出版

高高的明月呀，曾伴我们穿波逐浪荡轻舟；
今朝呵，他们又相约来到我的小楼，
暖暖的秋阳呀，又照我们高谈阔论尝新酒。[8]

不必细问他们"谈心"的内容，只看这些描写所传达的情调，对比此前此萧飒的斗争氛围，判然是另一个世界。最典型的是沙白的组诗《江南人家》，其中的《水乡行》简直就是一幅远离世间纷扰的桃花源风景："水乡的路，／水云铺；／进庄出庄，／一把橹。／／要找人，／稻花深处；／一步步，／踏停蛙鼓。"[9] 与此相近的还有严阵的《江南曲》，[10] 其中《采莲曲》说："莲盆儿分开，莲盆儿靠拢，／采莲的歌曲儿忽西忽东，／那歌声好像向全世界说：／羡不羡慕我们这诗一样的生活？"

文艺的其他形式亦复如此，例如散文，有当时影响甚远的杨朔的《茶花赋》《荔枝蜜》[11]，还有小说《二遇周泰》[12] 等。这些作品写得都很"轻松"，很"甜蜜"，而且都很重视长期被冷落的"艺术性"。但是，不幸，这个"小阳春"的小小的空隙转瞬即逝。很快，当无情的饥饿不再威胁着人民的生存，惊魂初定的领导者终于缓过神来，几乎是惯性地重新燃放出阶级斗争的烟雾。阶级斗争是中国诗歌（也是中国文艺）挥

---

8 《诗刊》第 6 期，1962 年。
9 《诗刊》第 2 期，1962 年。
10 严阵：《江南曲》，上海文艺出版社，1961 年 6 月。收有《梅信》《桃花汛》《采莲曲》《杨柳渡夜歌》等，这些作品均作于 1960 年、1961 年之间。
11 杨朔：《茶花赋》，《人民文学》1961 年 3 月号；《荔枝蜜》，《人民日报》1961 年 7 月 23 日。
12 陆文夫：《二遇周泰》，《人民文学》第 1 期，1963 年。

之不去的怪影，它给诗歌以无以摆脱的重压。

要是说"颂歌"是20世纪50年代诗歌的关键词，则"阶级斗争"是这一时期诗歌的关键词。

进入20世纪60年代，由于上述那种对于阶级斗争的再强调，颂歌的内涵有了明显的"扩容"，即歌颂党对于阶级斗争的号召、领导并取得胜利。在20世纪50年代，颂歌的内涵相比之下是较为单纯的，无非是黑暗的消亡，光明的来临，胜利的欢欣。

陆棨《重返杨柳村》，作家出版社上海编辑所1964年11月出版

而此刻的颂歌，却在呼唤着昨日业已消散的斗争的烟云的来归，党号召人们不要沉醉在今日的欢愉中，而应拥有深重的警觉：失败的敌人绝不甘心于他们的失败，他们随时都会卷土重来。诸多的诗人响应了阶级斗争的号召，重新焕发了热情，形成了颂歌加战歌的新局面。张志民的长篇抒情诗《擂台》[13]赋予乡村中的擂台以新的含义——不是村庄原先意义的、用以演出的场所，而是两个敌对阶级生死搏斗的舞台。陆棨为此写了总题为《重返杨柳村》[14]的组诗"重返"就是重返阶级斗争的现场，进行"血泪史"的再叙述，使人们不忘那些随时都准备"复辟"的阶级敌人。

阶级斗争的意识，提供的不仅仅是诗歌的主题，而且还含有特殊的艺术风格的提倡和特殊的审美范式的提倡。此时的颂歌是一种摈除了欢乐的沉重，它甚至不回避阴谋和血腥——在表现敌人的残暴时。许多诗歌都在努力唤醒人们对于阶级敌人的仇恨，不遗余

13　张志民：《擂台》，《诗刊》第8期，1963年。
14　陆棨：《重返杨柳村》，《诗刊》第3期，1963年。

力地创造躲在阴暗角落里的凶狠的"假想敌"。这些诗歌告诫人们不要在幸福中沉醉,它们不断地在诗中制造和"再现"悲苦和惨烈的情景,力图将读者导引到"你死我活"的现场。

毛泽东强调阶级斗争要年年讲、月月讲、日日讲,这种理念成为20世纪60年代诗歌的基调。几乎是"偷袭"般的短暂的"轻松"消失了,代之而来的是无休止的沉郁,甚至是不可理喻的悲惨。《爱情的故事》[15](张天民)中的爱情不仅不甜蜜,而且充满了酷烈:铁镣、血迹,还有呐喊和血书。这一时期出现了相似题材的还有《悲壮的婚礼》:

就在这旧日的靶场,
一对革命的情侣,
在他们殉难的时刻,
举行了悲壮的婚礼。

也是手铐,也是脚镣,还有"破碎的衣衫迎风舞"。[16]

与爱情有关的还有《婚期问题》[17]。虽然不是过去时代悲哀的故事了,而在现代,这问题依然有着并不轻松的"严重"。诗中男主人公给女友留话:

你明天下班的时候,我在井口等,
重新谈谈结婚问题。你可要冷静!
……
我估计你的思想就不大通,
多亏你还是个像样的劳动英雄!

---

15 张天民:《爱情的故事》,《诗刊》第3期,1962年。
16 那沙:《悲壮的婚礼》,《诗刊》第6期,1962年。
17 郭小川:《婚期问题》,《诗刊》第2期,1961年。两位当事人为了集体的利益(春节不误工)而决定延期举行婚礼。但诗人最后还是"安排"了领导给予假期。

人家都热烘烘地夺高产、迎春节，

我们俩结婚——难道就不脸红？

当别人都在为革命而忘我劳动的时候，谈论结婚便是可耻的。他们断言，所谓的婚期问题，"这主要是政治影响问题"，"这当然也是思想觉悟问题"，却绝对不是与个人生活有关的问题。幸而写这诗的不是别人，而是当年屡遭批判的郭小川，他最后还是勇敢地给我们留下了一丝人性的温馨。

在大的时代背景下，许多属于私人生活的问题变得微不足道了。有一首诗写工农兵大学生暑期"探家"："大学今天放暑假，／姑娘急把背包打。／同学们齐声来逗她：／'急着探家为的啥？'／姑娘点头脸挂笑，／'说俺想家猜对啦！'原来是，上学一年了，她想念她的工厂——这番是姑娘回厂走'娘家'。"[18] 最有趣的是《夫妻夜练》[19]："吃罢饭，刷罢碗，／窗关紧，帘拉严。／是串亲戚？是走娘家？／不，夫妻搞夜练。"[20] 不论是工农兵大学生有点"神秘"的"探亲"也好，还是新婚夫妻让人匪夷所思的"夜练"也好，都说明着那个时代的错乱，导致了普通人的心理失常：

这一戏剧性转折把诗歌本可能表达的乡情、亲情升华为阶级情的抒写，探访个人"小家庭"的人性主题便被回归阶级"大家庭"的革命主题所超越。……延安解放区曾有《夫妻识字》《兄妹开荒》等表现现代家庭生活的文艺作品，他们开创了一个传统：不再表现脉

---

18 张镒:《探"家"》,《祖国的早晨——北京工农兵诗选》, 人民出版社, 1975 年 8 月。
19 见蔡文祥的诗集《金色的运动场》, 人民文学出版社, 1977 年 5 月。转引自王family平：《文化大革命诗歌研究》, 河南大学出版社, 2004 年 12 月。据王家平考订, 此集作品均作于 1976 年 9 月以前。
20 蔡文祥的这首《夫妻夜练》非常典型, 兹引部分诗句如下：
昨晚院里拼刺刀, ／今夜屋里装子弹, ／啪, 丈夫闭上灯, ／咔, 妻子上炕沿——／／别看小屋才几米, ／夫妻俩正在上前线, ／一个瞄, 一个教, ／标准高, 要求严。／／丈夫问："你心里想的啥？"／妻子答："爷爷的伤疤, 妈妈的血衫。"／丈夫问："你瞄准孔里看见了啥？"／妻子答："地主的黑心, 侵略者的贼眼！"／／……／瞄呀瞄, 练呀练, ／胳膊酸, 咬牙关, ／新婚的枕头当依托, ／整齐的床单全弄乱……

脉温情的血缘家庭生活，不再展示传统式家庭生活的天伦之乐；家庭成为"革命大集体"的有机构成部分，家庭生活与政治生活亲密地连为一体。这首《夫妻夜练》诗把上述传统发挥到了极致：这里没有半点新婚小家庭的温馨浪漫气息，笼罩着这个农家小院的是浓浓的战争气氛，家庭变成了这对小夫妻进行阶级斗争教育和苦练杀敌本领的"战斗堡垒"。[21]

这里所说的个人"小家庭"与革命"大家庭"碰撞与排斥的现象，正是新文学诞生之后"个人主义"与"集体主义"，亦即随后出现的"小我"与"大我"之争的延续。当日革命文学的倡导者认为，文学表现"个人"不仅是颓废的、而且是不体面的，而将个人利益服从于大众和革命，则是进步的、高尚的。我们从前面引用的那些诗句可以看出，集体的、战斗的"大主题"曾经怎样粗暴地践踏着仅仅属于个人的私密空间，甚至在这窄小的空间里，以暧昧的言辞"高扬"那种令人匪夷所思的"战斗精神"。这证实中国诗歌此刻已深深地陷入不可理喻的泥淖之中。

"文革"诗歌模式

20世纪50年代一些人曾断言诗人应当是"歌颂者"，抒情诗就是歌颂的诗。我们考察当代颂歌行进的路径可以看到，它最初是面对可以理解的对于新时代的歌唱。而后，诗歌响应了表现和歌颂新的生活和新的人物的号召，从而延展了颂歌的内涵。以此为开端，此类诗歌又顺理成章地纳入了主要用来歌颂"伟大"的轨道。这是颂歌在当代的最后完成——它不仅成为一种风尚，甚至成为一种律则。这是我们观察中国当代诗歌不可忽略的一个基本事实。

21　王家平：《文化大革命时期诗歌研究》，河南大学出版社，2004年12月，第196—197页。

毛泽东接见红卫兵

  进入20世纪60年代之后,阶级斗争主题与颂歌主题的融合,最后促使了"颂歌加战歌"的主潮的形成。这种诗歌模式更加严重地约束并阻塞了写作的诸多可能性。主题的单一、内容的空泛、表达的乏味、风格的雷同,加上无所不在的随时都可能产生的凌厉的批判,中国诗歌正步履维艰地蹒跚在一条愈来愈窄的路上。

  "文革"导致了颂歌形态的大面积扩张,也宣告了作为一种"诗歌模式"的定型。"文革"诗歌模式是诗歌与特殊时代合谋的产物。应该承认,这一时期形成的诗歌以非常独特的方式,彰显了并代表了异常年代的"时代精神"。我们把它指称为一种模式,在于它是以一种定型的范式、甚至是批量生产的方式不断重复制造的诗歌行为。

  作为这一诗歌模式的最突出的特征,是诗歌投入了神化个人的空前狂欢。在这种"全民狂欢"的气氛下,不仅是原本就"渺小"的个人价值受到蔑视,而且曾经被推崇的"集体"价值也受到了冷落。当"文革"

解放军文艺社编《毛主席万岁——战士诗歌一百首》，中国人民解放军战士出版社1967年8月出版

上海工人革命文艺创作队编《红太阳照亮安源山——上海工农兵献诗选》，上海文化出版社1968年9月出版

的暴风"横扫一切"的时候，传统的诗歌的价值解体了，它被推向了极端的偏激——它可以无视一切丰富、复杂的历史和现实的存在，而只认可对于唯一"伟大"的颂赞。这是异乎寻常的，不幸却是真实的。

就此一时段诗歌的内涵而言，宣讲"文革"的必要性与合理性，以及宣讲在毛泽东的领导下，革命从胜利走向胜利的历程，几乎就是它唯一的主题。所有的诗都在用高度雷同的、近于千篇一律的方式讲述革命的历史——往往是在"东风浩荡，彩霞满天"之后，连次序和排列都完全一致地展开它的内容：大体总是秋收起义、三湾改编、井冈会师、万里长征，以迄于当今的"文革"风暴、反帝反修等"史迹"的罗列。

对于上述历史的和现实的叙述，一般都采用最壮美的和最盛大的形容。无限叠加的溢美的华丽构成了造神时代的"庙堂气象"。这是一种刻板、固化的文体：形容日出，总是"冉冉升起"；形容领袖，总是"神采奕奕，满面红光"²²。所有的诗读起来都只是一首诗，不同的只是（因为文化水准或写作习性等形成的）表达的差异。所有的颂诗都在进行着运用高级词语的竞赛———般认为，用词的高级度即等同于忠诚度。这种竞赛是漫无止境的。当然，其结果只能导致诗歌的内涵愈来愈空泛也愈虚假。

决定"文革"模式诗歌的时代性的，首先是上述涉及的题材和主题的因素，其次则是与时代精神密切契合的特殊的形制。"文革"模式普遍采用了骈文体，严格的或不严格的骈偶构成的字、词、句、段、章，一般都一一相对，井然有序，一如这个凌厉肃杀的年代："蓝天"对"白云"，"鲜花"对"红旗"，"排排窑洞"对"层层梯田"，"碧波粼粼"对"绿树葱葱"；到处都是"听，大河上下，长城内外，看，巍巍五岳，茫茫九派"²³"云涌星驰，飞泻滔滔江河，雷鸣电闪，射出道道剑火"²⁴这样一些现成的骈句。这是当日流行的"气势宏大"的经典句型——

      红日高悬，照亮灿烂的今朝，
      明灯闪闪，照亮光辉的未来。

      看小小寰球，还有几只苍蝇悲鸣，
      望茫茫九天，还会出现几片阴霾。²⁵

除了骈偶，还有押韵（当日自由体并不流行）。通篇都是华辞丽句的堆砌，极尽华靡修饰之能事，而内容则是了无新意、不厌其烦的陈旧的重

---

22 这样的形容比比皆是。举例说，"天安门城楼上，升起了金色的红太阳，/看！我们伟大的领袖毛主席，/神采奕奕，满面红光，来到了我们身旁"，全国科协毛泽东思想宣传队《毛主席来到了我们身旁》，国家科委系统革命造反派《科技战报》第15期（1967年6月2日）。又如，"东风尽劲，旭日初升，光芒万丈。看伟大统帅，步履稳健，神采奕奕，满面红光"，文学兵《沁园春》，见红卫兵华东师大新师大《新师大战报》第3期，1967年9月30日。转引自王家平：《文化大革命时期诗歌研究》，河南大学出版社，2004年12月，第158页。
23 引自王怀让：《毛主席万岁》，《文化大革命颂》，人民文学出版社，1976年6月，第4页。
24 引自龚益明：《红色暴风雨之歌》，同上书，第12页。
25 引自王恩宇：《中南海呵，我心中的海》，《理想之歌》，人民文学出版社，1974年9月，第1、4页。

"文革"大字报

复。这些充满革命八股腔调的诗歌，滥觞于20世纪50年代出现的长篇政治抒情诗。不过，当日富含时代激情的华彩，此时已沦为无节制的泛滥和空泛的堆积了。

红卫兵战歌

随着"文革"的深入，红卫兵充当了这个运动的重要的、甚至是主要的角色。红卫兵运动是"文革"运动最直接的产物。"在文化大革命形形色色的思想及政策的发明中，以激进的方式号召怀疑党和各种形式的权威（主席的权威除外）是这场动乱之初最为引人注意的现象。回顾起来，毛对上层领导的否定并不像当时表现出来的那样广泛，尽管如此，他实在走得太远了。……毛至少是在冒险，他不惜打碎他曾经为之奋斗40多年的政治机器,以便从中清除他的敌人。"[26]

这些激进的年轻人举行了全国范围的造反运动。红卫兵不仅有自己的组织,而且可以"夺权"的方式行使党和行政的职能。在此基础上,红卫兵运用自己的组织力量夺取了政权的权力,并且发出了自己的声音,各种报刊、传单和印刷品刊载了大量的红卫兵诗歌。这些诗歌当然承继了传统颂歌的基本职能,而且大面积地扩展了它的战斗诗的特性。

"文革"宣传画

毛的群众基础中最积极的一部分是高中和大学里的学生。他们参加文化大革命的红卫兵运动主要出于年轻人正常的理想主义,理想主义使他们与毛一样对地位优越的社会成员,对不平等,对60年代中似乎正困扰着中国的官僚机构的迟钝感到愤慨。毫无疑问,这些学生也很愿意得到因参加毛的反修运动而带来的地位与权力。[27]

红卫兵诗歌创作的初衷,是基于上述的动因——为了理想主义的实现。因为这些诗歌是在非常时期出现的,所以它的发表异于平时。最习见的方式是通过广播、大字报和散发传单,大量是登在红卫兵自办的小报上。据专家提供的一些

---

[26] [美] R.麦克法夸尔、费正清:《剑桥中华人民共和国史·中国革命内部的革命》,中国社会科学出版社,1998年7月,第88—89页。
[27] [美] R.麦克法夸尔、费正清:《剑桥中华人民共和国史·中国革命内部的革命》,中国社会科学出版社,1998年7月,第126—127页。

信息看,当日也曾出版若干种的诗歌专集。[28]

这些诗歌的写作不同于一般的诗歌写作,最大的不同在于它的实用性,这是一些"有用"的诗歌。首先,是"有用"于"表忠心",作者希望它所表达的"忠心"能在诸多组织的对抗中战胜对手。这一特点使红卫兵诗歌的写作中竞相使用高级的词汇,使诗歌充斥着巨大而虚幻的形容:"只要中国永远红,/老子流血乐无穷;/只要中国不变色,/老子死了也值得。"[29]"高擎红旗捧雄文,/为干革命赴北京。我头我血何所惜,/誓死忠于毛泽东。"[30]最典型的是这一首:"森林作笔还嫌少,/宇宙当纸还嫌小,/海水磨墨还不够,/毛主席的恩情永远颂不了。"[31]这些夸大无边的言辞甚得"大跃进民歌"的"神韵"。

到了夺权升级为武斗的阶段,"战斗诗"的产量剧增。这主要是为了适应派性斗争的需要,是借这类"战斗诗"以鼓舞士气、争取武斗的胜利。这些诗歌的出现,使"文革"诗歌的重心产生了由颂歌向着战歌的倾斜。战歌就是战斗的歌,是用来作战以最终战胜"敌人"的。

最早的红卫兵战歌是北大附中的红卫兵唱出的《革命造反歌》:

拿起笔,作刀枪,
集中火力打黑帮。

---

28 刘福春在《寻诗散录·"文革"十年诗集叙录》中列举有:《迎着铁矛散发的传单》(武汉钢工总宣传部、红司(新华工)宣传部、新湖大红八月公社编印,1967年8月刊行);《江城壮歌》(钢二司武汉水利电力学院、钢工总新人印东方红兵团编印,1967年10月刊行);《战地黄花——八一八诗选》(吉林师大革命造反大军八一八红卫兵《革命造反军报》编辑部编印),1968年8月18日,长春内部发行);《写在火红的战旗上——红卫兵诗选》(首都大专院校红代会《红卫兵文艺》编辑部编辑,1968年12月出版)。刘福春:《寻诗散录》,广西师范大学出版社,2008年9月。

王家平在《文化大革命时期诗歌研究》的"基本资料来源"的诗集部分中,列举了除上述刘福春第一种外的三种,外加一种歌曲集《八·一三歌声》(天津大学八·一三红卫兵批判刘、邓、陶联络站,1967年编印)。

本文作者还收藏有一本《狂飙曲》。该诗集由钢九·一三武钢分团《武钢战报》、钢二司红武测总部、钢工总青印兵团编印,1968年1月,武汉印行。

29 《只要中国永远红》,湖北红卫兵歌谣,引自《写在火红的战旗上》,第49页。
30 庞士让《狱中诗抄》(一),西北大学红卫兵总部《新西大》第34期(1967年8月8日)。
31 《毛主席的恩情永远颂不完》,工宣队一连尚玉安,《复旦战报》1968年12月13日。

>革命师生齐造反，
>文化革命当闯将。
>杀！杀！杀！嘿！ [32]

这首战歌充满了杀伐之气。但此时"文革"烈火刚刚燃烧，当时的"武器"还是"笔"，不过是以笔为枪，是一种指代。"杀！杀！杀！"也是"假"的，是当时正在实施的"大批判"。"文革"初期的"革命行动"仅限于"口诛笔伐"，并没有发展到后来的真枪实弹。不论如何，它毕竟是开了这类杀气腾腾的诗的风气之先。以此为开端，随后出现的诗歌，随处可见那些令人厌恶的血腥和污秽——"天塌下来地接到，／砍掉脑袋碗大疤"，"碧血横飞，／迸溅处，／红花朵朵"，"干就干，拼就拼，／老子一腔热血泼给你"……都是这样的粗鄙、野蛮的声音。

这些诗歌不是艺术现象，而是名副其实的政治现象。即就政治而言，它的诸多篇章也表现为极端的浅陋、偏激，以及失去理智的癫狂："为了保卫您老人家，／我们对着死亡，满面笑容。""想起了您：我们热泪滚滚力无穷；想起了您：我们刀山敢上，火海敢冲。"都是一例的不着边际的豪言壮语。

在艺术层面，我们可以用非常冷静、客观

首都大专院校红代会《红卫兵文艺》编辑部编印的《写在火红的战旗上》，1968年12月印行

---

[32] 北大附中红旗战斗组：《革命造反歌》，北京大学文化革命委员会《新北大》第4期，北京大学文化革命委员会，1966年9月2日。

而从容的态度来考量它的价值。但是非常遗憾，除了流行辞藻的堆积，除了对于"神圣"痴迷、愚昧的颂扬，无论从何种角度观察，它都乏善可陈。这是一些畸形的"创作"。也许它的价值即在于，它"真实地"保存了那个时代的变态，我们从中发现了一个可悲而又扭曲的时代。

公平地说，数量宏大的红卫兵诗歌并不全像以上所述的那样一无是处。在令人疲惫的阅读中，偶尔会有一些诗作引起你的注意，细一寻究，那竟是出自专业诗人的作品。在武汉印制的《狂飙曲》中，有一首《赠武汉造反派战友》：

> 日光空气水，诚然是宝贝；
> 还有大民主，比命还宝贵。
> 舍得一身剐，才能大无畏。
> 左派不夺权，无罪也有罪。[33]

语言很精粹。一查，原来是专业诗人的作品。当然，此中也留下了不可避免的时代印迹。

与此相似的还有《迎着铁矛散发的传单》。这是一本诗集，它的作者是当年已经成名的诗人。刘福春在他的《寻诗散录》中介绍说，诗

钢二司武汉水利电力学院、钢工总新人印东方红兵团编印的《江城壮歌》，1967年10月印行

武汉：钢九·一三武钢分团《武钢战报》、钢二司红武测总部、钢工总青印兵团编印的《狂飙曲》，1968年1月印行

---

33 此诗见李凡、迟松年：《狂飙曲》，辽宁人民出版社，1976年5月，第45页。作者为诗人梁上泉。原诗后有注："梁上泉是青年诗人，曾被反革命修正主义分子任白戈打成'反革命'。"此诗是他从北京回重庆路过武汉写给革命造反派的。

武汉钢工总宣传部、红司（新华工）宣传部、新湖大红八月公社编印的《迎着铁矛散发的传单》，1967年8月印行

集封面与书名页未署著者名，实际著者为白桦，收《我也曾有过你们这样的青春》《一个解放军战士的公开答话》《孩子，去吧！》《"七·二〇"记实》等诗十九首。诗集编者的《后记》有这样一些话：

> 这些诗歌是在武汉最困难的时候、在军内一小撮反革命修正主义分子严密封锁下写出的。当时不能保留手稿，而且没有办法复印、转抄。全是那些不相识的英勇的小将迎着铁矛把这些诗张贴和散发出去的。……这些诗不是艺术品，是当时急迫间用来打击敌人的武器，必然很粗糙。红司（新华工）和钢工总的战友们认为可以收集起来复印一下，可能是由于这些诗从某些侧面记录了武汉革命造反派战士艰苦战斗的历程。同时，也是广大指战员忠于毛主席、坚决支持左派革命群众的佐证。³⁴

---

34 引自刘福春：《寻诗散录》，广西师范大学出版社，2008年9月，第237页。

无声的厮杀[35]

所谓的红卫兵战歌已基本丧失作为诗歌的审美属性,但即使仅仅剩下那么一点点"写作的冲动",也许仍证明它与诗有关。因为写作从根本上讲,乃是一种诉求,虽然这种诉求未必涉及艺术,但却涉及意愿。"文革"已进入尾声,这场旷日持久的闹剧也许很快就要落幕。年事已高的领导人对此已是回天乏力。潜伏的危机,政事的变数,召唤着那些野心和阴谋。各种势力都想借重文艺和诗歌的特殊功能开展并实现他们的企图。

要是说,"文革"初始点火"三家村",制造《海瑞罢官》冤案,以特定的文化现象为突破口,从而展开了如火如荼的空前的大运动,到了此时,即到了20世纪70年代,政治野心家们再次对文艺、特别是对诗歌感兴趣,从而认定它是一枚举足轻重的砝码,甚至认为是一枚可以震撼全局的炸弹,那是全在情理之中、不会有多少人怀疑的。

20世纪70年代的"文革"运动,大串联已经式微,武斗的硝烟正在消散,整个运动在重新组合和集聚新的力量,以江青为首的阴谋集团正在紧锣密鼓地绸缪着毛泽东以后的政治图谋。世人皆知,江青的政治发迹始于她一手炮制的文艺怪胎"样板戏"——戏剧。现在她把手伸向了诗歌,她以同样的伎俩,制造了20世纪70年代两个引人注目的诗歌事件:一是"小靳庄诗歌",一是诗报告《西沙之战》。两个事件都发生在20世纪70年代。[36]

"小靳庄诗歌"是一件预设、授意并大力动员而"制造"出来的人为的"诗歌运动"。至于《西沙之战》,"制造"的性质虽同,但却是指定专人、按照特定的意图,在严密授意下进行的"命题写作"。前者是动员群众,后者是指定专人,目标是相同的,即以诗歌的手段达到政治的目

---

35 《小靳庄诗歌选》第1集,天津人民出版社,1974年12月;第2集,天津人民出版社,1976年4月。写作时间都在出版时间以内。张永枚:《西沙之战》,人民文学出版社,1974年7月。作者稿末自注:"一九七四年三月十日完稿于北京"。
36 《小靳庄诗歌选》,天津人民出版社,1974年12月。

张永枚《西沙之战》，人民文学出版社 1974 年 7 月出版

张永枚《西沙之战》连环画

的。这从他们的言说中可以发现其真实意图："在伟大的批林批孔运动中，小靳庄的贫下中农以势如破竹的革命气概，狠批林彪效法孔老二'克己复礼'的反革命罪行，狠批孔孟之道，用马克思主义、列宁主义、毛泽东思想占领思想文化阵地……是对林彪、孔老二鼓吹的'上智下愚'、'天才论'的有力批判。"[37]

不长的引文中充斥着当时流行的政治用语。这些对于现在的人们来说，是非常地陌生了——林彪和孔子有什么关联？为什么不是孔子，而是"孔老二"？离开了当时的政治环境，这里呈现的扑朔迷离是现今的人们所难以理解的。这些政治用语的背后，都暗藏着某种阴谋，不过只是借那些刻意制作出来的诗歌幻影，予以隐曲地表达而已。

《西沙之战》是对发生在 20 世纪 70 年代的一场为保卫海疆进行的战斗的反映。长诗的写作被认为是"成功地学习运用了'三突出'的创造

---

[37]《小靳庄诗歌选·后记》，天津人民出版社，1974 年 12 月，第 170—172 页。

《小靳庄诗歌选》，天津人民出版社1974年12月出版

原则……从众多的英雄人物中，突出地塑造了阿沙、钟海、阿春三个英雄典型，把他们的英雄创举有机地交融于一体"[38]。"《西沙之战》是一首壮丽的诗篇，是新诗创作中学习革命样板戏创作经验的成功范例。作者运用革命的现实主义和革命的浪漫主义相结合的创作方法，源于生活又高于生活"。[39]

需要区别的是事实和事实后面的真正用心。以《西沙之战》的写作为例，当日以异乎寻常的、可以说是非常隆重的方式推出，[40]其真正原因何在？这里有一段叙述可以为人们解惑：

> 西沙自卫反击战胜利后，本来与此事无关的江青想在上面捞些资本，于是，1974年1月28日，江青"背着毛主席和党中央，用个人名义给西沙军民写'贺信'。她只字不提毛主席、党中央和中央军委对西沙之战的领导和关怀，却把自己吹嘘成唯一关怀西沙军民的领导人，把自己装扮成批林批孔运动的发动者和

---

38 尹在勤：《新诗学习革命样板戏的成功范例——评诗报告〈西沙之战〉》，《四川大学学报》第1期，1974年。

39 任犊：《来自南海前线的战歌——读张永枚同志的诗报告〈西沙之战〉》，《文汇报》，1974年4月19日。

40 该诗完稿于1974年3月10日，3月15日即在《光明日报》用两个版面全文刊登。接着，全国各报一律转载，电台不断广播，出各种的单行本。此外，吉林人民出版社出蒙古文版；西藏人民出版社出藏文版；各种出版社出多种语言的外文版、盲文版。

主持者。写信还嫌不够，江青又派专人'代表'她到西沙'看望'前线军民。《西沙之战》的作者就是她派去的一个'代表'。临行前，江青面授机宜：'你回来要写作品'"。⁴¹

作者奉命写出的就是这本《西沙之战》。它和"小靳庄诗歌"一样，都是政治阴谋的产物。这是一场无声的厮杀，是"文革"落幕之前的一次政治博弈。这个博弈始于20世纪60年代的"海瑞罢官"而延续下来，直至此时此际的20世纪70年代围绕着《创业》和《海霞》的评价所进行的斗争。当然，也包括了此刻我们谈论的诗歌事件——"小靳庄诗歌"和《西沙之战》。

就在此时，就在1975年的秋天（9月），就在距离小靳庄所在的宝坻县一百多公里的天津静海县的团泊洼，身陷囹圄的诗人郭小川面对秋风梳理着的静静的团泊洼，以自己充满悲愤的思考，参与了"文革"最后的"厮杀"⁴²。蝉声消退，蛙鸣止息，雁将南归，正是秋凉时节，万物都在静默中沉思，诗人发问：团泊洼，团泊洼，你真是这样静静的吗？全世界都在喧腾，哪里没有雷霆怒吼，风云变化：

……至于战士的深情，你小小的团泊洼怎能包容得下！
不能用声音，只能用没有声音的"声音"加以表达：

战士自有战士的性格：不怕诬蔑，不怕恫吓；
一切无情的打击，只会使人腰杆挺立，青春焕发。

战士自有战士的抱负：永远改造，从零出发；
一切可耻的衰退，只能使人视若仇敌，踏成泥沙。

---

41 刘福春：《寻诗散录·"文革"十年诗集叙录》，广西师范大学出版社，2008年9月，第270页。
42 "厮杀"是郭小川在《团泊洼的秋天》里的用语："这里没有刀光剑影的火阵，但日夜都在攻打厮杀。"

郭小川

战士自有战士的胆识:不信流言,不受欺诈;
一切无稽的罪名,只会使人神志清醒,大脑发达。

战士自有战士的爱情:忠贞不渝,新美如画;
一切额外的贪欲,只能使人感到厌烦,感到肉麻。

战士的歌声,可以休止一时,却永远不会沙哑;
战士的眼睛,可以关闭一时,却永远不会昏瞎。

请听听吧,这就是战士一句句从心中掏出的话。
团泊洼,团泊洼,你真是那样静静的吗?[43]

---

43 郭小川:《团泊洼的秋天》。1975年9月写于团泊洼干校,刊载于《诗刊》1976年11月号。此诗发表时诗人已在河南林县去世。

郭小川《团泊洼的秋天》手稿

郭小川自己显然非常重视这首诗的写作。他曾把它抄给一位朋友，稿后注明："初稿的初稿，还需要做多次的修改。"他知道，这充满激情和信心的诗篇"不合你秋天的季节"，但他依然坚信："到明春准会生根发芽。"

这是乱世的一曲正气歌。这是诗人郭小川倾其一生的革命激情为抗击暴虐所作的"最后的抗争"。由于此诗的写作涵括了郭小川终身服膺的革命理想和信念，展示了他所认为的"战士"的追求、操守、品格、情怀，更由于它在艺术上继承了20世纪50年代《向困难进军》《致青年公民》开始的政治抒情诗的充沛的激情，特别是它集中地融汇了20世纪60年代诗人最富创造性的《厦门风姿》《甘蔗林——青纱帐》等作品所体现的艺术追求（这些追求概括地说，是在新诗中融进中国传统辞赋的形式特征，大量使用排比骈偶，句式上集短为长，辞藻繁丽，音韵铿锵，极度铺张，反复咏叹），它展示了郭小川诗艺的成熟。

由于《团泊洼的秋天》集中地体现着郭小川的思想艺术的最高成就，

又是他竭尽心力的抒发，此诗可以视为诗人的绝唱。⁴⁴ 在动乱年代乌云密布的天空，《团泊洼的秋天》是阴霾中一道惊天的闪电，它带给翘首冀盼而近于绝望的人们以一线希望：人们从那里听到遥远的天边春雷滚动的消息。

定格于四点零八分

"文革"动乱进入第三年，各方都在惨烈的厮杀和鏖战之后喘息，当年处于风暴中心的红卫兵也面临着繁华之后的消沉。有一篇文章记叙了他们当年的心态，其中谈到诗歌：

> 从六八年下半年起狂热的理想开始降温，对人生和社会的思索开始走向深化。贫穷，寒冷，饥饿，劳累……究其竟都还不是最深的痛楚，大环境的压抑最令人窒息。这时写诗的人已有不少。我们这一代人接受的诗歌教育主要是以毛主席诗词为版本的，因此起初写旧体诗的人居多。写诗不是为了发表，主要是抒发情绪，把那种混杂着青春、理想、郁闷、茫然的情绪浓缩在字斟句酌之中。⁴⁵

那些当年由于"需要"而被奉承为"革命小将"的红卫兵已成了秋日之扇，如今正在无奈地被驱遣到远离父母的异乡。他们之中的一位——后来成为诗人的郭路生（食指）——用诗记下了那撕心裂肺的离别，那定格于北京的一刻："这是四点零八分的北京／一声尖厉的汽笛长鸣／／……／／我的心变成了一只风筝／风筝的绳线就在妈妈的手中／／……／／这是我的北京／这是我的最后的北京"⁴⁶

那是一场巨大风暴之后顿时凝滞的片刻，也许不是一分，也许只是一

---

44 《团泊洼的秋天》之后，毛泽东、周恩来去世写有悼诗，有的未能竟篇，均不佳。
45 齐简（史保嘉）：《诗的往事》，见《持灯的使者》，刘禾编，广西师范大学出版社，2009年5月，第5页。
46 郭路生（食指）：《这是四点零八分的北京》，作于1968年12月20日，《诗探索金库·食指卷》，林莽、
　刘福春编，作家出版社，1998年6月。

1968年友人在北京站送郭路生（食指）赴山西插队。在这列火车上，郭路生写下了《这是四点零八分的北京》

郭路生手迹

秒。郭路生以诗人的敏锐，捕捉了这一永恒的瞬间。这不是一次家人间普通的离别，这次离别牵涉了千家万户。表面上的亢奋背后，凝聚着深沉的困惑和悲哀。四点零八分是一个历史镜头的诗的定格，这是诗人对于动乱时代的总结性的描绘。

　　这诗很快不胫而走，以朗诵和传抄的方式在全国各地的知青中流传。当年凡是读到这首诗的无不为之动容。[47] 它像是一点火星，点燃了巨大群体的悲情，一个书写和倾诉的愿望。诗歌无疑是当时最适宜的方式。这就是一个诗歌群体——知青诗歌——由最初受到启示、到后来强大起来的原

47　何京颉在《心中的郭路生》中写道："郭路生是唯一念诗能把我们念哭的人。一次他朗诵《这是四点零八分的北京》……当时有两个女生还没听完就跑出厨房，站在黑夜中放声大哭。凡是经历过一九六八年冬天北京火车站四点零八分场面的人没有不为此诗掉泪的。那时每天四点零八分都有一班火车把北京知青送走。当时的电影故事片显示了这样的情景：在火车徐徐离站时，知识青年从车窗中探出上身，脸红得像打腊的大苹果，人人手持红宝书，整齐地喊着：'毛主席万岁！'而实际情景是，在车上车下哭成一团。有的学生被打成反革命，关在学校，连家也不能回，被工宣队直接押上火车。他们的父母抱着为他们备好的行李，来见最后一面，哭成了泪人。"见刘禾编：《持灯的使者》，广西师范大学出版社，2009年5月，第151页。

因。对此,齐简(史保嘉)回忆说:

> 这个群体的出现最初是在一九六七年。一方面,被迫中止了学业的年轻人满怀求知的渴望和对周围世界的困惑不解,从不同的角度与途径进行着不懈的探索;另一方面,从领袖到学生普遍膨胀的理想主义与严酷的现实开始对撞,产生了一种无可奈何的人生喟叹。这年秋天,我以弟弟养在瓶中的热带鱼为题,写了一首《临江仙》:"剑头凤尾翩翩舞,/清涟顾影婷婷。/静如秀玉动生莹,/彩鳞多婀娜,锦腮自含情。//杯中有水乐便在,/何必逐浪平生。/龙门堪劝鲤兄明:/似我非无志,终饰案头瓶。"[48]

引文中的这一番话写出了知青诗歌写作者的心态。他们有过青春的梦想,但是梦已破灭。"似我非无志,终饰案头瓶",这种遗憾和悲哀是难以言传的,也许只有诗歌能够传达于万一。一些无家可归的青少年从城市被驱赶到了陌生的地方,他们举目无亲,经受着艰苦生活的煎熬。这还只是一个表象,而内心的疑惑、痛楚,甚至惶恐——理想的幻灭,不可预期的未来,则是更为沉潜的深刻的悲哀。郭路生的《希望》差不多也是写在这个时候,它表达了曾经有过的希望,以及希望的破灭:

> 多希望你是温暖的阳光
> 能暖化我心中冻结的冰层
> 冰雪下还掩埋着有希望的小草
> 寒风曾折断过它修长的细茎
>
> 可你只是匆匆的夕阳

---

[48] 齐简:《诗的往事》,《持灯的使者》,刘禾著,广西师范大学出版社,2009年5月,第3—4页。

只是一片惨淡的血红
　　雪水中刚刚挺起身的小草
　　又将饱经冬夜的寒冷

　　带着夜间痛苦的泪痕
　　草儿微笑在蓝色的黎明
　　昨天才被暖化的雪水
　　而今已结成新的冰凌[49]

　　郭路生的诗唤起了他们表达和倾诉的愿望：诗歌既是他们内心的抚慰，也是他们情感交流和宣泄的渠道；诗使他们发现了自己，发现自己内心复杂又丰富的蕴藏。知青诗歌作为"文革"后期的一道风景，在中国许多知青点上，主要是以"地下写作"以及相互唱酬和传抄的方式传播着。这些诗保留了那个时代青年内心的伤痛，也留下了当日生活的沉重记忆。为数众多的诗歌青年以这种方式，表达着特殊年代复杂的意愿和心境。

　　因为当时毛泽东的诗词盛行，故知青诗歌新、旧体并行。在旧体诗的写作方面，亦有写得好的，这些诗同样保留了那个年代令人难忘的记忆和画面。这是一首刘立山创作的绝句《迁户口去陕西插队》。诗前有小序："一九六九年元月二十八日下午十五时二十分作于北京西城区福绥境派出所。"诗后有注："作者家人于1966年9月8日被遣返冀中农村，唯其一人留京。两年后，作者亦离京赴陕西插队。"

　　　　青云不坠去天涯，
　　　　艺苑浇开寂寞花。

---

[49] 郭路生：《希望》，作于1968年夏，《中国知青诗抄》，郝海彦主编，中国文学出版社，1998年2月，第5页。

> 此刻警官轻命笔,
> 黄昏闹市已无家。[50]

再一首是他的七律《探亲》。诗前亦有序："一九七一年六月六日作于河北新城县。"

> 垄柳堤花满路香,早无闲意赏春光。
> 层峦徒步迷晨雾,"货列"藏身入大荒。
> 露宿新城寒彻夜,幸餐陈饼暖饥肠。
> 风尘千里还乡泪,有痛深埋莫告娘。[51]

读这些诗,回想动乱岁月的点点滴滴,足可令人感慨唏嘘。我们应感谢这些诗歌的作者,是他们为我们保留了那些"有痛深埋莫告娘"的时代隐痛。这些"地下写作"的诗歌,旧体是少量的,其主要的部分还是新诗。在新诗的写作中,那些后来成为朦胧诗代表人物的人已经崭露头角,而更多的则是原先爱诗后来转作别事的作者。赵哲是原北大附中六九届高中毕业生,曾插队于白洋淀,现为医生。她的《等》表达了那个时代青年人的苦闷与绝望:

> 等待,苦苦地等待,
> 等待什么?说不出来。
> 待决的囚徒求生,
> 幽会的恋人求爱。
> 而我在等待什么呢?

---

[50] 刘立山,1948年生,原北京四十中68届高中毕业生。1969年初赴陕西省富县张家湾公社川庄大队插队。此诗引自郝海彦主编:《中国知青诗抄》,中国文学出版社,第312—313页。

[51] 此亦沉哀之语,"货列"指运煤车,"陈饼"指行前作者女友为其做玉米面枣饼。同上书,第317—318页。

世界的末日迟迟不来！
　　　　与其如此，
　　请给我一粒子弹吧，
　　——只是要快！ 52

知青诗歌的写作与流传，是在"没有诗歌"的时代里的一股不可遏制的暗流。从历史行进的角度看，这种"没有"中的"有"更是一种必然。但是在当时这类诗歌的流传是有风险的。1969年5月，江苏省江浦县的插队知青任毅因为创作《知青之歌》被捕入狱，原判死刑，后因许世友的批示而改判十年有期徒刑。53 诗人严力在《阳光与暴风雨的回忆》中，也写到他最初阅读郭路生《相信未来》时的紧张心情。54 作为知青的一员，林莽在论述这种写作时说：

> 它告诉我们，那些源自青春生命的语言，以其敏锐的触角所触及的，正是人们当时力争理解与超越的。它前瞻的暗示性，标示着它们是一批与时代相关的不可或缺的写作。……对于处在蒙昧状态中的那个特殊时期的一代青年，那场人们始料未及的"大革命"到来时的兴奋与冲动，随着每个人在现实中的遭遇，开始与那个时代所赋予的理想发生了根本性的冲突，不同阶层的青年同时开始了不同向度与不同层次上的怀疑与反叛。那些绝对的东西开始消解，一切领域里的不可逾越的戒条，也在那种怀疑精神中发生了必然的动摇。55

---

52 郝海彦主编：《中国知青诗抄》，中国文学出版社，1998年2月，第74页。作于1970年。
53 《重庆晚报》1998年6月12日，童菲：《"知青之歌"和被"判刑"的作者》。
54 严力："一九六九年夏天，百万庄的朋友给我看了一份手抄的诗稿，一张皱皱巴巴的纸，歪歪扭扭的文体，是郭路生的《相信未来》。这首诗让我感到很新奇，是我识字以来第一次看到中国人自己写出这样的文字，尽管无人能回答未来在哪儿。那朋友说不要把《相信未来》传给你不相信的人看，因为有可能被告发。我认认真真地把这诗抄了一遍，经历过抄家的惊吓，不知道该把它放在什么地方最安全。最后我把它背下来撕掉了。"北岛、李陀主编：《七十年代》，郝海彦主编，香港：牛津大学出版社，第304—305页。
55 林莽：《以青春作证》，《中国知青诗抄》序二，郝海彦主编，中国文学出版社，1998年2月，第5—6页。

创作《相信未来》时的郭路生（食指）

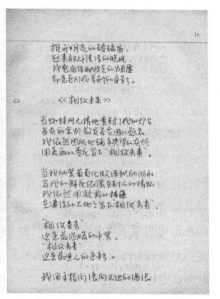
林莽当时所抄《相信未来》

林莽抄诗、写诗本

这是这些诗歌产生的背景和环境。本文作者也曾专文评价知青诗歌的写作：

> 这里保留了真诚的动机，也保留了历史和环境赋予它们的全部复杂性。它们如今已成为一块又一块精神化石，带着激情，也带着缺憾：那里有高温燃烧的焦记，也有陨落和埋葬留下的伤口和断痕；既记载着单纯，又记载着不单纯；既有豪情，也有悲苦。[56]

持灯的使者[57]

春天是在坚冰之下孕育的。当北风正在呼啸着肆虐大地，其实春天也正在酝酿着蓓蕾。在北京，山桃是春天的前奏。山桃是百花中最不起眼的一种花，有一点点浅得发白的红，说不上美丽，更说不上艳丽。它总是生长在人迹罕至的角落，默默地开花。在它开花的时候，春天一点影子也没有。它往往是开放在凛冽的风雪中。而后，当河岸的柳梢泛黄，山桃的花时已过。此时，金黄色的星星一般美丽的迎春正式宣告了春天的到来。

这山桃花，就是我们此刻说的20世纪70年代。迎春叙述的是80年代，它叙述的是80年代开始的、中国文艺复兴的春天的故事。70年代在人们的印象中几乎是默默无闻的，然而，20世纪80年代的全部辉煌，是由静默无声的70年代为它准备的。是"无声"的70年代孕育了"喧腾"的80年代。套一句学界的流行语："没有七十年代，何来八十年代！"

郭小川之所以伟大，是因为他发现当日表面平静的团泊洼，其实是喧腾、嘈杂的，而且是"时刻都会轰轰爆炸"的。《团泊洼的秋天》是20世纪70年代中叶一支"无声"之歌。它其实已经预告了一个伟大的时代。

---

56 谢冕：《记忆是永远的财富》，《中国知青诗抄》序一，中国文学出版社，1998年2月，第2页。
57 "持灯的使者"，此处借用刘禾编的书名。《持灯的使者》，广西师范大学出版社，2009年5月。

牛汉

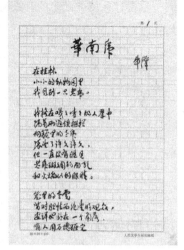
牛汉《华南虎》手迹

这是诗人以他的最后的燃烧为代价发出的声音。

春在冻层之下萌动。那些尚被噩梦折磨的人、那些身陷囹圄而且前景未卜的人此时仿佛都听到了坚冰迸裂的声音：春在召唤。那些因各种"罪名"被羁押和流放在各地的诗人们都在"阴暗的角落"里，悄悄地开始了迎接春天的准备。牛汉的名篇《华南虎》《悼念一棵枫树》、绿原的名篇《重读〈圣经〉》、曾卓的名篇《悬崖边的树》[58]均写于此时。许多诗人都在为参加新时期的大合唱而时刻准备着。

也是此时，一位完全与世隔绝的女诗人灰娃以极为特殊的方式，参与了70年代的争取。这位来自延安的当年的小"灰娃"进城后，进了北京大学。她完全无法面对"文革"的疯狂，此时正陷落在精神崩溃的深渊。她在病危之际写下的两篇准备毁弃的诗篇意外地被保留了下来，一篇是

---

58 牛汉：《华南虎》，写于1973年6月；《悼念一颗枫树》，写于1973年秋。绿原：《重读〈圣经〉》，写于1970年。曾卓：《悬崖边的树》，写于1970年。

《我额头青枝绿叶……》(1974),另一篇是《墓铭》(1973)。[59] 两首诗都表达了挣扎的痛苦以及与现世不妥协的决裂。其中《墓铭》有句:

> 生而不幸我领教过毒箭的分量
> 背对悬崖我独自苦战
>
> 与维纳斯阿波罗对垒
> 弓开箭鸣飞矢钻动我心上飕飕交锋
>
> 我抵抗生命陡峭的风浪,一人
> 流尽人间眼泪,只剩些苦涩回声
>
> 从峭壁迸溅散发野草泥土气息
> 带着魔法力量,我发誓
>
> 走入黄泉定以热血祭奠如火的亡魂
> 来生我只跟鬼怪结缘

灰娃《山鬼故家》,人民文学出版社
1997年7月出版

---

[59] 灰娃著有《山鬼故家》《灰娃的诗》等诗集。文中所列两篇总题为《文革拾遗》,后缀有作者1997年5月写的《附记》:
　　此二首意念相仿,本已完全遗忘,故未编入诗集。鲁湘写后记《向死而生》时,亦未读到。《我额头青枝绿叶……》是在读鲁湘文章后突然忆及的。我十分惊异鲁湘何以从诗作文本中对生命体验之感悟竟达至历史真实。一些本已隐遁的情感又被勾出,遗忘的诗句再次清晰忆起。适逢甥女菲菲来京,说到七三年我病危,她由湖南来护理,我曾交给她一份诗稿,嘱她撕碎扔马桶冲走。然她并未照做,而是带回湖南收存至今。此事在我心里压根儿一点影子没有了。不久收到她寄来的那份诗稿《墓铭》。读罢,往事烟云,思绪纷纷。鲁湘、兆忠要我把此二首未及收录的诗附于诗集之后,算是对一个为人类尊严拼死抵抗过的灵魂的纪念吧!

李瑛　　　　　　　　李瑛《枣林村集》，北京人民出　　李瑛《红花满山》，人民出版社1973
　　　　　　　　　　版社1972年4月出版　　　　　　年1月出版

20世纪70年代的确是"静静的"，但70年代的确又是"喧腾的"和"嘈杂的"。在70年代，我们不仅看到了那些当时还"压在坝下"（郭小川）的"矛盾重重"的诗篇，也还有飘自深山的艰难而青春的"第一缕炊烟"[60]。当人们行进在满目疮痍的国土，突然眼前出现了耀眼的"红花满山"[61]，这是何等的惊喜！应当感谢诗人们在贫瘠的岁月给了我们意外的丰富。在禁锢的年代，他们的诗句的确给我们以对于思想解放和艺术自由的浮想。

这里是李瑛从祖国北部边疆带给我们的清新的、充满了美感的"亮晶晶光闪闪的小河水"。这些清新的诗句出现在当日，不啻黑暗中的一道亮光。我们从中发现已变得非常陌生的诗人对于美的感受力，以及再现这种

---

[60] 李松涛的诗集《第一缕炊烟》，写作完成于1976年之前。《诗刊》1976年1月1日刊出其中一组《深山创业》，《第一缕炊烟》，上海文艺出版社，1978年11月出版。

[61] 李瑛的《红花满山》，作于1972年，人民文学出版社，1973年1月；《北疆红似火》，作于1973年，定稿于1975年1月，人民文学出版社，1975年7月。

感受的想象力。经历了那么多的磨难而创造性并未消泯,这充分说明了中国诗歌的顽强生命:

1976年1月《诗刊》复刊

> 草原牧女又多了一面镜子,
> 马场小伙又多了一条带子,
> 乳厂师傅又多了一根弦子,
> 亮晶晶光闪闪的小河水。
>
> 从你,我还听见多了一百种鸟的歌声,
> 从你,我还看见多了一百种草的颜色,
> 从你,我还闻见多了一百种花的香气,
> 亮晶晶光闪闪的小河水。

整个20世纪70年代,那些在动乱岁月中经历了血与火洗礼的一代人都在痛苦中等待,在悲哀中沉思,理想的火炬没有熄灭。理想主义的星火在内蒙古草原,在西双版纳密林,在杏花村,也在白洋淀,在广袤国土的众多的角落,土炕边,煤油灯下,闪烁着,点亮人们的眼睛。书籍和诗歌,还有思想,都在谨慎而又兴奋地悄悄地传递着。他们是一批盗火者,也是一批持灯的使者。

张郎郎的《宁静的地平线》(请注意,他这里的"宁静"和郭小川的"静静"词义相近)有一段关于70年代的叙述:

> 一九七〇年代,我听说许多人在全国

各地草棚里、油灯下，一肚子理想，满脑门子深刻。在写着、画着、唱着，做着文艺梦。都是形形色色、不同层次、不同境遇的理想主义者。玩文学的差不多都是这种人。他们琢磨、创作，试图活出个模样，寻找意义。

也许他们就这样歪打正着，一不留神为中国文学艺术传承做了很多事。

在那个年代，大面儿上看来是个文化贫瘠的时光，他们这些活动渐渐形成了文化潜流，在地下交汇着、涌动着。所以，到了八十年代才会有那样一次划时代的文化群体勃发。[62]

从那个年代走出了整整一代新人，他们是自立的，他们又是反思的。他们在20世纪70年代后期的严寒中孕育着美丽的蓓蕾，这些蓓蕾将迎着中国新时期的阳光，开出灿烂的花。新诗潮和"星星画展"就是新时期最先绽放的鲜丽的报春花，它们勇敢地站立在20世纪70年代凛冽的寒风中，向亲爱的人民宣告：一个伟大的文艺复兴的时代即将到来。

62　张郎郎：《宁静的地平线》，《七十年代》，北岛、李陀主编，三联书店，2009年7月，第93页。张郎郎，1943年生于延安，1968年毕业于中央美术学院。现为普林斯顿中国学社研究员，有文集《从故乡到天涯》等。

新诗纪事

1960 年

1 月张志民的诗集《礼花集》由作家出版社出版。

5 月光未然（张光年）的诗集《五月花》由作家出版社出版。

6 月纳·赛音朝克图的诗集《狂欢之歌》由作家出版社出版。

8 月余光中的诗集《万圣节》由蓝星诗社出版。

10 月 1 日《星星》诗歌月刊 1960 年第 10 期出刊后停刊；是月余光中的诗集《钟乳石》由中外画报出版。

1961 年

1 月张默、痖弦编的诗集《六十年代诗选》由大业书局出版。

6 月 15 日《蓝星季刊》在台北创刊，覃子豪主编；是月严阵的诗集《江南曲》由上海文艺出版社出版。

12 月郭小川的长诗《将军三部曲》由作家出版社出版；贺敬之的诗集《放歌集》由人民文学出版社出版；蓉子的诗集《七月的南方》由蓝星诗社出版。

1962 年

2 月 24 日胡适病逝。

4 月 19 日刚刚参加了第二届第三次全国人民代表大会的诗人和北京的诗人在人民大会堂就当前诗歌问题进行座谈，朱德、陈毅、郭沫若、周扬、柯仲平、萧三、冰心、袁水拍、冯至、卞之琳、田间等参加；是月陆棨的诗集《灯的河》由重庆人民出版社出版；覃子豪的诗集《画廊》由蓝星诗社出版；何其芳的诗论集《诗歌欣赏》由作家出版社出版。

7 月 15 日《葡萄园》诗刊在台湾创刊，文晓村主编。

1963 年

3 月张志民的诗集《西行剪影》由百花文艺出版社出版。

4 月纪弦的诗集《摘星的少年》由现代诗社出版。

5 月罗门的诗集《第九日的底流》由蓝星诗社出版；叶维廉的诗集《赋格》由现代文学社出版。

8 月 14 日于赓虞病逝。

9 月李瑛的诗集《红柳集》由作家出版社出版。

10月10日覃子豪病逝；是月郭小川的诗集《甘蔗林——青纱帐》由作家出版社出版；纪弦的诗集《饮者诗钞》由现代诗社出版。

1964年

5月5日力扬病逝。
6月15日《笠诗刊》在台湾创刊，林亨泰主编；是月《蓝星》在台北创刊，罗门、蓉子主编；余光中的诗集《莲的联想》由文星书店出版。
8月李瑛的诗集《献给火的年代》由作家出版社上海编辑所出版。
10月20日柯仲平病逝；是月张默的诗集《紫的边陲》由创世纪诗社出版。
12月1日《诗刊》1964年11—12月号合刊出刊后停刊。

1965年

1月洛夫的诗集《石室之死亡》由创世纪诗社出版。
2月郭小川的诗集《昆仑行》由作家出版社出版。
5月蓉子的诗集《蓉子诗抄》由蓝星诗社出版。
7月25日周梦蝶的诗集《还魂草》由文星书店出版。
10月桓夫（陈千武）《不眠的眼》、白萩《风的蔷薇》等诗集由笠诗社出版。

1966年

1月雁翼的诗集《激浪集》由百花文艺出版社出版。
3月翱翱（张错）的诗集《过渡》由星座诗社出版。
8月3日吴兴华逝世。
9月2日陈梦家逝世。10月郑愁予的诗集《衣钵》由台湾商务印书馆出版。
11月诗集《毛主席，我们心中的红太阳》由云南人民出版社编辑出版。

1967年

2月张默、痖弦编的《中国现代诗选》由创世纪诗社出版。
3月17日阿垅病逝；是月诗刊《南北笛》在台北创刊。
4月余光中的诗集《五陵少年》由文星书店出版。
5月6日周作人病逝。
6月纪弦的诗集《槟榔树甲集》由现代诗社出版。
7月洛夫的诗集《外外集》由创世纪诗社出版。
8月武汉钢工总宣传部、红司（新华工）宣传部、新湖大红八月公社编印的白桦诗集《迎着铁矛散发的传单》印行；纪弦的诗集《槟榔树乙集》由现代诗社出版。

9月洛夫、张默、痖弦编的《七十年代诗选》由大业书店出版。
10月纪弦的诗集《槟榔树丙集》由现代诗社出版；钢二司武汉水利电力学院、钢工总新人印东方红兵团编印的诗集《江城壮歌》出版。

1968年
1月钢九·一三武钢分团《武钢战报》、钢二司红武测总部、钢工总青印兵团编印的诗集《狂飙曲》出版。春 郭路生（食指）写作《相信未来》一诗。5月6日邵洵美病逝。
8月吉林师大革命造反大军、八一八红卫兵《革命造反军报》编辑部编印的诗集《战地黄花——八一八诗选》出版。
9月上海工人革命文艺创作队编的《红太阳照亮安源山》由上海文化出版社出版。
10月郑愁予的诗集《窗外的女奴》由十月出版社出版。
11月2日李广田逝世。
12月20日郭路生（食指）从北京乘火车去山西杏花村插队，在车上开始创作《这是四点零八分的北京》一诗；是月痖弦的诗集《深渊》由众人出版社出版；首都大专院校红代会《红卫兵文艺》编辑部编印的诗集《写在火红的战旗上》出版。

1969年
4月纪弦的诗集《槟榔树丁集》由现代诗社出版。
5月余光中的诗集《天国的夜市》由三民书局出版。
6月罗门的诗集《死亡之塔》由蓝星诗社出版。
10月商禽的诗集《梦或者黎明》由十月出版社出版。
11月蓉子《维纳丽沙组曲》、向明《狼烟》、余光中《敲打乐》等诗集由纯文学出版社出版。

1970年
1月24日《诗宗》在台湾出刊。
3月洛夫的诗集《无岸之河》由大林出版社出版。
5月4日绿蒂主编的《中国新诗选》由长歌出版社出版。
8月仇学宝的长诗《金训华之歌》由上海市出版革命组出版。
9月27日韩北屏逝世；是月梅新的诗集《再生的树》由惊声文物公司出版；诗集《颂歌献给毛主席》由上海市出版革命组编辑出版。
10月张默的诗集《上升的风景》由巨人出版社出版。

1971 年

1 月 13 日闻捷逝世。

3 月洛夫编的《一九七〇诗选》由仙人掌出版社出版。

6 月 1 日沈尹默病逝。

7 月《白萩诗选》由三民书局出版。

10 月穆木天逝世。

12 月叶维廉的诗集《醒之边缘》由环宇出版社出版。

1972 年

1 月白萩、洛夫编的《中国现代文学大系·诗》由巨人出版社出版。

4 月李瑛的诗集《枣林村集》由北京人民出版社出版。

5 月李学鳌的诗集《放歌长城岭》由人民文学出版社出版。

6 月《诗风》双月刊在香港创刊，黄国彬等编。

8 月白萩的诗集《香颂》由笠诗社出版。

9 月贺敬之的诗集《放歌集》由人民文学出版社出版。

1973 年

1 月李瑛的诗集《红花满山》由人民文学出版社出版。

5 月纪鹏的诗集《蓝色的海疆》由人民文学出版社出版。

6 月龙族诗社编的《龙族诗选》由林白出版社出版。

12 月采刈社编的《中国新诗选集（1918—1969）》由波文书局出版。

1974 年

1 月蓉子的诗集《横笛与竖琴的响午》由三民书局出版。

3 月 15 日《光明日报》刊出张永枚的诗报告《西沙之战》。

6 月纪弦的诗集《槟榔树戊集》由现代诗社出版。

7 月余光中的诗集《白玉苦瓜》由大地出版社出版。

9 月诗集《理想之歌》由人民文学出版社出版。

12 月洛夫的诗集《魔歌》由中外文学出版；《小靳庄诗歌选》由天津人民出版社编辑出版。

1975 年

2 月章德益、龙彼德的诗集《大汗歌》由上海人民出版社出版。

6月张默的诗集《无调之歌》由创世纪诗社出版。

7月李瑛的诗集《北疆红似火》由人民文学出版社出版。

8月杨牧的诗集《瓶中稿》由志文出版社出版。

9月19日毛泽东同意《诗刊》复刊。

10月31日《大海洋诗刊》在台湾高雄创刊。

1976年

1月1日《诗刊》在北京复刊；25日《人民日报》刊出北京大学中文系七二级创作班工农兵学员集体创作的长诗《理想之歌》；31日冯雪峰病逝。

4月5日北京爆发天安门诗歌运动；是月《十二级台风刮不倒——小靳庄诗歌选》由人民文学出版社出版；《小靳庄诗歌选》（第二集）由天津人民出版社编辑出版。

5月洛夫的诗集《众荷喧哗》由枫城出版社出版。

9月余光中的诗集《天狼星》由洪范书店出版。

10月18日郭小川逝世。

12月25日李金发病逝；是月《罗盘》诗双月刊在香港创刊。

第七章

一个世纪的背影

中国新诗(1976—2000)

重新开始的时间

"时间开始了"。这是胡风的一个诗题。此诗写于20世纪40年代的最后一年,距本篇文字所述的时间已是半个世纪以前的事了。[1] 欢乐的讴歌,真诚的祝愿,憧憬和希望,光荣和梦想,这是那个时代最具代表性的诗意。饱经忧患的中国人在黎明前的黑暗中,眺望黄土高原上初升的一道阳光,用激情的颂歌,迎接了一个新的时代。

从历史的长河看,这的确是一个新的时间的开始。中国结束了半封建、半殖民地的历史,作为一个独立、健全的民族站立在世界的东方,[2] 这是开天辟地的大转折。革命和建设在新生的土地上进行,一切都是新的。新的一切改变着中国,改变着人民的生活,也决定着人民的命运。

但是,这新开始的时间运行得非常艰难曲折。有很多的鲜花笑语,也有很多的泪水血污。幸福伴随着苦难,破坏紧追着建设。在这段诗歌史之前,时间是那样地令人珍惜,又是那样地令人惊恐。[3] 无休止的"革命"和"斗争"、无休止的"改造"和"批判"使文学和诗歌无所适从。一次又一次的"运动"过去之后,是一批又一批的诗人的"消失"。

最早消失的是以胡风为代表的"七月派",他们在一场莫须有的"反

---

1 《时间开始了》是一部系列抒情长诗,胡风作。首章《欢乐颂》,原载1949年11月20日《人民日报》。开头是这样的:

  时间开始了——

  毛泽东
  他站到了主席台底正中间
  他站在飘着四面红旗的地球面底
  　　中国地形正前面
  他
  屹立着像一尊塑像……

2 上引《欢乐颂》结束于如下这些逐渐短促而又逐渐加强的句式:"占人类数四分之一的中国人从此站立起来了!""中国人从此站立起来了!""从此站立起来了!""站立起来了!"正是突出了这种民族历史性"站立"的主题。

3 何其芳写于1952—1954年的《回答》诗中就出现"惊恐"一词:"从什么地方吹来的奇异的风,/吹得我的船帆不停地颤动:/我的心就是这样被鼓动着,/它感到甜蜜,又有一些惊恐。"

革命集团"事件中整体地消失。1957年火热的夏天,有一场如火如荼的"反右派斗争",以艾青为代表的一大批诗人成为这场运动的牺牲品,同样整体地消失。再后来,就是震惊世界的"文化大革命",长达十年之久的狂风暴雨席卷了几乎所有的写作者,对诗歌而言说是"一扫而空"也并不过分。中国已经没有诗歌。[4] 要是有,那就是只剩下令人触目惊心的三个字:假、大、空。

这是段欲说还休的年月。叙述这段历史要有足够的耐心和毅力,要忍住那无尽的悲情,要用理性的冷静从乱麻中理出头绪。需要赶紧说的是,上边那些文字说到的"消失"。只是属于"成批"和"有形"的一类,并不包括那些零散的和无形的消失,而后者,其数量可能还要数倍于前。在这段诗歌历史开始之前,我们的历史是既欢乐又悲哀的,许多诗人(连同他们的诗)弥散在苍茫的风烟之中,我们只能在历史的夹缝中寻觅那些失落的诗的踪迹。胡风以及和他一样以无保留的热情写过时代的颂歌的诗人也许没有料到,正是他们所歌颂的曾经是辉煌的、后来变成严酷的时间,无情地扼杀了他们的歌唱。

幸好,历史终于翻开了新的一页。1976年的10月,如同当年胡风写《时间开始了》的那个时刻,中国人民终于拥有了一个重新开始的时间。这就是政治家和历史学家通用的"新时期"的开始。而在这个新时期到来之前,中国经历了怎样的一个阵痛啊!那是一个大塌陷、大迸裂、大震荡的年月,更是一个大悲哀孕育着大欢喜的惊心动魄的年月!

1976年是天崩地裂的一年。有一阵巨大的陨石雨袭击了中国的北方。空前的大地震使唐山几乎成为一片废墟,这场地震无情地夺走了数十万生命。1976年1月,周恩来去世,这个月爆发了天安门前声势浩大的花圈和诗歌的大示威。7月,朱德去世。9月,毛泽东去世。他们的去世引发了全民为之振奋的粉碎"四人帮"的大事件。民间有传言,是天怒人怨,

---

[4] 1978年1月,邵燕祥写了《中国又有了诗歌》,"还我笔,还我歌喉,/我要唱人民的爱憎,革命的恩仇";1980年,郑敏在香港《秋水》发表《诗呵,我又找到了你》。可见,诗在中国曾经"湮没"和"失踪"。

人民英雄纪念碑前抄诗的人群

是天塌地陷,是文臣武将、左膀右臂的摧折!总之,一个时代从此结束了,从此结束了一个让人希望和欢喜又让人失望和悲哀的时代!

中国诗歌没有辜负这激动人心的岁月。《天安门诗抄》记载了人民的抗争和无畏、智慧和勇气。它证实,中国诗人不会在高压和残暴面前沉默。尽管人民手中没有枪炮,但是诗歌遵从了特定时代的要求,成为手无寸铁的人们以正义反抗邪恶的武器。以悼念周恩来的逝世而爆发的"天安门诗歌运动",撰写了近代以来中国诗歌史最为壮丽的一页——

一九七六年,当那些喷吐着愤怒的诗篇出现在清明寒冻的雨雾中时,人们只是为大体是古老的传统体式中挟带的雷电所震慑。那是血与火铸就的斩魔的诗剑。这当然意味着诗歌人民性传统的恢复。然而,它并不意味着其他,特别不意味着诗歌艺术的复苏乃至全面的创新。但是,无可置疑的是,天安门前那呼啸的烈焰,点燃了一

《天安门诗抄》，人民文学出版社1978年12月出版

个诗歌新时代。[5]

中国在等待。等待随着政治形势的改变而导致的文学艺术（包括诗歌）的大变革。当然，从这里到那里，从这点到那点，从一个结束到另一个开始，这个过程不仅漫长而且充满艰险。中国是在阵痛中，中国在孕育着一个新的诞生。随后的年月所发生的一切事实，都在说明这个古老民族的积重有多深。前进的路上、特别是艺术和诗歌想要在旧有的模式中突围的路上所将遭遇的艰难险阻，是世界其他地方的人们所难以想象的。

一连串重大的政治事件造成了决定中国命运的历史大转折。在意识形态支配一切的年代，诗歌和文学的繁盛往往受制于政治的脉动。黑暗与光明际会的时刻，人们习惯地挑选他们熟练的诗歌方式来表达他们的激情。

---

5 谢冕：《中国最年青的声音》，《谢冕文学评论选》，湖南文艺出版社，1986年4月，第132页。

政治抒情诗于是顺理成章地成为了人民喷发热情的恰当的形式。这个时期是政治抒情诗的多产年月，出现了李瑛的《一月的哀思》、柯岩的《周总理，你在哪里？》、贺敬之的《中国的十月》、光未然的《革命人民的盛大节日》等一系列脍炙人口的名篇。

政治抒情诗是政治意识高扬年代的产物，它以重大的政治事件为题材，以激昂、热烈、奔腾的气势，传达集体人群的共同情绪。政治抒情诗杜绝非群体性的情感。在那里，诗人充当了代言的先知，诗人是群情的引领者，诗人的歌颂之声往往是国家意识的一种传导。政治抒情诗的主人公是确定的，那就是虽然显得抽象却又不产生歧义的"人民"。诗歌的作者以他们的写作体现了"大我"的愿望和情怀而引以为豪。

全民政治情绪高昂的年代，适宜于宏大的叙事和群众性的场合，长篇政治抒情诗往往成为最富于鼓动性的方式。它适宜于传达和表现政治对于诗歌的整体期待，借此以呼唤和传递对于重大政治事件的热情。在20世纪后半叶的大量的群众性场合，政治抒情诗充当了宣传员和鼓动员的角色，郭小川和贺敬之是其中最杰出的代表。1976年发生的一系列重大事件，再次激起了人们的政治热情，政治抒情诗理所当然地再次充当了传导和抒发这种激情的手段。遗憾的是，杰出的诗人郭小川没能为此贡献出他的诗篇，他在黑暗已经过去、曙光刚刚来临的时刻，告别了他所深爱的土地和人民。

一个旧的时代正在过去，一个新的时代正在诞生。对于诗歌而言，一个以群体的意志为主导的"集体抒情"的时代正在过去。经过一番激烈而痛苦的蜕变，以普遍的人性和受到尊重的主体性为重心的诗歌实践正在逐渐地取代业已定型的创作模式。从这里往后叙述的文字，是一个崭新的开始：一种真正体现了时代精神并充分张扬个性的诗歌，正以自由、开放的姿态书写着中国诗歌史新的篇章。

1979年1月全国诗歌座谈会在北京召开

悲喜交集的归来

时间是最公正的,时间将清算历史的错误,并调整社会行进的方向。"文革"动乱的结束,意味着新的时间的开始。百废待兴,首先是为那些受到错误待遇的生者和死者昭雪平反。被迫的流亡者和逃亡者的归来,是这一时期中国社会(包括中国的诗歌)最为动人的一道风景。在长达数十年的先后的离散之后,人们哀悼那些无辜的死者,庆幸自己还能看到天空晴朗的一天。尽管带着心灵和肉体的累累伤痕,[6]但还是真情地感谢着重新开始的时间。

艾青的复出是这批归来者中最具象征意义的一个事件。1978年4月30日上海《文汇报》发表艾青的《红旗》[7]。这首诗新意不多,但体现了艾青一贯的清新明朗的风格。而它的出现,这一事实所传达的意义,也许

---

6 以艾青的一段经历为例,可以看到那些被流放的诗人的一般遭遇。[俄] Л.Е.切尔卡斯基这样叙述说:"他们住的地方没有床,五年多都睡到地窝子地上,睡在没有阳光、没有电灯的黑暗之中。在那里他的右眼失明了。""艾青当了打扫厕所的'清洁工'。……艾青已是快60岁的人了,但是为了老实'改造',他还得坚持天天去打扫厕所:夏天,天气炎热,臭气逼人;冬天,寒风刺骨,破冰掏大便。日复一日,月复一月,年复一年!"切尔卡斯基:《艾青:太阳的使者》,宋绍香译,中国文史出版社,2007年1月,第176页。

7 原文是:"火是红的,/血是红的,/山丹丹是红的,/初升的太阳是红的;//最美的是/在前进中迎风飘扬的红旗!"

超过了诗的本身。至少在艾青这里，它表达的是，尽管历尽折磨，作为诗人，心依旧，诗也依旧。而对于中国诗歌界，则是一声响亮的宣告，中国终于又有了诗歌！

　　艾青为他复出之后的第一本诗集取名《归来的歌》。这名字有很强的历史感，概括了整整一代中国诗人的命运。擦干身上的血泪和污秽，在新的时间里讲述灾难岁月的往事：讲一条活生生的鱼怎样变成了化石；讲一棵树怎样被奇异的风吹到了悬崖边上；讲滴血的趾爪在水泥墙上留下血淋淋沟壑的华南虎。[8] 在这些带着愤怒的含泪的叙述中，我们发现了一直受到轻忽和否定的久违的"个人"，个人的命运因苦难的叙述而得到呈现。

　　在中国新诗的历史中，"个人"（更多的时候被指称为"个人主义"）一直是非常敏感的话题，它是一种与"集体"相对立的存在。前者总是渺小的和罪恶的，而后者总是伟大的和崇高的。理论肯定后者而贬抑前者，于是形成了中国诗中长时间的"忘我"或"无我"的状态。诗歌的"归来"首先是"个人"的归来，特定时期的社会悲剧引发了普通人的命运沧桑的感慨。控诉和批判残暴的结果，无意间却凸显了对于个体生命的关注和尊重。当然这种关注和尊重并未超越社会谴责的层面。

　　但不论如何，这是归来者对于中国新诗史的意外的贡献。中国的诗人终于有机会以社会的失序和异常为背景来谈论一己的悲欢了。我们因诗人的叙述而认识了中国历史的重负，以及底层的无助与受难。诗到底是立足于个人的情感体验，只有对于生命过程的真实体悟，方可抵达众生。归来的诗不仅让我们认识了诗人的蒙难，而且通过它还深刻地认识了中国社会的痼疾。

　　动乱结束，人们面对久违的一切感慨唏嘘，有一种梦一般的被埋葬的感觉。老友相对，彼此打趣是"出土文物"。"归来"的诗意对掩埋和发掘的主题非常敏感，除了被掩埋的化石，还有钻石：一种是对于失去的岁

8　这里分别指艾青的《鱼化石》、曾卓的《悬岩边的树》和牛汉的《华南虎》诗中的意象。

月的怀念,一种是对于顽强的生命的赞赏。世事的变迁常有异兆,那年华北某地常林乡民种地发现巨大的钻石,"常林钻石"于是成为抒发被掩埋与重新发现的情感的媒介。"不知道有多少亿年/被深深地埋在地里/存在等于不存在/连希望都被窒息"——艾青的诗讲发现者和被发现者一刹那的相遇:"两种光互相对照/惊叹对方的美丽。"[9]

艾青1976年在天安门广场

与此类同,贝壳和珍珠的意象也受到诗人的钟爱。贝壳是离开大海的生命,寄托了这些幸存者悲哀的记忆。而贝壳中那些柔软的肉体,经历过痛苦的磨砺,却铸就了闪光的珍珠。所以,蔡其矫说珍珠是"贝的创伤",是"痛苦的结晶、海的泪"。流沙河也是一写再写贝壳。艾青写《虎斑贝》,"在绝望的海底多少年/在万顷波涛中打滚/一身是玉石的盔甲/保护着最易受伤的生命"。这些都是诗人对于生命的自我陈述。

是苦难的经历给过去贫瘠的诗歌注入了这么多新鲜的元素。以往只被允许"乐观向上"而显得异常单调的诗歌因一下子涌进了这么多的悲怆和惨烈,而猛然变得空前地丰富起来。这真是应了"国家不幸诗家幸"这句话了。社会的动荡,家庭的离散,命运的惨痛,诸多因素的融合,归来的诗歌给中国新诗带来了意外

艾青《归来的歌》,四川人民出版社1980年5月出版

---

[9] 艾青:《互相被发现——题"常林钻石"》。蔡其矫和流沙河也都以常林钻石为题写过诗。

的收获，这就是变贫乏为富足。

这些在各个时期离散的诗人的聚合，使被"极左"路线割断了的新诗传统得以恢复。宽容而公正的时间改正了历史的歧误，归来的诗人回归了、接续了新诗的"五四"传统。归来者的贡献在于新诗的建设，他们的归来终止了对于新诗无休止的破坏。许多带着累累伤痕的归来者都满怀希望地迎接了新的文艺复兴的春天，包括在艰苦岁月中九死一生的穆旦。[10] 他们希望在新的历史时期创作上有一个新的开端。陈敬容的诗句最能代表这批归来者的不老的诗心：

怎能说我们就已经
老去？老去的
是时间，不是我们！
我们本该是时间的主人。[11]

20世纪80年代是新诗伟大复兴的年代。伴随着随后就要谈到的新诗潮的崛起，也伴随着更加激烈的"朦胧诗"大论战，新诗摔掉了昔日的噩梦，进入了堪与"五四"相媲美的相对自由、宽松的建设时期。这里所谓的建设，并不单指创作的繁荣，还有对于新诗历史的延续和修复，以及大量的拨乱反正的工作。20世纪80年代最初两年，《九叶集》和《白色花》[12]两部诗选的编辑出版，是最有建设性的事件。

---

10 1976年12月29日，穆旦给好友杜运燮写信，鼓励杜要像春蚕吐丝那样写作："何况你没有到那种时候，可就不吐丝了，多么可惜！对我说，是要和者多一些，减少寂寞之感。现在你可坐在家里弄文件的翻译（一种糊口活），条件是较便于弄弄诗，我倒希望你不止是这一首。调子回到从前的，取消你上次写的那种民歌加旧诗的词句，这是我觉得可喜的一点。思路也开展些，不过也有些truism，如：冬天来了，春天还会远吗，大干的冬天，之类。主要的在于太说理，忘了形象的完整；说理多则动人少。"李方：《挚友心语》，《诗探索》，2006年第3辑，时代文艺出版社，2006年12月，第88页。
11 陈敬容：《老去的是时间》，此诗作于1979年3月14日，《陈敬容选集》，四川人民出版社，1983年6月。
12 《九叶集》，收辛笛、陈敬容、杜运燮、杭约赫、郑敏、唐祈、唐湜、袁可嘉、穆旦九人诗作，江苏人民出版社1981年7月出版。《白色花》，绿原、牛汉编。此书收阿垅、鲁藜、孙钿、彭燕郊、方然、冀汸、钟瑄、郑思、曾卓、杜谷、绿原、胡征、芦甸、徐放、牛汉、鲁煤、化铁、朱健、朱谷怀、罗洛等二十人诗作，人民文学出版社1981年8月出版。

《白色花》的部分作者

绿原、牛汉编《白色花》,人民文学出版社1981年8月出版

    《九叶集》的作者们郑重重申诗是现实生活的反映的理念,但又有他们一贯的强调和解释:"这个现实生活既包括政治和社会生活中的重大题材,也包括生活在具体现实中人们的思想感情的大小波澜,范围是极为广阔的,内容是极为丰富的;诗人不能满足于表面现象的描绘,而更要写出时代精神和本质来,同时又要力求个人情感和人民情感的沟通。"[13] 作为一个诗歌群体,"九叶"诗人除了具有深厚的中国诗歌传统之外,他们的西学基础同样深厚,特别是不同程度地具有鲜明的现代主义倾向。20世纪40年代后半期,这些诗人在当时时尚的文学潮流中是一个异数,长期受压制和歧视。时代走向清明,"九叶"在新时期的阳光下伸展着浓郁的春意。后来,他们作为现代诗的前辈,成为"朦胧诗"最有力的支持者。

    集结在《白色花》旗帜下的诗人,是一批受到胡风影响并多少与之

13　袁可嘉:《九叶集·序》,江苏人民出版社,1981年7月。

《九叶集》的部分作者和研究者

辛笛等著的《九叶集》，江苏人民出版社1981年7月出版

有联系的诗人。[14] 他们也有自己的诗歌信仰和追求。他们努力把"诗和人联系起来，把诗所体现的美学上的斗争和人的社会职责和战斗任务结合起来"。他们强调诗人的自我意识："诗的主人公正是诗人自己，诗人自己的性格在诗中必须坚定如磐石，弹跃如心脏，一切客观素材都必须以此为基础，以此为转机，而后化为诗。"[15] 这是一群和前述《九叶集》的诗人们艺术追求各有尊崇的诗人，他们因胡风一案的牵连，多少受了磨难，但他们代表了中国诗歌的正气和良心，他们无愧于历史。绿原在《白色花》序言的最后，说了如下沉痛的话——

> 本集题名《白色花》，系借自诗人阿垅一九四四年的一节诗句：

---

14 绿原在《白色花·序》中说："胡风先生作为文艺理论家，他对于诗的敏感和卓识，以及他作为刊物《七月》《希望》编者所表现的热忱和组织能力，对于这个流派的形成和壮大起过了不容抹煞的诱导作用。"绿原：《白色花》，人民文学出版社，1981年8月，第3页。

15 同上书，第4页。

要开作一枝白色花——

因为我要这样宣告,我们无罪,然后我们凋谢。

如果同意颜色的政治属性不过是人为的,那么从科学的意义上说,白色正是把照在自己身上的阳光全部反射出来的一种颜色。作者们愿意借用这个素净的名称,来纪念过去的一段遭遇:我们曾经为诗而受难,然而我们无罪![16]

新时期酝酿着一场气势壮阔的诗歌复兴。在这个高潮到来之前,这批满身心伤痕累累的归来者的劫后重逢,成为了动人心弦的前奏。他们以动乱的惨烈时代中的个人血泪经历,谱写了中国新诗最真实的一页。他们又以与"五四"新诗传统对接的艺术经验弥合了惊人的文化断裂。他们以自己的创作实绩结束了由谎言和虚情充填的丑陋历史。归来者用血迹斑斑的脚印,画出了中国新诗的一道希望的彩虹。

内部出版的黄皮书

---

16 绿原:《白色花·序》,《白色花》,人民文学出版社,1981年8月,第9页。

在新的崛起面前

自20世纪40年代以来,由于中国始终处于危急的战争环境中,特殊的形势决定了中国文艺对特殊道路的选择。日益严酷的内忧外患使一切都服从于生存的需要,不断推进诗歌和一切文学艺术的"革命化",是此时中国唯一的可能选择。在一种庄严的承诺下,以"革命"的名义,对文学和诗歌进行了不遗余力、旷日持久的"一体化"的改造。新诗"一体化"的工作取得了空前的成效,"五四"时期那种个性迥异的自由创造的流韵已被荡涤殆尽。在"文革"结束之前,我们面对的只有一种从内容到形式都高度一致的诗歌。这是新时期到来之前的诗歌事实。新诗的一体化以诗歌的陷于绝境为代价。新诗走着一条愈走愈窄的险径。

但是,冰雪覆盖着的毕竟是春天的希望。就在"文革"最混乱的那些年月,处于绝望的诗歌正在孕育着新的萌动。早在"文革"如火如荼的年代,当社会上焚书毁乐的疯狂行动正在肆无忌惮地进行之时,相当多的知识者,特别是上山下乡的知青群体,已经悄悄地掀起了地下阅读的行动。除了内部出版的灰皮书、黄皮书之外,[17]知青自行油印或手抄的地下读物也在悄悄地传播。

早在20世纪60年代初叶,在北大和周边学校一些思想激进的诗歌爱好者之间,已有类似诗歌群体的结社出现。[18]这种局面一直延续到遍布知青群落的各个角落,其中尤以北京知青聚居的白洋淀最为知名。[19]在新诗

---

17 萧萧在《书的轨迹:一部精神阅读史》中说:一位在河北白洋淀地区插队的原北大异端思想"共产青年社"读书圈子成员后来回忆道:"那时,我们狂热地搜寻'文革'前出版的灰皮书和黄皮书;我的一个初中同学的父亲是位著名作家,曾任文艺部门的领导,我在她家里发现了数量颇丰的一批黄皮书,记得当时最有启蒙意义的书是爱伦堡的《人,岁月,生活》。"廖亦武主编:《沉沦的圣殿:中国20世纪70年代地下诗歌遗照》,新疆青少年出版社,1999年4月,第11页。

18 参阅牟敦白的《X诗社与郭世英之死》及张郎郎的《"太阳纵队"传说及其他》。见廖亦武的《沉沦的圣殿》,出处同上注。陈超在《"X小组"和"太阳队"》:三位前驱诗人——郭世英、张鹤慈、张郎郎诗歌论》中亦有论述。陈超:《中国先锋诗歌论》,人民文学出版社,2007年4月。

19 多多在《被埋葬的中国诗人(1972—1978)》中说:"芒克是个自然诗人,我们十六岁同乘一辆马车来到白洋淀。白洋淀是个藏龙卧虎之地,历来有强悍人性之称,我在那里度过六年,岳重三年,芒克七年,我们没有预料到这是一个摇篮。当时白洋淀还有不少写诗的人,如宋海泉、方含。以后北岛、江河、(接下一页)

潮涌起之前,人们对已有诗歌秩序的厌恶以及对未来新诗的期盼已是坚冰下面的潮涌,过渡期以自己的方式给人们以信心和希望。作为朦胧诗的先驱,前述那些地下诗歌社团的活动为新诗潮提供了有力的准备。囿于当时特殊的社会环境,那些诗歌作品多以传抄或自印等方式流传。

作为准备期的诗人之一,黄翔的写作起始于20世纪60年代。写有《独唱》:"我是谁／我是瀑布的孤魂／一首永久离群索居的／诗。／我的漂泊歌声是梦的／游踪／我的唯一的听众／是沉寂。"他的这些早期的写作已经显示出与当日主流诗歌的巨大差异。他的《野兽》也是一篇狂野不羁的咒语,诗人自况是一只被追捕的野兽,也是一只被野兽践踏的野兽,"即使我只仅仅剩下一根骨头,／我也要哽住我的可憎年代的咽喉"(1968)。黄翔的诗秘密写作于异常的年代,后来以"启蒙社"的名义自印发表,表达了对这些年代的诅咒和憎恶。黄翔承继了新诗的浪漫激情,他的长篇抒情诗《火神交响曲》点亮了黑暗年代的希望的火光。

同样的时代,相似的年龄和经历,另一位诞生在战争环境中的诗人食指(原名郭路生)[20],也是准备期的有影响的诗人。黄翔以野兽自况,食指则自比疯狗:"受够了无情的戏弄之后,／我不再把自己当成人看,／仿佛我成了一条疯狗,／漫无目的地游荡人间。∥……假如我真的成条疯狗,／就能挣脱这无形的锁链,／那么我将毫不迟疑地／放弃所谓神圣的人权。"关于这首题为《疯狗》的诗,有人评论指出,"在食指这里,遍体鳞伤的悲歌中也含有彻骨的冷傲,而且,这种冷傲不是疯狂者的亢奋呐喊,而是在极境中至为清醒的自我获启"。[21]他的《鱼儿三部曲》以陷于绝境的鱼儿的身份,控诉了黑暗的年代;他以撕心裂肺的《这是四点零八分的北

(接上一页)甘铁生等许多诗人也都前往那里游历。""1973年以后的诗人就多了。史保嘉、马佳、杨桦、鲁燕生、彭刚、鲁双芹、严力等等。其间我还见到了更老一辈的牟敦白,他和甘恢里、张郎郎一代,属于从60年代就开始艺术活动的。"同上书,第199页。

20 林莽在《并未被埋葬的诗人》中说:"食指生于新中国诞生的前夜。1948年11月母亲在行军的路上分娩,故取名郭路生。"廖亦武主编:《沉沦的圣殿》,新疆青少年出版社,1999年4月,第109页。

21 陈超:《冰雪之路上巨大的独轮车》,《中国先锋诗歌论》,人民文学出版社,2007年4月,第149页。

京》，记述了动乱时代最惨烈的一幕生离死别：

> 这是四点零八分的北京
> 一片手的海浪翻动
> 这是四点零八分的北京
> 一声尖厉的汽笛长鸣
>
> 北京车站高大的建筑
> 突然一阵剧烈地抖动
> 我吃惊地望着窗外
> 不知发生了什么事情
>
> 我的心骤然一阵疼痛，一定是
> 妈妈缀扣子的针线穿透了心胸
> 这时，我的心变成了一只风筝
> 风筝的线绳就在妈妈的手中

食指的诗在知青中得到广泛传播。[22] 评论指出："郭路生诗歌中所体现出的强烈而健康的平民风格，使他能够闪电般炫目地突破X诗社和太阳纵队的求索者们极其狭窄病态的青年贵族圈子，锲入时代，以'文革'中特有的手抄本文学的形式广为流传。……郭路生的可贵在于把一种狂飙突进的启蒙意识融入了中国人所熟悉的传统形式，他的诗节奏铿锵易于朗

---

[22] 一位当年和郭路生在一起的知青回忆说："郭路生的名声和诗歌很快传遍了方圆百里。附近公社及大队的北京知青纷纷来拜见诗人，和他谈诗，使我们杏花村快成了诗圣朝拜地了。……郭路生的诗很快如春雷一般轰隆隆地传遍了全国有知青插队的地方。他的诗不但在陕西内蒙广为传抄，还传到遥远的黑龙江兵团和云南兵团。于是，不断有人给郭路生写信。有索诗的，有谈诗的，有对诗的，更有崇拜他的女性写信求爱并寄来照片的。"戈小丽：《郭路生在杏花村》，《沉沦的圣殿》，新疆青少年出版社，1999年4月，第68页。

诵,仅从作品皮肤表面就能使人感触到血管。"[23]食指的诗歌在没有诗歌的年代点燃了一代人内心深处诗的火种,在新诗潮出现之前,他是一位启蒙者。他的诗继承了中国新诗的理想精神,成为连接传统诗歌与新诗潮之间的一座桥梁。

诗歌的转机是伟大的时代赋予的,正如中国社会的转机最后总决定于政治因素一样。事情还是要追溯到地动山摇的1976年,正是那一场殊死的政治决战,引发了改革开放的新时期的到来,也引发了中国文学和诗歌的新时代的到来。作为新诗历史新的一页的象征性事件或标志,是一份名为《今天》的刊物的出现。说来凑巧,1978年中国开了一个决定命运的会议,《今天》的诞生也是这一年。[24]

《今天》的创刊号发表了由北岛起草的《致读者》。这篇发刊词代表了这批挑战者对于中国文学和诗歌的见解,其实就是一篇艺术革新的宣言。文章谴责了"精神的太阳"只能允许一种"官方色彩"的悖谬,指出"在血泊中升起黎明的今天,我们需要的是五彩缤纷的花朵,需要的是真正属于大自然的花朵,需要的是开放在人们内心深处的花朵"[25]《今天》有着非常鲜明的人文精神的关怀以及深刻的历史反思的批判精神。当然,

---

23 廖亦武:《沉沦的圣殿》第二章《平民诗人郭路生》引言,新疆青少年出版社,1999年4月,第53—54页。
24 北岛于1992年6月6日在伦敦大学的"中国当代诗歌研讨会"上接受采访时说:"我想当时整个的背景,可能很多人已经知道了。《今天》一共出版了9期,从1978年12月到1980年的12月,实际上整整两年。以后我们就赶紧地成立了'今天文学研究会'。9月份成立,当然进行了一次民主选举,选出文学研究会的编委,所以在9月份到12月份之间又出了3期文学资料。另外,我们组织了两次比较大型的朗诵会,在1979年的4月8号和1979年10月21号,这两次朗诵会,我想也可以说是1949年以后唯一的。"刘洪彬整理:《北岛访谈录》,《沉沦的圣殿》,新疆青少年出版社,1999年4月,第334页。
25 《今天·致读者》,《今天》创刊号。内容如下:
   历史终于给了我们机会,使我们这代人能够把埋藏在心中十年之久的歌放声唱出来,而不致再遭到雷霆的处罚。我们不能再等待了,等待就是倒退,因为历史已经前进了……
   "四·五"运动标志着一个新时代的开始。这一时代必将确立每个人生存的意义,并进一步加深人们对自由精神的理解;我们文明古国的现代更新,也将重新确立中华民族在世界民族中的地位。我们的文学艺术,则必须反映出这一深刻的本质来。
   今天,当人们重新抬起眼睛的时候,不再仅仅用一种纵的眼光停留在几千年的文化遗产上,而开始用一种横的眼光来环视周围的地平线了。只有这样,才能使我们真正地了解自己的价值,从而避免可笑的妄自尊大或可悲的自暴自弃。
   我们的今天,植根于过去古老的沃土里,植根于为之而生、为之而死的信念中。过去的已经过去,未来尚且遥远,对于我们这代人来讲,今天,只有今天!

芒克与北岛

1978年12月23日《今天》在北京创刊

艺术追求的现代性和革新倾向，更是他们关注的核心。

其实，《今天》并不是专门的诗刊，它也发表中短篇小说等其他文体的作品，但它的诗歌最引人注目，在它的周围集聚了一批当时中国最优秀的诗人——北岛、芒克、舒婷、食指、多多、严力、小青、方含、江河、杨炼、顾城等这些后来代表了新诗潮实力的诗人都在上面发表过诗歌。这些人在"思想一律"的年代偷吃禁果，那些被宣判为"毒草"的书籍成为支撑他们在贫乏年代反抗精神禁锢的动力和信心。"地下阅读"丰富了他们的心志，也启迪了他们的自由精神。他们以反叛的姿态，在没有自由的年代向往自由的春天。

毋庸讳言，《今天》受惠于当时有利的政治环境。北岛自述，《今天》是在1978年那个特殊的背景下诞生并展开工作的。[26]《今天》虽然只存在

---

[26] 北岛在回答采访时说："当时这个背景和中共中央的权力斗争有很大的关系。就是邓小平想搞改革，向华国锋的'两个凡是'挑战，所以召开了著名的十一届三中全会。实际上《今天》出版在12月22日。我还记得邓小平在11月26日接见日本社民党委员长的时候说：'写大字报是我国宪法允许的，我们没有权力否定或批判群众发扬民主'"。刘洪彬整理：《北岛访谈录》，《沉沦的圣殿》，新疆青少年出版社，1999年4月，第333页。

了很短的时间，但它像是一个"孵化器"，成为随之而起的新诗潮的前兆。从当初在《今天》发表的那些诗歌作品可以看到，对于"文革"动乱以及个人迷信的批判，对于人文理想的张扬，对于人性自由的呼唤，以及在艺术上对着眼于横向经验的借鉴和汲取的强调，都是后来构成新诗潮的最基本的内涵。这样看来，《今天》的出现，以及在它出现之前的那些前驱者的奋斗甚至献身，都是新诗潮的准备。

所以，大凡研究新诗潮的，都会把它和《今天》这个群体联系起来。正是《今天》勇敢的和富有创意的实践，为新诗潮的崛起提供了最有力、也最具开创性的经验。事实上，人们对于"新的崛起"的最初的关注，乃是由于《今天》的存在这一事实。这些诗篇最初出现在西单民主墙，出现在高校的校园。《今天》的那些带着深刻的时代印记和刻痕的作品，以及前卫的艺术理念，给处于迷茫中的人们以希望。所以，说《今天》是新诗潮的摇篮也未尝不可，它们本来就是一体。

新诗潮拥有为数众多的诗人，他们是一代人，大体都有动乱时代家庭离散、流亡失学的经历，他们有受欺凌、受侮辱和受蒙骗的记忆，他们对于社会的变异和历史的歧误有鲜明的反思和批判意识，在灭绝人性的年代他们呼唤人的尊严和个性的发扬。上述这些，在他们的诗中体现为弃绝"假大空"的豪言壮语，排

1978年北岛自印诗集《陌生的海滩》

1978年芒克自印诗集《心事》

1980年5月7日《光明日报》刊出谢冕的诗论《在新的崛起面前》

斥铺天盖地的集体抒情,以及对个体生命的尊重和把握,以"自我表现"的方式展示以往受到轻蔑的个体生命的体验、或者是仅仅属于"小我"的隐秘感受。诗人获得了心灵的解放,他们终于可以按照自己的方式表达或宣泄情感和思绪(哪怕是仅仅属于一己的欢乐和哀愁)而不必听从于他人。

于是,新诗潮的写作者被批评者视为"目空一切"的"惹不起的一代"。[27] 其实,许多后来者冷静地发现,支配包括北岛在内的那一代人的写作的,仍然有着自觉的庄严的承担。他们并不自私,而是立志要为时代代言,为一代人代言。更年青的挑战者甚至强烈不满他们的前行者那浓厚的意识形态倾向。但无论是批判者还是企图超越者,心怀不满的人们都已

---

27 艾青:《从"朦胧诗"谈起》:"他们对四周持敌对态度,他们否定一切、目空一切,只有肯定自己。他们为抗议而选择语言,他们因破除迷信而反对传统,他们因蒙受苦难而蔑视权威。这是惹不起的一代。他们寻找发泄仇恨的对象。他们中间有一些人很骄傲。'崛起论者'选上了他们。"姚家华编:《朦胧诗论争集》,学苑出版社,1989年7月,第167页。

经失去耐心。特别是那些批判者,他们把新诗潮目为洪水猛兽,认为于国于民都是"不祥的声调"。[28]

中国新诗一体化的过程历时太久,无形中培养了一代只能适应一种固定模式诗歌的读者和批评者。这些人的趣味和习惯是标准化了的,他们只认同一种受指定的单一的和排他的诗歌形态,他们不可能兼容其他。这样,他们在"大我""集体""明朗""乐观""歌颂"等似是而非的戒律之下,自然无法忍受那些"异端"的挑战。一场激烈的论战就是不可避免的。

1980年4月南宁会议召开,会上爆发了后来被称为"朦胧诗"[29]之争的大论战。会后,谢冕发表《在新的崛起面前》。这是最早公开支持"朦胧诗"的一篇文章。文章尖锐地回顾了新诗走过的道路:

> 我们的新诗,六十年来不是走着越来越宽广的道路,而是走着越来越窄狭的道路。三十年代有过关于大众化的讨论,四十年代有过关于民族化的讨论,五十年代有过关于向新民歌学习的讨论。三次大讨论都不是鼓励诗歌走向宽阔的世界,而是在左的思想倾向的支配下,力图驱赶新诗离开这个世界。尽管这些讨论曾经产生过局部的好的影响,例如三十年代国防诗歌给新诗带来了为现实服务的战斗传统,四十年代的讨论带来了新诗中国作风、中国气派的新气象等,但就总的方面来说,新诗在走向窄狭。有趣的是,三次大的讨论不约而

---

28 孙犁语,见《诗刊》1982年第5期《读柳荫诗作记》。原话是:"这种诗,以其短促、繁乱、凄厉的节拍,造成一种于时代、于国家都非常不祥的声调。读着这种貌似'革新'的诗,我常常想到:这不是那十年动乱期间一种流行音调的变奏和翻版吗?从神化他人,转而神化自我……实际上这是一种连贯的、基于自私观念的、丧失良知的、游离于现实和人民群众之外的、带有悲剧性质的幻灭过程。"
29 最早使用"朦胧诗"概念的是章明。他在《令人气闷的"朦胧"》中说:"有少数作者大概是受了'矫枉必须过正'和某些外国诗歌的影响,有意无意地诗写得十分晦涩、怪僻,叫人读了几遍也得不到一个明确的印象,似懂非懂、半懂不懂,甚至完全不懂,百思不得一解。对于这种现象,有的同志认为若是写文章就不应如此,写诗则'倒还罢了'。但我觉得即使是诗,也不能'罢了',而是可以商榷、应该讨论的。所以我想在这里说一说自己的一孔之见。为了避免'粗暴'的嫌疑,我对上述一类的诗不用别的形容词,只用'朦胧'二字;这种诗体,也就姑且名之为'朦胧体'吧。"见《诗刊》第8期,1980年。

谢冕

同地都忽略了新诗学习外国诗的问题。这当然不是偶然的,这是受我们对于新诗发展道路的片面主张支配的。片面强调民族化群众化的结果,带来了文化借鉴上的排外倾向。[30]

《在新的崛起面前》肯定了"朦胧诗"最初的实践,主张对新的探索"适当的容忍和宽宏":"我们有太多的粗暴干涉的教训(而每次的粗暴干涉都有着堂而皇之的口实),我们又有太多的把不同风格、不同流派、不同创作方法的诗歌视为异端、判为毒草而把它们斩尽杀绝的教训。而那样做的结果,则是中国诗歌自五四以来没有再现过'五四'那种自由的、充满创造精神的繁荣。"[31]

长期以来,新诗浸淫于一体化的进程中。到了"文革",是近于绝域

---

30 谢冕:《在新的崛起面前》,《光明日报》,1980 年 5 月 7 日。
31 同上。

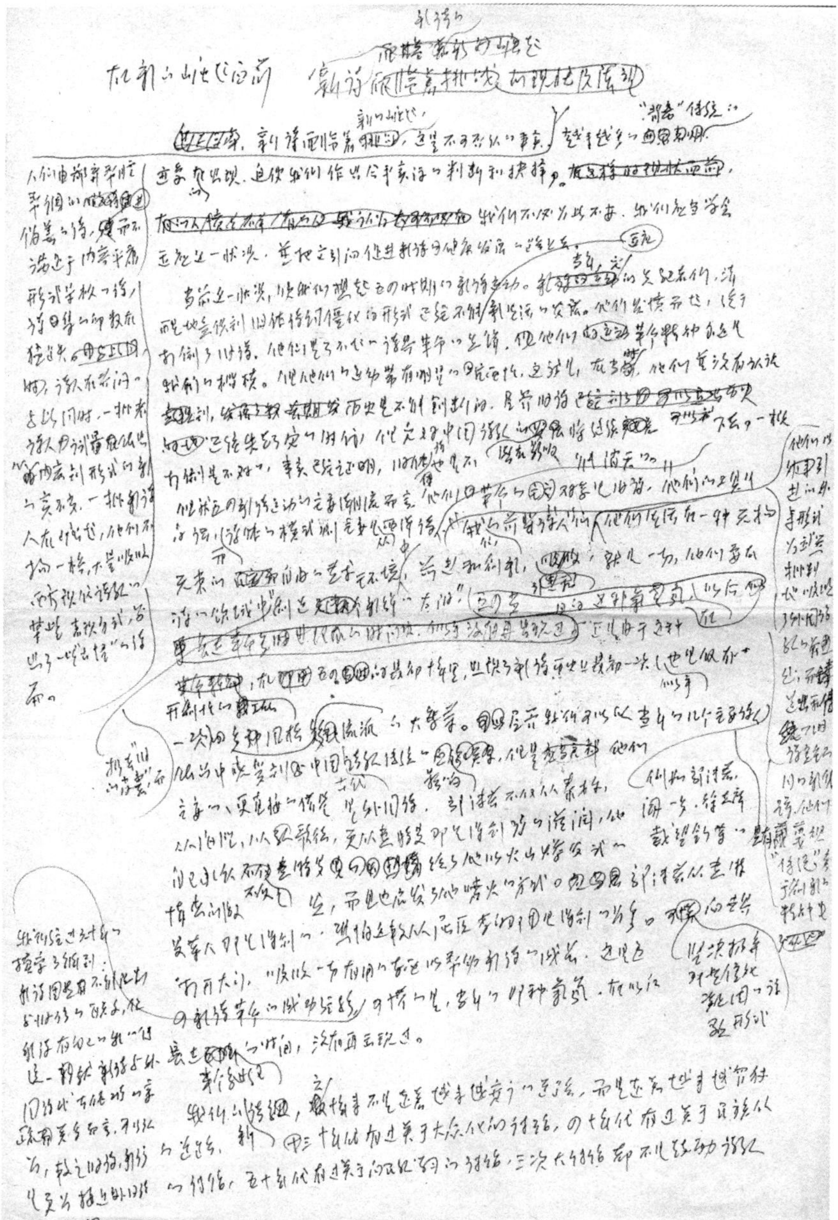

谢冕《在新的崛起面前》手稿

《诗刊》1981年3月号刊出孙绍振的文章《新的美学原则在崛起》

《当代文艺思潮》1983年第1期刊出徐敬亚的文章《崛起的诗群》

了。一旦新诗潮涌起，恍若密云的天空透进了一线炫目的光亮。这对于陷于庸常的诗界而言，不啻一声惊天的雷鸣。批评界不意间以"崛起"相形容，一时成为一个"事件"。继《在新的崛起面前》之后，又连续出现孙绍振的《新的美学原则在崛起》[32]和徐敬亚的《崛起的诗群》[33]。三篇诗论不约而同地以"崛起"名题，这种巧合却也印证了中国新诗在衰颓中出现转机所给予人们的第一时间里的感受。

三个崛起的作者从社会的、历史的和审美的等不同的角度各自论证了朦胧诗出现的必然性和合理性。因为这些论述关涉对新诗历史演变的总体评价，关涉新与旧、古与洋秩序与陈习的关系，以及欣赏与批评的惰性等根本性的命题，在诗歌界乃至社会上反响较为强烈。这些因素导致了20世纪80年代初、中期对朦胧诗及其支持者的严厉批判，并被先后纳入"反资产阶级自由化"和"反精神污染"等政治批判中。[34]

但不论经历了怎样的挫折，朦胧诗提供给中国社会的巨大冲击正逐渐地被历史所接纳和认同。新诗潮一代的作者，他们以勇猛的、不拘一格的姿态写作的诗篇正逐渐地成为中国不灭的记忆。人们终于欣然地认可了当

---

32 载《诗刊》1981年第3期。该刊在发表此文时加了编者按语，原文如下：

这里发表的孙绍振同志的《新的美学原则在崛起》一文，是本刊自1980年8月号开展问题讨论以来一篇较为系统地阐明作者理论观点的文章。作者在评价近一二年某几个青年诗歌作者及其作品时说："与其说是新人的崛起，不如说是一种新的美学原则的崛起。"他认为这个崛起的"新的美学原则"有如下特点：1."他们不屑于作时代精神的号筒"；"不屑于表现自我情感世界以外的丰功伟绩"；"回避……我们习惯了的人物的经历、英勇的斗争和忘我的劳动的场景"；"不是直接去赞美生活，而是追求生活溶解在心灵中的秘密"。2. 提出社会学与美学的不一致性，强调自我表现，理由是："既然是人创造了社会，就不应该以社会的利益否定个人的利益，既然是人创造了社会的精神文明，就不应该把社会的（时代的）精神作为个人的精神的敌对力量……" 3. "艺术革新，首先就是与传统的艺术习惯作斗争。"作者向青年诗人指出"要突破传统，必须……从传统和审美习惯中吸取某些'合理的内核'"，但又认为他们当前面临的矛盾，主要方面还在于旧的"艺术习惯的顽强惰性"。

编辑部认为，当前正强调文学要为人民服务，为社会主义服务，以及坚持马克思主义美学原则方向时，这篇文章却提出了一些值得探讨的问题。我们希望诗歌的作者、评论作者和诗歌爱好者，在前一阶段讨论的基础上，进一步对此文进行研究、讨论，以明辨理论是非，这对于提高诗歌理论水平和促进诗歌创作的健康发展都将起积极作用。

33 此文载《当代文艺思潮》第1期，1983年。
34 关于朦胧诗的论争文章，姚家华有七百余篇的不完全的目录，见学苑出版社的《朦胧诗论争集》。对朦胧诗的批判文字，较系统的有郑伯农的《在"崛起"的声浪面前》（载《诗刊》1983年第6期）、程代熙的《致徐敬亚的公开信》（载《诗刊》第11期，1983年）、柯岩《关于诗的对话》（载《诗刊》第12期，1983年）等。

1980年8月诗刊社第一届青春诗会在北京举办

1980年12月《诗探索》创刊

年这个看来有点另类的"闯入者"——因为他们毕竟代表了一个重新开始的时代的声音。历史的天空记住了那些含着血泪的诘问和宣告：

> 卑鄙是卑鄙者的通行证，
> 高尚是高尚者的墓志铭。
> 看吧，在镀金的天空中，
> 飘满了死者弯曲的倒影。
>
> 冰川纪已过去了，
> 为什么到处都是冰凌？
> 好望角发现了，

为什么死海里千帆相竟？
我来到这个世界上，
只带着纸、绳索和身影。
为了在审判之前，
宣读那些被判决的声音：

告诉你吧，世界，
我——不——相——信！
如果你脚下有一千名挑战者，
那就把我算作第一千零一名。[35]

朦胧诗代表着对于时代的反省精神，它有着异常锐利的批判性。但若把它等同于简单的政治意识，则可能产生认识上的误差。朦胧诗究其实质是一次艺术的革新运动。当然，它的重要内涵是对于人性的关注："人们迫切需要尊重、信任和温暖。我愿意尽可能地用诗来表现我对'人'的一种关切。"[36] 再就是对于现代艺术的倡导和实践："诗歌面临着形式的危机，许多陈旧的表现手段已经远不够用了，隐喻、象征、通感，改变视角和透视关系、打破时空秩序等手法为我们提供了新的前景。"[37]

后新诗潮的挑战

迄今为止，我们看到的诗人对于新诗潮的直接阐释，在前引北岛和舒婷的片段叙述以外，似乎并不多，似乎在别人那里一切都来不及做。就这样，这个刚刚涌起的潮流才跳出来几朵绚烂的浪花，眼看着就要被后来的

---

[35] 北岛：《回答》，《诗刊》第3期，1979年。
[36] 舒婷：《人啊，理解我吧》，《青年诗人谈诗》，老木编，北京大学五四文学社，1985年，第21页。
[37] 北岛为《上海文学》"百家诗会"所写的诗观。老木编：《青年诗人谈诗》，北京大学五四文学社，1985年，第2页。

1986年10月《诗歌报》和《深圳青年报》联合刊出"现代诗群体大展"

浪潮所淹没。这种初见端倪的"古怪"挑战迎接了最初的质疑，随后是异常激烈的批判。面对这匆匆进行的一切，朦胧诗的作者们似乎来不及说一些类似"总结"的话，又立即迎来了另一番挑战。不过这一次与前不同，论争双方并非"宿敌"，而是原先的"战友"。不论承认与否，这些新的质疑者是在新诗潮的影响下开始创作的，但他们又以不容置疑的方式迅急地"否定"了他们的前辈。

从1980年展开的对新诗潮最初的质疑，到1983年前后电闪雷鸣般的批判，再到《诗歌报》和《深圳青年报》联合举办的1986现代诗群体大展，统共不过数年光景。这是一个急匆匆的年代，一种忙乱的节拍映现着普遍的焦躁和肤浅。总是急于表现，总是急于"超越前人"，总是梦想着"开天辟地"。当日的空气中弥漫着没来由的一种坐卧不宁的焦躁气氛。

人们日思夜盼的自由如梦幻般突然地降临。这种匆匆降临的、也许并不真实的幸福感让人手足无措。随之而生的焦躁和轻浮也传染给社会最敏感的神经——诗歌。摆脱了长久囚禁的笼鸟一旦拥有了飞翔的自由，有一种近于癫狂的无羁。中国的事情就是这样地充满戏剧性：在前边，对于新诗潮的批判正如火如荼；在后边，"pass 北岛"的呼声已起于四野。那些攻讦新诗潮为"古怪诗"的论者由于观念和理论的陈旧，已显示出回天乏力的疲惫，而这些来自原先营垒的挑战却是风头正健，显示了一个更为让人目眩的局面的来临。

1985 年 3 月 7 日《他们》在南京创刊

以对于新诗潮的挑战为标志，集结了被称为后新诗潮的新一代诗人。他们以各自自以为是的诗歌主张书写着各式各样的诗歌。这些诗歌的第一次集结式的展示，是前面提到的两报 1986 现代诗群体大展。[38] 当然，新诗潮的那些

1985 年老木编选《新诗潮诗集》，北京大学五四文学社印行

---

38 这里指的是由《诗歌报》和《深圳青年报》联合举办的"中国诗坛 1986 现代诗群体大展"。徐敬亚在《86"诗歌大展"20 年后说》中提道："1986 年 12 月 21 日，《诗歌报》与《深圳青年报》分别刊发了'中国诗坛 1986 中国现代诗流派（引者注：原文如此）大展'的第一辑与第二辑（分别为两个整版）。10 月 24 日，深圳青年报》刊发了第三辑（三个整版）。总计 7 个整版（新五号字），按当时的统计是 13 万字。全部三辑共发表了 64 个诗歌流派、100 余位诗人的作品与宣言，以及我写的'前言'《生命：第三次体验》及《编后》。"此文载《诗歌报月刊》，总第 15 期，2006 年 11 月。

1986年5月《非非》杂志出刊

代表诗人事实上并没有被取代,但原先的格局的确已因此产生变动。

中国新诗自20世纪50年代以来形成的大一统的诗歌格局,因新诗潮的出现而被改变。原先坚固的壁垒由于"异物"的闯入,仿佛是在统一体中打进了一根粗粝的楔子,顿然有了一道巨大的裂缝,于是透进了新鲜的空气和明亮的阳光。新诗潮改写了中国当代诗歌的历史,它使原先的大一统的诗歌产生了它的对立物,但这并不意味着诗歌的多元时代的到来,它充其量只是一种"异质"的加入:从来不容置疑的"颂歌"之外,居然出现了"我不相信"的宣告;从来都是集体的大抒情之外,居然出现了"自我"的个性召唤,如此等等。

尽管这种加入产生了巨大的震撼——它动摇了数十年精心经营的大厦,但是,雄心勃勃的性急的新一代人已经对新诗潮失去了耐心。他们质疑的首要目标是作为新诗潮核心的为时代代言的性质。这种性质体现了一代新人最为可贵的使命感,即所谓的"黑夜给了我黑色的眼睛,／我却用它寻找光明"。[39] 挑战者声称他们只代表自己"无力代表一个时代",他们致力于使诗歌"回到个人"。[40] 他们说"无力",是一种谦辞,其实是"不屑"。这就等于剜去了新诗潮的心脏。以此为发端,开始了一个使诗歌脱离公众关怀而回到纯粹个人的时代。

在艺术表现上,新诗潮的最大贡献在于,引进意象表现等现代手法,造成了诗意的朦胧、从而在新诗的艺术领域展开了一场美学变革。而后来的挑战再一次瞄准了这一要害。他们向意象造成的罗列和雕琢,以及艺术的贵族倾向发难,非常醒目地提出口语写作的主张:"'意象'!真让人讨厌,那些混乱的、可以无限罗列下去的'意象',仅仅是为了证实一句话甚至是废话。假如六十年前新诗的标志是白话文,那么今天应该再一次提出:新诗必须是白话文的新诗。再也不能容忍那些标签似的术语,褪色的成语,堆砌铺张的形象,和充满书卷气、脂粉气的诗。"[41]

伴随着失序状态到来的,是一个诗歌多元的时代。对此我曾说过:混乱造就美丽。牛汉把后新诗潮命名为"新生代",他表达了前辈诗人的欣喜:"这里没有因袭的负担,没有伤疤的阴翳和沉重的血泪的沉淀,没有瞳孔内的恍惚和疑虑,没有自卫性的朦胧的铠甲,一切都是热的蒸腾,清

---

39 顾城:《一代人》,《星星》第 3 期,1980 年。
40 见于坚和韩东:《在太原的谈话》。于坚:在成都有人问我,是不是要和北岛对着干。我说,我不是搞政治的。我们和北岛实际上是两代人,他有他的生活方式和对诗歌的理解,我们却是另一回事。你无法把苹果和石头加以比较吧?韩东:我觉得还是可以比较的,因为已经有人这么做了。关键在于这种比较不能停留在"不同"上面。而应是我们是什么样的,又是怎么做的。但这个问题对我而言仍然太大。我只知道我自己。这也许就是一种根本方面的不同吧?于坚:某些北岛的研究者认为北岛代表了一个时代,这也许是有根据的。但是在我们,似乎只代表自己。我们不想也无力代表一个时代。这样做太费劲了。我们所拒绝的正是那种抽象的对人的理解。正如你所说,我们只代表自己。这种使诗歌回到个人的愿望,是不能和几年前讨论的有关"自我"的命题相提并论的。"自我"是一个非常抽象的概念。而"回到个人"就是回到你于坚、我韩东这样具体的独立的人。原文载《作家》第 4 期,1988 年。
41 王小龙:《远帆》,《青年诗人谈诗》,老木编,北京大学五四文学社,1985 年,第 106 页。这篇文章中还有如下一些话:"北岛等人的诗在许多青年的作品中投下了影子。大学生们差点向舒婷唱起《圣母颂》。""另一些青年走了出来。他们把'意象'当成一家药铺的宝号,在那里称一两星星,四钱三叶草,半斤麦穗或悬铃木,标明'属于'、'走向'等等关系,就去煎熬'现代诗'。"

1986年12月"中国·星星诗歌节"在成都举办,李钢、北岛、顾城、叶延滨、叶文福、舒婷、傅天琳与读者见面

莹的流动,艺术的生命……没有他们认为的上代诗人那种对世界的不信任感和忧虑感,诗的不羁的情绪有了广阔的空间,有冲激和渗透心灵的威力,激发人去联想,去梦想,去思考,去垦拓,去献身。"[42]

作为一个新的转型,后新诗潮为中国新诗提供了诸多新的可能。与新诗潮对比,最重要的在于如下这些迹象:即,从集体到个人,从外在到内心,以及从贵族到平民。这些诗歌表现庸常的人生,从情调到语言都力主平民性和口语化。但是最为核心的变化,则是重新寻求生命的真谛。[43]对于新诗而言,这同样是一次惊天巨变。

个体的自由,语言的口语化,结构的松散,内容的切近日常生活,摈

---

[42] 牛汉:《诗的新生代》,《中国》第3期,1986年。
[43] 徐敬亚在《生命:第三次体验》中说:"这是空前混沌和空前澄澈的局面。一方面非理性的喧响传达了色彩纷呈的生命意念,充满躁动;另一方面,人摆脱了一切外在的束缚,仿佛恢复了天地开创之初的净明。""分裂再一次发生,但这似乎是最后一次了——人自身内部中,上帝与魔鬼的分裂。这将是一场永无休止的战争。"徐敬亚:《崛起的诗群》,同济大学出版社,1989年4月,第309—310页。

海子

海子油印诗集《传说》

弃了可憎的豪言壮语，从此再也不确认权威，诗歌再度成为人人均可把握的文体——这对于禁锢已久的诗歌而言不啻一个福音。但在这挣脱一切束缚的过程中，诗歌的庄严寄托以及诗意的缺失却是无可挽回的遗憾。当诗变成人人都可为所欲为的对象的时候，诗歌的危机也就不可避免地到来。

20世纪90年代的市场经济使物质和享乐成为社会的主调。物质的丰盛与精神的贫乏构成了反差。急迅的节奏和匆忙的生活挤走了仅剩的若干诗意，快餐文化和影视节目夺取了人们的剩余时间。人们渴望诗歌能够丰足他们的精神空间，但是诗人无为。同样情景，读者和批评家的愿望又在自负而又自信的诗人那里构成了逆反。诗歌是在一味地"繁荣"着，而读者又是一如既往地在"等待"着和"失望"着。在20世纪和21世纪之交，诗歌在人们的期待中按照自己的逻辑，造出了无尽的诗歌事实，而读者的不满也几乎与日俱增。

失去约束的诗歌可能会带给诗人以极大的创作自由，但过度的自由对诗的伤害可能是致命的。当诗失去了节律和韵致，当诗不再以精美的构思和优美的旋律打动人的时候，人们不禁要问：诗还存在吗？这是由来已久的问话，是中国人心头的"结"，时间愈久，结就愈紧。在物欲横流而人们又无暇顾及的今天，人们只能无奈地把问话留给遥远。

20世纪即将退潮的时刻，来自麦地的诗人海子在一个寒冷的凌晨，写下他的悲伤的、也是最后的诗句——

> 在春天，野蛮而悲伤的海子
> 就剩下这一个，最后一个
> 这是一个黑夜的孩子，沉浸于冬天，倾心死亡
> 不能自拔，热爱着空虚而寒冷的乡村[44]

海子的诗歌及其死亡具有象征意义。他在这首诗中反复强调的"就剩下这一个""最后一个"具有隐喻性，甚至就是一句谶语。他是一个早慧的诗人，在多年以前，已经预感到诗歌的这种令人担忧的倾斜："做一个诗人，你必须热爱人类的秘密，在神圣的黑夜中走遍大地，热爱人类的痛苦和幸福，忍受那些必须忍受的，歌唱那些应该歌唱的。""诗歌是一场烈火，而不是修辞练习。"[45]这最后的那一句话，提前回击了此后一些人认为诗只是语言技艺的主张。

海子是中国坚持到最后的一位浪漫诗人。他的生活方式和诗歌理想是超然的，当人们在讨论诗歌应当向下的时候，他却把目标定在高处。他绝对不能认同那些流行的说法，他反对把诗歌仅仅定位在修辞上。海子主张"伟大的诗歌"，而不是平庸的诗歌："在伟大的诗歌方面，只有

---

[44] 海子：《春天，十个海子》。此诗写于1989年3月14日凌晨3—4点。海子是新诗潮之后最为杰出的青年诗人，原名查海生，1964年5月出生于安徽省安庆城外的高河查湾。1979年15岁时考入北京大学法律系，1982年开始诗歌创作，1983年毕业后在中国政法大学政治系哲学教研室任教。1989年3月26日，他在河北省山海关卧轨自杀。

[45] 海子：《我热爱的诗人——荷尔德林》，《海子、骆一禾作品集》，周俊、张维编，南京出版社，1991年7月，第184页。

但丁和歌德是成功的，还有莎士比亚。这就是作为当代中国诗歌目标的成功的伟大的诗歌。"[46]

海子的存在与世俗并不相容，甚至是格格不入。他陷于痛苦的深渊而不能自拔。以诗人的敏感，他已经"看到"了随后愈演愈烈的沉陷，他最后只能这样选择离去。20世纪80年代的最后一年，因为他不忍心看到随后就将出现在中国大地的黥黑和鲜红，他选择在他热爱着又心疼着的春天与人世永诀。关于海子的死，有许多的传闻和猜测。一个人最后选择自己结束生命，要有足够的勇气和决心，当然更有复杂的难以言说的原因。[47]但这种年轻的死亡的确令人悲痛。

可是，这种死亡的悲剧还在延续。海子去世之后，骆一禾夜以继日地整理这位天才朋友的遗稿。1989年5月13日写完《海子生涯》。1989年5月14日凌晨，骆一禾脑血管大量出血，倒地不起。这位海子的挚友同样地拒绝了这个可诅咒的夏季。他在北京天坛医院昏迷18天之后，于1989年5月31日去世，时年28岁。[48]"最后来临的晨曦让我们看不见了，／让我们进入滚滚的火海"，[49]他的死亡也是他的诗所预言的——

> 留下天堂，秋天清杀，今年让庄稼挥霍在土地
> 　　　　　　　　　　我不收割
>
> 留下天堂，身临其境

46　海子：《诗学：一份提纲》之《伟大的诗歌》，《海子、骆一禾作品集》，周俊、张维编，南京出版社，1991年7月，第164页。

47　关于海子的死，这里引用他的挚友骆一禾和西川的说法："从浪漫主义诗人自传和激情的因素直取梵高、尼采、荷尔德林的境地而突入背景诗歌——史诗。冲力的急流不是可以带来动态的规整么？用数学的话说：两点之间的最短距离是直线。……这就是1989年3月26日的轰然爆炸的根源。"（骆一禾：《海子生涯》）"关于海子的死因已经有了各种各样的说法，但其中大部分将证明是荒唐的。……他所关心和坚信的是那些正在消亡而又必将在永恒的高度放射金辉的事物。这种关心和坚信，促成了海子一生的事业，尽管这事业他未及最终完成。他选择我们去接替他。"（西川：《怀念》）《海子、骆一禾作品集》，周俊、张维编，南京出版社，1991年7月，第305、308页。

48　骆一禾，1961年2月6日生于北京，祖籍浙江临安。少时曾从父母在河南农场劳动。1979年考入北京大学中文系。1983年毕业，分配到《十月》杂志社任编辑。

49　骆一禾：《壮烈风景》，《海子、骆一禾作品集》，周俊、张维编，南京出版社，1991年7月。

《台湾诗选》，人民文学出版社 1980 年 4 月出版

张默编《台湾青年诗选》，人民文学出版社 1991 年 2 月出版

秋天歌唱，满脸是家乡灯火
　　这一年春天的雷暴不会将我们轻轻放过[50]

1989年6月10日，永远难忘的悲哀的夏季，空旷而肃杀的长安街上，行走着一辆孤单的灵车。骆一禾的老师和朋友再一次为年轻的诗人送葬，这一次是他。他们也送走了充满幻想的、激情而浪漫的岁月。

心不会被隔绝

时间制造欢乐，时间也制造悲情。从20世纪50年代的隔绝到现在，时间又悄然度过了近四分之一个世纪。隔海的浓浓的乡情，诉诸笔墨也难尽意。1970年代，一位诗人在炮声的间隙中听到了海浪的喧腾——"一个浪对一个浪说过来／一个浪对一个浪说过去／说了三十年只说一个字／家"。海水迷蒙处，似是母亲端来洗澡水。用手抹去母亲脸上的水珠——

　　却抹来满掌的皱纹
　　满掌冷冷的铁丝网[51]

---

50 骆一禾：《灿烂平息》，《海子、骆一禾作品集》，周俊、张维编，南京出版社，1991年7月。
51 罗门：《遥望故乡》，作于1975年。

1988年8月《创世纪》诗杂志第73-74期刊出"两岸诗论专号"

    隔绝的时代终于被冲破。1981年高准的《葵心集》从境外传入国内。[52]高准是最先打破坚冰的人。1981年11月8日《美洲华侨日报》和1982年1月9日《参考消息》都对高准的访问大陆作了报道。《美洲华侨日报》新闻说——

> 台湾著名诗人高准，七日应中国作家协会邀请赴中国大陆作为期一个月的访问。高准原任台北中国文化大学教授，一九七九年九月曾来美参加衣阿华大学主办的"中国文学前途座谈会"，同时参加的有来自中国大陆的作家萧乾与毕朔望等人，造成了海峡两岸作家的首次正式聚会。

---

[52] 1981年北京大学叶蕃声教授访美归来，转交汪景寿教授给谢冕的信，并高准的《葵心集》。汪在信中说："这里向你推荐的是台湾诗人高准，属于年轻一代的乡土诗人，为台湾当局所不容，政治上向我靠拢。他的《葵心集》在台湾被禁，亟想在国内出版，请你过目，看看有没有可能性。叶兄说，较易实现的是请你从中选几首，荐给《诗刊》，最好有《诗探索》大主编——即谢冕同志——作一短文，略加评介。为此，把爱荷华中国艺术创作中心所撰高准的背景材料一并带去。一切由叶兄面陈，拜托。"汪景寿的信写于旧金山，1981年9月20日。

他此次前往中国大陆访问,是自七月中旬中国作家协会发表欢迎台湾作家往访声明之后的第一人。

高准表示:"我是中国人,中国本来就是我的!我从不承认任何人有权阻挠我走遍中国的土地!"所以他最希望的就是要以中国人(而不是持外国护照)的身份公然地去大陆,再公然地回台湾。因为,他认为这本来就是他应有的权利。

经久折磨人的乡愁终于在20世纪最后的年月得到释放,尽管这个过程是艰难曲折的。时间又过了几年,台湾诗人向明的文章再一次见证了两岸诗人聚会的又一个历史性的场面。向明回忆香港诗人犁青为这样的聚会所做的努力:

> 1988年1月15日洛夫和我应《文学世界》的邀请赴香港访问,其时正值广州《华夏诗报》在广州召开珠江电视诗会,有来自北京、上海、福建、及香港的著名诗人。当时两岸尚未接通,我们不能进入大陆,大陆的诗人也不能来香港,犁青见状,乃特别回到香港于1月17日在他府上接通长途电话,由洛夫和我与从未谋面,但却心仪已久的大陆著名诗人白桦、张志民、野曼、向明等通电话,互相问候道好,相约会面时期等,时间长达一小时。这是当年传遍全国包括台湾的海峡两岸诗人首次"热线对话"。大陆诗人兴奋异常,我和洛夫则激动不已,那真是历史的一刻。[53]

一道浅浅的台湾海峡造成了近代以来同胞离散的最大悲情。但上述两件事实说明,政治和意识形态的差异并不能割断亲情的往来,心的向往会成为无可阻拦的智慧和勇敢。国家的统一需要待以时日,而文学和诗歌却

---

53 向明:《微笑诗人——犁青》,《犁青先生年表》,卡桑、黄自鸿编,香港汇信出版社,2002年12月,第130页。

1988年9月台湾诗人张默（左起）、管管、洛夫、辛郁、碧果、张堃访问北京大学

1988年9月台湾诗人张默（左起）与大陆诗人罗洛、臧克家、冯至合影

能超越时空的局限创造奇迹。亲同骨肉的中国诗人不仅在文化的血缘上，而且在诗意的融会上，都有着难以隔绝的情感心理上的会通。诗歌能创造奇迹，诗歌能够先于政治意识实现民族和睦。

这一时段的台湾诗歌经历了20世纪50—60年代的现代诗论战，此时已趋于平静。[54] 台湾诗歌在经历了现代派的冲击之后，获得了一番现代艺术观念的洗礼，显得更为成熟。一些有影响的诗人正悄然调整自己的艺术方位，从中国诗歌传统中汲取有益的营养以丰富创作。也许是因为沟通日益频繁，乡愁也是日益浓重。余光中关于乡愁的那些名篇，如《民歌》《乡愁》《乡愁四韵》均作于20世纪70年代。洛夫的名篇《边界望乡》也是这一年代的作品。这些表达民族的心灵"内伤"[55]的作品，同样是20世纪悲情的记忆。

由于长久的阻隔，两岸诗人互不了解。20世纪80年代大陆实行改革开放政策，政治形势宽松，各方交流亦有加强。为了增强相互了解，大陆方面在资料奇缺的情况下，率先出版了第一本《台湾诗选》，这是1980年。过了不久，再编《台湾诗选》（二），这是1982年。[56] 而后，全国各地多有致力，先后有多种介绍台湾、香港及澳门的诗选出版。就台湾诗歌的选本而言，有纪璧华编选的《台湾抒情诗赏析》（香港南粤出版社，1983）、非马编选的《台湾现代诗四十家》（人民文学出版社，1989）、犁青编选的《台湾现代百家诗》（漓江出版社，1990）等。

与此相关的是诗人的互访和各种会议的召开，长期互不了解的情况有了根本的改善。

---

54 1956年1月，纪弦发起成立"现代派"。在此之前于1953年2月成立"现代诗社"。纪弦以"领导新诗的再革命，推行新诗的现代化"为号召，并提出著名的"现代派六大信条"。1954年3月，覃子豪、钟鼎文、余光中等发起组织"蓝星诗社"。1954年10月"创世纪"诗社由张默、洛夫、痖弦等发起并创办《创世纪》诗刊。至20世纪60年代有文晓村、王在军创立的"葡萄园诗社"、林亨泰等发起的"笠诗社"。

55 语见洛夫《边界望乡》："望远镜中扩大数十倍的乡愁/乱如风中的散发/当距离调整到令人心跳的程度/一座远山迎面飞来/把我撞成了/严重的内伤。"

56 《台湾诗选》，人民文学出版社编辑部编，1980年4月，共175页。《台湾诗选》（二），人民文学出版社编辑部编，1982年7月，共237页。

世纪绝唱

本章文字的记述始于 1977 年。开篇的时候我们讲到这是一个重新开始的年代，讲到惊心动魄的充满希望的 1976 年。从那时到 20 世纪结束，意味着中国新诗将要走过它的百年历史。回望世纪沧桑，反顾新诗从诞生之初到现在所经历的艰难险阻，自有一份难以言说的复杂心境。这一年，也就是 1977 年的 4 月 18 日清晨四时，何其芳在心脏病复发后口吟七律《偶成》：

> 天涯芳草碧如茵，无复追风与绝尘。
> 花若多情应有泪，臣之少壮不如人。
> 笑看鼠辈冰山倒，能令龙骖晓日新。
> 敢惜蹒跚千里足，还教田野踏三春。[57]

何其芳于此年去世，这诗可能是他的绝笔。诗人生于 1912 年，1936 年与卞之琳、李广田合作《汉园集》时他才 24 岁，是何等才华横溢的年轻！他把青春和才情留给了逝去的岁月，写此诗时虽然多情依旧，却已步履蹒跚，毕竟已是一派黄昏景象了。

又是一个世纪末。世纪末预示了一个时代的终结。对于中国诗歌而言，可能更意味着一种无以摆脱的沉重。一个又一个为中国诗歌作出贡献的诗人，都选择将自己的声音留在永远的 20 世纪。我们只能怅惘地望着他们的背影消失在苍茫的风烟中。[58]

我们的怀念牵萦着一个世纪远去的背影。开始的时候，诗人们以满心

---

[57] 《何其芳文集》第一卷，人民文学出版社，1982 年，第 363 页。
[58] 这是一张长长的名单，我们不忍列举所有的名字，因为他们是我们可亲可敬的老师和朋友。这里只是例举：穆旦（1977）、何其芳（1977）、李季（1980）、袁水拍（1982）、萧三（1983）、田间（1984）、胡风（1985）、俞平伯（1990）、冯至（1993）、邹荻帆（1995）、汪静之（1996）、徐迟（1996）、艾青（1996）、苏金伞（1997）、张志民（1998）、冰心（1999）、昌耀（2000）、金克木（2000）、卞之琳（2000）……

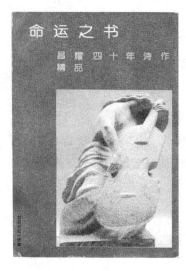

昌耀诗集《命运之书》，青海人民出版社 1994 年 8 月出版

的喜悦迎接了新的时间，而后在这个时间里经受无尽的磨难，终于有了悲喜交集的归来（有的人再也没有归来）。他们每一个人的经历都是一部泪水和血污写成的诗的历史。我们要在这卷文本下限的 2000 年，保留下这个世纪最为典型的一个身影，这个身影由历时久远的苦难和同样久远的等待所构成。他是诗人昌耀，这位 20 世纪 50 年代流放到青海高原的囚徒，曾经渴望温饱和自由，渴望心爱的女性的抚慰，却不能静享这迟到的安宁。在生命的最后时刻，一位他所深爱的女子从遥远的江南来到病榻旁。她送来了一束红玫瑰，最后是泪流满面的诀别。经受着剧痛的诗人在病榻上写下他一生中最美丽、也最痛心的诗篇《一十一支玫瑰》：

> 三天过后一十一支玫瑰全部垂首默立，
> 一位滨海女子为北漠长者在悄声饮泣。

这诗写在 2000 年 3 月 15 日。这是诗人的绝笔。至此，诗人可能感到

昌耀、牛汉、曾卓于四川

该见的、该写的都已如愿,他已不再留恋。2000年3月23日他以决绝的方式结束生命。[59]昌耀远去的身影让我们怀想充满苦难的20世纪:诗人因诗而获罪,又因诗而获荣。就昌耀而言,他把20世纪的苦难经历、才能和智慧,全部的丰富性,都浓缩在他的诗中。

诗人把他一生的心血熔铸在青海高原,他的经历和他的追求造就了一个个性凸显的诗人。昌耀的语言文体是奇兀的,他"承袭了高原民族艰难生态中的那种心理滞涩,体现着与当代主流文化畅晓、典雅审美趣味相反

---

[59] 卢文丽在《追忆昌耀老师》中写道:"昨天,我听到了千里之外传来的噩耗,却不敢相信这个事实——2000年3月23日上午9时45分,您那颗坚强的心停止了跳动。""现在,一切可能有的希望都破灭了。一个电话能够毁灭那么多东西。我的枕边是那本《昌耀的诗》,封面是熟悉的脸庞:瘦削、仁慈而刚毅。扉页上是熟悉的笔迹,一笔一划,十分工整。我的桌上是几天前您嘱人转交的诗篇——《一十一支红玫瑰》。这束临别时捧给您的祝福,此刻又回到了我的手中,它们是如此宿命而哀绝。"中国文联出版社,2002年12月。燎原在《高地上的奴隶与圣者》中写道:"2000年3月23日清晨7时,当时年65岁的他在肺癌的侵扰中,从医院三楼的阳台朝着满目的曙光纵身一跃,他定然是听到了天堂召唤的晨钟。是写于1990年1月22日《极地民居》中那神秘的谶言让我再次惊悚。他是在什么状态下于10年前就已知晓了自己在这个世界上65岁的人生阳寿,而又那般的镇定和自负?呔——'一弹指顷六十五刹那无一失真'!"《昌耀诗文总集》,青海人民出版社,2000年7月。

的格调。以洪荒感、酷烈感、狞厉感，以及荒旷、粗悍中的风霜感，从本质上映现着他之不愿获得现代心灵安慰，也绝不与世俗性生存认同的精神姿态"。[60]

20世纪造就了许多苦难，苦难也磨炼了众多的天才。世纪的经历犹如一列火车抵站，另一列火车又呼啸着冲向烟雾迷蒙的远方。20世纪的结束使全体中国诗人有一种爱恨交加的依依之感。这个战乱和动荡中逝去的世纪终于在它最后的年月，还生活的安宁与写作的自由于它的人民。诗人辛笛辞世于新世纪，他是安详地"听着小夜曲离去"的。[61]

新世纪的第一年，诗人曾卓病中赋诗《没有我不肯坐的火车》：他对世界充满了眷恋，他要乘坐火车"去寻找温暖和记忆／到我没有去过的地方／去寻找惊异、智慧和梦想"。他的诗引发了同样在病榻上经受着折磨的诗人公刘的灵感，于是作《不是没有我不肯坐的火车》回应。他回忆了受到生活虐待的痛楚之后说："可见不是没有我不肯坐的火车，／可见也不是不管它往哪儿开；／唯一得感谢火车的是／它教我踏遍了人生的大小站台。"再过一年，诗人野曼与曾卓、公刘作了唱和——《也有我不肯坐的火车》：

> 这一生我第一次害怕坐上火车
> 是因初生的共和国火车猛烈颠簸
> 最惊心的是整列火车轰然出轨
> 万千迷信上帝的众生化为淤泥[62]

---

60 燎原：《高地上的奴隶与圣者》，《昌耀诗文总集》，青海人民出版社，2000年7月，第33页。
61 这是辛笛的诗题，原诗如下——"走了，在我似乎并不可怕／卧在花丛里／静静地听着小夜曲睡去／但是，我对于生命还是／有过多的爱恋／一切对于我都是那么可亲／可念／人间的哀乐都是那么可怀／为此，我就终于舍不开离去"。辛笛于2004年1月8日在上海逝世。此诗刊于《诗刊》2004年3月号上半月刊。
62 曾卓的诗作于2001年10月18日。公刘在诗后注："2001年11月7日初稿，11月14日改定于安徽中医学院第一附属医院。"2002年2月25日《华夏诗报》145期刊出。野曼的诗原题是《也有我不肯坐的火车》，《诗刊》2003年12期发表时题目改为《我昼夜兼程地追寻》。

始于眷恋而终于反思，这些关于火车的唱酬，凝结着对于已经过去的世纪的刻骨铭心的记忆。通过火车的意象，概括了他们的欢乐、痛苦和期待，是对于刚刚过去的世纪的诗的概括。三个诗人关于火车的叙述，都是从个人生命的体验出发的。曾卓保持了天真的记忆和信念，公刘的意象中混合了苦涩与无奈，野曼则赋之以整体的批判意向：向往火车的呼啸前行，又惊悸于它的失控越轨。总体而言，这就是对于20世纪中国的简约凝练的勾画。

　　这是又一个世纪之交。在整整一百年前，那时的意象不是火车，而是舟船。上个世纪的第一年，即1901年，梁启超认为当时的中国正处于"过渡时代"：

　　　　今日中国之现状，实如驾一扁舟，初离海岸线，而放乎中流，即俗语所谓两头不到岸之时也。语其大者，则人民既愤独夫民贼愚民专制之政，而未能组织新政体以代之，是政治上之过渡时代也；士子既鄙考据辞章庸恶陋劣之学，而未能开辟新学界以代之，是学问上之过渡时代也；社会既厌三纲压抑虚文缛节之俗，而未能研究新道德以代之，是理想风俗上之过渡时代也。[63]

　　梁启超的理想已在一个世纪的动荡中逐步成为现实。中国人民为此付出沉重的代价。中国现在虽然仍有积重，然而已初步富强，社会正在逐步走向开放和民主，人民也享有比过去任何时候更多的自由。诗歌原是心灵的飞翔，诗歌的自由没有边界。记得也是整整一百年前，即1899年的12月31日，这位中国改良主义的先驱者、诗人梁启超在流亡日本一年多之后，正乘船由东方向着西方航行。那是19世纪的最后一个夜晚，也是20世纪的最初一个黎明，平时很少写诗的梁启超，在波浪滔天的太平

---

[63] 梁启超：《过渡时代论》，《清议报》83册，1901年6月26日。见夏晓虹编：《梁启超文选》上册，中国广播电视出版社，1992年8月，第266—267页。

洋上写下跨越世纪的《20世纪太平洋歌》："少年悬弧四方志，未敢久恋蓬莱乡。誓将适彼世界共和政体之祖国，问政求学观其光。乃于西历一千八百九十九年腊月晦日之夜半，扁舟横渡太平洋。其时人静月黑夜悄悄，怒波碎打寒星芒。"诗人思及祖国前途，心不能静："满船沉睡我彷徨，浊酒一斗神飞扬。渔阳三叠魂惨伤，欲语不语怀故乡。纬度东指天尽处，一线微红出扶桑。"[64]他终于在太平洋的狂涛巨浪中迎接了20世纪的第一线阳光。

多灾多难的20世纪已经过去，那些为中国的命运祈祷和奋斗的大师也已走远。他们的离去给我们留下一片空旷。在这灯红酒绿、纸醉金迷的"欢乐今宵"，我们将用什么来填补这无边的空旷？新世纪给我们留下的是新的思考和新的忧患。

---

[64] 梁启超：《20世纪太平洋歌》，《饮冰室全集点校》第6集，吴松、卢云昆、王文光、殷炳昌点校，云南教育出版社，2001年8月，第3734—3735页。本诗最初发表于1902年2月8日《新民》第1号。

新诗纪事

1977年

1月7—9日诗刊社在北京举行"周总理永远活在我们心中"诗歌朗诵音乐会。

2月26日穆旦病逝；是月北京第二外国语学院汉语教研室童怀周编的《革命诗抄》(第一集)出版。

7月24日何其芳病逝。

9月陈义芝的诗集《落日长烟》由德馨室出版社出版。

12月叶维廉的诗集《花开的声音》由四季出版事业有限公司出版。

1978年

3月杨牧的诗集《北斗行》由洪范书店出版。

6月12日郭沫若病逝。

8月18日李白凤病逝；是月梁秉钧的诗集《雷声与蝉鸣》由大拇指半月刊出版。

9月20日曹葆华病逝；是月蓉子的诗集《雪是我的童年》由乾隆图书无限公司出版。

12月23日《今天》在北京创刊，第1期刊出舒婷《致橡树》、芒克《天空》、北岛《回答》等诗；是月童怀周编的《天安门诗抄》由人民文学出版社出版。是年北岛自印诗集《陌生的海滩》；芒克自印诗集《心事》。

1979年

1月14—20日诗歌座谈会在北京召开，胡耀邦到会讲话。

4月余光中的诗集《与永恒拔河》由洪范书店出版。

5月诗刊《赤子心》油印出刊，吉林大学中文系七七级"言志"诗社主办。

6月白灵的诗集《后裔》由林白出版社出版。

8月10日《诗刊》1979年8月号刊出雷抒雁《小草在歌唱》、叶文福《将军，不能这样做》等诗。

10月《星星》诗刊在成都复刊。

1980年

3月8日李季病逝。

4月7—22日全国当代诗歌讨论会在广西南宁召开。

5月7日《光明日报》刊出谢冕的诗论《在新的崛起面前》；是月艾青的诗集《归来的歌》由四川人民出版社出版；人民文学出版社编辑部编《台湾诗选》由人民文学出版社出版。

7月20日—8月21日诗刊社举办青年诗作者创作学习会。

9月20—27日诗刊编辑部在北京召开诗歌理论座谈会；是月《海韵》在广州创刊，广东人民出版社出版。

10月杨牧的诗集《禁忌的游戏》、郑愁予的诗集《燕人行》由洪范书店有限公司出版。12月《诗探索》在北京创刊，中国当代文学研究会编辑。

1981年

3月10日《诗刊》1981年3月号刊出孙绍振的文章《新的美学原则在崛起》。

5月25—30日新诗评选发奖大会在北京举行，舒婷《祖国啊，我亲爱的祖国》、梁小斌《雪白的墙》等诗获奖。6月洛夫的诗集《时间之伤》由时报出版公司出版。7月辛笛等著的诗集《九叶集》由江苏人民出版社出版。8月绿原、牛汉编的诗集《白色花》由人民文学出版社出版。

1982年

2月舒婷的诗集《双桅船》由上海文艺出版社出版。

9月邵燕祥的诗集《为青春作证》由云南人民出版社出版。

10月29日袁水拍病逝；是月《舒婷、顾城抒情诗选》由福建人民出版社出版。

11月向明的诗集《青春的脸》由九歌出版社出版；萧萧的诗集《悲凉》由尔雅出版社出版。是年阎月君等编的《朦胧诗选》由辽宁大学中文系印行。

1983年

1月15日《当代文艺思潮》1983年第1期刊出徐敬亚的长文《崛起的诗群》；是月由《海韵》改刊的《青年诗坛》创刊号出刊，花城出版社出版。

2月4日萧三病逝。

3月24日中国作家协会主办的全国优秀新诗（诗集）获奖作品授奖大会在北京举行，艾青、张志民、李瑛、公刘、邵燕祥、流沙河、黄永玉、胡昭、傅天琳、舒婷的诗集获奖。

4月6日王亚平病逝；19—25日牡丹诗会在洛阳举行。

6月谢冕的诗论集《共和国的星光》由春风文艺出版社出版。

9月1—9日绿风诗会在新疆石河子市举行；9日冯乃超逝世。

10月4—9日重庆召开诗歌讨论会；是月陈敬容《老去的是时间》、曾卓《老水手的歌》等诗集由黑龙江人民出版社出版。

11月6日梁宗岱病逝。

1984年

1月10日由《绿洲》改刊的诗歌双月刊《绿风》在新疆石河子出刊。

4月13日天蓝逝世。

5月牛汉的诗集《温泉》由上海文艺出版社出版。

6月《钟山》诗刊在台湾创刊,钟云如主编。

8月《诗选刊》在呼和浩特创刊。

9月25日《诗歌报》在合肥试刊。

10月《诗林》在哈尔滨创刊;《诗人》在长春创刊。

1985年

1月《诗潮》双月刊在沈阳创刊;《诗神》双月刊在石家庄创刊;《当代诗歌》在沈阳创刊。

3月6日傅仇病逝;7日《他们》在南京创刊;9日《华夏诗报》在广州创刊。

5月绿原的诗集《另一只歌》、牛汉的诗集《海上蝴蝶》由四川文艺出版社出版;纪弦的诗集《晚景》由尔雅出版社出版;《中国新文学大系(1927—1937)·诗集》由上海文艺出版社出版。

6月8日胡风病逝。

7月《黄河诗报》在济南创刊。

8月30日田间病逝;是月孙玉石著《中国初期象征派诗歌研究》由北京大学出版社出版。

9月1日《西藏文学》第8—9期刊出昌耀的诗《慈航》;5日孙毓棠病逝。

11月阎月君等编的《朦胧诗选》由春风文艺出版社出版。是年老木编的《青年诗人谈诗》《新诗潮诗集》由北京大学五四文学社印行。

1986年

1月《散文诗刊》试刊号在湖南益阳出刊,邹岳汉主编。

3月10日《诗刊》1986年3月号刊出第二届全国优秀新诗(诗集)评奖结果,艾青、杨牧、牛汉、邵燕祥等的16部诗集获奖;是月《昌耀抒情诗集》由青海人民出版社出版;顾城的诗集《黑眼睛》由人民文学出版社出版。

5月《非非》杂志出版,周伦佑主编;郑敏的诗集《寻觅集》由四川文艺出版社出版;《北岛诗选》由新世纪出版社出版。

6月10日罗门、张健主编的《星空无限蓝——蓝星诗选》由九歌出版社有限公司出版；18日西南师范大学中国新诗研究所成立；27—30日"新诗潮研讨会"在北京举行。

8月傅天琳的诗集《红草莓》由作家出版社出版。

9月杨炼的诗集《荒魂》由上海文艺出版社出版。10月21日《诗歌报》总第51期刊出"中国诗坛1986'现代诗群体大展"第一辑，《深圳青年报》刊出第二辑，24日《深圳青年报》刊出第三辑。

12月6—9日"中国·星星诗歌节"在成都举办；20日宗白华病逝；是月《中外诗歌交流与研究》试刊号在重庆试刊；牛汉的诗集《沉默的悬崖》由北京十月文艺出版社出版。

1987年

1月20日《淮风》诗季刊在安徽怀远创刊，刘钦贤主编。

2月《大河》诗刊在郑州创刊。

4月江河的诗集《太阳和他的反光》由人民文学出版社出版。5月诗刊《一行》在美国纽约创刊。

6月29日高兰病逝；是月唐晓渡、王家新编的《中国当代实验诗选》由春风文艺出版社出版。

7月张错编的《千曲之岛——台湾现代诗选》由尔雅出版社出版。

9月15日《当代诗坛》在香港创刊，傅天虹主编。

10月27—29日"新诗走向研讨会"在北京召开。11月3日梁实秋病逝。

1988年

1月袁可嘉的诗论集《论新诗现代化》由三联书店出版。春《倾向》出刊。

4月罗门的诗集《整个世界停止呼吸在起跑线上》由光复书局出版。

5月3—10日全国当代新诗研讨会（运河笔会）在淮阴——扬州举行。

6月洛夫的诗集《因为风的缘故》由九歌出版社出版。

7月胡燕青的诗集《日出行》由山边公司出版。

8月《中国诗人》在上海创刊，黎焕颐主编。

9月商禽的诗集《用脚思想》由汉光文化事业公司出版；徐敬亚等编的《中国现代主义诗群大观（1986—1988）》由同济大学出版社出版。

12月北京大学中国新诗研究中心成立。

1989年

2月《芒克诗选》由中国文联出版公司出版；洛夫、李元洛编《大陆当代诗选》由尔雅出版社有限公司出版；杨牧、郑树森编的《现代中国诗选》由洪范书店出版。

3月26日海子卧轨自杀；是月谢冕著《诗人的创造》由三联书店出版。

5月31日骆一禾病逝。

6月白萩的诗集《风吹才感到树的存在》由光复书局出版。

8月1日《诗双月刊》在香港创刊，诗双月刊出版社编辑；是月杨炼的诗集《黄》由人民文学出版社出版；陈超编著的《中国探索诗鉴赏辞典》由河北人民出版社出版。

11月8日陈敬容病逝。

12月《牛汉抒情诗选》由青海人民出版社出版。

1990年

1月20日唐祈病逝。

2月6日《诗歌报》改为《诗歌报月刊》。

3月洛夫的诗集《月光房子》由九歌出版社出版。

5月《我爱——公木自选诗集》由时代文艺出版社出版；《林莽的诗》由中国妇女出版社出版；零雨的诗集《城的连作》由现代诗季刊社出版。

6月余光中的诗集《梦与地理》由洪范书店出版。

10月15日俞平伯病逝；是月简政珍、林燿德主编的《台湾新世代诗人大系》由书林出版有限公司出版。

11月海子的诗集《土地》、骆一禾的诗集《世界的血》由春风文艺出版社出版。

12月《澳门现代诗刊》创刊；《中国新文学大系（1937—1949）·诗卷》由上海文艺出版社出版。

1991年

2月郑敏的诗集《心象》由人民文学出版社出版；张默编的《台湾青年诗选》由人民文学出版社出版。

3月谢冕著《地火依然运行——中国新诗潮论》由上海三联书店出版。春《现代汉诗》在北京出刊，芒克、唐晓渡、林莽编。

5月2日"1991：中国现代诗的命运和前途"学术讨论会在北京召开；10—18日"全国诗歌座谈会"及第三届漓江诗会在桂林召开。

7月郑敏的诗集《早晨，我在雨里采花》由突破出版社出版；《艾青全集》由花山文艺出版社出版。

8月25—28日艾青作品国际研讨会在北京举行。11月公木主编的《新诗鉴赏辞典》由上海辞书出版社出版。

1992年

5月4日张默编的《台湾现代诗编目》由尔雅出版社出版。

9月文晓村主编的《葡萄园30周年诗选》由文史哲出版社出版；赵天仪等编的《混声合唱——笠诗选》由文学台湾杂志社出版。

11月孙玉石著《中国现代诗歌艺术》由人民文学出版社出版。

12月《台湾诗学季刊》在台中创刊；梅新的诗集《家乡的女人》由联合文学出版社出版。

1993年

2月22日冯至病逝。

3月5日洛夫的诗集《隐题诗》由尔雅出版社出版。

5月18日食指、黑大春现代抒情诗合集出版作品研讨会在北京举行；是月洪子诚、刘登翰合著的《中国当代新诗史》由人民文学出版社出版。

8月万夏、潇潇主编的《中国现代诗编年史·后朦胧诗全集》由四川教育出版社出版。

9月30日《锋刃》诗报出刊。

10月8日顾城杀妻后自缢；是月谢冕、唐晓渡主编的《当代诗歌潮流回顾·写作艺术借鉴丛书》由北京师范大学出版社出版。

12月于坚的诗集《对一只乌鸦的命名》由国际文化出版公司出版。

1994年

5月6—9日《诗探索》编辑部组织白洋淀诗歌群落寻访活动；20日沈奇编的《鲜红的歌唱——大陆当代女诗人小集》由尔雅出版社出版。

6月《半个世纪的脚印——袁可嘉诗文选》由人民文学出版社出版；陈仲义的《诗的哗变——第三代诗面面观》由鹭江出版社出版。

8月昌耀诗集《命运之书》由青海人民出版社出版。

10月张同道、戴定南主编的《二十世纪中国文学大师文库·诗歌卷》由海南出版社出版。

11月《舒婷的诗》由人民文学出版社出版。

12月29日沙鸥病逝。

1995年

3月4日"台湾现代诗史研讨会"在台北举行，至5月27日共举行六场。

4月14日《罗门创作大系》由文史哲出版社出版。

5月19日曹辛之病逝；20日"当代女性诗歌：态势与展望座谈会"在北京召开。

6月《双子星》人文诗刊在台北创刊,杨平主编;顾工编的《顾城诗全编》由上海三联书店出版。

7月《韩作荣自选诗》由百花文艺出版社出版。

8月15日《诗世界》在香港创刊,张默主编。

9月5日邹荻帆病逝;20日张默、萧萧编的《新诗三百首》由九歌出版社出版。

10月北岛的诗选《午夜歌手》由九歌出版社出版。

12月6日"罗门、蓉子创作世界学术研讨会暨《罗门、蓉子文学创作系列》推介礼"在北京举行。

1996年

1月8日林燿德病逝。

3月17日方敬病逝。

4月《呼吸》诗刊在香港创刊。

5月5日艾青病逝。

7月16—21日中国·西岭雪山诗会在四川举行。

8月郑炜明(苇鸣)编的《澳门新诗选》由澳门基金会出版。

9月李方编的《穆旦诗全集》由中国文学出版社出版。

10月10日汪静之病逝;是月谢冕、孟繁华编的《中国百年文学经典文库·诗歌卷》由海天出版社出版。11月北岛的诗集《零度以上的风景》由九歌出版社出版。

12月13日徐迟逝世。

1997年

1月5日孙大雨病逝;24日苏金伞病逝。

2月西川编的《海子诗全编》、张玞编的《骆一禾诗全编》由上海三联书店出版。

3月1日《诗》出刊,道辉主编。

7月26—30日首届现代汉诗学术研讨会在福建武夷山召开;是月灰娃的诗集《山鬼故家》由人民文学出版社出版;《曲有源白话诗选》由作家出版社出版。

9月10日蓉子的诗集《黑海上的晨曦》由九歌出版社出版。

10月谢冕主编的《中国女性诗歌文库》由春风文艺出版社出版,有傅天琳、海男、蓝蓝、林雪、唐亚平、王小妮、阎月君、翟永明诗集8种。

11月邹荻帆、谢冕主编的《中国新文学大系(1949—1976)·诗卷》由上海文艺出版社出版。

1998 年

1 月李铁城、苏湲编的《苏金伞诗文集》由河南文艺出版社出版。

2 月 10 日鲁迅文学奖揭晓，李瑛、韩作荣、沈苇等的诗集获优秀诗歌奖；是月《牛汉诗选》由人民文学出版社出版；程光炜编的诗选《岁月的遗照》由社会科学文献出版社出版。

3 月 20—22 日"后新诗潮研讨会"在北京召开。

4 月 3 日张志民病逝。

6 月林莽、刘福春编的《诗探索金库·食指卷》由作家出版社出版。

7 月谢冕主编的《中国女性诗歌文库》第二卷由春风文艺出版社出版。

9 月 12 日罗洛病逝。

10 月 30 日公木病逝。

11 月 12—16 日全国诗歌座谈会在江苏张家港召开。

12 月《昌耀的诗》由人民文学出版社出版。

1999 年

1 月 13 日鲁藜病逝。

2 月 28 日冰心逝世；是月《大陆先锋诗丛》由唐山出版社出版；杨克主编的《1998 中国新诗年鉴》由花城出版社出版。

3 月 10 日北岛的诗集《开锁》由九歌出版社出版。

4 月 16—18 日"世纪之交：中国诗歌创作态势与理论建设研讨会"在北京平谷召开；是月唐晓渡主编的《现代汉诗年鉴·1998 卷》由中国文联出版社出版。

7 月《扬子江》诗刊在南京创刊，江苏省作家协会主办。

9 月痖弦主编的《天下诗选》由天下远见出版公司出版；谢冕著《浪漫星云——中国当代诗歌札记》由广东人民出版社出版；谢冕主编的《中国当代文学作品精选·诗歌卷》由北京十月文艺出版社出版；卞之琳主编、牛汉副主编的《中华人民共和国五十年文学名作文库·新诗卷》由作家出版社出版。

10 月首都师范大学中国诗歌研究中心在北京成立。

11 月 12—14 日'99 中国龙脉诗会在北京召开。

12 月《冯至全集》由河北教育出版社出版；姜耕玉编的《20 世纪汉语诗选》由上海教育出版社出版。

2000 年

1 月 1 日由《诗神》改刊的《诗选刊》创刊，郁葱主编；18 日《诗歌与人》在广州创刊，黄礼孩主编；是月《郭小川全集》由广西师范大学出版社出版；诗刊社选编的《'99 中国年度最佳诗歌》由漓江出版社出版。

2月11日阮章竞病逝。

3月23日昌耀逝世。

7月诗刊《下半身》在北京创刊;《昌耀诗文总集》由青海人民出版社出版。

8月5日金克木病逝。

12月1日《诗歌月刊》在合肥出刊,王明韵主编;2日卞之琳逝世;25—27日"大连·2000年中国当代诗歌研讨会"在辽宁大连举行;是月《郑敏诗集》由人民文学出版社出版。

第八章

生活永远始于今天[1]

中国新诗（2001—2010）

---

[1] 这是郑玲《幸存者》中的诗句——"朝着黎明／走在已埋葬的岁月之上／幸存者不诉说回忆……／生活永远始于今天／在应该结束的时候／重新开始"。《诗刊》，2001年1月号。

不是开始的开始

20世纪已经过去。对于这个世纪,世人都怀有一种复杂的心情。这个世纪有过两次惊心动魄的世界大战,还有无以数计的大大小小的战事,有的战事至今仍在继续。人们在新世纪即将到来时曾真诚地祝愿:告别苦难,远离战争,希望这是一个和平的世纪。但是不幸的是,祝愿声尚未消逝,纽约的两座擎天大楼在一场恐怖袭击中成为了废墟。这两颗让人感到恐怖的、奇大无比的"飞机炸弹"的爆炸震惊了全世界,人们良好的世纪祝愿化为了泡影!

20世纪对于中国人来说,也具有特别的意义。这个刚刚过去的世纪曾使中国蒙受苦难和耻辱:外国入侵,国破家亡,内战连绵,政治动乱;也是这个世纪给了中国以新生和希望:香港、澳门先后回归,海峡两岸出现了和平的转机,中国经济发展,国力增强,国际地位得到提高,举国上下专注地致力于社会进步、人民安康的事业。

20世纪中国诞生了"五四"新文化运动:反对旧道德、提倡新道德;反对旧文学、提倡新文学。这个运动极大地改变了中国长期的自闭状态,推进了中国的现代化进程。从晚清的"诗界革命"到白话新诗的试验,诞生了有别于中国传统诗歌形态的新的诗体——中国新诗。早在民国五年(1916),胡适便给未来的中国新诗,送来了两只美丽的黄蝴蝶。[1] 这是新诗诞生的最初的信息。诗人是时代的先觉,新诗创立之后的第一代诗人以诗的名义,给20世纪的中国一个划时代的意象:再生的凤凰。[2]

新诗在20世纪的血与火的沐浴中,历经百年沧桑的考验,终于迎来了一个崭新的世纪:凤凰已经新生,女神再造了一个逐步走向健康、吉祥、和谐的中国。就新诗而言,人们对在20世纪80年代重新崛起的这

---

[1] 胡适:《朋友》,"两个黄蝴蝶,双双飞上天/不知为什么,一个忽飞还/剩下那一个,孤单怪可怜/也无心上天,天上太孤单"。《新青年》第2卷第6期,1917年2月1日。

[2] 郭沫若:《凤凰涅槃》,《女神》,上海泰东图书局,1921年8月。

2000年12月25日"大连·2000年中国当代诗歌研讨会"在辽宁大连举行

一文学品种,在新世纪当然有新的期待。记得21世纪即将到来的前夕,2000年的平安夜(12月24日),笔者和一批诗人正飞行在北京去往大连的空中——我们要赶赴那个世纪的最后一次诗歌聚会,我们要为新世纪祈愿,为诗歌祝福。[3] 是日风雪严寒,大连机场跑道封冻。但寒冷不能阻挡人们内心的热切,各次航班分别取道沈阳、青岛、烟台诸地,终于迂曲地抵达。

然而,艺术和诗歌的行进,显然不会理睬人们内心的召唤,也不会遵从社会发展的律则——诗歌从来是我行我素的。期待终归是期待,而开始也未必是开始。2001年第一期的《诗刊》,封面的基色是灰暗的,有一

---

[3] 2000年12月25—27日,由大连金生实业有限公司、《收获》《作家》《上海文学》《当代作家评论》《山花》及作家出版社、《文学报》《大连日报》周刊部等九家单位联合主办的"大连·2000年中国当代诗歌研讨会"在辽宁大连举行。会后发表宣言"2000·大连意见"。诗人们把2000年认定为20世纪的最后一年。

《诗刊》2001年1月号

点暧昧,还有一点混杂。读者不会从中联想到这是充满期待的第一年、第一期、第一页。没有祝词,甚至也没有卷首语,只是在它不显眼的角落有一则"编后留言",似乎是不太情愿地提道:"新世纪的第一期,总会让读者有许多期望。"其语气平淡得近于冷漠,与当时全世界都在热烈举行的"千禧之祝"构成了鲜明的反差。

一切都在开始,一切又都不是开始。幸好该刊开辟的"新世纪诗坛"刊登了郑玲的诗。在这期刊物那个僻冷的角落里,我们终于惊喜地发现了我们所期待的"开始":

　　生活永远始于今天
　　在应该结束的时候
　　　　重新开始[4]

　　诗歌没有新闻,诗歌不会重视外界的喧腾。幸好有郑玲的这些诗句,给了我们一种"重新开始"的提醒。也许不仅是提醒,也许真的怀有新的期待。与《幸存者》同时发表的,是这位诗人非常重要的诗篇《悬崖上的囚徒》[5],

---

[4] 这是郑玲《幸存者》中的诗句——"朝着黎明／走在已埋葬的岁月之上／幸存者不诉说回忆／……／生活永远始于今天／在应该结束的时候／重新开始"。《诗刊》,2001年1月号。

[5] 郑玲:《悬崖上的囚徒》。诗后注:"2000年8月于芳村。"《诗刊》2001年1月号。本文作者在多个场合都提到这首让人震撼的诗,它在很大程度上是诗人的自况。郑玲在散文《野刺莲》中写了她蒙难中的爱情,可为佐证。该文见《文艺报》2010年1月20日。

那形象是惨烈的：

>一头麂子
>
>　　　把身体弯成弓
>
>挣扎于千寻谷底之上
>
>它
>
>在同什么样的命运斗争
>
>——在一口一口地
>
>　　啃断自己的
>
>　　　　被夹住的那只脚

这是一个用"自我伤残的英勇""可怕而从容地争取自由"的生命：

>没有外界的救援
>
>绝不可忘记自己
>
>能用来抗拒死亡的
>
>　　还有一副牙齿
>
>——它便一口一口地
>
>　　啃断自己的脚

　　这是为了告别的期待。期待着像这只麂子这样惨烈地告别苦难。也祈望新开始的时间，人们无须再为自由而以这种极端的方式伤残自己。20世纪有过诸多这样的悲剧。记得当年，困厄中的牛汉也写过麂子的诗，诗人以被阴谋暗算的、经受过苦难的过来人的身份，向着美丽、善良而又天真的麂子发出惊怵的警报：

>你为什么这么天真无邪
>
>你为什么莽撞地离开高高的山林

> 五六个猎人
> 正伏在草丛里
> 正伏在山丘上
> 枪口全盯着你
>
> 哦，麂子
> 不要朝这里奔跑[6]

但是那麂子依然为着它美丽的奔跑而舍生忘死，结果是成了另一只"悬崖上的囚徒"。我们期待着诗人用他或郑玲所展示的这样的画面，时刻警醒我们不忘 20 世纪给予我们的苦难的记忆。这是过去的世纪极为宝贵的精神遗产。但是希望毕竟空悬，遗忘意味着一切，那些沉重的世纪记忆——例如麂子忘了阴险的枪口，再如它为自由所付出的身体和鲜血——早已飘散在 21 世纪不见天日的灯红酒绿之中。

遭遇并陷入世俗

20 世纪 90 年代后期，市场经济的活跃，激活了人们长期受到压抑的物质欲望。人们戏谑地改写原先庄严的口号，例如"把革命进行到底"改为"把爱情进行到底"、甚而"把娱乐进行到底"。"娱乐至死"以强势的进攻，通过屏幕、舞台、手机短信、小报乃至广告，无孔不入地浸淫了诗歌庄严的领地。物欲占领了社会生活的大部分空间，精神成为一种匮缺。面对诗歌无可奈何的退场和缺席，评论界有深层的忧虑。谢冕批评说：

6　牛汉：《麂子，不要朝这里奔跑》，1974 年初夏，作于咸宁，选自诗集《白色花》，人民文学出版社，1981 年 8 月。

徐敬亚、孙绍振、谢冕

有些诗正离我们远去。它不再关心这土地和土地上面的故事，它们用似是而非的深奥掩饰浅薄和贫乏。当严肃和诚实变成遥远的事实的时候，人们对这些诗冷淡便是自然而然的。[7]

在另一篇文章中，他继续质疑：

面对当前的诗歌现实，我们在感受到丰富的同时也感受到贫乏。我们此刻面对的是失重的诗歌。诗人们在摈弃了千篇一律的口号和呐喊之后，开始了几乎是同样千篇一律的悄声细语。他们"深入""生

---

[7] 谢冕：《有些诗正离我们远去》。原载《中国文化报》1996年7月28日，《诗刊》1997年第1期全文转载。孙绍振发表在《星星》1997年第8期的《向艺术的败家子发出警告》，以更严厉的措辞抨击诗人的"陷入理念化"的倾向："由于把表现理念作为新诗的根本任务，就必然导致新诗的艺术准则发生了混乱。既然诗歌的任务就是表现某种文化哲学理念，就必然与诗歌的一切传统的艺术成就彻底决裂。"《诗刊》1997年11、12期重刊该文。

命内部"探寻莫测高深的"终极关怀",他们很少关心或不关心这些"哲学"以外的历史和现实。他们专致地琢磨"意识流动"而微察纤毫;他们自怜而自恋,说的是他人无法进入更无法解读的深奥。……在这一切的背后,是对诗的思想含量和精神价值的轻忽。[8]

表达这种忧虑的还有另一位新诗潮的支持者孙绍振。他著文尖锐地批评当前的诗歌写作:

> 诗坛的虚假,产生于人格的虚假,又必然普及着人格的虚假。虚假的势头在90年代初愈演愈烈,其实质是表现了一种中国知识分子理想的危机和精神的堕落。……不少人以把个人和社会、传统、文化的对立绝对化为时髦。对于国家和民族不负任何责任是理所当然的,而要想有所匡正倒是可笑的。可悲的是,这种游戏人生观所造成的堕落竟然成为某种民间的"正统"。这就使以虚假为荣,变成了以精神的崩溃和堕落为荣。[9]

长期蒙受精神禁锢的人们,骤然面对诸禁开释的社会,人的本欲受到了鼓舞,竟以贪婪而近于无所顾忌的方式,痴迷于享乐和游戏。这样的大形势诱使诗歌迷恋物欲而废弃精神的坚守。这就是孙绍振说的"以精神的崩溃和堕落为荣"。这是一场命中注定的遭遇战,世俗的诱惑如滔滔之水淹没一切,包括诗人曾经的自尊与矜持。

经历过20世纪80年代后期(一部分人)对于新诗潮的质疑乃至否定,

---

[8] 谢冕:《平静的追问——在武夷山现代汉诗学术研讨会上的发言》,《厦门文学》第1期,1998年。
[9] 孙绍振:《新诗潮应该反省了——根据在武夷山现代汉诗学术研讨会的发言改写》,见《厦门文学》第1期,1998年。1998年第1期《诗刊》发表孙绍振的《后新诗潮的反思》,内容大体相近。编者在发表时加了按语:"这篇文章,具有孙绍振同志的一贯文风:观点鲜明,尖锐泼辣,锋芒毕露。篇幅虽长,但是好读。从中可以强烈地感受到一位富有历史使命感和社会责任感的诗论家坚守诗歌艺术、勇于追求真理的执著精神。他对后新诗潮的反思,真诚坦率,直言不讳,能够给人启发,值得我们重视。"这个编者按语不由得使人联想起同一个刊物在1981年第3期为同一个作者所写的另一篇文字所加的按语,对比读,非常有趣。

失去了方向的诗歌如同决堤之水四处弥散。既然诗歌不再为时代或他人代言,既然诗歌已经厌倦并拒绝政治及其说教,既然诗人不再对社会和人性承诺和担当,那么,卸下了精神枷锁的诗歌便没有理由不在无所顾忌的空间漫游和狂舞。而冥冥之中诱导着诗歌的是远离了崇高的世俗。

无条件认同世俗予以诗歌对所谓的"贵族趣味"或"贵族倾向"(这是"第三代"对新诗潮的批判用语)的否定的结果,必然是回到(其实是堕入)"平民"(即"世俗")的深渊。在文学艺术的诸品种中,也许诗歌的状况并不是最糟的,至少生来贫困的诗人还保持着对于财富和金钱的距离感。对于诗歌最具腐蚀性的是它误以为是"自由"境界的忘却世间万象万物的自私。

《谢冕编年文集》(全十二卷),北京大学出版社2012年6月出版

诗人沉湎于个人的"内心",而这所谓的"内心"是与世无涉的。它近于冥想,似乎有什么禅机或哲理,其实多半是迷狂的自恋。伪装的深刻给诗歌蒙上一层神秘的面纱,一时竞相仿效的"哲理思考""终极关怀",都是这一路似是而非的货色,例如什么什么的"几种方式",其实只是一只什么都能装进去的故作高深的空袋子。一旦沉湎于世俗的表象而不能自拔,便会诱使诗歌远离对现世的关怀而陷入迷思状态。1990年代之后的诗歌写作,充斥着这一类可疑的作品。

《诗刊》选编《2008中国年度诗歌》，漓江出版社2009年1月出版

一首诗叫《削吃一只苹果》，通篇都是莫名其妙的自言自语："现在，这只带柄的果核，躺在这些皮屑上／这些皮屑，散落在这张废稿笺上／……／我抽出餐纸。习惯地，擦了擦嘴／和手指……／接下打一个嗝。"全诗近六十行，始终都在讲这只苹果，果核和皮屑。诗人坦言，"这是个无聊的颇为有趣的问题"，"终又陷入玄虚的泥淖／此类怪想需要及时克制"。[10]

再读一首《有限》——"两瓢米、三勺盐、十毫升油、几十粒味精／半吨水、两度电、一个字的煤气，／需要时再加上一把伞，几声咳嗽"，作者自语："对一个家庭一天生活的数字化描述多么轻而易举。"[11]还有一首，是取自另一个选本的《深夜的游戏》，游戏就是写诗，写诗就是游戏——"总是在深夜写诗……／名词二钱　动词三两　习惯用语九克／个性一匙　才华半盅　情感和理性适量／与时光　万物的气息调兑……涂在纸上"。最妙的是这一句，"涂成首首必将废弃的诗"。[12]

明明知道是"无聊"而"玄虚的泥淖"，明明知道都将是被"废弃"的，可仍要不断地生产。上面引的那些诗不是随手拈来，都取自当

---

10 杨克主编：《2006中国新诗年鉴》，花城出版社，2007年10月，第64页。

11 《诗刊》主编：《2008中国年度诗歌》，漓江出版社，2009年1月，第120页。

12 杨克主编：《2006中国新诗年鉴》，花城出版社，2007年10月，第156页。

年优秀（还相当权威）的选本。但却都是这样的破碎、琐屑而乏善可陈。选本如此，那些铺天盖地的"杂碎"的遮蔽和覆盖就可想而知了。在一个会议上，有批评家沉重地谴责了像"今天我去找你，你妈说你不在"这样所谓的"诗"。[13]

进入新世纪的诗歌竟是这样粗鄙、委琐而不可自拔。造成这一现象的，可以溯源于此前关于诗歌口语化的极端的主张。口语写作盛行于朦胧诗以后，它是一个误导，极大地混淆了诗与非诗的界限，使许多人以为会说话就会写诗。在1990年代末，已有人开始反思：

> 口语写作是一种充满了险境与陷阱的高难度动作，80年代中期关于口语诗的讨论现在看来只是些小儿科问题，口语写作不是"诗的"或"非诗的"分野，而在于你是否写出了"诗的"，难度也正在这里，险境与陷阱也在这里。现在的问题是许多以"口语"或"后口语"自我标榜的诗人，把口语已经弄成了口水。……粗鄙的口语写作者正在败坏口语写作，说废话就是说废话，贴上口语写作的标签并不能挽救自己的浅薄与苍白。[14]

平民意识与口语化

上个世纪末中国诗界发生过一场大的论争——"口语写作"和"知识分子写作"的论争。这就是人们通常说的"盘峰论剑"。盘峰是北京平谷的一家宾馆，是会议的现场。[15] 盘峰论剑的深层原因，多半可以溯源

---

[13] 2010年3月20日陈超在北京大学《新诗评论》创刊五周年研讨会上的发言。
[14] 秦巴子：《我的诗歌关键词》，《2000中国新诗年鉴》，杨克主编，广州出版社，2001年7月，第520页。
[15] 1999年4月16—18日由北京作家协会、中国社会科学院文学研究所当代室、《北京文学》杂志社、《诗探索》编辑部联合举办的"世纪之交：中国诗歌创作态势与理论建设研讨会"在北京平谷盘峰宾馆召开。持"民间立场"和"知识分子立场"的代表人物都参加了会议。会上双方有激烈的论争，舆论称之为"盘峰论战"或"盘峰论剑"。

1999年4月"世纪之交：中国诗歌创作态势与理论建设研讨会"在北京平谷召开

到新诗史上的诸多关节，例如知识分子写作的取法于西方即所谓的西化问题，民间写作倡导的平民意识与历史上曾经有过的大众化问题，等等。这番论战火药味很浓，当年活跃诗界的代表人物大都卷入其中。但随后不久又都告疲乏，于是不再热议了。分歧据说是"立场"的分歧，其实未必。"民间"的写作者何尝不是知识分子？"知识分子"又何尝真的脱离了民间？他们都是知识分子，又都未脱离过民间，这不是分歧的根本。

于坚认为："所谓的'民间写作'与所谓的'知识分子写作'之间的根本分歧，是因为后者常常要标榜某种彼岸式的意识形态。在一种意识形态的统治中，另一种意识形态被神化为彼岸、远方、理想主义，成为'生活在别处'的全部理由。不依附此权力话语，必依附彼权力话语。而民间依附的永远只是生活世界，只是经验、常识，这是那种你必须相依为命的东西，故乡、大地、生命、在场、人生。"¹⁶ 上面引文所述的"彼岸""远方"庶几接近实际，但亦有似是而非之处，难道知识分子写作不依附这里所说的故乡、大地和生命？显然不具说服力。

而且，就两派写作的大致走向而言，他们在远离宏大叙事以及沉浸于自我表述方面，倒是相当一致的。他们之间在事关诗歌指向的重大层面不存在矛盾，他们不约而同地忽略了眼前身边发生的重大事件。究其实质，最大的分歧应当是在"口语"。口语是民间极力主张的，而在争论的对方，其主要资源则是欧化的语言（即被认为是知识分子的语言）。所以语言的差异是根本的差异，而作为这种差异的标志就是口语。伊沙的表达证实了"口语"与盘峰论战的关联，"发生在这一年里中国诗坛的'口语热'是中国新诗自'盘峰论争'以后其精神核心重返先锋所激起的一个最外化的现象"¹⁷。这位民间写作的代表诗人十分肯定口语化的贡献：

> 在中国新诗每一个关键的十字路口，饱遭歧视的口语诗都充当了指示前进的标志牌。……来自生命的本体的口语也与打破旧有审美模式的先锋与探索有着天生的亲近。我早就说过，非口语又是什么样的语言？书面语？文化的语言？来自典籍？来自前辈"大师"？对于创造，它们是可靠的么？¹⁸

这一段文字有点含混。在他的叙述中，口语与其他全是对立的。他认定口语是创造的，但是难道别处就不存在创造的可能？口语已泛滥成灾了，为什么还在坚持以"非诗"来反对语言的诗化？幸好有人已经清醒地觉察到这种主张的负面意义："粗鄙的口语写作者正在败坏口语写作……当口语写作被简单化、粗鄙化之后，诗就已经随波逐流了。稍有觉

---

16 于坚：《当代诗歌的民间传统》，《2000 中国新诗年鉴》，杨克主编，广州出版社，2001 年 7 月，第 9 页。
17 伊沙：《现场直击:2000 年中国新诗关键词》，《2000 中国新诗年鉴》，杨克主编，广州出版社，2001 年 7 月，第 433 页。
18 同上。

于坚

悟的诗人所做的努力,就是在写作中强塞进一些意象、象征、隐喻、叙述、调侃、戏拟之类,企图留住片刻的诗意。"[19]

于坚是力挺口语写作的诗人,他在许多场合都为口语写作辩护和推广。他在一次与谢有顺的长篇对话中,谈到他对朦胧诗的不满:"朦胧诗一开始就给人一种诗语写作的印象,诗语是什么?就是在书面诗歌中已经被认可的诗歌行话。朦胧诗是用诗歌行话写作的,它的原创力不在语言上,而在意象、意义上。我的诗当时是被视为非诗的,因为不是诗歌行话,而是对读者的诗歌习惯来说是比较陌生的日常语言。"[20] 于坚生造了"诗语"这个词,接着又指定了"诗语"与"口语"的对立。他坚定地认为:"诗歌是从口语开始的,口语是诗歌的原始基础。世界越来越文化,越来越知识,越来越图书馆,成千上万吨的纸张把世界的本真遮蔽起来,只有诗歌那种命名的力量,可以坚持着语言的原始基地。"

---

[19] 秦巴子:《我的诗歌关键词》,《2000中国新诗年鉴》,杨克主编,广州出版社,2001年7月,第520页。
[20] 于坚、谢有顺:《诗是不知道的,在路上的》,《南方文坛》第5期,2003年。

但不论论者如何肯定，口语写作的弊端已经完全显现。它将诗歌的魅力化解，从平淡到庸常，甚至粗俗。[21] 除了分行尚保留着对于诗的"提醒"，让我们无从寻找哪怕是一丝诗美的痕迹。这里是一首随手拈来（也是来自权威选本）的《小强日记》——"2月6日　晴／今天天气真好／太阳照了一天　也不累／我早上起来／小鸡跑到我的床上来了／……／晚上／妈妈把小鸡的妈妈杀了／我们吃了她的尸体／真香啊"。[22] 如果这就是诗，人们当然有理由质疑它的价值。为了说明这遍地皆是的空洞，这里再抄录一首《口香糖》：

　　一进门
　　母亲告诉我
　　邻居家的□□上吊死了
　　我愣了一愣

　　嘴巴又不停地动了起来
　　母亲问我吃的是什么东西
　　我伸出舌头
　　给她看了一下 [23]

这一颗口香糖索然乏味。也许其中有"深意"，但明眼人知道，它在重复已经有过的被重复了无数遍的、那么一点点不深的"意"。于是人

21　这里举一首粗俗的例子《便秘之诗：一排肛门列队走过》："一号肛门嘴上无毛／二号肛门不够味道／三号肛门见鸟就咬／四号肛门正在敷药／……／我的尾椎可以炖山药……"见杨克主编：《2002—2003中国新诗年鉴》，天津社会科学院出版社，2004年6月，第355页。至于平淡和庸常，多不胜举，例如《王小刚的冬天》——"王小刚露出下体／在这个冬天等待夏天／并于12月末／瑟瑟发抖屎尿出一个理想／而此刻池塘正等待冰封／一群鱼儿聚成一朵花／王小刚站在池塘边上／排泄出一个瀑布"。同书，第558页。
22　杨克主编：《2002—2003中国新诗年鉴》，天津社会科学院出版社，2004年4月，第547页。
23　杨克主编：《2006中国新诗年鉴》，花城出版社，2007年10月，第145页。这首诗体现了一般从事口语诗写作者的诗歌理念。

雷平阳

们要问，诗中充斥着这样没有意蕴的絮叨，这能叫创造吗？口语诗因为从者甚多，而这些人又误以为写诗就是这样容易，这就形成了前面说到的"泛滥"。这些诗就是因为"诗意"的空缺，而使人感到陌生、遥远，甚至反感、拒绝。[24]

诚然，不能因为"泛滥"而全盘否定许多人趋之若鹜的诗歌实践。他们的实践为我们提供了思考的契机。以雷平阳引起争议的《澜沧江在云南兰坪县境内的三十七条支流》为例，此诗的写作确有用意，应该承认是一份特殊的文本。它确实期待着一种新的理解与解读。全录如下：

澜沧江由维西县向南流入兰坪县北甸乡
向南流1公里，东纳通甸河
又南流6公里，西纳德庆河
又南流4公里，东纳克卓河
又南流3公里，东纳中排河

---

[24] 这里有一个关于诗歌的调查，"网人"记者黄谨以《新诗，你离我们是近还是远？》为题，向二十名大学生网上问卷。其中引用一首《死亡之最》——"1997年我的初中同学王小红触电而死／女孩不是电工，不是工厂工人／也不是学物理的理工科学生／和电毫无关系／女孩子还不能用劳动挣一分钱／触电而死绝对偶然／公元××××年××人发明了电／我敢说××××年以来，王小红／是所有电死的人当中／最美的一位"。对"这样一首诗……你以为是诗吗？"的问话，20人中，13人认为不是诗，3人认为是诗但不是好诗，4人表示不知道。《2002—2003中国新诗年鉴》，天津社会科学院出版社，2004年6月，第487页。

又南流3公里，西纳木瓜邑河

又南流2公里，西纳三角河

又南流8公里，西纳拉竹河

又南流4公里，东纳大竹菁河

又南流3公里，西纳老王河

又南流1公里，西纳黄柏河

又南流9公里，西纳罗松场河

又南流2公里，西纳布维河

又南流1公里半，西纳弥罗岭河

又南流5公里半，东纳玉龙河

又南流2公里，西纳铺肚河

又南流2公里，东纳连城河

又南流2公里，东纳清河

又南流1公里，西纳宝塔河

又南流2公里，西纳金满河

又南流2公里，东纳松柏河

又南流2公里，西纳拉古甸河

又南流3公里，西纳黄龙场河

又南流半公里，东纳南香炉河，西纳花坪河

又南流1公里，东纳木瓜河

又南流7公里，西纳干别河

又南流6公里，东纳腊铺河，西纳丰甸河

又南流3公里，西纳白寨子河

又南流1公里，西纳兔娥河

又南流4公里，西纳松澄河

又南流3公里，西纳瓦窑河，东纳核桃坪河

又南流48公里，澜沧江这条

> 一意向南的流水，流至火烧关
> 完成了在兰坪县内 130 公里的流淌
> 向南流入了大理州云龙县[25]

  人们在这种看来单调的"重复"中，觉察到了它单调中涌现的情景的更迭，以及由诗人在场的"体察"中予以强调的江流"一意向南"的坚定。最为新颖的诗，它的意义当然不容忽视。但显然，此法不可重复乃至模仿，若如此，就会败坏读者的胃口。作为滥觞的是于坚写于 1995 年的《零档案》。《零档案》是始作俑者，也是有价值的。但即使如此，也是不能重复的。所有的此类写作，都只能是"一次性"。它留给人们创造（人们通常爱说的"原创"）的空间实在太小。要是成为模式，那是诗的不幸。

  在 21 世纪的多元格局中，即使是最优秀的口语诗，也不可能成为唯一的角色，更不会成为诗的主潮。何况这类诗歌从根本上背离了诗歌的原质——抒情的、韵律的、优美的，诗歌到底是审美的。所以，发生在盘峰宾馆的那一场论战本无意义，读者的期待不是谁胜谁负，而是期待着属于时代潮流的多元共生的双赢——即使你满口鄙俗的话，只要是好诗。读者并不理会你持的是什么立场，"民间"的，还是"知识分子"的，但所有的人都在期待无愧于时代的好诗。

欲望表达及"下半身"

  20 世纪 90 年代商潮汹涌，犹如以往岁月的政治淹没一切，如今是市场淹没一切。当一切都成为商品，诗歌自然难以幸免。诗歌的商品化突出地表现为它对于欲望的臣服。当物质的诱惑以无可遮拦的姿态长驱直入，冲击着诗歌坚固的精神壁垒，原先矜持的诗歌处境尴尬，表现出无可奈何

---

25 诗载《天涯》第 4 期，2005 年。

的避让。

有评论把新世纪诗歌的大众文化特征归纳为：一、世俗化——狂欢；二、表达身体；三、喜剧·杂语。文章指出："学院和人文知识分子也成了戏谑和冒犯的对象，作为精英文化的策源地和主体，它们代表的高雅和严肃曾经既是大众的想象，也是大众的焦虑。但是世俗化提供了另一种通俗的价值观……对世俗的遗忘也遭到了世俗的报复，使学院和人文知识分子在当前的社会结构中的功能逐渐失败。"[26]

20世纪末有人断言，这将是欲望写作取代政治写作的年代。潮流的形成受到社会情势的鼓励，首先是原本受到压抑的个人欲望得到释放，再加上日益发达的市场经济提供的物质满足的条件，诗歌的陷落就是必然。欲望写作和身体写作是物欲升腾时代的产物。它萌起于1990年代而盛行于新世纪。

2000年是具有标志意义的一年，它意味着结束，也意味着开始。这一年开始的时候，谢冕在《新诗与新的百年》中表达了他的新的期待："期待着重新塑造诗人作为社会良知和标举理想旗帜的形象，也期待中国所有的诗人不媚俗而始终坚守至美的诗家园。少一些意气的纷争，多一些切实的实践，为诗歌艺术的精益求精而不懈地创造性地贡献出自己的才智。"[27]

与这期《诗探索》几乎同时出现的是《下半身》的创刊号。沈浩波在他的宣言式的《下半身写作及反对上半身》中发出反抗的声音：

> 传统是什么东西，为什么你们都认为我们的写作必须跟它有关？我们有我们自己的身体，有我们自己从身体出发到身体为止的感受，这就够了，我们只需要这些，我们已经不需要别人再给我们

---

[26] 李青果：《寻找一种新的命名方式——当下诗歌的大众文化特征初探》，原载《南方文坛》第6期，2003年。见《2002—2003中国新诗年鉴》，天津社会科学院出版社，2004年6月，第380页。

[27] 谢冕：《新诗与新的百年》，《诗探索》第1—2辑，2000年。此文作于2000年1月6日。

2000年7月诗刊《下半身》出刊

口粮,那会使我们噎死的。我们尤其厌恶那个叫作唐诗宋词的传统,它教会了我们什么?修辞吗?我们不需要这种修养,那些唯美的、优雅的、所谓诗意的东西差一点使我们从孩提时代就丧失了对自己身体的信任与信心。……

只有找不着快感的人才去找思想。在诗歌中找思想?你有病啊。难道你还不知道玄学诗人就是骗子吗?同样,只有找不到身体的人才去抒情,弱者的哭泣只能令人生厌。抒情诗人?这是个多么孱弱、阴暗、暧昧的名词。所谓思考,所谓抒情,其实满足的都是你们的低级趣味,都是在抚摸你们灵魂上的那一堆令人恶心的软肉。[28]

在这篇措辞激烈的宣言中,作者发出了让人瞠目的惊人之论:"所谓下半身写作,指的是一种诗歌写作的贴肉状态。""追求的是一种肉体的在场感,注意,甚至是肉体而不是身体,是下半身而不是整个身体。""只有肉体本身,只有下半身,才能给予诗歌乃至所有艺术以第一次的推动。"作者最后宣告:"诗歌从肉体开始,到肉体为止。"[29]

---

28 沈浩波:《下半身写作及反对上半身》,《下半身》创刊号。杨克主编:《2000中国新诗年鉴》,广州出版社,2001年7月,第544—547页。
29 这篇"宣言"最后说:"我们亮出了自己的下半身,男的亮出了自己的把柄,女的亮出了自己的漏洞。我们都这样了,我们还怕什么?"同上书。

另一位论者论述了这一极端的诗歌理念提出的背景,概括为"三个结束"和"三个开始"。三个结束是:一、"知识分子写作"与"民间写作"之争的结束;二、"民间"与"伪民间"混淆局面的结束;三、平庸的九十年代的结束。三个开始是:一、纯粹肉体写作的开始;二、颠覆经典,诗歌不归路的开始;三、人是文化的最大成果,要坐到文化的背面,必须从"你不是人"开始。[30]

沈浩波

他们认定诗歌走上了不归路。其实未必,因为更多的实践者依然在进行着他们自以为是的实践。他们也许知道这些主张,也许并不知道。他们深知,这种"狂欢"是只属于一部分人的,对中国新诗的整体并不会产生影响。但毕竟是有人在写作这类诗,而且也在一部分人中欣赏并流传。了解是必要的,这不涉及承认与否。

记得新世纪第一期《诗刊》曾在开卷的"青春方阵"中,刊登了题为《一个渴望爱情的女人》:

沈浩波诗集《一把好乳》2001年12月自印

　　一个渴望爱情的女人就像一只
　　　张开嘴的河蚌

　　这样的缝隙恰好能被鹬鸟

---

30 朵渔:《我现在考虑的"下半身"》,《2000 中国新诗年鉴》,广州出版社,2001 年 7 月,第 566—567 页。

尖而硬的长嘴侵入 [31]

　　此诗有点预言的性质：女性、爱情、强烈的性暗示。但那时作者没有标榜是"身体写作"或"下半身写作"。它既是"青春方阵"，又是迎向新世纪的开卷之篇，不知一贯行事严谨的《诗刊》编者是否预感到并迎合了未来的潮动？到了后来，由于有明确的提倡，这类作品日见其盛了，特别是一些女性作者的作品。[32]

　　在见怪不怪的年代，也还是引起人们的惊异。也许作者的同代人能够理解这一切，霍俊明在他的著作中，全文引用了尹丽川被称为"下半身写作"的"经典"的《为什么不再舒服一些》：

　　　　唉　再往上一点再往下一点再往左一点再往右一点
　　　　这不是做爱　这是钉钉子
　　　　噢　再快一点再慢一点再松一点再紧一点
　　　　这不是做爱　这是扫黄或系鞋带
　　　　喔　再深一点再浅一点再轻一点再重一点

---

[31] 赵丽华：《一个渴望爱情的女人》，《诗刊》第1期，2001年。诗后标明写作时间是2000年1月4日。
[32] 她们下笔的大胆超过了那些男性作者。举例如下：
　《爱情故事》（尹丽川）："你说今晚，让我呆在里面／多么舒服。它就该呆在你里面／它就是你的……／你叹口气说完，打起了呼噜／我整夜失眠。它在我体内／它不是我的。我多了个东西／我感到我多了个东西／我想到我多了个东西／……／尽管这不是我的东西／它也不再是你的东西／尽管你继续使用着它……／带着我的气味和温度……／孤零零地垂着，你又有什么办法……／你煞费苦心地安置／比如一个名叫妻子的洞／比如若干名叫小姐的洞。"（杨克主编：《2000中国新诗年鉴》，广州出版社，2001年，第12—13页。）
　《女强人（组诗1）》（尹丽川）："如您所愿／我越来越强／越来越大／我的腹地越来越深／你再也够不着／我的里面／我越来越湿润／这湿润越来越／跟你们无关"。（《2002—2003中国新诗年鉴》，第115页。此诗写于2002年8月2日。）
　《潮来潮往》（巫昂）："今天我没有高潮／只有颓废／今天我浸在汤汤水水里／吐着死鱼般的白沫／……／今天我作为他的容器／比他还要娇气／我已经稀巴烂了／却总是严格要求自己／一定要讲礼貌／一定要张开双腿／直到露出／俏皮的子宫"。（杨克主编：《2002—2003中国新诗年鉴》，天津社会科学院出版社，第103页。写于2002年9月22日。）
　《我是一个好色的女人》（巫女琴丝）："我站在一面镜里／看自己的乳房／一天到晚／麻酥酥的／还在发育的乳房／即使隔着／厚厚的玻璃／摸起来也很舒服。"（《2002—2003中国新诗年鉴》，第55—56页。写于2002年8月16日。）

这不是做爱　　这是按摩、写诗、洗头或洗脚

　　为什么不再舒服一些呢　　嗯　　再舒服一些嘛
　　再温柔一点再泼辣一点再知识分子一点再民间一点

　　为什么不再舒服一些 [33]

霍俊明分析说："这首诗你可以说它暧昧、色情、下流、肮脏，或者说它根本就不是诗歌而是'淫词浪语'的荤段子，但是尹丽川的意图可能更多是出自激愤和反讽。她所反拨和挑战的正是积习的男性化的阅读'意淫'，而诗中的'再知识分子一点'、'再民间一点'显然是70后诗人对当年盘峰论争的认识与批评。"[34]

在一个道德沦落、目迷五色的年代，所谓的"身体写作"应运而生毫不足怪。犹如当年"诗到语言为止"的宣告一样，"诗到肉体为止"的宣告，更像是语言狂欢之后的肉体狂欢。诗歌成了欢场，是幸或者不幸，日后自有公断，此处从略。其实，这一切本来与诗歌没有多大关系，肉体是肉体，而诗歌是超越了肉体的。不能说诗与肉体无关，但诗的确不是肉体。诗歌始终是诗歌，诗歌的生命和价值从来都不是始于身体又终于身体的。

这些身体写作的倡导者声称他们要寻找的是活的人，作为动物的有生命力的人。他们不知道在这种寻找（狂欢）中失去的，恰恰是人与其他一切生物的区别。人是有精神的，这是人与一切生物的区别所在，而精神则是诗的至高的标志。

---

33 尹丽川：《为什么不再舒服一些》，霍俊明：《尴尬的一代——中国70后先锋诗歌》，广西师范大学出版社，2009年7月，第290—293页。作者就此诗作注说："2007年11月1日到2日，在海口召开的21世纪中国现代诗研讨会上，与会者重新提起了70后诗歌并且以沈浩波和尹丽川的'身体'性诗歌为例。有意思的是，与会者分成两派，一部分批评家对沈浩波和尹丽川口诛笔伐，另一部分人却大加赞赏。"
34 霍俊明：《尴尬的一代——中国70后先锋诗歌》，广西师范大学出版社，2009年7月，第292页。

另一种乡愁

在中国诗中,乡愁是永远的主题。古代戍卒戍守边关,黄沙荒漠,遥远的闺怨牵萦着一缕扯不断的乡愁,那是古诗中传统的意象。20世纪中叶,台湾海峡彼岸悲声四起,那是由于内战,小小的一道海峡隔断了骨肉至情。一片夹在旧书中的槐树叶子,保存了旷世的愁思;一串宣统年间的红玉米,一直飘摇在中原平野的屋檐。[35] 这是政治造成的家人离散,游子飘零。

新世纪的乡愁不是一种离散,而是一种消失。离散可能是有时限的,而消失注定是永久的。20世纪末叶中国经济崛起,其标志是市场的扩张,是迅速的城市化,后果是导致城市的无限膨胀。城市实行了对乡村的占领,也实现了对乡村的遗忘。故乡是渐行渐远的背影。

那些身强力壮的乡民,组成浩浩荡荡的潮流涌向城市。他们把家园留在了身后,他们在城市成为边缘人。"衰草支撑的澄净天空,／留下了一条回家的路,／和没有归乡人的巨大的虚空";"忧郁的风,已无力扶起一缕炊烟";"一个人就像一个村子,／有时心里空得不知所措"。[36]

当乡村被淹没在遥远的迷漫中,升起了无边的乡愁——"六十岁的母亲在地上割草／她戴着一顶旧草帽／她弓身九十度靠近土地／她的脸快贴到了镰刀"。(冯楚,《母亲在割草》)这幅画面被永远定格了,诗人说,"我这一辈子也写不完这首诗"。还有一首,也是想念乡村母亲的:肯定是黄昏,娘扶烧火棍,嘴唇干裂,炊烟渐稀,娘在喊我。[37] 这些,都传递着遥远的思念。这种悲愁是长久的,是由于母亲和乡村都变得遥远了!

刚去世的画家张仃写过一幅大篆斗方"故园不可思",正是乡愁的极致表达。绿原在生命的最后写过《再见》,也是充满乡愁的告别:

---

35 这里分别是纪弦和痖弦诗中的意象。
36 这些引诗分别见王志国《异乡的秋天》,王燕生《家园》,牛庆国《一点忧伤》。
37 陈亮:《娘总在黄昏时分喊我》,《诗刊》,2009年1月下半月。

再见，村边小河和河上的小桥
再见，穿过小桥在河上划的小船
再见，在小桥上向小船招手的伙伴
再见，我不肯躲避、又其奈我何的暴风雨
再见，可望而不可即、索性不去了的彼岸

于是挥挥手迈开了脚步
一迈步就会越走越远
只要始终凝神朝前看
虽然步步回头，怎么也带不走
舍不得的小河、小桥和小船 [38]

绿原

大地曾经摇撼

新世纪的第一年，即公元2001年的9月11日，美国纽约的标志性建筑双子星座大厦在一次突然的恐怖袭击中，轰然倒塌。这是新世纪伊始最让人不安的信号。而中国诗人的反应近于冷漠。那些平日叱咤风云的重要诗人几乎集体缄默。至今我们检视当年的创作，依然没有发现重要的作品可以留传。据说当时，互联网上甚至传出一片"叫好"的声音。值得欣慰的是，我们终于有幸读到一位有良知和正义感

---

38 绿原：《再见》，此诗写于2008年5月，《诗刊》2009年11月上半月。

的青年诗人发出的中国人的关切与谴责。长诗《2001年,9月11日》[39]这样呼吁:

> 不要用个人的躯体
> 秘密地制造恐怖
> 也不要用国家的机器
> 公开地制造恐怖
> 不要使用人体炸弹
> 也不要使用核子炸弹
> ……
> 让手中的钢刀
> 都成为收割的镰刀
> 让所有的枪声
> 都变成
> 禾苗拔节的音响
>
> 让所有的炸弹
> 都用来开山凿石吧
> 或者,融化高山的冰雪
> 让纯净的水
> 浇灌荒凉的沙漠

论者指出:长诗"记录了心灵被撞击的历程,通过意象暗示,传达了诗人热爱和平,热爱生命,反对恐怖,反对战争的诗歌理想和人类精神。……整首诗读下来,时而紧张,时而舒缓。章与章之间,节与节之

---

[39] 胡丘陵:《2001年,9月11日》,台海出版社,2003年10月。胡丘陵,1963年生于湖南衡阳,著有长诗《拂拭岁月:1949—2009》《长征》《2008,汶川大地震》等。

2001年9月11日,美国纽约世贸中心遭遇恐怖袭击

间语气、语调、节奏上的变化和转换都呈现出一种动态、硬朗而又舒展的音韵之美,同时给人以强烈的悲剧感"。[40] 事过多年之后,人们依然铭记此诗独有的魅力:"它不仅仅书写了这个事件,表达了诗人的情感经验和对当时具体历史语境的思考,同时更是以现代诗的特殊肌质、构架,严密的句群及细节呼应去穿透这个事件本身,表达诗人独特的感悟和想象。"[41]

　　这种抒情长诗以当前重大的事件(主要是政治事件)为基本题材,可以说是专为政治的长篇书写而设置的一种体式。诗体滥觞于抗战时期,以艾青和田间的实践最有力。但当时的体式多着眼于情绪的宣泄,不大着意于具体事件和意识的揳入。到了20世纪50年代,出现了贺敬之和郭小川的创作,他们在原先的抒情格局中有意地嵌入了许多历史的事件和情节,从而使此类诗歌内容更加强化,具有了更多的"咏史"的性质。贺、郭

---

40 蓝棣之:《2001年,9月11日·序》,台海出版社,2003年10月。
41 陈超:《心灵对"废墟"的诗性命名》,《文学报》,2007年2月8日。

2008 年 5 月《诗刊》刊出抗震救灾诗传单

二人在建立和完备长篇政治抒情诗方面成绩斐然，是此中最有力的代表性诗人。

20 世纪 50 年代一篇非常著名的政治抒情诗《和平的最强音》不是出于他们之手。作者石方禹是一位"陌生的闯入者"。他的这篇力作以开阔的国际视野、突出的反帝主题、充沛的情感以及广博的知识、瑰丽的词汇、铿锵的节奏而引起广泛的注意。他的诗歌代表了获得独立解放的中国人民的心声。当然这首诗有它的局限性，而这种局限性是难以逾越的。置身于壁垒森严的冷战时代，长诗涉及责任、正义、真理等的价值判断往往会囿于当时的意识形态的羁约。

现在回到胡丘陵的长诗引发的话题上来。自从 20 世纪末叶中国实行改革开放政策，国门大开，思想解放，交流畅通，其影响涉及国家、社会的全方位，包括国民的心态。文学和诗歌当是首先受惠者。以诗而言，自从 20 世纪 80 年代以降，迈向现代的步伐加剧，诗人的写作着力于"个人"，其价值趋向和道义判断也多有倾斜。由于对"文革"极端政治的反思,更加强了对"集体"的警惕。诗歌不仅有意地远离甚至排斥事关社会国家的大事,而且也对国际事件采取漠然甚至冰冷的姿态。

诗歌的价值取向产生了重大的偏离。这种偏离大抵表现为:轻集体而重个人,弃公众关怀而沉溺自我。诗人因厌倦政治而排斥、反对表现政治——政治是什么,政治就是代表个人以至集体的事关大多数人的大事。试想,离开和排斥了这些,诗歌剩下的会是什么?"纯诗"的提倡强化了这种认识的误差。一些人偏执地认为,个人以外的任何加入都将带来"不纯"。他们的这种"洁癖"十分可怕。

20世纪的灾难已成历史。人们对新世纪的期盼和祈愿是告别战争、告别"革命",也告别恐怖和流血。人们祈求永世的太平。2001年9月11日的突然袭击,使这一切良好的愿望化为泡影。巨大的爆炸声并没有惊动一些人的个人梦,他们依然在房间的一隅自说自话。这就是我们此时述及的在巨大震撼面前"集体失语"(或曰"麻木")的深刻原因。

随着新世纪而来的,不仅有纽约大爆炸,还有接连发生的海啸、风暴、洪水、SARS和禽流感的肆虐。这不断发生的灾变考验着中国诗人的良知和承受力。但情况依然是,少有巨大的回应,更缺乏足以传留的警世名篇。现在到了2008年5月12日14时28分,北纬31度,东经103—104度,中国汶川地区发生了大地震。最早传递这信息的是当时没有具名的《生死不离》[42],它以手机短信的方式引发了悲哀的飓风:

生死不离,你的梦落在哪里
想着生活继续
天空失去美丽,你却等待明天站起

---

[42]《生死不离》的作者是王平久。此诗未见公开发表,当时在网络和手机上流传。地震后收入海峡文艺出版社的诗集《生命之重》(该书由茶居、萧何编选,名誉主编高洪波,顾问谢冕、孙绍振。2008年8月出版)。令人不解的是,这样一首当时影响极大的诗,几本重要的年度诗选均付阙如。这包括我此刻手边拥有的2008年年度诗选:杨克主编的花城版《2008中国新诗年鉴》;王光明主编的花城版《2008中国诗歌年选》;诗刊社主编的漓江版《2008中国年度诗歌》。这些主编都有意无意地冷落了这首引发全中国悲情的诗篇。

无论你在哪里，我都要找到你
血脉能创造奇迹，
你的呼喊就刻在我的血液里

生死不离，我数秒等你消息
相信生命不息
我看不到你，你却牵挂在我心里
无论你在哪里，我都要找到你
血脉能创造奇迹
搭起双手筑成你回家的路基

生死不离，全世界都被沉寂
痛苦也不哭泣
爱是你的传奇，彩虹在风雨后升起
无论你在哪里，我都要找到你
血脉能创造奇迹
你一丝希望是我全部的动力

  惊愕和绝望之际喊出的第一声就是：生死不离！这是生者的吁求，也是亲人诀别的心灵悲声。山崩地裂，阴阳两隔，惨烈中唯一的祈求就是，"无论你在哪里，我都要找到你"，"你的一丝希望就是我全部的动力"。什么是动人的诗？在此刻，能喊出千万人的心声的就是好诗。那种与世无涉的"技巧"，在这里显得有点束手无策了。血肉与共的撕心裂肺的巨痛，是无须修饰的。诗是心灵的抚慰，重要的是这种疼痛感，而不是所谓的"深刻"。《生死不离》是一首素朴的诗，真情、凝括、不矫作，平常的语词间隐藏着经典式的警句，唤起了千万生民的同声一哭！

  在地震当天第一时间流传的还有当时也是佚名的作者写的《孩子，快抓紧妈妈的手》[43]。这是一个失去孩子的妈妈对于亲子的哭唤,当日手机上传遍了这位母亲悲哀的声音,这是一场生者和死者的肝肠寸断的对话:

王光明编《2008中国诗歌年选》,花城出版社2009年1月出版

孩子
快,抓紧妈妈的手
去天堂的路
太黑了
妈妈怕你,碰了头
快,抓紧妈妈的手
让妈妈陪你走

妈妈,你别哭
泪光照亮不了
我们的路
让我们自己,慢慢地走
妈妈
我会记住你和爸爸的模样
记住我们的约定
来生一起走

这是生者与死者的对话,对话是虚拟的,但却是人间至情的表达。记得当时多少人含泪读着手机传来的诗句,情景极为感人。此时此刻,诗歌终于走出了那小小的客厅和书房,回到了那变

---

43 幸好,在前述三个选本中,王光明主编的年选收入此诗,署名"无名氏"。海峡版《生命之重》则考证出作者是苏善生。

得有些陌生的公共空间。诗歌不再耻于谈论关怀、悲悯或同情这些词汇了。有多少诗人面对这突发的灾难扪心自省，责备了曾经的"轻浮"甚至"可耻"[44]。国家为这些蒙难者降旗举丧，汽笛长鸣，哀声遍野。社会进步表现在对生命的尊重。许多为地震结集的诗选都取名"生命"，如央视"我们"栏目主持人王利芬的诗文选本是《生命礼赞》，海峡出版社的一百位诗人的一百首诗取名《生命之重》，都强调了生命的主题。

大地震的悲歌一曲，使诗有机会走出个人的私密世界，造成与公众空间的契合。诗人以自己的行动证实他们没有遗忘人民，他们的心同人民的甘苦、悲欢与共，特别是在灾难降临之际："山崩地裂之后／'人民'就不再是抽象的了／人民就是那些被压在最下面的人／就是那些在地狱的边缘上惊慌逃难的人……"[45] 废墟中一只美丽的发夹，一个带血的书包，用自己的身体护着学生的老师，那些舍生忘死的士兵和救援队员，这就是人民，这就是我们诗歌的最重要也最长久的主题。

21世纪的最初十年，有一场比瘟疫还可怕的SARS袭击了中国，而后是汶川大地震、玉树大地震。除了这些让人心痛的事件，还有盛大而辉煌的北京奥运会和上海世博会，还有共和国的花甲之庆。接连不断的眼泪和欢笑构成了世纪初绚丽多彩的诗歌画卷。高昂的情绪，激情的想象，短章和长句，从数十行直至长达数千乃至万行的抒情篇章竞相出现，蔚为一时之大观。

但事过之后冷静观察，其中能够超越时空而保留在记忆中的诗篇并不多见。这情景让人深思。其间原因多半是由于缺乏独到的角度，也缺乏奇特的运思，缺乏对于事理的广阔而深刻的开掘，多数流于事件的罗列和铺

---

44 朵渔：《今夜，写诗是轻浮的……》："请不要在他的头上／动土，不要在她的骨头上钉钉子／不要用他的书包盛碎片！不要／把她美丽的脚踝截下！"此诗最后注："2008年5月12日夜草，13日改，14日改，15日改。"可见写作的艰难。谢宜兴：《今夜，又多了一个可耻的人》："当汶川如破碎的古瓷　诗歌能修复什么／当死神在暗自窃笑　诗歌能阻止什么／……／整整两个星期，我写不出一个字／……／请你原谅一个心痛者的无病呻吟。"

45 王家新：《人民》，《生命之重》，茶居、萧何主编，海峡文艺出版社，2008年8月，第148页。

排。已成惯性的政治抒情的方式，激昂的铺陈，炫耀式的颂赞体，制约着更多的可能性。这些抒情的惰性约束了面对大事件所应拥有的大境界和大情怀的揭示与发扬。

诗歌没有陷落

世纪初的诗人们的写作表明，诗歌没有陷落，诗歌在顽强地坚持。一系列重大的事件中，诗人没有缺席。他们的在场给了我们以信心。在更多的场合，诗人们在调整自己的姿态。2006年6月13日沈浩波在长沙岳麓山诗歌节上反思了以往的经验："朦胧诗以后，沉浸在反抗意识形态、语言解放、思想解放和个人写作的中国先锋诗歌不但将传统的浪漫主义和现实主义的诗歌当作陈腐之物，更将'直面时代'视为与'艺术'背道而驰主流货心生不屑。"他说：

> 今天的时代，是一个浩浩荡荡的时代，一个迅速摧毁一切又建立一切的时代，是一个如同开疯了的火车般的时代，是一个疯狂的肆虐着所有人内心的时代，是一个令人瞠目结舌气喘吁吁的时代。这么大的时代，这么强烈的时代，我们的诗人却集体噤口了，到底是不屑还是无能？时代的发展越是快，其核心就越难被我们把握，我们不能因此就远离这个时代，就畏惧这个时代。作为这个民族的诗人，我们不能集体对这个民族正在发生的一切视而不见，何必非要扭捏着去接受一个"诗歌在时代之中"的借口而不能去主动地"直面我们的时代"呢？要知道，这个时代正是由我们每一个人构成的，我们的心灵天然就能够感知这一切，为何定要放弃，定要躲进书房、躲进语言、躲进艺术呢？[46]

---

46 沈浩波：《诗人能否直面时代？》，《2006中国新诗年鉴》，杨克主编，花城出版社，2007年10月，第284—285页。

事实上，人们面对生动而驳杂的诗歌现实，都有着一种复杂不安的心态。杨克主持诗歌年鉴历时十余年，每年他都亲自书写工作手记。在这些文字中既留下了他的欣悦，也留下了遗憾。2006年的工作手记："这是个'量'的时代。真正的诗乃是罕见的、稀少的，如同精神，它总是看上去无所不在，而结晶体其实非历经磨难不能生成。……当下，新诗仍需保持变化的活力，因此诗人对语言态度完全可以自由、自由、自由……但写作同时也意味着每一字每一词都不肯让诗人自由。现代诗并不怕'形'散，让人痛感的是普遍内在的'密度'和'强度'不够。这确实是一种无奈的多元的诗歌现实。……年鉴所要呼唤的，那就是在一个物欲的、身体的年代，诗人心性也必须有所觉醒。"[47]杨克委婉的用词表达了他对失控的"自由"的担忧。诗歌对于语言的"放任"和"纵容"，已是众所周知的事实。不幸的是，诗是一种对语言最考究、也最苛求的艺术。

新世纪的最初十年，新诗除了上面叙述的涉及大题材的展开的问题，其实并没有出现任何的新意。也许人们不能忍受这样的刺激，但一个无须回避的事实却是：诗歌无大事，大国无大诗。也许那些充分自信的写作者立即反驳，什么大事，什么大诗？你到底要的是什么！所有的质疑都不是无因的，不论是正方还是反方。无可争辩的事实是，诗歌依然在漫无边际也漫无目地四处漂流着：失去了主潮之后，甚至也不存在可追寻的流向；否定了权威之后，干脆就沾沾自喜地各自为政！

一个时代应该有一个时代的代表性诗人，他们的存在影响全局。"五四"时期有郭沫若，抗战时期有艾青，大后方有穆旦和他的朋友们，解放区有李季和阮章竞，20世纪50年代有贺敬之和郭小川，20世纪80年代有北岛和舒婷，最后是海子——20世纪最后的浪漫诗人。他们引领着诗歌的潮流，他们的诗风影响了整个时代。

而此刻我们的事实是，所有的诗人都在写着自以为是的诗，而所有的

---

47 杨克：《2006中国新诗年鉴·工作手记》，花城出版社，2007年10月，第364—365页。

读者也都在自以为是地摇头。所谓诗人的自以为是，是说诗人并不知道自己该写什么，怎么写、诗人们在挖空心思写那些"深刻"的诗，有写切西瓜的几种方式的，有写飞鸟的几种颜色的，也有写水的几种温度的……平庸、琐碎和无意义就是他们的追求。那些所谓的纯诗所体现的哲理，其实就是千篇一律的浅薄。

失去了精神向度的诗歌，剩下的只能是浅薄。同样，失去了公众关怀的诗歌剩下的只能是自私的梦呓。诚然，诗人看重的是他的独立自主的品质，他的工作是个体的劳作，但正如一位诗人所说：诗歌"有可能表达某种共同的经验和情感，从而在其他人那里唤起'共鸣'。它甚至有可能为一个时代的经验和困惑'命名'……一个诗人既要坚持一种写作的难度，不向任何时尚和风气妥协，坚持按照自己的艺术标准来写作，但在另一方面，又要保持一种对历史、人生和灵魂问题的关怀。只有这样，它才能具有某种'公共性'，它才会具有它的穿透人心的力量。"[48]

这段文字智慧地处理了个人写作与公共关怀的关系，它指向了造成当今诗歌创作颓势的要害。自从 20 世纪 80 年代打开思想解放的闸门，文学和诗歌挣脱为政治服务的羁縻、返归个人写作的自由空间已成一股不可阻挡的潮流。一些新进的诗人不屑于表现社会国家的"宏大叙事"，竟以回归自我的小天地为时尚。诗歌沉溺于私语状态，久之乃成为常态。这就造成了面对巨大事件的仓皇失措和"失语"的尴尬。这样的局面由于本世纪初频发的灾变以及接连上演的诸多节庆的"宏大叙事"，引发了悲欢交汇的旋风，从而使那些偏见与积习无形中得到了纠正。

人们对诗歌的不满由来已久，而诗歌业界中人却从来不予理会。有人面对质疑反问：你到底要诗歌干些什么？回答应当是：诗歌可以而且应当按照诗人的意愿为所欲为，但诗人同样没有理由对社会的重大问题无所用心。历史上所有的伟大诗人都不会陶醉于自我抚摩而远离人间的大悲哀、

---

[48] 王家新：《诗歌能否对公众讲话？》，诗生活网，2004 年 11 月 20 日，北大"五四"文学社座谈会上的谈话。

谢冕总主编《中国新诗总系》，人民文学出版社2010年9月出版

大欢乐。对于诗人而言，为自己所处的时代、为自己所热爱的国家乃至为人类的命运而书写和吟咏从来都不意味着羞耻。

对21世纪诗歌的祈愿是一曲和平和友谊的梦想：

　　一个拥抱　一个世界
　　你的世界是我们的拥抱
　　拥抱很大　很小的世界
　　世界很远　很近的拥抱

　　一个微笑　一个世界
　　你的世界是我们的微笑
　　微笑有情　有爱的世界
　　世界有涩　有甜的微笑[49]

49　2010年上海世博会志愿者主题歌《世界》。

2012年12月15日,北京朝阳区文化馆、《诗探索》编辑委员会主办的"打开窗户"系列诗歌活动在北京举行

之所以引用这首歌曲,除了肯定它建立于世界大视野的言说,更是有感于它的节律追求接近于我们心目中的诗。现下的诗是离开诗的语言的精致和音乐性越来越远了,这不能不让人感慨焦虑。新世纪的行进不觉已是十年,我们曾经期望它将带给我们什么。然而,似乎一切照旧,甚而愈行愈远。

已经过去的二十世纪,为我们留下了辉煌的诗歌遗产。那些伟大的心灵,如同百花赶赴春天的约会,纷纷选择十九世纪的最后时光来到世界:艾略特是1888,阿赫玛托娃是1889,茨维塔耶娃是1892,艾吕雅是1895,叶赛宁也是1895,马雅柯夫斯基是1893,洛尔伽是1898,博尔赫斯是1899,来得晚的是聂鲁达,是1904,奥登是1907,艾青最晚,是1910,距今也整一百年了。他们都把最年轻的生命留在了二十世纪,他们是那个世纪的骄傲。

中国新诗诞生于二十世纪,它给那个世纪留下了可贵的诗歌遗产,那也是一个长长的名单。二十世纪的终结,二十一世纪的开端,人们总有殷切的期待，期待着如同二十世纪初期那样，从世界的各个方向，也从中国的各个方向，诗人们赶赴一个更为盛大的春天的约会。而奇迹没有发生。

在中国，诗歌如同往常那样，许多人在写，写得很多，但是很少有让人感动的、而且广为传诵的诗。也许"面朝大海，春暖花开"真的成了世纪的绝唱。从那时到现在，我们一直等待这样动情的诗歌。然而，奇迹没有发生，而我们依然等待。[50]

等待，这是一种焦虑，也是一个结语。

---

50 谢冕：《奇迹没有发生》，《中华读书报》，2010年7月14日。

新诗纪事

2001 年

1 月《诗刊》选编的《2000 中国年度最佳诗歌》由漓江出版社出版。
3 月芒克的诗集《今天是哪一天》由作家出版社出版。
6 月黄礼孩编的《'70 后诗人诗选》由海风出版社出版。
7 月杨克主编的《2000 中国新诗年鉴》由广州出版社出版。
8 月马悦然、奚密、向阳主编的《二十世纪台湾诗选》由麦田出版社出版。
9 月 22 日第二届鲁迅文学奖颁奖典礼在绍兴举行。
12 月 15—17 日中国新诗理论国际学术研讨会在北京举行。是年胡国贤编的《香港近五十年新诗创作选》由香港公共图书馆出版。

2002 年

1 月 28 日张光年病逝；是月《诗刊》下半月刊正式出刊。
2 月《诗网络》在香港创刊。
3 月 29 日"春天送你一首诗"活动在北京启动并分别在北京、上海、广州举行。
4 月 10 日曾卓病逝；是月《中西诗歌》在澳门创刊；罗门的诗集《全人类都在流浪》由文史哲出版社出版。
7 月 16 日杜运燮病逝。
8 月黄翔的《狂饮不醉的兽形·受禁诗歌系列》由唐山出版社出版。
9 月《蔡其矫诗歌回廊》由海峡文艺出版社出版。
11 月杨克主编的《2001 中国新诗年鉴》由海风出版社出版。
12 月《臧克家全集》由时代文艺出版社出版。

2003 年

1 月 7 日公刘病逝；是月《北岛诗歌集》由南海出版公司出版。
4 月 12 日首届华文青年诗人奖颁奖仪式在长沙举行，江一郎、刘春、哑石获奖；19—20 日牛汉诗歌作品研讨会在廊坊举行。
5 月《台湾诗学》在台湾创刊，郑慧如主编。
6 月 30 日孙静轩病逝。
9 月 6 日严辰病逝；是月《唐湜诗卷》由人民文学出版社出版。
10 月王光明著《现代汉诗的百年演变》由河北人民出版社出版。
11 月 19 日施蛰存病逝。

2004 年

1月8日王辛笛病逝；是月《于坚集》由云南人民出版社出版。

2月5日臧克家病逝。

4月沈浩波的诗集《心藏大恶》由大连出版社出版。

5月22日第二届华文青年诗人奖颁奖仪式在海口举行；是月康城等编的《'70后诗集》由海风出版社出版。

9月15日驻校诗人江非入校仪式在首都师范大学举行；是月《鲁藜诗文集》由作家出版社出版。

12月18日首届当代汉语诗歌研讨会在海南举行。

2005 年

1月28日唐湜病逝；《中国诗歌研究动态》在北京创刊，赵敏俐主编。

2月《吴兴华诗文集》由上海人民出版社出版。

4月《新诗评论》在北京创刊，谢冕、孙玉石、洪子诚主编。

5月13日第三届华文青年诗人奖颁奖仪式在晋江举行；26日第三届鲁迅文学奖颁奖典礼在深圳举行；是月《空旷在远方——牛汉诗文精选》由时代文艺出版社出版。

6月陆耀东著《中国新诗史》第一卷由长江文艺出版社出版。

7月2日痖弦与20世纪华文文学研讨会在武汉召开。

8月18日中国新诗一百年国际研讨会在北京召开。

9月《复旦诗派诗人诗集》由复旦大学出版社出版。

11月18日中国当代乡土诗歌研讨会在武汉召开；是月《林莽诗选》由时代文艺出版社出版。

2006 年

1月李亚伟的诗集《豪猪的诗篇》由花城出版社出版。

4月9日第四届华文青年诗人奖颁奖仪式在宁波举行；是月李方编的《穆旦诗文集》由人民文学出版社出版。

5月10日人民的诗人——艾青逝世十周年纪念会在北京举行。

6月刘福春编撰的《中国新诗书刊总目》由作家出版社出版。

8月《海拔》诗刊在海口创刊。

9月《诗歌现场》在广州创刊；洛夫长诗《漂木》由国际文化出版公司出版。

10月4日林庚病逝；14日中国新诗学术研讨会在北京大学开幕。

11月于坚的诗集《只有大海苍茫如幕》由长征出版社出版。

2007年

1月3日蔡其矫病逝；23日纪念《诗刊》创刊50周年座谈会在北京举行。
3月《绿原文集》由武汉出版社出版。
4月21—22日邵燕祥诗歌创作研讨会在廊坊举行。
5月11—13日新诗研究的问题与方法研讨会在北京举行。
7月《上海诗人》在上海创刊，赵丽宏主编。
8月7—10日首届青海湖国际诗歌节举行；30日黎焕颐病逝。
10月28日第四届鲁迅文学奖颁奖典礼在绍兴举行。
11月12日首届中坤国际诗歌奖颁奖典礼在北京举行；是月谢冕、孙绍振等著的《回顾一次写作——〈新诗发展概况〉的前前后后》由北京大学出版社出版。

2008年

1月《当代国际诗坛》在北京创刊。
3月31日彭燕郊病逝；是月《汉诗》丛书在武汉出刊。
4月《杜涯诗选》由花城出版社出版。
5月苏历铭、杨锦编的《汶川诗抄》由群众出版社出版；诗集《有爱相伴——致2008·汶川》由人民文学出版社出版。
6月诗刊社编的《奥运诗典》由作家出版社出版。
7月7日时代的鼓手——诗人田间诞辰90周年学术研讨会在北京举行。
9月19日第六届华文青年诗人奖颁奖仪式在北京举行。
10月《李琦近作选》由时代文艺出版社出版。
11月8日袁可嘉病逝。是年《诗江南》双月刊在杭州创刊。

2009年

3月西川编的《海子诗全集》由作家出版社出版；谢冕主编的《中国新文学大系（1976—2000）·诗卷》由上海文艺出版社出版。
4月《商禽诗全集》由INK印刻文学生活杂志出版有限公司出版；柏桦著《左边：毛泽东时代的抒情诗人》由江苏文艺出版社出版。
5月《灰娃的诗》由作家出版社出版；《芒克的诗》由人民文学出版社出版；刘禾编《持灯的使者》由广西师范大学出版社出版。
6月《大河》（诗歌）在郑州复刊。
7月霍俊明著《尴尬的一代——中国70后先锋诗歌》由广西师范大学出版社出版。

8月7—10日第二届青海湖国际诗歌节在青海举行；是月《星河》大型新诗丛刊在杭州创刊，骆寒超、黄纪云主编。

9月29日绿原病逝。

10月3日雁翼病逝；是月《大陆先锋诗丛》第2辑由唐山出版社出版。

11月12日第二届中坤国际诗歌奖颁奖典礼在北京举行；26—29日香港国际诗歌之夜在香港举行；是月《新的美学原则在崛起——孙绍振新诗论集》由语文出版社出版。

12月雷平阳的诗集《云南记》由长江文艺出版社出版。

2010年

1月16日诗人郭小川90周年诞辰纪念会暨学术研讨会在北京举行；是月《中国诗歌》在武汉创刊，阎志主编；《骆寒超诗学文集》由人民文学出版社出版。

3月8日张枣病逝；25日艾青百年诞辰纪念座谈会在北京举行。

4月27日陆耀东病逝；是月顾乡编的《顾城诗全集》由江苏文艺出版社出版。

6月26—27日中国新诗：新世纪十年的回顾与反思——两岸四地第三届当代诗学论坛在北京召开；是月《河南诗人》在郑州创刊，杨炳麟主编。

7月《张枣的诗》由人民文学出版社出版。

9月12日北京大学中国诗歌研究院成立；是月谢冕总主编的《中国新诗总系》由人民文学出版社出版。

10月刘福春主编的《牛汉诗文集》由人民文学出版社出版。

11月9日第五届鲁迅文学奖在绍兴颁奖；是月《孙玉石文集》由北京大学出版社出版。

2011年

1月《读诗》创刊，潘洗尘等主编；《诗探索》编辑委员会选编《2010中国年度诗歌》由漓江出版社出版；吴思敬、宋晓冬编《郑敏诗歌研究论集》由学苑出版社出版；《千高原诗系2010》由重庆大学出版社出版。

5月28日2011诗探索·中国年度诗人诗会暨深圳大望诗歌节在深圳举行；是月《诗建设》创刊，泉子主编。

7月20日张默编《现代女诗人选集》（新编）由尔雅出版社有限公司出版。

9月24日首届红高粱诗歌奖在山东高密颁奖。

10月22—23日新诗与浪漫主义学术研讨会在北京召开；是月洛夫的《禅魔共舞——洛夫禅诗·超现实诗精品选》由酿出版出版。

11月7日——2011年度诗探索·华文青年诗人奖在上海颁奖；是月林贤治著《中国新诗五十年》由漓江出版社出版。

12月6日第三届中坤国际诗歌奖在北京颁奖；是月《70后·印象诗系》由阳光出版社出版。

2012年

1月林莽主编《2011中国年度诗歌》由漓江出版社出版；王光明编选《2011中国诗歌年选》由花城出版社出版。

4月《多多的诗》《翟永明的诗》由人民文学出版社出版；《郑敏文集》由北京师范大学出版社出版。

6月《谢冕编年文集》由北京大学出版社出版；赵敏俐、吴思敬主编的《中国诗歌通史》由人民文学出版社出版。

7月30日中国首届海子青年诗歌节在德令哈市举行；是月《新诗研究丛书》由北京大学出版社出版。

9月唐晓渡、张清华编《当代先锋诗三十年：谱系与典藏》由江苏文艺出版社出版；陈仲义著《现代诗：语言张力论》由长江文艺出版社出版。

10月20—21日"诗歌批评与细读"学术研讨会在北京召开。

12月15日，北京朝阳区文化馆、诗探索编辑委员会主办的"打开窗户"系列诗歌活动在北京举行；31日第七届"天问·新诗新年峰会暨两岸1960诗人高峰论坛"在台北开幕。

结语

回望百年

论中国新诗的历史经验

一

1899年的最后几天，梁启超在流亡东土一年之后，舟发横滨，赴夏威夷考察。在经历风浪颠簸之苦中，想起的第一件事，是中国的诗歌。这一年12月25日，梁启超在太平洋舟中写了一篇很长的日记，其中有如下的一些话：

> 余素不能诗，所记诵古人之诗，不及二百首，生平所为诗，不及五十首。今次忽发异兴，两日内成十余首，可谓怪事！
>
> 余虽不能诗，然尝好论诗。以为诗之境界，被千余年来鹦鹉名士（余尝戏名词章家为"鹦鹉名士"，自觉过于尖刻）占尽矣。虽有佳章佳句，一读之，似在某集中曾相见者，是最可恨也。故今日不作诗则已，若作诗，必为诗界之哥仑布、玛赛郎然后可。……欲为诗界之哥仑布、玛赛郎，不可不备三长：第一要新意境，第二要新语句，而又须以古人之风格入之，然后成其为诗。[1]

梁启超提出了他所理想的新诗歌的几个条件，并殷切地期待着"欧洲真精神、真思想"成为建立中国新诗歌的"诗料"：

> 即以学界论之，欧洲之真精神、真思想，尚且未输入中国，况于诗界乎？此固不足怪也。吾虽不能诗，惟将竭力输入欧洲之精神思想，以供来者之诗料可乎？要之，支那非有诗界革命，则诗运殆将

---

[1] 梁启超：《夏威夷游记》，《饮冰室文集点校》第三集，云南教育出版社，2001年8月，第1826—1827页。本文分别发表于1900年2月10、20日，《清议报》第35、36册。

绝。虽然，诗运无绝之时也。今日者，革命之机渐熟，而哥仑布、玛赛郎之出世，必不远矣，上所举者，皆其革命军月晕础润之征也。夫诗又其小焉者也。[2]

梁启超在戊戌变法后的流亡途中，依旧不忘于中国的政局，其中突出地包涵了对于中国诗歌命运的牵挂。他在旅途中对于未来诗歌的祝愿，距今一百多年后读之依然十分感人。他寄希望于诗歌"新大陆"的发现，更对创立中国新诗歌的哥伦布、麦哲伦式的领航人物怀有热切的期待。在这篇日记中，梁启超第一次提出了"诗界革命"的口号。除了一般的号召之外，他具体地提出了诗歌改革的三个条件：第一是新意境，第二是新语句，第三是"以古人风格入之"。前两个条件包含了对引进新的内容和形式的要求，后一个条件则包含了对于保存传统风格的愿望。梁启超诗界革命的蓝图，是在保存"旧诗"的大前提下对诗歌进行改革的设想，与后来的"五四"新诗革命虽是同向的，却有大的差别。

进入20世纪的第一年，他重申"诗界革命"这一理念。作于1901年的《广诗中八贤歌》中有这样的诗句："诗界革命谁钦豪？因明钜子天所骄。驱役教典庖丁刀，何况欧学皮与毛！"[3]他诗中所咏的诗人有章炳麟、陈三立、严复等，显然代表了梁启超心目中的诗歌形象，也寄托着他的诗歌理想。这些，同样也与后来发生的诗歌变革存在着差距。诗界革命的倡导者在当日，显然无法想象后来在中国上空刮起的诗歌风暴的凶猛与激烈的程度。

许多诗歌史家都注意到近代以来比梁启超更早的一些诗歌变革的理想，以及那些跨出旧藩篱的大胆实践，特别是黄遵宪的诗歌主张及其创作。黄遵宪被公认为诗界维新的先行者，早在清同治年间，当时年方

---

2 梁启超：《夏威夷游记》，《饮冰室文集点校》第三集，云南教育出版社，2001年8月，第1826—1827页。本文分别发表于1900年2月10、20日，《清议报》第35、36册。
3 梁启超：《广诗中八贤歌》，《饮冰室文集点校》第六集，云南教育出版社，2001年8月，第3735页。本诗发表于1902年3月10日《新民》第3号。

二十一二岁的黄遵宪就在《杂感》诗中，对中国诗歌的传统与现状发出深刻的质疑：

> 俗儒好尊古，日日故纸研；六经字所无，不敢入诗篇。古人弃糟粕，见之口流涎；沿习甘剽盗，妄造丛罪愆。黄土同抟人，今古何愚贤？即今忽已古，断自何代前？明窗敞流离，高炉爇香烟；左陈端溪砚，右列薛涛笺；我手写我口，古岂能拘牵？即今流俗语，我若登简编；五千年后人，惊为古斓斑。
>
> （《人境庐诗草》）

他从时代变迁、新陈代谢的道理来看诗歌的演变。他的"别创诗界"的诗歌理想，是与他政治、学术上的改良维新思想相一致的。他主张立足于现代，不墨守成规，更不盲目师古，相信今天我们的所为，也可成为他日的经典。"我手写我口，古岂能拘牵"就是一道骇世惊俗的改革诗歌的宣言。这种重视当世、相信今我而不迷信古人的思想，是近代中国社会转折时期的先进思潮。"吾人生于今日，当世界交通之会，所见所闻，自较前人为广。……轻议古人固非是，动辄牵引古人之理想，以阑入今日之理想，亦非是也"。[4]

黄遵宪的诗歌创作在当时具有前卫的性质。他的组诗《今别离》把现代交通通信的先进技术写进诗中。他还从山歌民谣中吸取诗的养分，组诗《山歌》其实就是他所记述加工的民间诗歌。[5] 他一面进行诗歌的改革试验，一面又在理论上完善他的未来诗歌的设想：

> 士生古人之后，古人之诗号专门名家者，无虑百数十家。欲弃去古人之糟粕，而不为古人所束缚，诚戛戛乎其难。虽然，仆尝以为

---

[4] 吴沃尧：《杂说》，《月月小说》第八号。
[5] 《山歌》诗前有序："土俗好为歌，男女赠答，颇有《子夜》《读曲》遗意，采其能笔于书者，得数首。"

> 诗之外有事，诗之中有人。今之世异于古，今之人亦何必与古人同？尝于胸中设一诗境：一曰复古人比兴之体；一曰以单行之神，运排偶之体；一曰取离骚、乐府之神理而不袭其貌；一曰用古文家伸缩离合之法以入诗。[6]

在谈到心目中的"诗境"的同时，黄遵宪还对未来诗歌的取材、述事、炼格都作了预设。他提出要"不名一格，不专一体"，主张"举今日之官书会典，方言俗谚，以及古人未有之物，未辟之境，耳目所历，皆笔而书之"。他的目标是，要创造出"足以自立"的"不失乎为我之诗"。这些主张，已经显出了后来新诗革命中争取独立精神的雏形。

从黄遵宪的立论和实践可以看出，他和梁启超一样，是在不丢弃旧诗传统框架的前提下，进行诗歌改良的。诗界革命的设想存在着大的历史局限性，这是非常明显的事实。它的未能取得成功是必然的。钱仲联对此有过评价："'诗界革命'从总体上说，终究没有能从根本上摆脱旧体诗的束缚，只能在旧体诗的规格内翻新。因此，'诗界革命'也如绚烂的晚霞，很快成为历史的陈迹。尽管如此，他们留下的诗篇和取得的成就，足以突过元明以来的诗坛，成为几千年中国古典诗歌的后劲。他们在诗歌通俗化方面所作的努力，也为'五四'运动前后掀起的白话诗运动架起了桥梁。"[7]

二

桥梁的作用是通往彼岸。此岸是出发点，而到达则是一个过程，甚至是一个艰难的过程。但是对于此岸而言，作为出发点是非常重要的。中国现代诗歌的创立与试验，不能无视和越过近代诗界维新运动的实践意义。

---

6 黄遵宪：《人境庐诗草·自序》，《中国近代文论选》（上），人民文学出版社，1959年，第169页。
7 钱仲联：《近代诗钞·前言》，《近代诗钞》（壹），江苏古籍出版社，1993年3月，第11—12页。

近代文学是现代文学之父。同样，近代诗界革命是"五四"新诗革命的先驱。要是没有近代诗界维新的大胆设想和那些不免稚嫩生涩的实践——这些实践的基本的和最高的形态，是"能熔铸新理想以入旧风格"[8]，也就不会有后来轰轰烈烈的新诗革命。但他们的主张是以不打破旧框架为前提，只是力求在旧体式中充填新名词和新思想，从而难免有内容与形式不相适应的尴尬。

但当日不论是改良派还是革命派，他们的目标是高度一致的，即均立志于诗的内容的革新。他们希望中的诗歌，是能够承载新思想、新精神的一种媒介。他们共同寄大希望于新诗歌。胡适认为历来的文学革命都事关语言文字的改革和文体的解放。新文学的语言是白话的，新文学的文体是自由的，是不拘格律的。这虽然都是文学形式上的变革，其真正目的却始终为着内容。

《文学改良刍议》[9]所列"须从八事入手"中，第一事就是"须言之有物"。所谓"物"，指的是情感和思想。胡适说："吾所谓'思想'，盖兼见地、识力、理想三者而言之。思想不必皆赖文学而传，而文学以有思想而益贵。""近世文人沾沾于声调字句之间，既无高远之思想，又无真挚之情感，文学之衰微，此其大因矣。"语言文字和文体的改革，诗歌争取的"诗体大解放"，其目的在于"打破那些束缚精神的枷锁镣铐"。有了这一层"打破"和"解放"，"所以丰富的材料，精密的观察，高深的理想，复杂的情感，方才能跑到诗里去"。[10] 所以，他们的目光始终是盯着内容的革新的。

自近代以至民初，无论是诗界革命还是新诗革命主张的提出及其实践，其大的背景都是鸦片战争以来中国社会的积弱。列强虎视，国事无章，忧患迫使中国有识之士四方寻求改变国运的药方。新诗革命作为新文

---

8 梁启超：《饮冰室诗话》，《饮冰室文集点校》第六集，云南教育出版社，2001 年 8 月，第 3791 页。
9 胡适：《文学改良刍议》，《新青年》第 2 卷第 5 号，1917 年 1 月 1 日。
10 胡适：《谈新诗》，本文作于 1919 年 10 月，《中国新文学大系·建设理论集》，上海良友图书印刷公司，1935 年 10 月，第 295 页。

学革命的组成部分，它继承了自近代龚自珍以还的一批先觉诗人的追求和理想。其明确的目标在于以诗唤起民众的觉悟，促使社会进步，即所谓的强国新民的目的。

这些人开始想在保全旧诗格局之内，进行新思想和新精神的加入。这种努力不能奏效，诗界革命也没有留下有力的作品。但是他们更新中国诗歌的理念，以及前无古人的大胆实践的勇气都给后来的新诗革命以启迪。新诗革命的实践，正是从诗界革命最想保全的那个地方打开缺口的。黄遵宪、梁启超等一再申明的要以"旧风格"入诗的主张，在胡适、陈独秀那里遭到了彻底的否定。

从胡适的"八不主义"[11]到陈独秀的"三大主义"[12]，其基本用意都在打破古典文学和诗歌给予人精神上的桎梏。胡适在新诗试验上竭力要消除旧诗的影响，第一步就是他表述的要去掉新诗中的"旧词调"[13]。即要去掉旧诗的任何痕迹，以全新的姿态创造新诗。他明确主张："不但打破五言七言的诗体，并且推翻词调曲谱的种种束缚；不拘格律，不拘平仄，不拘长短；有什么题目，作什么诗；诗该怎样做，就怎样做。"[14]他的这些想法，早在美国时与友人的交换意见中，就有所表达。当时他提出："诗国革命何自始？要须作诗如作文，琢镂粉饰丧元气，貌似未必诗之纯。"[15]

---

11 《文学改良刍议》："吾以为今日而言文学改良，须从八事入手。八事者何？一曰，须言之有物；二曰，不摹仿古人；三曰，须讲求文法；四曰，不作无病之呻吟；五曰，务去烂调套语；六曰，不用典；七曰，不讲对仗；八曰，不避俗字俗语。"《新青年》第二卷，第五号，上海群益书社，1917年1月1日出版。
12 见陈独秀：《文学革命论》，"文学革命之气运，酝酿已非一日，其首举义旗之急先锋，则为吾友胡适。余甘冒全国学究之敌，高张文学革命军大旗，以为吾友之声援。旗上大书特书吾革命军三大主义：曰，推倒雕琢的、阿谀的贵族文学，建设平易的抒情的国民文学；曰，推倒陈腐的、铺张的古典文学，建设新鲜的、立诚的写实文学；曰，推倒迂晦的、艰涩的山林文学，建设明了的、通俗的社会文学"。《新青年》第2卷第6号，1917年2月1日。
13 胡适在《谈新诗》中，有数处说到"旧词调"："我自己的新诗，词调很多，这是不用讳饰的。""新潮社的几个新诗人——傅斯年、俞平伯、康白情——也都是从词曲里变化出来的，故他们初做的新诗都带着词或曲的意味音节。此外各报所载的新诗，也很多带着词调的。"
14 胡适：《谈新诗》，本文作于1919年10月，《中国新文学大系·建设理论集》，上海良友图书印刷公司，1935年10月，第299页。
15 胡适：《尝试集·自序》，亚东图书馆，1920年3月。

胡适的"作诗如作文"的极端说法引起人们的质疑。他的初衷在于要急切地脱出旧诗的俗套，使新的诗歌能够直接地、无障碍地容纳新思想和新内容。只要有了这些，诗不诗的，就无所谓了。这种想法不仅胡适有，与他持同样主张的同时代人大体都有。钱玄同就说过，"我们现在做白话文章，宁可失之于俗，不要失之于文。"[16] 在他们的心目中，有比诗文本身更为重要的东西，那就是通过一定的方式迅疾地传播新思想新观念，借以唤起民众，振兴社会。

当时很流行这样的说法，话怎么说，诗就怎么写。不仅是作诗如作文，而且，只要有新内容，一切都显得不重要了。所以，就新文学而言，当时注重的是"新"，而忽视的是文学；就白话诗而言，当时注重的是"白话"，而忽视的是诗。在新诗的建设过程中，由于初期的关注集中在承载，而忽视了诗学和诗性本身，导致初期白话诗追求缺乏节制的"解放"，使艺术失去准则。无所约束的诗生产得快，被遗忘得也快。总的体现为艺术表现方面的粗糙和不成熟。

这样，伴随新诗的诞生而来的直白、浅露、散漫、拖沓、少韵味，不蕴藉等缺陷，几乎是遍地开花地弥散开来了。总的说来，新诗建设过程中的"非诗性"的"病根"，早在它的"襁褓"期中就不幸地种下了。白话诗的这些缺陷是非常显著的。我们固然可以初创期的幼稚来为其开脱，但是不可回避的是，这原本就是一种刻意的追求。

早期新诗实践中存在的这些忽视诗的艺术特性的弊端，人们不是未有觉察。成仿吾在《诗的防御战》一文中，对初期白话诗实践中过于热衷于内容的充填、偏重于抽象说理，特别是对于诗的生命情感淡漠提出警示。他列举了胡适、康白情、俞平伯、周作人、徐玉诺等人的作品为例，认为白话诗创作中缺乏诗意的症结在于，混淆了诗与文的界限。他所谓的"防御战"意在坚守诗质——发挥情感的效果，而不在满足于用诗来"说

---

16 钱玄同：《尝试集·序》，《新青年》第4卷第2号，1918年2月15日。本文作于1918年1月10日。

话"或"说道理"。

> 诗的职务只在使我们兴感 to feel 而不在使我们理解 to understand。使我们理解，有更明了更自由的散文。诗的作用只在由不可捕捉的创出可捕捉的东西，于抽象的东西加以具体化，而他的方法只在运用我们的想象，表现我们的情感。一切因果的理论分析的说明是打坏诗之效果的。[17]

尽管创造社同人后来迅速地转向了革命诗歌的倡导，同样走上了为革命的内容而忽视甚至牺牲诗性的道路，甚至走得比谁都远，但在此时，他们还是发表了很有力的见解。不仅成仿吾，还有郭沫若等人。

其实，还有比成仿吾更早对新诗发出警告的。就在新诗刚刚试验成型，俞平伯在《社会上对于新诗的各种心理观》中就敏锐地指出："白话诗的难处，正在他的自由上面。他是赤裸裸的，没有固定的形式的，前边没有模范的，但是又不能胡诌的；如果当真随意乱来，还成个什么东西呢！所以白话诗的难处，不在白话上面，是在诗上面。"[18] 当新诗从无到有，终于"尝试"成功，出现在人们面前的时候，那时一般人产生错觉，以为新诗的写作是很容易的。俞平伯揭示了新诗的"难"就在于它的"易"。

这样的局面直至一个倾全力于诗的艺术王国的建立的派别出来，方始有了一个影响全局的氛围。但那已是十年之后的事了。1926 年徐志摩为晨报副刊《诗镌》创刊致辞，声称"要把创格的新诗当一件认真事情做"：

> 我们信诗是表现人类创造力的一个工具，与音乐与美术是同等同性质的；我们信我们这民族这时期的精神解放或精神革命没有一部

---

[17] 成仿吾：《诗之防御战》，《创造周报》第 1 号，1923 年 5 月 13 日。
[18] 俞平伯：《社会上对于新诗的各种心理观》，《新潮》第 2 卷第 1 号，1919 年 10 月。

像样的诗式的表现是不完全的;我们信我们自身灵性里以及周遭空气里多的是要求投胎的思想的灵魂,我们的责任是替它们搏造适当的躯壳,这就是诗文与各种美术的新格式与新音节的发见;我们信完美的形体是完美的精神唯一的表现;我们信文艺的生命是无形的灵感加上有意识的耐心与勤力的成绩。[19]

这是新诗创立之后关于诗学的第一次正面碰撞,也是一次致力于新诗艺术建设的有力冲刺。这些最初集结在《晨报·诗镌》的一群人,后来又更大范围地集合在"新月"的周围。他们依然怀抱"希望为这时代的思想增加一些体魄,为这时代的生命增厚一些光辉"(《"新月"的态度》)的愿望,而继续当初的努力。而这已是1928年的事情了,中国的社会情势和文学情势都已发生变化。工人运动和左翼思潮的兴起使他们进退维谷。他们可谓是"生不逢时"。他们的工作旷日持久地被淹没在"唯美主义""艺术至上"的责难中。

三

回望当年,陈独秀、胡适等人充满自信,一路攻杀。他们义无反顾的决绝精神至今尚令人为之气壮![20]他们是无视、"踏倒"、几乎不计后果地前行,新诗就这样被创造出来了。在倡导和建设白话文学的过程中,新诗是最后、也是最难攻破的堡垒。因为站在新诗前面的,是灿烂辉煌的中国古典诗歌。经过几千年的发展而形成的诗学传统成就了无数杰出的诗人。古典诗歌在气象、境界、情趣、体式、韵律乃至炼字、炼句等涉及诗歌的

---

19 徐志摩:《诗刊弁言》,《晨报副刊·诗镌》1号,1926年4月1日。
20 这里仅举一例说明。陈独秀在《新青年》第3卷第3号给胡适的信说:"改良文学之声,已起于国中,赞成反对者各居其半。鄙意容纳异议,自由讨论,固为学术发达之原则。独至改良中国文学,当以白话为文学正宗之说,其是非甚明,必不容反对者有讨论之余地。必以吾辈所主张者为绝对之是,而不容他人之匡正也。"时间为1917年5月。

创作、阅读、欣赏的所有层面，都形成了丰富而坚实的传统。它是不可逾越的伟大典范。

诗界革命的倡导者看到了这一点。他们在古典辉煌和现代诉求二者之间犹豫不决，希望有一种缓冲的妥协。他们处于两难之中，他们几乎是不战而败。事情轮到新诗革命这一边。新诗革命的先行者和他们的前辈不同，他们敢于对伟大的传统说"不"，而且采取了大胆而决绝的"推倒"（陈独秀语）的策略。

其实，在实行这一改革措施之前，有人已经预期到行动的艰难。梁启超在发表著名的跨世纪宣言《过渡时代论》的同时，又著《十种德性相反相成义》一文。在说到十种"其性质相反，其精神相成"的德性中，就有"自由与制裁"、"破坏与成立"两项。他指出，"知有制裁之自由，则自由而不乱暴"，"知有成立之破坏，则破坏而不危险"。[21] 这可以说是一种对于后果的预警。但事情却不能顺利地按照人们的意愿行进。

新诗是要在传统诗歌之外寻求自由，但在实践中却疏于节制。新诗诚然是想在破坏中"成立"，但事情既已发生，一切犹如决堤之水，使"成立"不可预期。白话诗的写作因为几乎挣脱了一切的约束，如脱缰之马一路狂奔而无法止住脚步。那时人们一门心思想的是"写什么"，而极少、甚至不屑于考虑"怎么写"。不论是"白话"，不论是"新"，他们忘记的总是"诗"。

"写什么"的问题关乎作品表现的内容，以及作家、作品与历史、现实的关联。由此，也涉及作家的立场、态度和观念。这对于所有的文体，乃至于文艺的各种形式，均属同等重要。它并不专属于某一特定的文体。具有决定意义的是后者，即"怎么写"。对于诗而言，它涉及诗人面对他所关切的材料，如何恰当而又精到地予以诗性表达的问题。内容一旦决定，艺术表现的问题就是考量和衡定作品价值的最后的条件。可是，这一

---

21 梁启超此文发表于《清议报》第八十二、八十四期。《辛亥革命前十年间时论选集》第一卷，上册，生活·读书·新知三联书店，1960年4月第一版，第8—16页。

极端重要的问题，却受到了忽略。

我们现在仍然感受并享受着"诗体大解放"所带来的写作上的大自由。但是退一步想，当我们只是把诗当成一种思想内容的运载工具，而很少甚至不考虑它是如何表现这些思想内容的，那么，诗又有什么意义呢？此外，这所谓的思想内容本身，它的合理性、包容性，是否具有普泛意义等等，也是应当予以考虑的。之所以提出这样一些问题，是由于随后发生的一些事件，表明即使是注重写什么，本身也存在着疑点。

在20世纪的各个时段，社会处境的变迁，以及权力和决策方面的功利性，时常要求（并时常随意地改变这些要求）作家和诗人应该写什么，不应该写什么。这是由于整个20世纪，中国的社会环境严峻，一直处于动荡不安之中，战争和动乱使人们的生存状态极为恶劣。生存是一切的前提。于是，几乎是顺理成章地要求诗歌为这种局势作出承诺。"五四"以来对于诗歌内容承载的要求被强化和具体化了。"政治标准第一"的提出，更使诗歌的艺术性沦为微不足道的东西。

先前那些较为注重诗的情感内涵和审美性的人们，例如早期创造社的成员，也在左翼思潮的涌动中迅速转向革命诗歌的提倡。从文学革命到革命文学，从新诗革命到革命新诗，这就是创造社以及倾向性接近者此时的基本思路。成仿吾批判文学的"趣味"和"闲暇"[22]，是其中最突出的例子。其他如郭沫若、郁达夫、李初梨、蒋光慈等也都有文章涉及此类内容。

"诗用"和"诗美"的选择构成了矛盾。在多方因素的促使下，在特殊的环境中，功利性的考虑总占着有利的位置，它能够合理而又合法地占有那些"空隙"，而进行随心所欲的"充填"。因为每一个时期都有流行

---

[22] 仿吾（成仿吾）："我们由现在那些以趣味为中心的文艺，可以知道这后面必有一种以趣味为中心的生活基调。换句话，就是必有一种有特别嗜好的作者，有同样嗜好的刊行者与读者，他们的同类的特别嗜好成为了一种共同的生活基调，才有了这样以趣味为中心的文艺。而这种以趣味为中心的生活基调，它所暗示着的是一种在小天地中自己骗自己的自足，它所矜持着的是闲暇，闲暇，第三个闲暇。"见《完成我们的文学革命》，原载《洪水》第3卷第25期。本文引自《中国新文学大系1927—1937·文学理论卷二》，上海文艺出版社，1987年2月。

的功利目标，因此这种充填的内容又是随时变化的。有时是"国防"，有时是"大众"，有时是"工农兵"，更多的时候则是内涵互不相同的"政治"。有时又是那种很空泛的"向上""乐观""健康"等等。

"诗用"冷落了或赶走了"诗美"，它占了那所本来共有的房子。然后，反客为主地随意选择或驱赶它的"房客"。原因总是堂而皇之的，据说是为了诗的"纯洁"。这种局势，几乎贯穿了新诗历史的大部分时间。政治不断地要求诗歌为它"服务"，而被服务的政治又不断地变脸。政治变了，而诗变不了，留下的只能是诗人的难堪。这里有一段引文，来自新诗历史上最重要的一位诗人："写诗歌的人，首先便得要求他有严峻的阶级意识，革命意识，为人民服务的意识，为政治服务的意识。有了这些意识才能有真挚的战斗情绪，发而为诗歌也才能发挥武器的效果而成为现实主义的作品。"[23]

在另一篇文章中，这位诗人还说了这样一段话："今天的诗歌必然要以人民为本位，用人民的语言，写人民的意识，人民的情感，人民的要求，人民的行动。更具体地说，便要适应当前的局势，人民翻身，土地革命，反美帝，挖蒋根，而促其实现。"[24] 他曾经极端地主张"口号入诗"说："口号标语诗也不失为诗的一种，做到好处也正好。它之所以受批判者，是策略上的问题。假使社会的情况许可，那种露骨的诗正是大有价值的。尊重意识不必就是要你去叫口号，去做标语，但标语做得好，口号喊得好，也未始不好。事实上，标语和口号实在是最难做的，有经验的人自会知道。"[25] 他不仅言论上主张，而且亲自示范，写了《百花齐放》《学文化》《防治棉蚜歌》等作品。

各种各样的"意识"充填着这所"房子"，使诗歌不堪其负。倡导者把这种诗歌叫作"武器"。我们只看到苍白而空洞的思想和意识，唯独

---

[23] 郭沫若：《关于诗歌的一些意见》，《浙江文艺》第6期，1977年。转引自吴秀明主编：《中国当代文学史写真》，浙江大学出版社，2002年6月，第25页。
[24] 郭沫若：《开拓诗歌新道路》，《郭沫若谈创作》，黑龙江人民出版社，1982年，第59页。
[25] 郭沫若：《七请》，同上书，第18页。

没有看见作为艺术的"武器"是如何地被诗化的过程。这就是中国新诗史的事实。房子被占领的时间很长,因而作为真正主人的诗,被拒之门外的时间也很长。

四

在设计未来诗歌的样式时,在那些新诗革命的实验者心目中,普遍存在着不认同旧诗人的批判的态度。尽管未曾明白地表达,却能隐约地感到了要把现代诗人与古典诗人予以区分的意向。我们可以从陈独秀的话中找到这样的痕迹:"深晦艰涩,自以为名山著述,于其群之大多数无所裨益也。……其内容则目光不越帝王权贵,神仙鬼怪,及其个人之穷通利达。所谓宇宙,所谓人生,所谓社会,举非其构思所及。"[26]

他们是想划清新旧的界限,但是那时并没有做到。黄遵宪"我手写我口"中的"我",并不是自我的觉醒,只是要求言文一致。胡适、沈尹默在《人力车夫》[27]中的抒情主人公的形象,也不能摆脱旧文人的影子。这里的"悯"人力车夫和过去的"悯"农并没有质的差别。也都是站在文人或知识分子的立场,由高处向着低处施以同情或悲悯,而未曾涉及自我的开掘与发现。也许郭沫若要吞食日月的"天狗"作为"我"的形象,是接近于个性解放的自我,但天狗所代表的也只能是"五四"时期整体的狂飙突进的时代精神,与诗人的个人觉醒还不能等同起来。

但在当时的一些诗人的意念中,已经有了新的自我觉醒的萌芽。俞平伯说:"我不愿顾念一切做诗底律令,我不愿受一切主义底拘牵,我不愿去摹仿,或者有意去创造那一诗派。我只愿随随便便的,活活泼泼的,借

---

[26] 陈独秀:《文学革命论》,《新青年》第2卷第6号,1917年2月1日。
[27] 载《新青年》第4卷第1号。1918年1月15日。这期刊物发表了胡适的《鸽子》《人力车夫》《一念》《景不徙》,沈尹默的《鸽子》《人力车夫》《月夜》,刘半农的《相隔一层纸》《题女儿小惠周岁日造像》等诗。陆耀东在《中国新诗史》第一卷中认为,这"标志着新诗第一次向社会展示自己丰姿"(长江文艺出版社2005年6月。引文见该书第21页)。

当代的语言，去表现出自我，在人类中间的我，为爱而活着的我。"[28] 这里的自我，不仅是指写作的自由，也是指个人的独立，以及不受约束的自由的权力。郑振铎在论及诗的文体性质时也说："诗是偏于文学的个人主义，就是适宜于表现自己，或自己的感情。"[29]

第一次真正表明并揭示文学的个人主义实质的，是周作人的《人的文学》。这篇文章是"五四"新文学运动中继"白话的文学"之后、关于"人的文学"的最重要的宣言——

> 我们现在应该提倡的新文学，简单的说一句，是"人的文学"。应该排斥的，便是反对的非人的文学。……我所说的人道主义，并非世间所谓的"悲天悯人"或"博施济众"的慈善主义，乃是一种个人主义的人间本位主义。这理由是，第一，人在人类中，正如森林中的一株树木。森林盛了，各树也都茂盛。但要森林盛，却仍非靠各树各自茂盛不可。第二，个人爱人类，就只为人类中有了我，与我相关的缘故。……所谓利己而又利他，利他即是利己，正是这个意思。所以我说的人道主义，是从个人做起。要讲人道，爱人类，便须先使自己有人的资格，占得人的位置。[30]

在长期的封建社会中，个人被掩埋在王权的统治之中，个人的生命及其价值，渺小如虫蚁。个人尚且如此，更何谈"主义"？尊重个人的自由权力，唤醒个人价值的觉醒，是现代西方的理念。这就是周作人这里所述的"个人主义的人间本位主义"。应当说，在新文学和新诗革命的初始，在提倡白话文学的同时，提倡人的文学，这不仅涉及文学的形式，而且涉及文学的内涵。顺此前行，必然导致中国文学革命往更具本质的境界发展。

---

28 俞平伯：《冬夜·自序》，亚东图书馆，1922年3月。
29 郑振铎：《论散文诗》，《文学旬刊》第24期，1922年1月。
30 周作人：《人的文学》，《新青年》第5卷第6号，1918年12月15日。

但事情很快就发生逆转。一些人开始批判"五四"新文学革命的不彻底，他们要改变文学革命为革命文学。而这种改变的最重要的内容，则是提倡文学的集体主义。这种提倡直接攻击的目标便是文学的个人主义。在新诗的百年历史中，这种攻击是持续的和不间断的。因为据说文学的个人主义是自私的、不道德的，是与救国救民的艰难形势不相容的。

革命文学的倡导者认为："旧式的作家因为受了旧思想的支配，成为了个人主义者，因之他们所写出来的作品，也就充分地表现出个人主义的倾向。他们以个人为创作的中心，以个人生活为描写的目标，而忽视了群众的生活。"他进一步指出——

> 革命文学应当是反个人主义的文学，它的主人翁应当是群众，而不是个人；它的倾向应当是集体主义，而不是个人主义。……革命文学的任务，是要在此斗争的生活中，表现出群众的力量，暗示人们以集体主义的倾向。颓废的，市侩的享乐主义的，以及什么唯美主义的作品，固然不能算在革命文学之列，就是以英雄主义为中心的作品，也不能算做革命文学。[31]

那时宣扬集体主义是一种时尚，舆论一致地谴责文学的个人主义。"个人主义的文艺老早就过去了，然而最丑猥的个人主义者，最丑猥的个人主义者的呻吟，依然还是在文艺市场上跋扈"。麦克昂（郭沫若）在《英雄树》这篇文章中号召文艺青年都来"当一个留声机"，"第一，要你接近那种声音，第二，要你无我，第三，要你能够活动。你们以为是受了侮辱么？那没有同你说话的余地，只好敦请你们上断头台！"[32]

---

31 蒋光慈：《关于革命文学》，《太阳月刊》第 2 期，1928 年 2 月 1 日。引自《中国新文学大系 1927—1937·文学理论集二》，上海文艺出版社，1987 年 2 月，第 46 页。
32 麦克昂：《英雄树》，《创造月刊》第 1 卷第 8 期，第 1—6 页。上海创造社出版部发行。王独清在这期的编后《余谈》中说："我们相信文学是时代底前趋，我们处在这样的时代，我们第一先要把我们底感情伸张到民众里面去，我们不要把时代忘记了。"

发自创造社主办的刊物的这个声音，带着明显的时代印迹。既要求你要"无我"，又要求你能够"活动"和"发声"，而且非此不可。其自信犹如初期白话诗的提倡者，而粗暴却又过之。那时陈独秀只是说，"必以吾辈所主张者为绝对之是，而不容他人之匡正也"，[33] 而现在却是，"没有同你说话的余地，只好敦请你们上断头台"。当然断头台只是一种说法而已，至多不过是诗人的"语言暴力"，但是却说明了一个事实，那就是当日文艺——诗歌形势的狂热。

这是文学革命通往革命文学路上的一场白刃战。它的目标则在于消弭当日萌芽状态的"人的觉醒"，而使这新文学婴儿的第一声啼哭，消失在摇篮之中。随后而至的事实则是旷日持久的对于文学个人主义的批判，与之相对应的，则是同样旷日持久的对于集体（群众）主义的提倡。很快就到了20世纪40年代，在那篇著名的"讲话"中有这样一段话：我们"必须站在无产阶级的立场上，而不能站在小资产阶级的立场上。在今天，坚持个人主义的小资产阶级立场的作家是不可能真正地为革命的工农兵群众服务的"。

对于文学个人主义的批判，随着意识形态的强化，得到前所未有的强调。早在取得全国政权的前夕，一份在香港出版的刊物发表旨在指导未来文学秩序的系列文章。其中一篇指出："从今天一般创作情势看来，多半是没有脱离个人主义的窠臼的。正因此，群众对于文艺的要求就不能明确地提到我们的日程上，大众化工作也被人们所轻视着，甚而被嘲笑和拒绝了。""这种堕落的倾向，使文艺不仅脱离人民大众，而且作为服务绅士阶级和加强殖民地意识的工具了。和这种倾向实质上相同而表现不同的，则是那种打着'自由思想'的旗帜，强调个人与生命本位，主张宽容而反对斗争，实际上是企图把文艺拉回到为艺术而艺术的境域中去的反动倾向。"[34]

---

33 陈独秀给胡适的信，《新青年》第3卷第3号，1917年2月1日。
34 邵荃麟：《对于当前文艺运动的意见——检讨、批判和今后的方向》，《大众文艺丛刊》第1辑，香港出版，1948年3月。此文发表时署名"本刊同人——荃麟执笔"。

所谓的文艺战线上的大辩论，或者所谓的文艺思想整风，长时期以来不间断的文艺思想的论争，其核心总是围绕着文学和诗歌的个人与集体这样的话题而展开。许多诗人在各种场合检讨和批判自己创作中的个人主义。何其芳沉痛地回顾了《预言》以至《夜歌》中的个人主义偏离——

> 抗战以前，我写那些"云"的时候，我的见解是文艺什么也不为，只是为了抒写自己，抒写自己的幻想，感觉，情感。后来由于现实的教训，我才知道人不应该也不可能那样盲目地，自私地活着，我就否定了那种所谓为艺术而艺术（实际是为个人而艺术）的见解。抗战以后，我也的确有过用文艺去服务民族解放战争的决心与尝试，但由于我有些根本问题在思想上尚未得到解决，一碰到困难我就动摇了，打折扣了，以至后来变相的为个人而艺术的倾向又抬头了。[35]

冯至也有过这样的自我谴责："资产阶级个人主义人生观在阻碍我们，使我们看不清人民集体的伟大力量。它使我们执著在自己身上，患得患失。我最早写诗，不过是抒写个人的一些感触，后来范围比较扩大了，也不过是写些个人主观上对于某些事物的看法；这个'个人'非常狭隘，看法多半是错误的。"[36] 郭小川因为在组诗《致青年公民》中使用"我号召你们""我指望你们"这样的句式而遭到非议。他不得不为此写了"说明"："我要说明的是，我所用的'我'，只不过是一个代名词，类如小说中的第一人称，实在不是真的我，诗中所表述的、关于'我'的经历、'我'的思想和情绪，也决不完全是我自己的。我现在还不敢肯定，这样

---

35 何其芳:《夜歌·后记》，诗文学社，1945年5月出版。这篇后记还有另一段话："这个时代，这个国家，所发生过的各种事情，人民，和他们的受难，觉醒，斗争，所完成着的各种英雄主义的业绩，保留在我的诗里面的为什么这样少呵。这是一个轰轰烈烈的世界。而我的歌声在这个世界里却显得何等的无力，何等的不和谐！"。(《谈写诗》)"而且当时为什么要那样反复地说着那些感伤，脆弱，空想的话呵。有什么了不得的事情值得那样缠绵悱恻，一唱三叹呵。现在自己读来不但不大同情，而且有些感到厌烦与可羞了。"

36 冯至:《漫谈新诗努力的方向》，《文艺报》第9期，1958年。

的看法是否恰当,我的用意确乎在此。请求读者予以谅解。"[37]

所有的这样一些说明或检讨,都在揭示"个人"在写作中的"危害"和不合法性。诗人写作中热衷于表现自我,不仅是缺乏自律心的表现,甚至有原罪感。一般的舆论都视"个人主义"为诗歌通往社会大众的公敌,要建设集体主义的诗歌,就要义无反顾地铲除"个人主义"这个"毒瘤"。周扬说:"资产阶级的个人主义和无产阶级的集体主义是无法调和的。……我们身上存在的资产阶级个人主义思想就成了我们前进道路上的最大障碍。"[38]

不断鞭挞"个人主义"的结果,使新诗失去了生发其灵气与智慧的"通灵玉"。"个人"在诗中的消泯,其实就是诗人生命在诗中的萎缩与流逝。诗歌不再为诗人的创作自由承担什么,诗歌的内质被掏空,犹如失去了魂灵的躯体。诗歌在公共的和统一的"集体"面前,无法拒绝普泛化乃至"假大空"的游离与异化。此后数十年间所发生的诗歌悲剧已经证实了这一点。诗人的真实自我被放逐,所有的诗歌都在个人感兴和个人风格面前却步不前。而所剩下的,只是如郭小川所说的"实在不是真的我"。

也许是对于历史记忆的有意回避,也许是一种刻意的心理逆反,随后(20世纪末叶以至21世纪初叶)的新诗创作,在排斥思想承载的路上愈走愈远。以至于诗歌不再关心诗人自己以外的一切。许多诗人乐于承认自己是"手艺人",是"写手",是"技巧专家",甚至学时髦的说法,是"码字工"。他们大智若愚,对世上发生的一切不闻不问,有意闭目塞听。甚至到了21世纪的第二年,那震惊世界的大楼倒塌的声音,他们都听不见。

诗变得非常自私了。他们沉溺于一己的悲欢,满足于絮叨的私语,或者故作高深,说些不着边际的"哲理"。他们仿佛是要在自己身上找回他们的父辈被剥夺了的权利,尽情地享受自我抚摩的快乐。他们充分地自

---

[37] 郭小川:《几点说明》,《致青年公民》,作家出版社,1957年12月,第129—130页。
[38] 周扬:《文艺战线上的一场大辩论》,《人民日报》,1958年2月28日。

恋，他们认为这种与他人无关的话语，是世上最动听的音乐——尽管遭到了广大读者的冷落。孤芳自赏已成了一种病症。

是的，在新诗的行进中，许多人曾受到愚弄和伤害，但受愚弄和伤害的并不是他们。他们是百余年来最幸运的一代中国人。他们诞生和成长在没有战争的硝烟，也没有"斗争"的喧嚣的年代，衣食无忧，鲜花美酒，一切都令他们陶醉。他们的前辈因表现自我而获罪，而他们却只迷恋于小小的"自我"。惠特曼的草叶、聂鲁达的葡萄园、艾青的火把，甚至北岛的宣告，对于他们都是一种不相干的遥远的故事。

五

当然我们的新诗并没有因而停止前进的脚步，新诗始终在沉重的思考中发展着并完善着。回望百年，几代为新诗建设而献身的诗人，他们的心血灌溉了新诗这朵百年奇花。有一种见解认为，"五四"新诗造成了与中国诗歌传统的断裂。这从表象上看似乎有些道理，因为新诗与旧诗相比，毕竟是一种"异样"的和"另类"的存在。

但新诗提供给历史的，并不仅仅是一种破坏的事实，早在文学革命和新诗革命兴起之时，我们的先行者并不像有些理论所表述的那样，只是一路爆破开去。是的，早在文学革命的初始，人们普遍地对旧诗怀有戒心，认为旧诗的格律束缚了现代诗情的发挥，所以极力地强调诗的真，而甚少谈论诗的美。刘半侬（农）说："现在已成假诗世界，其专讲声调格律，拘执着几平几仄方可成句，或引古证今，以为必如何如何始能对得工巧的，这种人，我实在没工夫同他说话。"[39] 但是更多的事实证明，即使在那样的高潮期，人们也还是考虑到建设的问题。

胡适是最早向旧传统发难的一位，但就是在他的《文学改良刍议》

---

39 刘半侬（农）：《诗与小说精神上之革新》，《新青年》第 3 卷第 5 号，1917 年 7 月 1 日。

这篇檄文中，在他所列举的"八不"中，其中如"不用典""不对仗""不避俗语俗字"等，所举例子多涉及诗词。因此，认为当初的举措造成了文化的断裂，可能是把复杂的问题简单化了。胡适在发表上述文章的次年，即1918年，紧接着发表《建设的文学革命论》[40]一文。他在陈独秀原来的题目之前加上"建设的"三字，说明他在迅速地调整自己的思路。胡适此文论述甚广，举凡创造新文学的诸多具体的技术环节，如材料的收集与推广，文章的结构，以及剪裁、布局、描写等等事关作品的艺术完成方面，均有详细的分析与介绍。他并不一味地空谈革命或改良。

当日的文学革命的实践，一方面是轰轰烈烈、如火如荼，一方面也有着冷静的思考。俞平伯认为："要新诗有坚固的基础，先要谋他的发展；要在社会上发展，先要使新诗的主义和艺术都有长足完美的进步，然后才能够替代古诗占据文学上重要的位置。……我们顶要紧的事，就是谋新诗本身的进步：挂了一面新文艺的大旗，胡乱做些幼稚的作品敷衍了事，这真是我们的大罪过。"[41]这样的表述是明智的，既考虑到这种"替代"的必要，又考虑到它与原有的欣赏习惯之间的距离。立足于新诗自身的完美与完善，是新诗能否站稳脚跟的关键。

新诗成立之后，一方面存在着因思想而忘记艺术的倾向，另一方面则是感到了与古典诗的差距，而殚精竭虑于艺术建设的努力。"五四"的狂飙扫过中国的沉沉天宇，随之而来的是高潮过后专心致志的追求与创造。在初期，对于中国新诗的文体建设和审美理想致力最多的是围绕在创造社周围的一班人。稍后，则是"新月"的一班人了。那是道路开辟之后充满创造激情的年代。创造社的同人通过他们的刊物谈论最多的话题是诗，是诗的艺术。1922年创刊的《创造季刊》集合了一批矢志于新诗建设的"创造者"。"我知道神会到了，／我要努力创造"，"你们知道创造者的孤高，／你们知道创造者的苦恼，／你们知道创造者的狂欢，／你们知道创造

---

40 胡适：《建设的文学革命论》，《新青年》第4卷第4号，1918年4月15日。
41 俞平伯：《社会上对于新诗的各种心理观》，《新潮》第2卷第1号，1919年10月。

者的光耀"。⁴² 这是他们作为创造者的宣言。

他们是痴迷于诗的一群。他们通过刊物的渠道,切磋诗的真谛,从季刊至月刊,一直不曾间断。郭沫若的《论节奏》,穆木天的《谭诗》,王独清的《再谭诗》,都是诗学建设中有影响的作品。这些作品谈到了诗的本质和规律实质。例如:"诗要兼造型与音乐之美。在人们的神经上振动的可见而不可见可感而不可感的旋律的波,浓雾中若听见若听不见的远远的声音,夕暮里若飘动若不飘动的淡淡光线,若讲出若讲不出的情肠才是诗的世界。""诗的世界是潜在意识的世界。诗是要有大的暗示能。诗的世界固在平常的生活中,但在平常生活的深处。""诗的背后要有大的哲学,但诗不能说明哲学。"⁴³ 这些见解都是非常专业的。

在新诗发展进程中,关于艺术探求的最重要的一篇文章应当是闻一多的《诗的格律》⁴⁴。他主张诗要"带着镣铐跳舞"。他认为诗之所以要格律,取决于诗的本性。诗的产生是由于"修补"自然界的不圆满,"自然的终点便是艺术的起点"。"只有不会跳舞的才怪脚镣碍事,只有不会做诗的才感觉得格律的束缚"。闻一多从中国的象形文字出发,建构他完整的格律理论。"诗的实力不独包括音乐的美(音节),绘画的美(辞藻),并且还有建筑的美(节的匀称和句的均齐)"。他不仅在理论上完善自己的主张,而且在写作上予以实现,《死水》便是新诗历史上一首经典的格律诗。

"这种音节的方式发现以后,我断言新诗不久定要走进一个新的建设时期了。无论如何,我们应该承认这在新诗的历史里是一个轩然大波"。闻一多的断言没有错,他的工作以及创造社一拨人的工作对新诗构成了新的冲击。这种冲击对于新诗诞生以来的基本流向具有鲜明的驳难性质。新诗革命初期对于古典诗歌的警惕、质疑以及激烈批判,是一种主潮现象。

---

42 郭沫若:《创造者》,《创造季刊》第1卷第1号,1922年3月15日。
43 穆木天:《谭诗》,《创造月刊》第1卷第1期,1926年3月16日。
44 闻一多:《诗的格律》,《晨报副刊·诗镌》第7号,1926年5月13日。转引自杨匡汉、刘福春编:《中国现代诗论》上编,花城出版社,1985年12月,第121—127页。

由于新诗的最初设计，立足于外国诗歌的借鉴[45]，它的对"古典"怀有"敌意"是必然的。因此，新的格律诗的提倡，即这种"引导"新诗"走回头路"的言论，甚至意味着"反动"。

闻一多有着诗人的敏感，的确引起了一场"轩然大波"。记得梁实秋曾经说过："新诗运动最早的几年，大家注重的是'白话'，不是'诗'，大家努力的是如何摆脱旧诗的藩篱，不是如何建设新诗的根基。……经过了许多时间，我们才渐渐觉醒，诗先要是诗，然后才能谈到什么白话不白话。可是什么是诗？这问题在七八年前没有多少人讨论。偌大的一个新诗运动，诗是什么的问题竟没有多少讨论，而只见无量数的诗人在报章杂志上发表不知多少首诗——这不是奇怪么？"[46]把人们的注意力来一个根本的转移，这不能不是新诗发展中的大事件。

六

中国新诗在建立的过程中，较之其他文体，经受的曲折和磨难最多，需要排除的障碍和阻力也最大。在新文学革命的初期，小说和散文，甚至戏剧，实行"白话改制"并不十分艰难。唯独诗歌，几乎是重新做起。古典诗歌以它的耀眼辉煌站在前面，千年的陈醪发出迷人的芳香，这一切是那样咄咄逼人。初生的新诗难免犯怯。它所面对的是魏晋风骨，汉唐气象，是美轮美奂的诗国经典！幸亏有了像胡适、陈独秀这样一批天不怕地不怕的猛士，硬是把这座坚固的堡垒给攻了下来。

有趣的是，事情来到了延安。20世纪40年代，一个讲话倡导了一场文艺的翻天覆地的变革。那时的秧歌戏带动了戏剧改革，又有改良的评剧和秦腔戏，以及新歌剧《白毛女》等出现，戏剧改革走在了前面。随后

---

[45] 梁实秋在《新诗的格调及其他》中说："我一向以为新文学运动的最大的成因，便是外国文学的影响；新诗，实际就是中文写的外国诗。"文载1931年1月《诗刊》创刊号。转引自王永生主编：《中国现代文论选》第一册，贵州人民出版社，1982年8月。
[46] 梁实秋：《新诗的格调及其他》，《诗刊》创刊号，1931年1月。

小说方面有赵树理。而来得最晚的是诗。幸好有李季的《王贵与李香香》出来，使人们于殷殷期待中有如释重负的感觉。陆定一的《读了一首诗》就传达了这样的心情："比较来得更迟的，就是诗了。《王贵与李香香》，就是这样的新诗。用丰富的民间语汇来做诗，内容形式都好的，在外边有袁水拍先生，现在我们这里也有了。"[47]由此可以证实，不论是什么方向的变动，诗总是最难的。

  新诗革命的成功，是以对于古典诗歌传统的隔绝和"破坏"为代价换来的。尽管人们在理论上保持一种前瞻的姿态，而几千年的古典诗歌的熏陶，培养了中国诗人和读者普遍的高贵的审美情趣。这些都如影随形地占据着人们的心灵，并深深地影响着人们的审美期待。所有的中国人都会在辉煌的古典传统面前不由自主地"怀旧"，除非他对古典一窍不通。这种"怀旧"心态造成了伴随着新诗百年历史的、始终没有中断的对于诗的韵律的迷恋。

  所以自由诗创造出来之后，人们仍感到心中若有所失。格律的打破和取消，一直是中国诗歌的隐痛，或者是中国诗人的"心病"。于是在索漠中便怀想起久别的韵律。白话诗给人们带来了抒写的自由，但是人们在身着缟素时，依然念想着华美的服饰。创造社的一群人未曾明确主张格律诗，到了"新月"的一群人，就有些"明目张胆"了。当然，不久他们就得到了惩罚，他们被称为是唯美主义者。但这些人关于诗的音韵格律的阐释和提倡，却为后来者打开了思路，并提供了基础。

  大抵战乱时代易于接受自由体，而和平降临时则乐于营造格律体。此种说法也许有些武断，因为冯至的《十四行集》就是在战争的环境中"默诵"出来的。而战争需要号角和鼓点也是事实。苦难诞生了田间和艾青那些充溢着散文美的自由诗。这样我们就不难理解，20世纪50年代以来频繁出现的关于建立格律诗的原因了。大概是因为战争的逐渐远去给予人们

---

47 陆定一：《读了一首诗》，《解放日报》，延安，1946年9月28日。引自王永生主编：《中国现代文论选》第一册，贵州人民出版社，1982年8月，第217页。

以这样的心境和情绪,重新唤起了人们对于音响、色彩、节奏、旋律和反复吟诵的欲求。人们显然对只有"白话"的白话诗感到了某种匮乏,并产生厌倦。

这些格律诗的提倡者大都有切实的准备。何其芳说:

> 以白话代替文言这样一个文学语言的大改革,在诗歌方面是必然要产生新形式,产生和这种新的文学语言更相适应的新形式的。五四以后,产生了一些诗歌的新形式。这些形式大体上是和新的文学语言相适应的。它们的主要缺点是和我国的传统的诗歌形式脱了节,忽视了格律的重要性。克服这个缺点的好办法我认为并不是简单地回复到以五七言体统一天下的旧局面,而是通过自由竞赛的方法来建立新的格律诗。[48]

何其芳是力主建立新格律诗的一位。他对此有系统的思考,他从诗歌的本质论证了格律的必要:"诗的内容既然总是饱和着强烈的或者深厚的感情,这就要求着它的形式便于表现出一种反复回旋,一唱三叹的抒情气氛。有一定的格律是有助于造成这种气氛的。"[49]他还考察了古代诗中的"顿"的构成,以及现代格律诗不宜采用五七言体的原因。他和卞之琳都是现代格律的提倡者。后者从"顿"的角度把新诗分为"说话式"和"哼唱式",就把新诗格律规律的探讨引向了深入。[50]

格律和自由,这一直是一个纠缠不清的问题。当人们感到约束时,

---

48 何其芳:《关于诗歌形式问题的争论》,《文学评论》第1期,1959年。
49 何其芳《关于现代格律诗》,《中国现代诗论》下编,杨匡汉、刘福春编,花城出版社,1986年4月,第51页。
50 卞之琳:《哼唱型节奏(吟调)和说话型节奏(诵调)》,《作家通讯》1954年第9期。1983重新发表时作者有"按语"说:"这是我在1953年12月24日中国作家协会创作委员会诗歌组召开的'诗的形式问题'讨论会第二次会议上的发言(曾发表在内部刊物《作家通讯》1954年第9期上),略作几处修订并加一条脚注,曾和我的诗汇集《雕虫纪历1930—1958》自序中的几段有关的话,一起发表于沈阳《社会科学辑刊》第一期(1979)。《纪历》自序已另见该书,现仅收发言稿。1983。"

渴望自由；当人们厌倦过于随意的散漫时，又希望约束。自由给人们带来的好处已毋庸多言，而自由失却的东西却令人惋惜。"我们以为写诗在各样艺术中不是件最可轻易制作的，他有规范，像一匹马用得着缰绳和鞍辔。尽管也有灵感在一瞬间挑拨诗人的心，如像风不经意在一支芦管里透出谐和的乐音，那不是常常想望得到的。精心刻意在一件未成就的艺术品上，预先想好它最应当的姿势，就能换得他们苦心的代价。"[51] 陈梦家这里讲的涉及包括格律在内的诗的艺术规律。他又说："我们不怕格律。格律是圈，它使诗更显明、更美。""我们不是在起造自己的镣铐，我们是求规范的利用。"

从营造现代格律诗的设想，到广泛写作"半格律体"，新诗在这条令人彷徨的路上走了一百年。有过接近成功的实践，但并未出现可以约定俗成的被共同认可的格律。中国新的格律诗始终在想象中，它只是一个梦，寄托着永远的期待。人们想重新获得那失去的辉煌，想以自己的智慧和毅力创造无愧于他们的先人的诗篇。但等待可能非常漫长，人们应有足够的耐心。

从旧的束缚中获得解放的诗歌应当充分享受这种自由。无边无际的天空可以容纳无边无际的想象、幻想和智慧的创造。看来诗的体式不可定于一尊，看来诗歌这匹马还得自由地驰骋。各式各样的诗人写各式各样的诗歌，这就是现今中国诗歌的"规律"。我们只有一个期待，那就是各式各样的好诗。

据说，最早的一首新诗是翻译诗，是胡适在1914年用白话译的苏格兰女诗人林安尼·林萨德夫人的《老洛伯》。[52] 随后，胡适开始大面积"尝试"白话诗的写作。有一批诗界猛将协力而作，新诗始见规模。1919年（也就是"五四"新文化运动兴起的那一年）2月15日出版的第6卷第2号《新

---

51 陈梦家：《新月诗选·序言》，新月书店，1931年9月。
52 陆耀东：《中国新诗史》第一卷，长江文艺出版社，2005年6月，第11页。

青年》以没有先例的"头版头条"的方式，刊登了周作人的《小河》[53]：

>一条小河，稳稳的向前流动。
>经过的地方，两面全是乌黑的土，
>生满了红的花，碧绿的叶，黄的实。

这首被称为标志着新诗成立的作品本身具有鲜明的象征意义。[54]那小河的水被堰拦住了，既不能前进又不能后退。拥有生命的水要流动，于是"便只在堰前乱转"。

>水也不怨这堰——便只是想流动，
>想同从前一般，稳稳的向前流动。

这就是中国新诗的形象。它充盈着生命的活力，不管是土堰还是石堰，都要冲决、向前。它要发展自己的生命，它只求缓缓地向前流动。在它经过的地方，两边是红花、绿叶和丰满的果实。

---

[53] 诗前有周作人写的小序："有人问，我这诗是什么体，连自己也回答不出。法国波特来尔（Baudelaire）提倡起来的散文诗，略略相像，不过他是用散文格式，现在却一行一行的分写了。内容大致仿那欧洲的俗歌；俗歌本来最要叶韵，现在却无韵。或者算不得诗，也未可知；但这是没有什么关系。"

[54]《新诗年选》附录的《一九一九年诗坛略记》写道："最初自誓要作白话诗的是胡适，在一九一六年，当时还不成甚么体裁。第一首散文诗而备具新诗的美德的是沈尹默的《月夜》，在一九一七年。继而周作人随刘复作散文诗之后而作《小河》，新诗乃正式成立。"

后记 （一）

　　这本书我断续写了十多年，这是我的"业余写作"。我是一个不务正业的人。不是我不想，而是我不能。按理说，做新诗研究应该是我的"正事儿"，但我的时间被无情地"肢解"了，我不得不把有限的时间和精力花在一些无谓的活动上，开一些可参加也可不参加的会，写一些可写也可不写的文字。我是一个重感情的人，看重的是友情，又贪玩，挡不住诱惑，顾此失彼，分身乏术！其实，写这样的一本书，即写一本类似于中国新诗史的书，是我的夙愿，但我没有完整的时间能平静地坐下来，专心致志地做。到头来，我终究只能是一个不务正业的人。

　　我读了一辈子的诗，写了不算少的关于诗的文字，也积累了不少资料，但我却不能如愿。我于心不甘。我只能改变方略，把原本完整的工作拆散了做。我按照自己的思路，把要写的文字随着当时的境遇一篇一篇地、不紧不慢地写。这样做，既不耽误当时应当参与的，也就顺手把"正事儿"捎带着做了，效果不错。十几年下来，前前后后、东鳞西爪，居然把应当写的串着成了整篇的书了。

　　记得多年以前，牛汉先生曾不止一次建议，由我来写一部属于我自己的中国新诗史。他的这个建议提了不止一次，甚至也向我的亲人提过。我知道他对我的信任和期望，但我始终没法摈除缠身的一切杂务来做这一件事。我十分敬重牛汉先生，为他坚强的生命，为他刚正的人格，更为他被苦难浸泡过、展现了宁折不弯精神的钢铸铁打的诗歌。牛汉先生是师长般的前辈诗人。20世纪80年代以还，我有幸跟随先生参加诗歌活动，耳濡目染，获益良多。先生对我期望勉励有加，而他交代我做的

"作业"却迟迟没能交稿,令我始终愧对先生。现在书稿完成,算是我敬献于他的一瓣心香。

前面讲了,做这件事是我的夙愿,但直接诱发我并激起我持久的热情的,却是高秀芹。高秀芹主持北大培文,办教育,也做出版。她先后出版了范伯群先生的《插图本中国通俗文学史》和吴福辉先生的《插图本中国现代文学史》。她鼓励我也写一本《插图本中国新诗史》。我答应了,积十数年的功夫,终于有了今天这个初步成型的书稿。我自信写作态度是认真的,立论也力求客观公允,落笔不敢妄言。只是写作不求规范,总求别有新意,按照学院成规,可能不够谨严,随意而略显散漫。

这是一个插图本,刘福春答应做插图。他也忙。他"害怕"我的完成,因为,我的完成意味着他的未完成,他有压力。这是我和他合作的书。他掌握许多图片材料,没有他的加入,我一人是无法完成这一工作的。现在球先踢给福春,然后再踢给秀芹,等他们接了球,我们这部难产的书就要呱呱坠地了!那时,北京天空的雾霾,也许也要散去。此刻,我的心情宛若一片晴空。

2016年12月7日注定是一个值得记住的日子,高秀芹邀我和刘福春并培文周彬、于海冰、张丽娉等人,决定于2017年2月将全部图文汇齐,同年正式出版。除了这一本,另有规模更大的《中国新诗图文史》也将正式启动。这两本书,算是我们几个人献给中国新诗百年纪念的一束鲜花。聚会当日,我建议把书名定为"史略",以显得低调些。此议得到大家认同。周彬反应快,说:"也好,鲁迅不就是'史略'吗?"我又有些不安了。

谢冕
2017年2月20日
于北京大学中文系

后记 （二）

由谢冕老师来撰写《中国新诗史》，是很多朋友的愿望。

谢老师在本书的《后记》中讲了，牛汉先生就不止一次提出过。我也是这一建议的热情劝进者。记得2001年和谢老师去绍兴开会曾当面建议，并愿意在文献资料方面发挥我的长处。谢老师很认真地想了一下说：这事太重大，不能马上回答。时间很快过去了十年。2011年我与孙民乐、高秀芹编辑《谢冕编年文集》。在与谢老师讨论几篇有关新诗史的文章时，我们劝谢老师续写几篇完成一部《中国新诗史》。正好高秀芹主持的北大培文又曾出版过《插图本中国通俗文学史》和《插图本中国现代文学史》，于是就有了我们合作《插图本中国新诗史》的设想。谢老师爽快地接受了这一建议，并同意将这些有关新诗史的文章用整本书的形式先编入到《谢冕编年文集》。

谢老师终于同意写作《中国新诗史》是件高兴的事，但也正像谢老师《后记》所说，我确有些"害怕"谢老师很快地完成。忙是一个方面。想一想这几年做的事真是不少：参与诗刊社的《中国新诗百年志》和《〈诗刊〉创刊六十周年丛书》的编辑工作，用了一年多的时间；与李怡主编《民国文学珍稀文献集成·新诗旧集影印丛编》更是一项大工程，2016年就出版了五十卷；当然还有其他种种杂事。但这并不是我"害怕"的主要原因，我之所以"害怕"谢老师完成得快，是想能有更充分的准备。我虽然多年搜集有关新诗的图像资料，数量和种类也不能说不丰，但深知为一部新诗史插图所差还是太多。而我一进入插图工作，立刻就暴露出准备之不足。谢老师这部书从1891年写起，开门就是一只拦路虎。这一段的诗歌史的资料我本没有什么积累，对付这只虎真是费尽了气力。

我做事一向很慢。说得好听是认真，没想到竟拖拉了三年。好在谢老师充分体谅，2013年交稿后再没有催过。不过，身上的压力还是越来越重。去年年底觉得再不完成实在是无言以对谢老师，于是主动提议开会讨论。2016年12月7日，高秀芹邀请谢老师、孙民乐、我和培文公司的周彬、于海冰、张丽娉等人商讨具体事宜。最后决定，书名改为《中国新诗史略》，我保证2017年2月底将全部图文汇齐。谢老师《后记》把这一天称作"一个值得记住的日子"，可见谢老师的重视。这次我表现还算不错，2月19日就交了稿。我发微信向谢老师报告："插图本的任务今完成，提前了十天，应表扬吧！"谢老师很快回复："严重表扬，辛苦了！"

谢老师这部《中国新诗史略》与一般的面面俱到、按诗人分章节的新诗史著作不同，如谢老师《后记》讲："我自信写作态度是认真的，立论也力求客观公允，落笔不敢妄言。只是写作不求规范，总求别有新意，按照学院成规，可能不够谨严，随意而略显散漫。"谢老师主要着眼于百年新诗演进的脉络及问题，因此，有些新诗史要用章节论述的诗人可能是一笔带过，有些一般新诗史不会讲到的作品反而会有相当充分的论述。我所作的插图和每章后面附录的《新诗纪事》主要是配合谢老师的论述，并尽量丰富，以对正文能有所补充。所选的图像虽然还有很多不如意，但确实是经过反复挑选的。我相信，图像本身具有文字无法表述的述说历史的特殊功能，因此希望透过这些图像能让远去的岁月直接可视，在谢老师的引领下回到新诗历史的情境。

这是与谢老师又一次的文字合作。每次合作都伴随着快乐。因为我的原因，这本书有些"难产"，好在就要"呱呱坠地"了！北京天空的雾霾虽还没有如谢老师期望的完全散去，但这几日则是少有的连续的蓝。

刘福春
2017年3月10日